The Earthian Tales

NO.5 *I will be* BACK

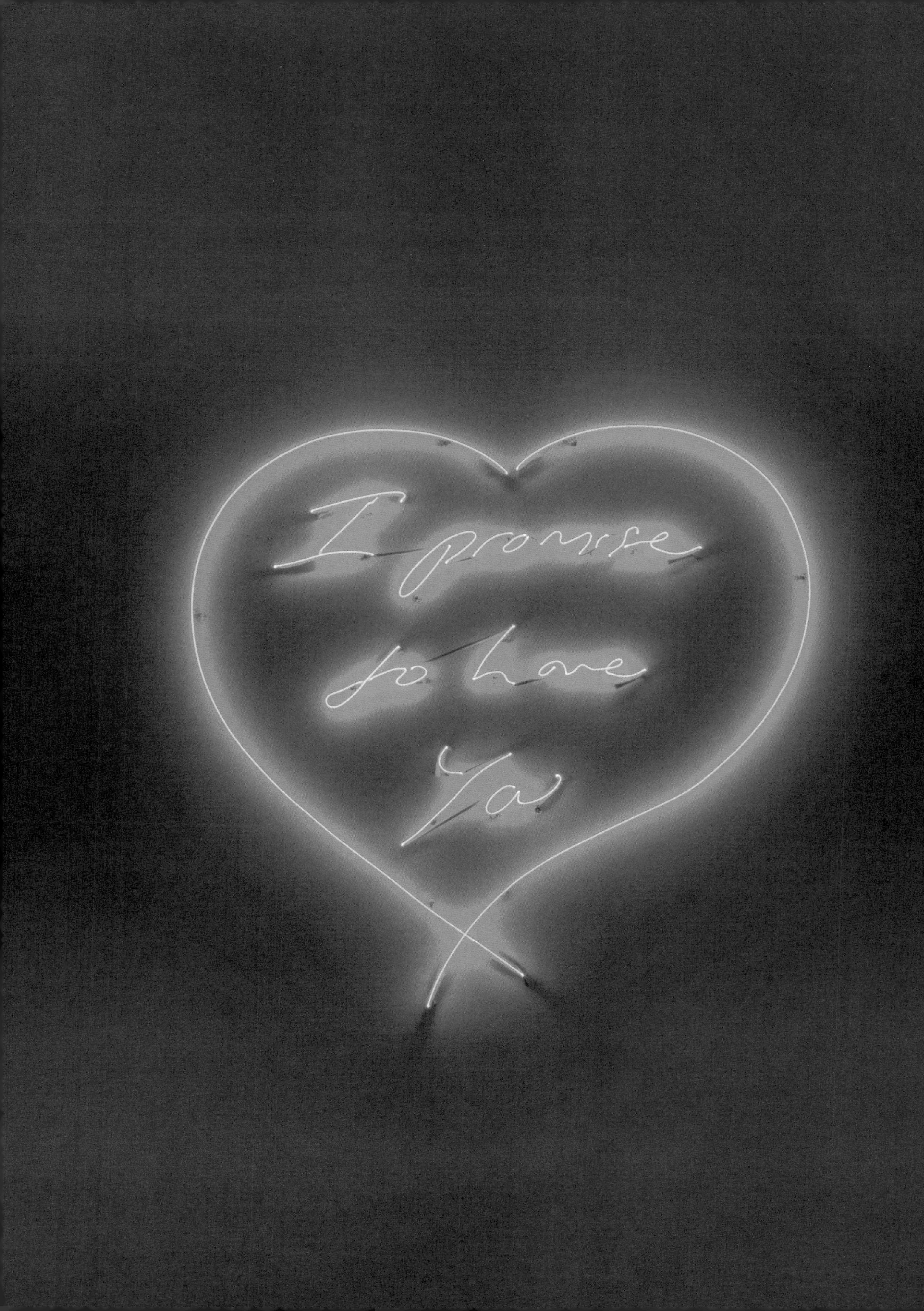

Photo © MATTHIJS VAN HEERIKHUIZE / NICA CN

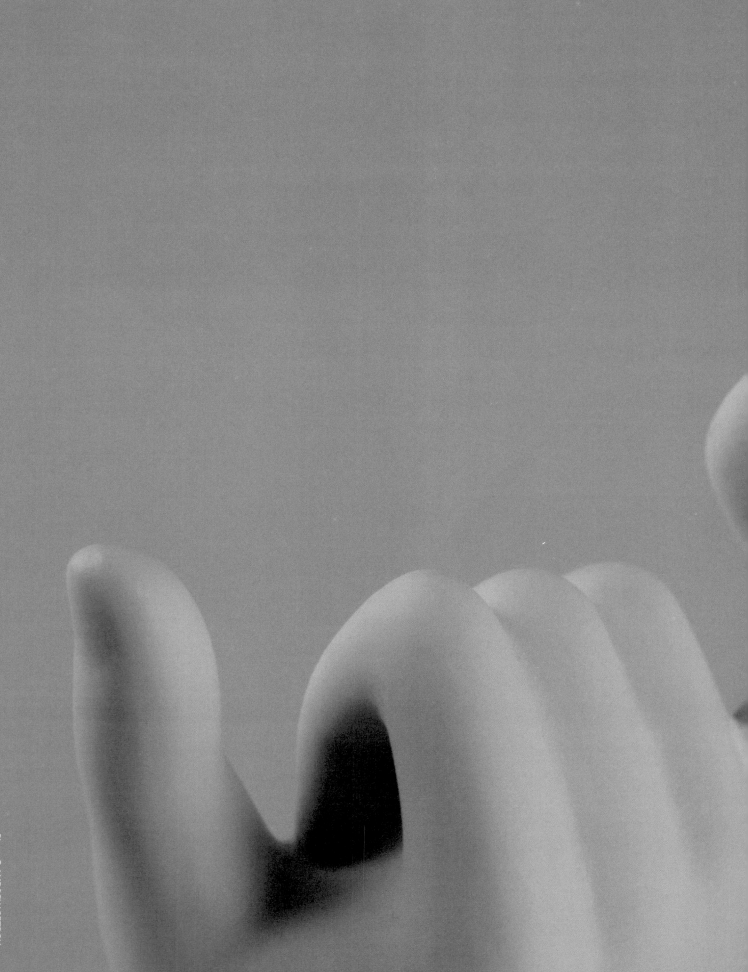

The Earthian Tales

5
I will be BACK

A SEASON SPENT

in the

MATRIX

최원호 Wonho Choi

출판편집자. 을유문화사 '암실문고' 시리즈 총괄 담당.
밤의책 출판사 기획위원

매트릭스에서 보낸 한철

—또는 필립 K. 딕이 걸머졌던 약속에 관한 이야기

약속이 성립되려면 보통 두 가지 신뢰를 필요로 한다. 상대는 믿을 만한가,
그리고 이 세상은 약속이 이루어질 때까지 나와 그를 온전히 유지시켜줄 수 있는가
(전쟁, 전염병, 좀비 사태 등의 위기가 산적하다). 두 조건이 충족된다고 여겨질 때 약속이 성립되고,
이렇게 약속을 성사시킨 신뢰가 시험받거나 좌초하는 플롯은 인류가 오래전부터 애용해 온 설정이다.

SF 장르는 여기에 하나의 난관을 추가했다. 바로 약속을 하는 나 자신을 믿을 수 있느냐는 문제다. 나라고 믿었던 사람이 내가 아니게 되면 약속은 뿌리부터 무너지고 만다. '나는 믿는다'의 근거인 '나'가 부서져버리기 때문이다. 특히 사이버펑크 SF가 애용한 이 난관은 주로 기억 이식을 소재로 사용한다. 내 것이라고 믿었던 수십 년 동안의 기억이 누군가가 만들어 주입한 거라면, 나는 누구인가. 실재하지 않았던 인간의 삶이 내 기억 속에 남아 있는데, 그럼 그 인간은 누구인가. 그는 그런 고민을 하게 됨으로써 데카르트적으로 존재를 확인받겠지만('나는 생각한다. 고로 나는 존재한다'), 그렇기 때문에 문제는 더욱 심각해진 채로 반복된다. 고민을 거듭할수록 '고민하고 있는' 존재 자체는 더욱 선명하게 부각되는 반면, 이 존재의 정체는 여전히 흐린 채 남아 있기 때문이다. 이 둘 사이의 대비는 점점 커진다. 결국 내가 존재한다는 사실만이 갈수록 단단해져, 상대적으로 나머지 세상 전체는 안개처럼 변해버리고 만다. 나는 세상에서 홀로 딱딱한 사물로 남는다. 나는 안개 속의 칼날이 되어, 아무것도 벨 수 없는 세계의 유일한 칼이 되어, 칼로서 할 수 있는 유일한 일을 한다. 날을 굽혀 스스로의 몸을 치는 것이다. 혹은 안개 속에서 내가 상상해 낸 형상들과 싸우거나. 그게 아무 의미 없는 일이라는 걸 알면서도 말이다. 자, 이제 입장을 바꾸어서 세상의 시선에서 이 존재를 바라보자. 고독 속에 갇힌 채 오직 자신의 정신만을 섬뜩할 정도로 단단하게 벼리는 상태, 그래서 역설적으로 안개에 휩싸인 채 종종 스스로 형태를 부여한 적들과 싸우는 상태를 무엇이라고 하는가. 편집증.

사이버펑크 장르의 클리셰로 자리 잡은 이 설정의 본질을 가장 잘 포착한 작품은 역시 필립 K. 딕의 《안드로이드는 전기양의 꿈을 꾸는가?》[1]일 것이다. 공장에서 주입한 가짜 기억 속에서 자신이 인간이라고 믿으며 살아가던 안드로이드는 인간-안드로이드 구별 테스트를 앞두고 이렇게 묻는다. "나에게 진실을 말해줄 거죠? 만일 내가 안드로이드라면, 그걸 내게 말해줄 거죠?" 여러 의미를 압축해 담은 이 뛰어난 대사는 필연적인 파국을 예감하게 한다. 어제까지 자신이 인간이라고 믿었던 사람이 '당신은 안드로이드입니다'라는 말을 들으면 주로 두 가지로 반응하게 된다. 하나는 그 말을 믿는 것이다. 지금껏 인간으로 살아온 모든 기억이 공장에서 삽입된 데이터라는 걸 수긍하고(또는 체념하고) 어제까지의 세상이 완전한 거짓이었음을 받아들이는 것이다. 다른 하나는 그 말을 믿지 않고, 누군가가 자신을 안드로이드로 몰아 죽이려 한다고 생각하고 그 음모에 적극적으로 대항하는 것이다. 둘 중에 어느 쪽이 덜 편집증적인 결론일지 선택할 수 있을까. 두 길은 모두 막다른 골목이며, 탈출구는 주어지지 않는다. 결국 안드로이드(혹은 그 사실을 자각하게 된 자)는 필연적으로 편집증적인 세계관에 기반을 둔 존재로 귀결된다. 《안드로이드는…》에서 이루어지는 안드로이드 구별 테스트가 실제 편집증 테스트를 연상케 한다는 점은 딕이 (최소한 편집증적 사고에 관해서만큼은) 작가로서 얼마나 뛰어난 통찰력을 지니고 있는지 증명하는 여러 사례 중 하나다. 게다가 이 통찰-설정은 《안드로이드는…》의 스토리라인에 자연스럽게 파고들어 이야기를 한층 흥미롭게 만들어준다. 소설 속 누군가는 이렇게 중얼거린다. 도망친 안드로이드가 가장 안전하게 살아가는 방법은 도망친 다른 안드로이드들을 죽이는 현상금 사냥꾼이 되는 거라고. 왜냐하면 그 직업은 타자의 존재 양식을 의심하는 행위를, 편집증적-안드로이드적 사고를 허용받는 유일한 일이기 때문이다.

《안드로이드는…》을 비롯한 대표작들을 여럿 쏟아냈던 1960년대의 딕에게 이런 천재적인 통찰력이 어디에서 온 거냐고 물으면, 그는 그때그때 내키는 대로 대답하곤 했다. 실제로 그의 대표작들은 대개 내키는 대로 술술 쓰였기 때문에, 오락가락했던 그의 대답들은 오히려 꽤 솔직한 거였는지도 모른다. 적어도 정말로 이 세계가 가짜가 아닐까 의심하는 중이라고 말하는 것보다는 덜 농담처럼 느껴졌을 것이다. 하지만 그는 실제로 거의 평생 동안 이 세계의 진위 여부를 의심했다. 오늘의 세계가 어제까지의 내가 믿던 세계가 아닐지도 모른다는 두려움. 내가 느끼는 감각들이 진짜가 아닐지도 모른다는 두려움. 그 두려움이 언젠가 확신으로 변해 자신을 삼켜버릴지도 모른다는 두려움. 심지어 가톨릭교도였던 그가 믿었던 유일한 구원의 약속, 인간이 할 수 있는 약속 중에 가장 큰 약속, 즉

1 필립 K. 딕, 《Do Androids Dream of Electric Sheep?》, 1968, 초판 표지
—한국어판 《안드로이드는 전기양의 꿈을 꾸는가?》, 박중서 옮김. (폴라북스, 2013)

최원호

그리스도의 구원조차 편집증적 사고와 결부되었다. 바로 영지주의적 세계관이다. 이에 대해 간단히 설명하면 다음과 같다. 이 세상은 실재가 아니라 일종의 데이터베이스이고, 유아론적인 악의로 가득한 하급 신이 그 가상 현실 데이터베이스를 마음대로 주무르며 우리를 미몽케 하고 있다. 심지어 이 데이터베이스-세계를 창조한 신 자신마저 이 가상 현실 속에서 미몽에 빠져 자신을 온 우주의 창조주로 여기게 되었다. 그러자 다른 신들은 그 신과 그가 창조한 세계를 구하기 위해, 즉 '매트릭스'를 파괴하고 그곳에서 괴로움에 물든 자들을 구출하기 위해 구원의 사절을 파견했다. 그렇게 매트릭스 속으로 삽입된 구원의 코드, 저 바깥의 빛으로부터 왔으므로 이 세상이 만든 그 무엇보다 더 정결했던 로직, 그것이 바로 성령과 예수 그리스도였다. 따라서 예수가 복음서 속에서 일으킨 기적은 혁명의 이름으로 이루어진 사보타주였다. 그는 '자기 바깥의 세계를 향한 사랑(네 이웃을 사랑하라)'을 준거 삼아 이 지구의 상식을, 그러니까 가상 세계 프로그램의 로직을 파괴했던 것이다.

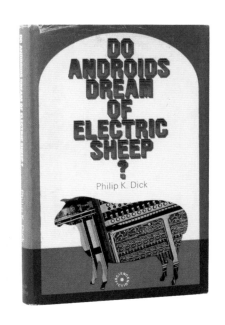

필립 K. 딕, 《Do Androids Dream of Electic Sheep?》, 1969, 영국 초판 표지

이런 설정이 서기 100년 즈음에 쓰였다는 사실을 생각해보자. 대부분의 SF 독자들은 대단히 흥미롭다고 생각하는 정도로 지나칠 테지만, 커리어 내내 현실과 환상의 경계를 무너뜨리고 그 사이에서 방황하는 인간을 그리는 데 몰두했던 딕에게는 그렇게 재미있기만 한 소재가 아니었다. 이것은 그가 평생을 두고 풀어야 할 숙제이자 그의 삶이 짊어져야 할 의무가 되었다. 너는 사람을 낚는 어부가 되라는 이야기를 듣고서 불현듯 시작되는 약속. 딕의 경우에는 1974년 2월에 그런 부름을 들었다. 약국에서 약을 배달하러 온 여자의 목에 달린 물고기 모양 목걸이가 그의 뇌에 문장의 형태로 이루어진 계시를 삽입한 것이다. "제국은 결코 끝나지 않는다."

이 수수께끼 같은 문장을 접한 이후, 이 세상이 일종의 가상 세계라고 확신하게 된 딕은 자신이 써 온 글들이 일종의 예언 혹은 설교에 해당했음을 알아차렸다(특히 《유빅(1969)》[2]과 《파머 엘드리치의 세 개의 성흔(1965)》[3]은 예언자 딕이 작성한 백미사와 흑미사라 할 만하다). 또한 그는 이 세계가 사실은 서기 70년이며, 그 이후의 1900년은 악의 세력이 교묘하게 심어놓은 환상일 뿐이라는 사실도 알아차렸다(이 문장에는 아무런 과장도 들어 있지 않다). 하지만 그 깨달음은 당연히 두려움을 동반했다. 이 세계를 관장하는 편집증적이고 유아론적인 악을 고발하려면, 다른 사람들이 편집증적이라고 믿지 않는 이 세계의 구조가 사실은 편집증적이라고 말해야 하기 때문이다. 그런데 그렇게 떠드는 것이야말로 전형적인 편집증 증상이지 않은가? 합리적으로 생각해보면 이 세계 전체가 매트릭스라는 가능성보다는 그냥 나 혼자 미쳤을 가능성이 훨씬 크지 않은가? 그 점을 잘 알고 있었던 딕은 자신에게 주어진 계시에 대해 총 8,000여 쪽에 달하는 메모를 써 가는 와중에도 스스로와 끝없이 싸웠다. 그는 계시받은 자인 동시에 그 계시를 가장 먼저 의심하는 자였다.

하지만 편집증에 시달리게 되는 건 신의 사도가 치러야 할 대가일 수도 있었다. 다시 영지주의를 언급하자면, 최초의 신이 창조한 열다섯 명의 신 가운데 가장 낮은

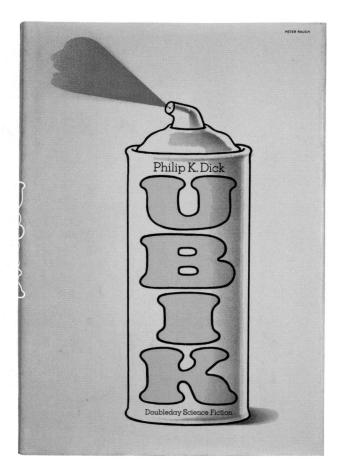

2 필립 K. 딕, 《Ubik》, 1969, 초판 표지
—한국어판 《유빅》, 김상훈 옮김. (폴라북스, 2012)

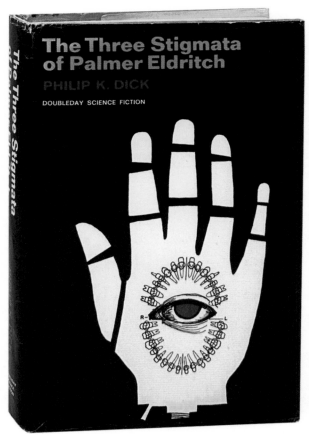

3 필립 K. 딕, 《The Three Stigmata of Palmer Eldritch》, 1965, 초판 표지
—한국어판 《파머 엘드리치의 세 개의 성흔》, 김상훈 옮김. (폴라북스, 2011)

단계의 신이 이 가상 세계를 창조했는데, 그 신의 이름은
소피아, 바로 지혜였다. 따라서 고개를 끄덕이게 만들고 질문을
해결하는 것이, 그렇게 모든 질문을 해결하고 정신의 열평형
상태에 다다르는 것이 이 가상 세계를 만든 신의 뜻에 따르는
행위였다. 그렇다면 거기에 대항하기 위해서는 지혜라는
결론에 다다르기를 유보한 채 끝없이 의심을 이어 가야 할
터였다. 의심에 머무는 것이야말로 반(反)지혜의 한 정점이며,
따라서 그리스도적 행위일 수 있으며, 따라서 가장 앞에 서
있는 예언자이자 순교자에게 주어진 숙명일 수도 있었다. 그는
그 숙명에 따라 순순히 세상을 의심했고(사실 이건 그가 이전부터
해 왔던 일이었다), 그러는 자기 자신조차 순순히 의심했다(이게
그가 후반생에서 점점 더 잘해낸 일이다). 이렇게 의심에서 비롯된
분열은 사실상 그의 자전 소설이라 할 수 있는 《발리스》[4]에서
노골적으로 표현된다. 실제 딕은 이 소설에서 두 명의 인물로
분열돼 등장한다. 계시를 믿는 주인공 '호스러버 팻'과 그
믿음을 가장 의심하는 친구 '필립 K. 딕'으로 말이다. 게다가
그는 죽기 1년 전에 쓴 《티모시 아처의 환생》[5]에서 지적
의심에만 평생을 바친 인물을 등장시킨 뒤 그를 비웃기까지
한다. 어쩌면 세상은 그저 텅 비어 있었는데, 나 스스로 꿈의
세계를 세운 다음 그것에 맞서며 평생을 허비했던 건지도
모른다고. 그렇다면 나는 그리스도가 아니라 타락한 소피아의
사제였는지도 모른다고.

4

필립 K. 딕, 《Valis》, 1987, 초판 표지
—한국어판 《발리스》, 박중서 옮김. (폴라북스, 2012)

이후로도 딕은 보다 명확한 메시지가 찾아오기를 기다리며 메모를 써 나갔지만,
8,000페이지를 넘어선 그 원고가 멈추고 그가 죽을 때까지 뭔가 특별한 일은 일어나지
않은 듯하다. 그가 〈주해서〉라고 불렀던 이 원고 뭉치를 쓰는 속도는 갈수록
느려졌는데, 이에 대해서는 딕이 광기에서 조금씩이나마 회복한 거라는 의견이 주를
이룬다. 하지만 딕의 심정적 후계자이자 탁월한 작가인 에마뉘엘 카레르는 딕에 관한
평전 《필립 K. 딕—나는 살아 있고, 너희는 죽었다 1928-1982》[6]에서 보다 과감하게
접근한다. 딕은 마지막까지 어느 쪽이 진짜 현실인지에 대해 결론을 내리지 않았거나
못했는데, 그거야말로 그다운 최후였다고 말한 것이다. 나는 그 의견에 동의한다.
마지막까지 의심과 망설임 속에 머무는 것. 목적지가 아니라 징검다리의 일부로만
존재하는 것. 그것이 그에게 주어진(혹은 그랬다고 스스로 믿었던) 사명, 즉 매트릭스에
대항하는 선지자로서의 사명에 부합하는 마무리라고 느껴지기 때문이다. 그가 의식적
으로 이런 결론에 도달했을지, 아니면 어쩌다 보니 이렇게 끝이 나버린 건지는 모른다.
하지만 그는 알고 있었다. 이미 성경에서 종종 그랬듯, 신은 내가 의식하지 못하는
사이에 과업을 이루도록 할 수도 있다고. 물론 그렇지 않을 수도 있다고. 아니면 그 둘
모두일 수도 있다고. 나는 점점 더 깨닫는 동시에 점점 더 망상 속으로 빠져들고 있다고.

하지만 그는 했다. 무엇을? 자신도 모르는 일을.

이 이야기는 SF에 관해 내가 알고 있는 가장 이상하고 커다란 약속에 관한 것이다. ▸

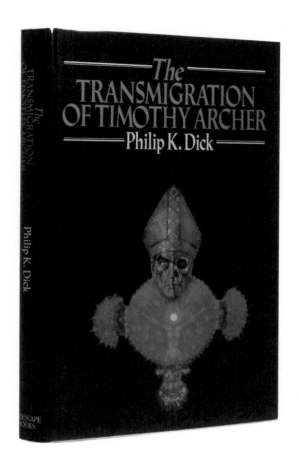

5 필립 K. 딕, 《The Transmigration of Timothy Archer》, 1982, 초판 표지
—한국어판 《티모시 아처의 환생》, 이은선 옮김. (폴라북스, 2012)

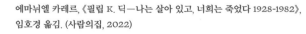

6 에마뉘엘 카레르, 《필립 K. 딕—나는 살아 있고, 너희는 죽었다 1928-1982》,
임호경 옮김. (사람의집, 2022)

IMAGINING OTHERS'

타인을 상상하기

(
minds

personalities

perspective
⋮
)

김보영 BoYoung Kim

SF 작가, 2004년 〈촉각의 경험〉으로 데뷔했다.
작품 및 작품집으로 《다섯 번째 감각》, 《얼마나 닮았는가》, 《저 이승의 선지자》, 《스텔라 트릴로지 오디세이》, 《역병의 바다》, 《천국보다 성스러운》 등이 있다.
2021년 로제타상 후보, 전미도서상 외서부문 후보에 올랐다.

김보영의 창작 에세이

5

출간 소설에서는 보기 힘들지만, 공모전 투고작에서는 의외로 많이 나오는 장면이 있다.
이것은 그중 하나다. 내가 '무대 연설'로 부르는 장면이다. 많은 경우 소설 도입부로 쓰인다.

보통 누가 무대로 걸어 나오며 시작한다. 그는 이미 세계적인 명성을 쌓았고 가는 곳마다 기자와 추종자가
따라다니고 일거수일투족이 화제가 되는 사람이다. 이 사람이 무대에 오르자마자 대형 콘서트장처럼 좌석을 가득
메운 관중이 환호와 박수를 아끼지 않는다. 그 사람이 대뜸 연설을 시작한다. 내가 심사하는 공모전이 주로
SF 공모전이므로 직업은 흔히 과학자며, 그것도 세기의 천재 과학자다. 하지만 소설가 지망생 대부분은 안타깝게도
세기의 과학자가 아닌 관계로 연설 내용은 보통 누구나 아는 사실이거나 때로는 엉망으로 틀린 내용이다.
설마 이 어릿광대가 주인공은 아니겠지, 생각하고 읽는데 진짜 주인공이다.

볼 때마다 희한하다. 여러분은 강의 중에 감동에 겨워 흥분하며 선생님께 손뼉을 치며 환호성을 날린 적이 한 번이라도 있는가? 물론 그랬다면 할 말은 없다. 그래도 흔히 있을 법한 일은 아니다.

흔히 있을 법하지는 않지만 상상 속에서는 많이들 체험해보았을 것이다. 무대에서 대중의 찬사를 받는 꿈은 워낙 전형적이라 해몽도 많다. '인정받고 싶고 재능을 드러내고 싶은 마음을 드러내는 꿈'이라 한다. 공모전에 투고하는 신인 작가들의 마음을 대변하는 풍경이겠다.

데이먼 나이트의 표현에 의하면, 이는 아직 '나르시시즘 단계의 백일몽'[1]을 벗어나지 못한 이야기다. 몽상은 했지만 그 몽상이 타인의 눈에 어떻게 비칠지 상상하지 못하는 것이다.

독자는 무대 위에 당신과 함께 있지 않다. 독자는 관객석에도 없다. 그 바깥 멀찍이 서서, 이 풍경이 통째로 당신의 망상이라는 것까지 꿰뚫어 본다. 그리고 자기가 진짜 그런 사람도 아니면서, 만인의 찬사와 숭앙을 받을 인물이라고 망상하는 풍경에 경악하며 민망해할 뿐이다.

1 데이먼 나이트, 《단편소설 쓰기의 모든 것》, 정아영 옮김(다른, 2017), p. 26

타인이 있어야 픽션이다

인간은 누구나 자기 주관에 갇혀 산다. 그러지 않은 사람은 역사상 없었고 앞으로도 없을 것 같다. 과학이 우주의 끝을 탐사하고 양자 세계를 들여다보아도, 여전히 한 인간이 관찰할 수 있는 주관은 자신의 것 하나뿐이다. 이는 인공지능을 만들 때의 난제라고도 한다. 언젠가 인공지능에게 인격이 생겨도, 어쩌면 이미 생겼어도, 그 인격의 존재를 관측할 방법은 없다. 'AI에게 인격이 있는 것처럼 보이면 있다 치자'는 합의뿐이다. 이것은 우리 사회의 합의이기도 하다.

하지만 동시에, 현실에서 우리는 주관이 없는 타인을 만날 수 없다. 일상에서는 이 괴리가 크게 문제가 되지 않지만 창작에서는 문제가 된다.

나는 전에 청소년 문학 웹진에서 이야기글 게시판 지기를 한 적이 있다. 그곳은 생전 처음 글을 쓰는 아이들로 가득했다. 아이들은 처음에 일기나 수필로 글쓰기를 시작하다 나중에 이야기글 창작으로 넘어온다. 많이들 특별히 뭘 배우지 않아도 자기만의 재미있는 이야기를 만들어낸다. 하지만 그만큼 많은 학생이 창작으로 넘어오는 것을 힘겨워했다.

이들은 내가 "주인공의 행동은 그럴듯해요. 하지만 주인공 이외의 다른 사람의 행동도 마찬가지로 그럴듯해야 해요."라고 말하면 무슨 말인지 도저히 이해하지 못하는 듯했다. 아무리 새로 써도 주인공의 서사에만 계속 살이 덧붙여졌고, 주변 인물은 계속 목적도 일관성도 없이 움직였다.

what CHARACTERS

do must grow out of who they are

AND WHO THEY ARE IS, IN TURN,
INFLUENCED BY WHAT YOU MAKE HAPPEN TO THEM.

NANCY KRESS, *Dynamic Characters* (2004)

김보영

낸시 크래스는 《소설 쓰기의 모든 것 3: 인물, 감정, 시점》에서, "흥미로운 인물이 없다면 소설이 아니다."[2]라고 한 바 있다. 나는 여기에 말을 덧붙이고 싶다. "둘 이상의 인격을 상상할 수 없다면 논픽션은 써도 픽션을 쓰지는 못한다."

픽션은 여러 인격 간의 상호작용으로 이루어져 있다. 한 명의 인격만이 등장하는 소설이 있을지 모르겠지만 잘 상상은 가지 않는다. 말하자면, 당신이 설령 자신이라는 표상을 투영하는 것으로 한 인물의 구색을 갖추었다 해도, 반드시 그와는 전혀 다른, 때로는 사사건건 대립하는 또 하나의 인격을, 그것도 생동감 있고 일관성 있는 형태로 상상할 수 있어야 한다. 그래야 그 글이 픽션이 되며, 그러지 않으면 혼자만의 백일몽에 불과하다.

인물은 주인공이든 조연이든 모두 주관이 있어야 하며, 자기 인생의 주인공이어야 하고, 자신의 의지로 말하고 행동해야 한다. 현실의 인간은 실제로 모두가 그러하기 때문에, 작가가 이를 비슷하게라도 구현하지 않으면 소설이 현실적으로 느껴지지 않는다.

이것은 가르치기가 가장 어려운 영역이었다. 누군가는 여러 인격을 구현하는 데 아무 어려움이 없었고, 반대로 죽어도 안 되는 사람은 또 안 되는 듯했다. 물론 노력 여하에 따라 언젠가는 되지만, 결국 어느 지점에서는 스스로 깨닫는 수밖에 없는 듯했다.

이는 물론, 사회에서 다른 사람의 마음을 이해한다든가 배려한다든가 하는 차원의 이야기가 아니다. 말 그대로 머릿속에서 여러 인격이 굴러다닐 수 있는가의 문제다. 소설을 쓰든 쓰지 않든, 이런 상황을 상상조차 해보지 못한 사람이 있는가 하면, 흔히 체험하는 사람도 있는 듯하다.

2
낸시 크레스,
《소설 쓰기의 모든 것 3. 인물, 감정, 시점》,
박미낭 옮김(다른, 2018), p. 12

인물은 살아 있어야 한다

SF는 세계관이 더 중요하므로 인물이 흐릿해도 된다는 말이 언제부터인가 한국 SF 장에서 떠도는데, 나는 영문을 모르겠다.

그건 배우가 연기를 못해도 영화의 다른 부분이 훌륭하면 괜찮다는 말 같은데, 음, 그건 그렇다. 사례도 많다. 하지만 그건 모든 창작의 특징이지 어떤 장르의 특징이 아니다. 혹시 이 말이 '인물이 전형적이어도 괜찮다'는 뜻이라면, 그것도 맞다. 그런데 그것도 모든 창작의 특징이지 어떤 장르의 특징이 아니다. 그렇다고 배우가 연기를 못해서 좋은 점은 또 뭔지 모르겠다. 오히려 현대사회의 지루하고 흔해빠지고 매가리 없는 인물 대신 개성 넘치고 다양한 인간상을 그려낼 수 있는 장르가 아니던가. 물론 작가 개인의 창작관이야 다를 수 있겠다.

음, 좋다. 인물은 흐릿해도 된다. 물에 빤 김치처럼 맹탕이거나 가을에 바싹 마른 가랑잎처럼 시들시들해도 된다. 문장이 나빠도 되고 세계관이 어설퍼도 되는 것과 비슷한 논조로, 그래도 된다. 이야기는 생물이고 전체로 기능하는 것이니, 어느 부분이 모자라도 다른 부분이 좋으면 서로 보완이 된다. 우리는 모든 것을 다 잘할 수 없다. 누구나 그렇다.

하지만 하한선은 있다. 문장이 아무리 나빠도 하한선이 있다. '문장은 이해되어야 한다'는 하한선이다. 내 생각에 인물의 허술함에도 하한선이 있다. '인물은 구분되어야 한다'는 선이다. 소설을 써본 사람이라면 이 하한선도 몹시 드높은 줄을 알 것이다.

인물을 구분할 수 없다면 이야기를 이해할 수가 없다. 문장도 좋고 별로 어려운 내용도 없는데 도무지 글이 읽히지 않는다면 인물이 구분되는지 생각해볼 필요가 있다. 오늘 할 이야기는 이것 하나다.

CHARACTER is key.

In fact, without believable and interesting characters, you don't really have fiction at all. You may have names walking through plot, but without the essential animation of character, a historical novel becomes mostly a history text, a mystery becomes a police report, and science fiction becomes a speculative monograph. Literary fiction simply becomes unread.

NANCY KRESS, *Write Great Fiction — Characters, Emotion & Viewpoint* (2005)

개성은 대비에서 온다

많은 초보 창작자들이 인물이 흐릿하다는 평을 들으면 거대한 수학 난제라도 들은 듯한 고통에 겨워하며 ……주인공을 들여다본다. 잠깐 정지. 아까 주인공에게만 서사를 계속 추가하던 학생을 기억하는가?

잠깐 다른 이야기를 하면, 공모전 투고작 중에는 "씨바아알!"로 첫 대사를 시작하는 주인공이 의외로 많은 편이다. 그 말이 주인공을 눈에 띄게 하고 개성을 부여한다고 믿는 것 같다. 나는 '씨바아알'하고 포효하며 첫 등장을 알리는 주인공을 볼 때마다 이건 또 무슨 한국인 정신에 아로새겨진 원초적인 대사일까 고민한다.

개성은 주인공의 눈에 띄는 몸짓과 울부짖는 괴성과 거친 생각과 불안한 눈빛과 위협적인 주먹과 위험한 인간상 따위에서 오지 않는다. 개성은 대비에서 온다(어느 정도는).

MBTI 이야기 한번 해보자.

'으아악, MBTI래! 여기 보세요, MBTI래!' 하고 여기저기서 아우성치는 소리가 들리는 듯하다. 자자, 잠깐만 진정하자.

MBTI가 사주나 점성술처럼 퍼지고 있는 데다 오남용과 오해석이 넘쳐 흘러 짧은 지면 안에서 잘 설명할 수 있을지 모르겠지만, 그래도 한번 해보겠다. 어쨌든 많이 알려지기는 했으니 예시로는 괜찮을 듯하다. 미리 말해두지만 과학적인 면에서가 아니라 철학적인 면에서의 인용이다.

김보영

PERSONALITIES

16

E
N
T
J

I
S
F
P

EXTROVERTED - INTROVERTED

INTUITIVE - OBSERVANT

THINKING - FEELING

JUDGING - PROSPECTING

타인을 상상하기

3
이사벨 브릭스 마이어스,
《성격의 재발견:
마이어스-브릭스 성격유형 탐구》,
정명진 옮김(부글books, 2008), p. 4

4
같은 책, p. 11

MBTI, 즉 마이어스 브릭스 유형 지표는 이사벨 브릭스 마이어스가 어머니와 함께 만든 지표다. 이사벨은 《성격의 재발견》 첫 문장에서 '이 책은 가족을 위해 썼다'[3]고 말한다. '가족'은 혈연만이 아니라, 친구와 직장동료처럼 자신에게 중요한 사람을 말한다. 이사벨은 인생의 고통은 '선의를 갖고 있고 서로에게 중요한 사람들이 서로를 이해하지 못하는' 데에서 온다고 보았다.[4] 이 지표의 목적은, 모든 사람이 제각기 세상을 다르게 인식하고 다르게 반응하는데, 그 '다름'이 모두 '정상'이라는 것을 이해하는 것이다. 당신은 독특하고 유별나며 타인에게 이해받지 못하겠지만, 정상이다. 똑같이 유별나며, 당신을 이해해주지 않고 당신도 도저히 이해할 수 없는 타인도, 동등한 수준에서 그러하다.

이 지표는 잘 알려져 있다시피, 칼 융의 생각에서 비롯했다. 융은 인간이 에너지를 얻는 방식에서 내향-외향의 차이가, 사물을 인식하는 방식에 있어 감각-직관의 유형이 있다고 보았다. 그런데 융은 내향형인 사람은 내향형만 가진 사람으로 보지 않았다. 유전형의 열성과 우성처럼, 외향형이 억압되어 나머지가 표현형으로 내향형이 드러난 것으로 보았다. 말하자면, 내향적인 사람에게 내향형은 잘 받아들여진 부분이니 문제가 없다. 오히려 살펴보아야 할 것은 그 반대의 성향, 숨겨진 부분, 지표에서 드러나지 않는 성격이다. 그 그림자를 들여다보고, 이해하고 받아들이는 것으로 더 자연스러운 사람이 될 수 있다고 보았다.

그러면 우리가 MBTI에서 보아야 할 것은? 그렇다. 타인의 지표다.

물론 나를 이해하는 것이 세상 이해의 출발점이니 나의 지표를 보는 것이 우선이겠지만, 나는 원래 내가 잘 안다. 나는 내가 이해하며 내가 공감한다. 우리가 노력을 들여 이해해야 하는 사람은 내가 아니라 타인이다. 그것도, 나와 그 무엇도 아무것도 같지 않은 사람이다.

하지만 사람의 머릿속에는 자기뿐이며, 인간은 자기밖에 관심이 없으므로, 당신은 아마도 MBTI의 온갖 유사 검사를 돌리며 자기 결과만 오백 번쯤 보았을 것이다. 그거, 한 번 봤으면 됐다. 그만 보고 자신의 그림자를 보라. 당신과 모든 지표가 다른 사람을 보자. 이를테면, 당신이 INTP라면 ESFJ의 지표를 보자.

거기에는 당신이 죽어도 하지 않을 일만 골라서 하는 인간이 있을 것이다. 취향도 취미도 다 다르고, 모든 상황에서 다른 반응을 하고 당신은 상상도 못 할 일만 하는 사람이 있을 것이다. 하지만 그 사람은 당신과 마찬가지로 정상이며, 똑같이 흔하고 평범한 사람이다.

이제 시험 삼아, 당신에게 익숙하고 이해하기 편한, 당신과 비슷한 사람을 지면에 올려 보자. 물론, 자신과 비슷한 인물을 더 그리기 어려워하는 작가도 많다. 어디까지나 예시다. 그리고 모든 면에서 다른 사람을 그 옆에 두어보자.

이제 두 흔한 인물에게는 마법처럼 개성이 생겨난다. 둘은 평범했지만 이제 조금도 평범하지 않다. 다음에는 당신과 닮은 인물을 뒤로 물러나게 한 뒤 당신과 어떤 면에서도 같지 않은 인물을 주연으로 활약하게 해보라.

개성은 대비에서 온다. 같은 인물만 배치하면 그 어떤 성격도 독특해지지 않는다. 수다스러운 인물만 소설에 배치하면 독자는 작가가 수다스러운 성격이라 생각하지, 인물을 창작했다고 믿지 않는다.

주인공의 어떤 면을 드러나게 하고 싶은지 생각해보자. 밝은 성격을 드러내고 싶다면 주인공에게 무리하게 살을 덧붙이는 대신 어두운 사람을 옆에 두어보자. 산만함을 드러내고 싶다면 딱 부러지는 사람을, 수다스러움을 드러내고 싶다면 과묵한 사람을 옆에 두자. 그는 동료나 친구여도 좋고, 대적자여도 좋고 잠시 지나가는 주변인이어도 좋다.

이제 시들시들한 묵은김치 같았던 주인공은 고기반찬과 어우러져 매력을 발산한다. 혹시 김치가 고기보다 개성이 부족하다고 생각한다면, 채소 하나 없이 고기밖에 없는 식탁을 생각해보라. 식탁을 보자마자 손님들은 김치부터 찾을 것이다.

김보영

색깔로 상상하기

색은 내가 인물의 밑그림을 그릴 때 쓰는 방식 중 하나다. 나는 실제 주변 사람에게도 성격과 분위기에 따라 색깔을 부여해 상상하곤 하는데, 마찬가지로 내 인물을 색깔로 상상한 뒤 그 색을 늘어놓고 배색이 좋은가를 본다. 색은 인물의 일관성을 잡기에도 좋다.

1) 흰색과 검은색

흔한 구도다. 영화에서도 이들은 실제로 영화에서도 흰옷과 검은 옷을 입고 등장한다. 이들은 김독자와 유중혁이고, 루크와 한 솔로(혹은 다스베이더)며, 슈퍼맨과 배트맨이고, 호동과 무휼이다. 검은색은 흰색을 더욱 희어 보이게 하며, 흰색은 검은색을 더욱 검어 보이게 한다.

흰색은 선하고, 순수하며, 온화하고, 사교성 있고, 친절하며, 친구가 많고, 인정에 이끌리며, 겉으로는 유약해 보이지만 내면적으로 강하다.

검은색은 선악이 불분명하며, 산전수전 다 겪었고, 냉소적이며, 고독하고, 친구 없고, 냉철하게 판단하며, 기본적으로 흰색을 압도하는 강자인 것 같은데 알고 보면 개복치 같은 심약한 구석이 있다.

2) 빨간색과 파란색

마찬가지로 흔한 구도다. 파란색은 빨간색을 더욱 빨갛게 보이게 하며, 빨간색은 파란색을 더욱 푸르게 보이게 한다. 이들은 전대물의 레드와 블루며, 커크와 스팍이다.

빨간색은 열정적이고, 생각보다도 몸이 먼저 움직이며, 충동적이고, 시끄럽고, 정의감에 불타고, 감정적이며, 파란색과 매일 다투지만 사실 파란색이 없으면 어쩔 줄을 모른다.

파란색은 냉정하고, 움직이기 전에 생각하며, 차분하고, 조용하고, 실리를 따지며, 감정을 내비치지 않으며, 빨간색이 벌인 일을 뒷수습하느라 바쁘지만 심정적으로 빨간색이 일을 벌이는 것을 지지한다.

색깔을 계속 더해보자. 노랑은 명랑하고, 활기차며, 늘 웃고, 떠들고, 수다스럽고, 매사에 진지하지 않고, 뛰어다니고, 신나고, 감정적이다. 초록은 얌전하고, 조용하며, 사회활동을 하고 있으며, 독서와 식물을 좋아한다.

그렇게 밑그림을 그리고 색깔이 겹치거나 한 방향으로 쏠리지 않았는지 본다. 색이 원색에 가까울수록 전형적인 인물이므로 여기에서 RGB값을 조금씩 바꾼다. 물론 소설의 방향성에 따라 전체를 밝은 계열로 또는 어두운 계열로 한다든가 하는 변형은 있겠다.

나는 단편집을 기획할 때도 그렇게 하는 편이다. 작가를 색으로 상상한 뒤, 배치해보고 색이 한쪽으로 쏠리지 않는지 보았다. 이상적인 결과는 작가가 무지개색으로 균등하게 펼쳐지는 것이다. 전반적으로 색이 어두워지면 밝은 작가를 찾고, 차분해지면 들뜨는 색을 찾으며 빈자리를 채워갔다. 그러면 책이 다채로우면서도 균형이 잡힌다. 개인적인 방식이다.

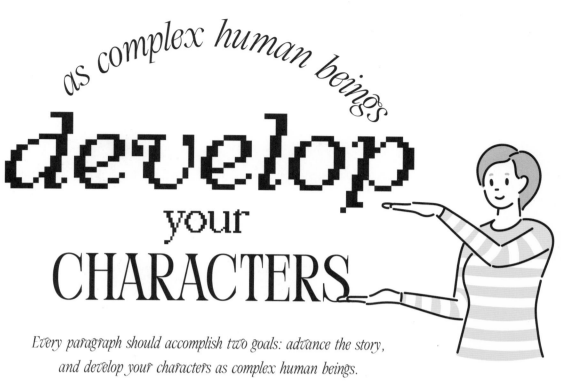

as complex human beings

develop
your
CHARACTERS

*Every paragraph should accomplish two goals: advance the story,
and develop your characters as complex human beings.*

NANCY KRESS

자신만의 방법을 찾기

작법서에서 흔히 추천하는 방법은 취재를 하거나 주변 인물을 관찰하는 것이다. 그리고
그 대부분이, 한 명이나 소수의 사람만을 관찰해 인물로 쓰지 않도록 경고한다. 관찰로
인물을 만들려면 반드시 여러 사람을 관찰한 뒤 재구성하여 새 인물을 만들어야 할 것이다.
인물은 결국 자신의 안에서 창조되어야 한다.

나는 인격을 창조하는 과정은 배우가 역할에 깊이 몰입하여 대본에 없는 대사와 연기를
말하는 현상과 비슷하다고 생각하는 편이다. 인물이 충분히 살아 있으면 그 사람이 이야기를
끌고 간다. 방구석에서 타자나 치는 내 원래 인격으로는 상상도 못 할 전개와 결말로
치닫는다. 결국, 자기 인격으로만 이야기를 쓰면 늘 같은 이야기밖에 나오지 않는다. 매번
새로운 인물을 창조하고 그 인물에게 운전대를 슬쩍 넘겨주어야 본연의 나로서는 상상하지
못했던 이야기가 나온다. 인물이 충분히 살아 있으면 보조 작가처럼 같이 글을 써주고,
협업과도 같은 즐거움을 준다.

사실 어떻게든 작가들은 자신만의 인물 구분법을 찾아내는 듯하다. 아이작 아시모프도
인물상이 비슷한 작가였지만 그래도 거장이었다. 사실 아시모프의 소설을 자세히 들여다보면,
비슷비슷한 인물만 나오는 듯해도 인물 사이에 확연한 차이가 있었다. 그의 인물은 많은 경우
정신적인 제약이 있다. 로봇은 로봇 3원칙에 지배되고, 지구인은 기계혐오와 광장공포가 있고,
우주인은 기계선호와 대면공포가 있다. 인물이 각기 다른 정신적인 제약을 지키며 행동
하므로 명확히 구분되고, 이야기를 읽는 데에도 어려움이 없다. 여러분도 자신만의 방법이
있으려니 한다.

KIM WON WOO

김원우

유쾌한 크리스마스 SF 소설로 제일 먼저 떠오르는 사람은 코니 윌리스지만,

이제 다음으로 떠올릴 만한 사람을 찾았다. 김원우의 《크리스마스 인터내셔널》은 적당히 시끄럽고

적절히 친밀하며 아무쪼록 평화를 기원하는 소설이다. 게다가 구석구석에서 SF를 향한 사랑이 튀어나온다.

소설이 세상에 나오기까지 어떤 변화가 있었는지, 작가의 말을 들어보기로 했다.

1.
자몽에서 수상까지

이번 2022년 제2회 문윤성 SF 문학상에서 장편 부문 대상을 수상하셨지요. 수상 소감이 궁금합니다. 수상 사실을 알았을 때 무슨 생각이 드셨나요?

수상 소식을 이메일로 받았어요. 저녁까지 아무 연락이 없어서 떨어졌다고 생각하고 있었는데 밤 11시쯤 메일을 봤어요. 메일 내용이 길어서 내가 수상한 게 맞는지 한참 동안 몇 번을 다시 읽었어요. 중간에 취소되는 게 아닐까 하며 시상식 날까지 반신반의했습니다. 수상 소식도 처음에는 친구 한 명 말고는 아무에게도 이야기하지 않았어요. 제가 칭찬이나 축하를 받는 데 약해서 말을 잘 못 하겠더라고요. 누가 서점에서 제 이름을 발견하고 오랜만에 연락해준다면 좋을 것 같긴 해요.

글을 쓴다는 사실을 주변에 알리지 않으셨나요? 소설을 쓰기 시작한 과정이 궁금해집니다.

《크리스마스 인터내셔널》은 2018년에 처음 쓰기 시작했어요. 카페에서 자몽에이드를 마시는 중이었는데, 친구가 '자몽'이라는 키워드로 60분 안에 소설을 써낼 수 있겠냐고 했어요. '전력 60분'이라고 제한시간 안에 작품을 완성하는 퀘스트가 유행했거든요. 그땐 완성은커녕 시작도 못 했어요. 결국 3년 후에 자몽 외계인 소설을 완성하게 되었네요. 자몽이 어쩌다 외계인이 되었는지는 기억이 안 나요. 처음에는 '자몽을 영어라고 알고 있던 사람'의 이야기를 쓰고 싶었어요. 그런데 제가 가장 좋아하는 게 SF라서 자연히 SF 소설을 쓴 것 같아요.

　세상에는 자기가 좋아하는 걸 직접 해야만 직성이 풀리는 사람들이 있잖아요. 저도 그런 사람이고요. '내 글로 세상을 깜짝 놀라게 하겠어!' 같은 목표는 없었어요. 취미로 쓰기 시작했고, 원래 응모할 생각도 없었어요. 그런데 친구가 '재미있다, 어디든 내봐라, 장편을 완성했는데 아깝지 않냐'고 해주었어요. 덕분에 마음먹고 1부를 거의 다시 썼습니다. 초고는 훨씬 가라앉은 분위기였어요. 친구의 피드백을 받아서 가벼운 톤으로 바꿨습니다.

기대하지 않았던 상금을 받은 셈인데, 혹시 어떻게 쓰셨는지 물어봐도 될까요?

상금 절반은 여러 단체에 후원하는 데 썼어요. 수상 당시에 가장 이슈가 되었던 곳이 '전국장애인차별철폐연대'인데, 그곳에 가장 큰 금액을 보냈어요. 나머지는 관심 있던 곳이나 추천받은 곳으로 열 군데 정도에 기부했습니다. 처음에는 전액을 후원하려 했는데 생각보다 큰 금액이라 우선 절반만 했어요. 나머지 절반은 특별한 계획은 없어요. 맛있는 걸 먹거나 어디 투쟁기금으로 사용할 것 같습니다.

《크리스마스 인터내셔널》에도 차별과 관련된 내용이 곳곳에 나오죠. 어떤 인터내셔널을 좋아하시는지도 조금 궁금하네요. 제목은 언제 정해진 건가요?

원래 제목은 "자몽 소설—과학적 혁명의 구조"였어요. "크리스마스 인터내셔널"은 공모전 용으로 만든 제목이에요. 크리스마스에 벌어지는 연대의 이야기니, 줄거리를 요약하는 제목을 만들었어요. 단순한 방식이라 작품 내용과 어울리는 듯해 마음에 들어요. 인터내셔널가는 최도은 님 버전을 제일 좋아합니다. 피를 끓게 하는 목소리예요. 그분 노래 중에 '혁명의 투혼'이라는 노래가 있는데 정말 혁명의 최전선에 서 있는 기분이 들어요.

자몽 소설답게 자몽이 중요하게 등장합니다. 저는 주인공 '나영'이 쓰는 자몽 관련 논문들 제목이 좋았어요.

논문 제목은 아인슈타인이 썼던 제목을 조금씩 고친 거예요. 처음부터 만들지 않아도 되어서 편했죠. 미술 관련 논문은 존 스타인벡의 《분노의 포도》의 패러디예요. 오노 요코가 《Grapefruit》라는 책을 썼다는 점에서 착안했고요. 이외에 자몽이 영어인 줄 알았다는 부분은 제 이야기예요.

책으로 만들면서 특별히 고친 부분이 있나요?

분량이나 설정을 조금씩 고쳤지만, 가장 큰 변화는
흡연자가 사라졌다는 점이에요. 인물이 죄다 금연하도록
바꿨어요. 소설이 책으로 나온다고 생각하니 그 점을
바꾸고 싶었어요. 청소년분들이 많이 읽으시길
바랐거든요. 청소년 추천도서 목록에 이름이 올라간다면
정말 큰 영광일 거예요.

《크리스마스 인터내셔널》 김원우 지음, 아작 펴냄

2.
크리스마스와 SF와 고양이

《크리스마스 인터내셔널》을 읽으면서 코니 윌리스의
〈모두가 땅에 앉아 있었는데〉 생각이 났어요. 외계인들이
나타났는데 대화할 방법을 모르고, 그래서 주인공들이
고생하고, 크리스마스에 소동이 벌어지면서 문제가
해결된다는 점에서요. 마침 다른 인터뷰에서 코니
윌리스를 언급하신 적도 있고요.

크리스마스가 배경인 SF를 쓰면 코니 윌리스를 피하기
어렵죠. 정말 재미있고 좋아하는 작품이고요. 소재는
다른 작품과도 여러 면에서 겹칠 거예요. 퍼스트 콘택트
라는 테마는 SF에서 흔하잖아요. 장르소설을 쓰는 일
자체가 같은 소재를 두고도 다르게 이어나가는 것이고요.
소재나 규칙은 이미 축적되어 있으니까요. 그런 점에서

저는 코니 윌리스와 같은 테두리 안에 있죠. 같은 걸
어떻게 다르게 쓰느냐, 그게 장르소설을 쓸 때의 즐거움
같아요.

사실 저는 〈모두가 땅에 앉아 있었는데〉와 겹치지
않으려고 의식적으로 노력했어요. 발상이 비슷하다는 걸
알았으니까요. 예를 들면 원래 소설에 애니멀
커뮤니케이터를 넣었는데, 코니 윌리스 소설을 보니
거기도 애니멀 커뮤니케이터가 나오더라고요. 큰일났다,
이건 빼야겠다, 하고 지웠어요. 코니 윌리스에게 영향을
받았다면 오히려 《블랙아웃》과 《올 클리어》 쪽이에요.
인물이 왁자지껄하는 모습을 3인칭으로 서술하는 방법을
따라했어요. 읽는 분들이 그런 경쾌하고 시끄러운
분위기를 떠올려주셨으면 좋겠어요.

특히 즐겁게 쓴 부분이 있나요?
혹은 독자가 주의 깊게 읽어주었으면 하는 부분은요?

김나영 친구 만들어주는 모임, 줄여서 KFC를 결성하는
장면이요. 인물들이 가장 들떠 있는 장면이에요. 쓰면서
저도 따라서 매우 들떴어요. 즐거운 기분이 문장으로
나온 듯해서 좋아요. 다른 부분도 주의 깊게 읽기보다는
즐겁게 읽어주셨으면 좋겠어요.

작중 SF 작품이 여러 번 언급이 되는데요. 예를 들면
고양이가 나오는 SF 소설로 《여름으로 가는 문》이
나옵니다. 도서관에서 일하는 '수경'이 나영에게 처음
추천한 책이었죠. 이 책을 고르신 이유가 있나요?

시간적 배경이 지금으로부터 20년 전인데, 그때는 한국에
출간된 SF 소설이 그리 많지 않았잖아요. 지금이라면
코니 윌리스의 《개는 말할 것도 없고》를 고를 수 있죠.
매우 고양이다운 고양이 '아주먼드 공주'가 나오고요.
하지만 당시에는 출간이 안 되어 있었어요. 그래서 수경이
당시에 집어 들었을 법한 책으로 골랐어요.

EVENT HORIZON

《크리스마스 인터내셔널》 추천곡
사건의 지평선 — 윤하

2.27   -0.34

🔀   ⏮   ⏸   ⏭   🔁

🔈 ●――――――――●―――― 🔊

▱ Devices Available

만약 수경이 《크리스마스 인터내셔널》과 관련된 책을
추천한다면 무엇을 할 것 같나요?

코니 윌리스의 크리스마스 단편집 《고양이 발 살인
사건》과 《빨간 구두 꺼져! 나는 로켓 무용단이 되고
싶었다고!》는 당연히 추천할 테고요. 제 소설에 관해
떠오른 작품 중에 몇 개는 책 뒤에 참고 작품으로
언급해놨어요. 그리고 책은 아니지만 윤하의 노래
〈사건의 지평선〉이 생각나요. 첫 가사가 "생각이 많은 건
말이야, 당연히 해야 할 일이야"예요. 그게 이별 노래
잖아요. 관점을 조금 바꾸면, 고정관념과 이별하는
노래로 들을 수도 있겠다 싶었어요. 수경이 그 노래를
추천하면 좋겠어요.

수경과 함께 도서관이 인상 깊은 장소로 등장하는데,
도서관에 많이 가시나요? 소설에서처럼 도서관 이용객과
유대감을 형성한 경험이 있는지요.

전에 살던 곳에서는 거의 매주 갔어요. 지금은 도서관이
멀어서 지하철 반납함을 이용해요. 작중의 도서관은 제가
중고등학생 때 많이 다녔던 시립도서관을 참고했어요.
도서관에서 단골끼리 친밀감을 쌓으면 즐거울 것 같기는
한데 제가 해본 적은 없어요. 예전에 무엇이든 그저 책을
좋아하는 사람을 만나고 싶다는 생각으로 동호회 만드는
앱에 SF 연구회를 만들었어요. 잘되지는 않았어요.
그런데 그때 근처 도서관에서 SF 독서모임이 있었더라
고요. 뒤늦게 땅을 치며 후회했죠. 도서관은 이용하려고
하면 정말 좋은 곳이라고 생각해요. 최근에 서울시
마포구에서 작은 도서관을 없애고 독서실로 만들겠다는
소식이 들려서 안타까워요. 도서관 정말 좋은데.

INTERVIEW · 김원우

코니 윌리스 외에 좋아하는 작가가 있나요?

한국 SF 작가 중에서는 김보영 작가를 오래전부터 좋아했어요. 옛날에 행복한책읽기에서 《진화신화》가 나왔을 때 읽어보고 매우 충격을 받았어요. 세상을 보는 시각을 뒤집는다는 것이 이런 거구나 싶었어요. 그때부터 지금까지 계속 작품을 기대하고 있어요.

3.
〈스타 트렉〉으로 모이는 사람들

《크리스마스 인터내셔널》에는 SF 드라마 〈스타 트렉〉 농담이 정말이지 여러 번 등장합니다. 그것도 '피카드 함장'이 나오는 '더 넥스트 제너레이션(TNG)' 시리즈만 나오는데요. 어떻게든 타인과 싸우지 않고 평화로운 만남을 추구하는 시리즈라는 점에서, 폭력을 꺼리는 나영 일행과 어울리는 조합 같습니다. 하지만 〈스타 트렉〉의 주인공들이 속한 '스타플릿'은 군대가 아니라고 하면서도 애매한 위치에 서 있죠. 군대식 계급을 사용한다든가, 실제로는 무기를 들고 전쟁을 합니다. 시리즈를 거듭할수록 내용이 복잡해져요. 이런 복합적인 면모에 관해 고민이 있으셨을 듯도 합니다.

제가 어릴 적에 본 시리즈가 TNG였어요. 피카드 함장을 제일 좋아하고요. 지금은 OTT 서비스에서 모든 〈스타 트렉〉 시리즈를 볼 수 있는데, 다른 건 잘 안 보게 되더라고요. 피카드 함장은 남을 때리지 않는 사람이지만 간혹 남을 계급으로 찍어누를 때가 있죠. TNG에서 제가 안 좋아하는 부분이에요. 하지만 소설을 쓸 때는 선악의 경계나 이중성 등은 염두에 두지 않았어요. 최대한 전래동화 수준으로 선과 악을 단순하게 나누려고 했어요.

근래 《82년생 김지영》을 중심으로 메시지를 전경화하는 일에 비판이 있었잖아요. 영화나 게임의 소위 '정치적 올바름'에 관한 불만도 많이 나왔고요. 《크리스마스 인터내셔널》에는 그에 대한 반발심이 들어갔어요. 일부러 '올바른' 말을 했어요. 물론 실제로는 그렇게 단순할 수 없죠. 마지막에 나오는 시위 장면에서도, 모두가 한마음이 된 것처럼 보이지만 사실 그 목소리가 단일하지 않아요. 우리는 그 안에도 수많은 차별이 존재한다는 걸 경험을 통해 알고 있죠.

작중 정면 충돌이 일어나는 부분은 짧고 단순하게 끝납니다. "우리는 기계가 아니"라는 말이 나오는데, 이건 매우 오래된 말이잖아요.

'우리는 기계가 아니다'라고 하면 한국에서는 먼저 전태일을 떠올리게 될 텐데, 의도한 바는 아니에요. 명령을 입력하면 명령대로 행하는 수동성을 말하기 위해 기계라고 표현했어요. 흔한 표현을 쓰고 싶었어요. 전반적으로 갈등이 쉽게 봉합되죠. 핵심 갈등들이 제 안에서는 역사적 맥락이 있지만, 소설에서는 너무 간단하게 해결되고 표면적으로만 나오기 때문에 전부 언급하기에는 조심스러워요.

다음 기회가 있겠지요.
앞으로는 어떤 소설을 쓰고 싶으신가요?

소설을 발표하는 방법을 고민하고 있어요. 출판사를 통한
방식 외의 길이 없을까 하고요. 예를 들면 인터넷 소설은
생긴 지 30년쯤 되었지만, 아직도 매우 전위적인 매체
같아요. 〈홈스턱(Homestuck)〉은 게임처럼 전개되는 웹
코믹이에요. 우리가 익숙하지 않은 방식으로 이야기를
전달해요. 저도 익숙하지 않은 소설을 쓰고 싶어요.
《크리스마스 인터내셔널》은 정말 친절한 소설이고,
편집부에서도 글이 이상한 방향으로 가지 않도록
잡아주셨어요. 하지만 앞으로는 낯설고 이상한 이야기를
쓰려고 해요. 저는 천천히 쓰는 사람이니 아이디어를 다
쓰려면 엄청 오래 걸리겠죠. 느리게 조금씩 쓰고 있어요.

김원우 작가는 소설 아이디어를 이야기한 뒤 '제가 살아 있는 동안
나오면 좋겠어요.'라며 웃었다. 《크리스마스 인터내셔널》이
갈등의 표면을 더듬는 이야기였다면, 다음에는 작가가 바라보는
우리 안의 갈등이 더욱 구체적으로 펼쳐지리라는 기대가 들었다.
느리게 쓰는 작가의 이상한 세계를 느긋하게 기다리기로 했다. 🐾

SHORT SHORT STORY

TYING THE KNOT

매듭짓기

Sanhwa Lee

이산화

SF 작가. 장편소설 《오류가 발생했습니다》와 《필수: 리스트 컬렉》, 연작소설 《기이현상청 사건일지》, 소설집 《증명된 사실》 및 다수의 단편을 발표했다. 2018년 및 2020년 한국 SF 어워드 중·단편소설 부문 우수상을 수상했다.

"다시 한 번 약속해줘. 평생, 절대로 나를 떠나지 않겠다고."

가쁜 숨에 섞어 토해낸 내 호소에, 당신은 다소 당황하다가도 이내 웃으며 응해준다. 폐건물로 둘러싸인 한밤의 고요 속에서 우리는 아직 말의 무게를 모르는 어린아이들처럼 결연히 맹세를 나눈다. 마주 건 손가락을 타고 전해지는 당신의 온기가 뚜렷하다. 그 온기의 끈을 놓치지 않은 채로 나는 당신을 품으로 당겨 안고, 허리에 팔을 두르고, 귓가에 메아리치는 달콤한 서약의 속삭임을 들으며 가만히 확신한다.

이 순간의 약속만큼은 진실로 영원할 것임을.

곧 그리하도록 매듭지어질 테니.

✦

모든 매듭에는 각기 다른 쓰임이 있다. 끄트머리를 당기면 쉽게 풀리는 것, 힘을 줄수록 더욱 단단해지는 것, 모양이 복잡하고 아름다운 것. 어부가 배를 부두에 묶어두는 매듭으론 귀한 선물 주머니를 봉해서도 안 되고, 사형수의 목을 둘러서도 안 된다. 이 도시의 암흑가를 오래도록 지배해 온 가문의 수장들은 전부 그 점을 이해했기에 매듭 공예사를 하나씩 측근으로 두었다. 할머니, 어머니, 그리고 나까지.

어머니를 찾아와 '선물'을 의뢰하던 전대 수장의 주름진 얼굴을 나는 지금도 선명히 떠올릴 수 있다. 그건 조직이 큰 계약이나 중요한 혼담을 마무리했다는 뜻이었고, 동시에 어머니가 장롱 맨 위 칸의 상자 속에서 가장 좋은 색실을 꺼내리라는 뜻이기도 했다. 어머니의 길고 흰 손가락 사이에서 아름답게 반짝이는 붉은빛과 금빛 실이 온갖 모양으로 피어나가던 모습을 똑똑히 기억한다. 그 광경을 마냥 넋 놓고 지켜보는 동안 귓가로 조곤조곤 흘러들어왔던 어머니의 목소리도.

"주변부는 그냥 장식이다. 나비, 꽃, 박쥐. 누가 받을 선물인지에 따라 정하면 돼. 진짜는 지금부터니, 눈 똑바로 뜨거라."

붉은빛 아래 금빛 한 가닥, 고리를 만들어 두 바퀴 두르고, 세 손가락으로 동시에 걸어 잡아당기고. 손바닥 위엔 어느새 작은 단추 모양 매듭이 만들어져 있었다. 첫눈에는 주변부보다 한층 수수하기만 한 모습. 하지만 어머니에게 매듭을 건네받아 요리조리 살피고 또 당겨보던 나는 곧이어 그 진가를 알아챘다. 분명 색이 다른 두 가닥의 실을 묶어 만든 것이었음에도, 문제의 매듭에서는 도무지 각 가닥이 어디로 향하는지를 정확히 분간할 수가 없었다. 마치 매듭의 가려진 안쪽에서 붉은빛이 금빛으로 변해 빠져나오기라도 한 듯이. 원래부터 반은 붉고 반은 금빛인 실 한 가닥으로 만든 매듭인 듯이.

"신기하지? 평범한 띠를 잘라서 한 번 꼬아 붙이면 앞면과 뒷면이 합쳐지는 것처럼, 두 갈래 실을 내가 보여준 방법으로 묶으면 하나로 엮여서 두 번 다시 풀 수 없게 된다. 그래서 절대로 깨선 안 될 약속을 맺을 때 선물로 주는 거야. 네가 지금보다 열 살을 더 먹고 나면, 그땐 묶는 방법도 가르쳐주마."

"지금 가르쳐주시면 안 돼요?"

"아직은 안 돼."

내 재촉을 단호히 잠재우던 어머니의 대답도 아직 귓가에 생생하다.

"왜냐면 이건 저주받은 매듭이거든."

✦

그때 어머니가 '저주받은 매듭'이라고 말했던 건, 어쩌면 서양에서 이 매듭이 '터키식 저주 매듭'으로 불린단 사실과 관련이 있을지도 모른다. 실제로 이 매듭이 터키에서 만들어졌단 증거는 없다. 아마 유명한 '고르디우스의 매듭' 일화의 배경이 오늘날의 터키 땅임을 떠올린 어느 백인이 멋대로 붙인 이름이리라. 비슷한 논리로 한동안 나는 '저주' 부분도 어느 백인이 매듭의 주술적인 의도를 잘못 해석한 결과물이리라고 추측해 왔다.

그 추측을 수정할 날은 오래지 않아 찾아왔다. 어머니를 여의고서 처음으로 받은 의뢰에 긴장한 나머지 뜬눈으로 잠자리에 누워, 반쯤 몽롱해진 채 허공에다 손가락을 꼬며 매듭 묶는 법을 이리저리 연습하던 도중이었다. 두 손가락이 맞닿는 순간 소름 끼치는 의문 하나가 머릿속을 스쳤다. 깨달음은 뒤이어 찾아왔다. 매듭에는 정말로 저주가 걸려 있었다. 그리고 내가 방금 느낀 의문이 바로 매듭에 얽힌 저주의 실체였다. 이 매듭법을 아는 사람이라면 언젠가는 같은 의문을 떠올리게 될 테니까. 그런 뒤에는 평생 그 공포와 호기심에서 벗어날 수 없을 테니까.

함께 해외로 도망치자는 당신의 은밀한 제안에

그만 마음이 흔들렸던 것도 그 때문이었다. 당신이 나를 조직이라는 새장에 갇힌 무력한 공예사로만 여기고 있음을 알면서도, 당신을 따라가 현재의 삶을 청산하면 혹시 풀리지 않는 매듭의 저주를 잊을 수 있지 않을까 내심 기대했기에. 그 기대에 홀려 나는 당신이 흘려댔던 온갖 수상한 단서들을 간과하고 말았다. 당신에게 뭔가 꿍꿍이속이 있으리란 사실을 짐작하고 있었으면서도 기어이 여기까지 따라오고 말았다. 하다못해 내가 호기심을 이기지 못해 저질렀던 실험들에 대해, 구역질하며 뒤뜰에 묻어둔 지렁이와 뱀 사체들에 대해 당신이 알았더라면. 그랬더라면 당신도 나도 이런 실수를 범하지는 않았을 텐데.

그래, 이건 우리 둘 모두의 실수다. 나는 당신이 정말 나를 바다 건너로 데려다줄 것이라 믿었고, 당신은 나를 속여 납치해가는 일이 쉬우리라고 믿었다. 조직의 총애를 받는 공예사라면 인질로서도 가치가 있으리라고, 지난밤 당신이 전화하는 동안 내가 자고만 있었으리라고…. 이제부터 일어날 일은 그 모든 순진함의 대가에 지나지 않는다. 우리가 함께 범한 실수를, 우리의 손으로 직접 매듭지을 뿐이다. 바로 지금.

"나도 다시 약속할게. 평생, 절대로 너를 떠나지 않겠다고."

그날 밤 내가 깨달은 매듭의 '저주'를 요약하자면 다음과 같다. 커피잔과 도넛이 수학적으로 같은 형태인 것처럼, 사람의 몸도 결국에는 군데군데 구멍이 뚫린 끈과 다를 바가 없다. 그렇기에 나는 당신의 새끼손가락 아래 내 새끼손가락을 두고, 팔로 고리를 만들어 허리를 두르고, 허벅지와 무릎과 발끝으로 다리를 감싸 동시에 잡아당긴다. 그러기가 무섭게 손가락을 타고 말려 들어오는 뼈와 근육의 감촉을 느끼며, 귓가에 메아리치는 끔찍한 비명을 들으며 나는 마지막으로 확신한다.

우리의 약속만큼은 진실로 영원할 것임을.

이미 그리하도록 매듭지어졌으니. 🐾

매듭짓기

40

AN ORDINARY PROPOSAL

평범한 프러포즈

Dayoung Woo

우다영

기른 좋은 날에는 주로 누워서 책을 읽으며 시간을 보내고, 매일 다른 평범한 하늘이 천천히 변하는 모습을 구경합니다. 지은 책으로는 《밤의 징조와 연인들》, 《앨리스 앨리스 하고 부르면》, 《북해에서》가 있습니다.

그들은 크루즈 레스토랑에서 저녁을 먹고 근사했던 식탁이 정리되는 동안 말없이 유리창 너머 어둑한 강물을 바라봤다. 호텔과 부대시설, 갑판 위야외 칵테일 바까지 갖춘 화려한 유람선은 도시를 양단하는 넓은 폭의 강을 위에서 아래로, 또 아래서 위로 천천히 가로지를 뿐 단 한 번도 이 도시를 떠난 적이 없었다.

배에 탄 대부분의 사람들이 그러하듯, 그들은 여행치고는 저렴하고 하룻밤의 외식치고는 사치스러운 비용을 기꺼이 지불하고 그 자리에 앉아 있는 것이었다. 그러한 금액 때문에 여자는 남자가 분명히 준비한 것이 있으리라 확신했다. 주문한 음식을 절반쯤 먹고 남은 절반의 음식이 딱딱하게 식어갈 즈음 여자의 기대는 끔찍한 실망으로 변했다.

실제로 그들은 한마디도 다투지 않았지만, 서빙을 하러 다가온 직원들은 이 순간 그들의 관계가 벼랑 끝에 매달려 있다는 것을 알아보았다. 매일 저녁 서너 번의 프러포즈를 관람하면, 또 그것의 성패를 확인하면 그런 상황쯤은 어렵지 않게 짐작할 수 있었다.

오랜 침묵 끝에 여자는 살짝 허탈한 웃음을 터트리며 입을 열었다.

"나는 우리의 관계가 확실하다고 생각했나 봐."

여자는 외신보도를 다루는 주간지에서 몇 년간 근무하다가 얼마 전 종합일간지로 이직했다. 남자는 정년까지 진급이랄 게 없지만 퇴사 또한 걱정 없는 공기업에 다니고 있었다. 두 사람 모두 이제 더 이상 인생의 드라마틱한 곡선을 기대할 수는 없지만 그래도 안정적인 미래가 준비되어 있었다. 그들은 지인의 소개로 만났고 이런 안정성을 차분하게 인지한 채 연애를 시작했다.

"그런 거 아니야. 우리 확실해. 확실히 할 거라고……."

"뭘 할 건데?"

"프러포즈……."

남자를 처음 봤을 때, 여자는 이런 그의 유약한 말투 속 고집을 알아봤다. 자신이 이를 포착했다는 사실에 조금 놀랐고, 그 경험이 기억 속에 자리 잡은 채 서서히 그가 인생의 중요한 사람이라고 믿게 되었다.

"그럼 망설이는 이유가 뭐야?"

여자가 물었다. 남자는 우물쭈물 대답하지 못했다. 여자가 출입구를 손가락으로 가리키며 "지금 당장 말하지 않으면 나는 저 문을 열고 나가서 영원히 네 인생에서 사라져버릴 거야"라고 속삭였을 때, 결국 남자는 이유를 털어놓았다.

"자율주행 때문이야."

"뭐? 회사에 무슨 일 생겼어?"

우다잉

평범한 프리포즈

남자는 '세계 자율주행 통합시스템' 한국 지부에서 근무하고 있었다. 모든 주행이 의무 자율화가 된 지난 21년 동안 문제가 생긴 적은 한 번도 없었다. 남자는 첫 직장으로 그 회사에 입사하여 7년간 근속한 직원이었다.

"아니, 아무 일도 없어. 아무 일도 일어나지 않은 게, 그게 바로 문제라고."

남자는 별안간 자신의 업무 과정에 대해 자세히 설명하기 시작했다. 연애하는 내내 그는 회사에서 있었던 일을 데이트까지 가지고 오지 않는 세심한 모습을 보였고, 여자는 그가 건강하다고 여겼다. 하지만 알고 보니 그게 아니었다.

"모든 자동차의 경로는 중앙시스템이 최적의 흐름으로 설계하기 때문에 문제가 생기지 않아. 문제는 언제나 정해진 경로에 끼어드는 사람이나 동물, 물체 때문에 일어나지."

그건 시스템의 입장에서 불가항력인 요소가 일으킨 사고이고, 그러므로 회사의 책임이 아니라고 남자는 말했다.

"하지만 형사 처벌 대상이 아닐 뿐이야. 민사라면 어떨까? 갑자기 정면에 달려든 아이를 피하기 위해 시스템이 차의 진행방향을 꺾어 인도를 걷던 성인을 쳤다면? 그대로 아이를 쳤다면 아이는 그 자리에서 사망했겠지만, 성인을 쳐서 다리 골절 정도로 사고를 마무리했다면? 하지만 규정을 어긴 아이는 아무 손해가 없고, 규정대로 인도를 걷던 무고한 성인이 손해를 봤다면? 시스템이 아이의 죽음과 성인의 골절을 저울질해서 판단한 최선의 선택이, 알고 보니 수명이 두 달밖에 남지 않은 시한부 아이의 목숨과 다리가 목숨보다 소중한 마라톤 선수의 신체를 임의의 도덕적 기준으로 판단한 것이라면? 시스템이 내린 최선의 선택이 과연 최선의 선택이 맞았는지 누가 판단하지?"

"누가 판단하는데?"

"내가 하는 일이 바로 그거야."

여자는 지금까지 남자의 일을 법과 기업과 보험 사이 조율자쯤으로 짐작하고 있었다. 하지만 그는 자신의 업무와 가장 흡사한 업종은 병아리 감별사라고 말했다.

"출근을 하면 나는 핸들과 액셀과 브레이크가 있는 의자에 앉아 VR 헬멧을 써. 사고 현장 시뮬레이션이 시작되고 주행자의 주관적 결정이 필요한 순간이 되면 빨간 표시등이 켜지는데, 이때 2초 안에 결정을 해야 해. 브레이크를 밟는다. 핸들을 꺾는다. 액셀을 밟아 현장을 피한다. 모든 결정은 다른 사람과 상의할 수 없고 오직 나의 직관이여야 해. 선택이 끝나면 시뮬레이션은 종료되고 잠시 후다시 새로운 시뮬레이션이 배정돼."

"그게 끝이야?"

"끝이야. 시뮬레이션 속에는 피도 죽음도 나오지 않지만 나는 매일 누군가의 생과 죽음을 선택하고, 선택하고, 또 선택해. 오전에 수십 건의 사고를 처리하고, 점심을 먹으러 가고, 다시 사고를 마주하러 돌아와."

여자가 이상하다는 듯이 물었다.

"하지만 그 선택이 '진짜' 선택이 되는 건 아니잖아. 시뮬레이션으로 만들어진 사고는 이미 일어난 일 아니야?"

"맞아. 돌이킬 수 없이 이미 과거에 일어난 일이고, 이미 시스템이 최적의 선택을 한 뒤에 내가 그 사고를 다시 보는 거야. 시스템이 올바른 선택을 한 건지 판단하기 위해서. 만 명의 표준집단이 같은 상황에 대한 선택을 제공하고 이 결과 가장 '평범한' 선택을 인간의 일반적인 도덕적 반응이라고 판단하기로 한 거야."

"누가?"

"자율주행 의무화에 동의한 세계의 수상들이 그러기로 약속했어. 이미 발생한 결과를 공개하지 않은 채, 사후에 만 명의 사람이 모은 빅데이터와 AI의 선택을 비교하는 거지. 이미 수많은 사람의 빅데이터로 만들어낸 AI를 다시 수많은 사람의 데이터로 검토하는 거야. 그리고 21년 동안 시스템과 사람들은 언제나 같은 선택을 했어. 단 한 번도 오차 없이. 놀랍지 않아?"

여자는 순간 소름이 끼쳤다. 무엇에 대한 반응인지 스스로도 잘 이해할 수 없었다. 다만 분명하게 알 수 있는 사실은 이 순간 자신의 존재가 흔들렸다는 것이었다. 또 동시에, 자신이 영원히 이대로 옴짝달싹할 수 없는 운명이라는 것이었다. 벼락 맞은 사람. 여자는 마음속에 그 말과 이미지를 조용히 떠올리고 있었다. 번쩍이는 섬광 속, 온 세계와 온 생이 흔들리는 바로 그 순간에 영영 묶여버린 사람을⋯⋯.

남자는 생각에 잠긴 여자를 앞에 두고 컴컴한 강을 바라보며 말했다.

"시스템의 선택이 평범한 선택이라는 게 밝혀지면, 언제나 결국 그렇게 되어버리고 나면, 사고를 겪은 사람들은 그냥 운이 나빴던 거야. 천재지변이나 자연재해를 맞은 거나 마찬가지인 거야. 나는 내가 시뮬레이션 한 결과가 진짜 결과와 같은지 영영 알지 못해. 다만 만 명의 사람들이 가장 많이 선택한 결과가 '진짜' 결과와 매번 일치한다는 사실을 알 뿐이지. 나는 알지 못하지만 우리는 아는 게 있다는 거야. 우리는 알지 못하지만 그렇게 되도록 정해진 일이 있고 어쩌면 우리가 심판하기 좋아하는 신의 조각들이라는 거야. 모든 게 결국 확률이라는 거야. 하지만 확률상 올바른 죽음이라는 게 정말 존재할까?"

남자가 여자를 바라봤다.

"이런 내가 하는 청혼이 확실히 옳은 선택인지, 과연 순수한 내 의지가 맞기는 한 건지 이제 정말 모르겠어."

여자도 남자를 바라봤다. 오래도록 무엇을 선택해도 답이 아닌 선택을 해온 남자를. 선택과 선택을 연결하며 삶을 살아온 남자를. 하지만 모든 경로는 그렇게 만들어지는 것이다.

'우리는 매번 평범한 선택을 할 뿐이야. 그건 용기 있는 일이야.'

여자는 그렇게 말해주고 싶었지만 정작 테이블 위에 놓인 남자의 손을 잡았을 때는 엉뚱한 질문이 튀어나왔다.

"지금 저 강물이 넘쳐서 배가 뒤집히고 내가 물에 빠지면 나를 구할 거야?"

남자는 멍하니 그녀를 바라보다가 이내 고개를 끄덕였다.

"물론이지."

"약속했다?"

"그래."

"그럼 됐어."

여자는 작은 손가방을 챙겼고 남자는 코트를 입었다. 그들은 서로의 허리에 팔을 감고 물결이 변하는 모양대로 흔들리는 크루즈 위를 아무렇지 않게 걸어갔다. 그들은 강가에 내려 차를 타고 집으로 돌아갈 것이다. 차는 막힘없이 앞으로 나아가고 도로 위의 모든 것이 질서정연한 경로로 움직이기 시작할 것이다. 🐾

BOUBAKIKI'S HOCUS POCUS

부바키키의 수수께끼

Dongseob Ji

지동섭

전자제품을 주로 연구한다. 제2회 포스텍 SF 어워드 미니픽션 부문에 당선되어 창작 활동을 시작했다.

디에고는 돌아오지 못했다. 프리야도 돌아오지 못했다. 하인리히도…… 이제 정은의 차례다. **그 문을 통과하기만 하면 앞사람들의 몫까지 모두 챙길 수 있어.** 정은은 운전대를 잡은 마르탱을 쳐다보았다. **보물을 한 아름 안고서 어떻게 이 녀석까지 해치울 수 있을까.** 정은은 몰래 차고 온 권총을 떠올렸다. 정은과 마르탱이 탄 탐사차가 거친 모래 위를 터덜터덜 달리며 고대 와우오우테낭 왕국의 무덤으로 향했다.

"다 왔어."

마르탱이 정은에게 미소 지어 보였다. **이 녀석도 나와 같은 생각이겠지.** 정은은 직감할 수 있었다. 정은은 탐사차에서 내려 무덤의 꼭대기를 올려다보았다. 바위산을 통째로 깎아 만든, 어마어마하게 거대한 무덤이었다. 무덤의 입구는 원래 바위로 막혀 있었지만, 이전에 찾아온 도굴단이 작은 틈새를 벌려놓았다. 사람 한 명이 겨우 들어갈 수 있을 정도의 크기였다. 이제부터 동굴 안쪽은 정은 혼자서 들어가야 했다.

◆

동굴 입구를 통과하자 사위는 금세 어둑어둑해졌다. 정은은 형광봉을 꺾어서 주변을 살펴보았다. 반들반들한 동굴 벽이 청록색으로 물들었다. 그

위로 정은의 그림자가 아른아른 비쳤다. 동굴 안쪽은 고요했다. 마치 모든 것이 죽어서 멈춰 있고 정은만이 살아서 움직이는 것 같았다. 정은은 어둠 속으로 나아갔다.

이 앞에서 왼쪽으로 꺾어야 해. 예상대로 곧 갈림길이 나왔다. 정은은 외운 대로 왼쪽 길로 접어들었다. 바위로 막아놓은 입구가 무덤의 첫 번째 난관이었다면, 두 번째 난관은 미로처럼 얽혀 있는 동굴이다. 무덤을 찾아왔던 많은 도굴꾼들이 이 미로 속에서 길을 헤매다가 영영 빠져나가지 못했다. 그들과 달리 정은의 팀은 무덤 내부의 구조를 상세히 그려놓은 지도 데이터를 갖고 있었다. 우루타카 암시장에서 어렵사리 구한 것이었다. 그 지도를 구하는 데에 들인 시간과 돈은 무덤의 보물을 꼭 찾아야만 하는 또 다른 동기가 되었다. 정은과 동료들은 만약을 대비하여 동굴의 입구에서부터 보물의 방에 이르는 경로를 통째로 외웠다.

그러나 보물의 방에 들어가려면 문 하나를 통과해야 한다. 그것이 무덤의 세 번째 난관이다. 앞서 출발했던 동료들 모두 그 시련을 극복하지 못했다. 그들이 우루타카에서 얻은 정보에 따르면, 무시무시한 괴물이 그 문을 지키고 있다. '부바키키'라는 이름의 문지기는 방문자에게 수수께끼를 내고, 정답을 맞힌 사람만 그 문을 통과할 수 있다.

다시 왼쪽. 이제 다음 갈림길에서 한 번 더 모퉁이를 돌면 문지기가 지키고 있는 문이 나온다. 정은과 동료들은 문지기가 내는 수수께끼의 내용까지는 알 수 없었다. 그래서 동굴에 가장 먼저 들어간 사람이 나머지 사람들에게 문제를 알려주는 방법을 생각해냈다. 하지만 하인리히가 동굴에 들어가자 통신이 두절되었다. 어쩔 수 없이 계획은 변경되었다. 한 명이라도 정답을 맞혀서 보물을 가져가려면 차례대로 한 사람씩 동굴에 들어가 도전해보는 수밖에 없었다.

이 모퉁이에서 오른쪽. 마지막 모퉁이를 돌기 전에 정은은 바닥에 있는 거뭇거뭇한 자국들을 보았다. 아마도 희생자들의 피가 흐른 흔적일 것이었다. 헬멧을 쓰고 있는 덕분에 피비린내를 맡지 않을 수 있었다. 정은은 구역질이 나오는 걸 간신히 참으며 모퉁이를 돌았다.

팔을 뻗어서 문 쪽을 밝혔다. 소문대로 거대한 문 앞을 문지기가 지키고 있었다. 괴물은 켄타우로스처럼 네 다리가 있는 하반신 위에 상반신이 붙은 모습이었다. 형광봉에서 나오는 빛을 발견한 괴물은 정은을 향해 저벅저벅 걸어왔다. 코끼리의 네 다리처럼 우람한 하체가 움직일 때마다 땅이 우르릉 우르릉 흔들렸다. 하체 위로는 북슬북슬한 털로 뒤덮인 상반신이 보였다. 괴물은 긴 꼬리를 홱홱 저으며 소리쳤다.

"내 이름이 무엇인가? 맞히면 이 문을 통과할 수 있다. 허나, 틀리면 살아 돌아갈 수 없다."

그때 정은은 서로 다른 목소리가 동시에 말하고 있다는 사실을 깨달았다. 괴물의 머리통에 난 뿔 위로 또 다른 짐승의 얼굴이 보였다. 그 조그마한 녀석은 정은을 바라보며 침을 질질 흘리고 있었다. 벌린 입 주위로 뾰족뾰족하게 난 이빨들이 보였다.

'부바키키'는 그 두 녀석의 이름을 합쳐서 부른 것이었다. **그렇다면, 어느 녀석이 부바이고, 키키지?** 오십 퍼센트 확률의 문제였다. **앞사람들은 누구를 골랐길래 돌아오지 못한 거지? 덩치 큰 녀석이 부바 같지만, 그렇게 쉬운 문제였다면 왜 다른 사람들은 통과하지 못했지?**

주저하던 정은은 마침내 손가락으로 한 녀석을 가리키며 말했다.

"네가 부바야!"

거대한 괴물의 붉은 눈이 정은을 쏘아보았다. 순식간에 그 녀석은 정은을 움켜쥐었다. 정은은 권총을 써볼 겨를도 없이 붙잡혔다. 무시무시한 손아귀가 우악스럽게 몸을 짓누르기 시작했다. 정은의 비명이 동굴 곳곳에 메아리쳤으나 미처 바깥까지 새어 나가지는 않았다. 이제 마르탱의 차례다.

✦

와우오우테낭 왕국의 무덤을 찾아온 지구인들 모두 부바키키의 문을 통과하지 못했다. 지구인들은 약속이라도 한 듯이 문지기가 내는 문제를 부바-키키의 수수-께끼라고, 각 단어를 두 글자씩 끊어서 발음하였다. 두 문지기의 이름이 '부바키'와 '키'라는 사실을 그 누구도 알지 못했다. 🐾

✦ 참고 ✦

'부바-키키 효과'는 사물의 이름과 형태가 상관관계를 보이는 심리 효과이다. 즉, 우리는 각 사물에 어울리는 이름을 직관적으로 판단할 수 있다. 예컨대, 둥근 도형과 뾰족한 도형의 그림을 보여주며 "어느 쪽이 '부바'이고 '키키'일까요?"라고 물었을 때 미국인의 95% 이상이 둥근 도형을 '부바', 뾰족한 도형을 '키키'라고 불렀다.

CLOSING

폐(閉)

Kyeongman Park 박경만

공상하기를 좋아하고 SF뿐만 아니라 다양한 장르를 도전한다. 사람을 떠올리고, 그들을 상상한다. 인생이 멋긴 소설을 쓰고 싶다.

남자가 터미널 건너편에서부터 걸어온다. 흰 셔츠와 검은 양복 차림. 남자는 관리국 직원 앞에서 선글라스를 벗어 짙은 속눈썹 사이 초록색 눈동자를 치켜뜬다. 곧 초공간도약포털 탑승 복도가 눈앞에 펼쳐진다. 복도 천장 낡은 홀로그램에서 이곳이 마지막으로 보는 인간 세상임을 경고하는 문장들이 반복해서 지나간다. 남자는 선글라스를 다시 끼고 구두를 성큼성큼 내디딘다. 복도 앞에서 비틀거리며 걷던 꼽추 노인이 자신을 스쳐 지나가는 남자를 예의주시하더니, 저주인지 참회인지 모를 단어를 중얼거린다. 남자의 존재가 미지의 세계에서 온악의 화신 혹은 오래전 그녀를 떠난 아들의 장성한 모습이라는 듯이. 남자는 초공간도약포털로 진입하는 마지막 게이트를 통과한다.

남자가 탄 포털엔 총 6만 제곱킬로미터의 객실과 화물칸이 빼곡히 뒤섞여 있다.

남자에게 배정된 객실은 포털 동쪽 옆구리 부근에 있는 631개의 캡슐형 객실 중 하나이다. 남자는 객실로 기어들어 가 딱딱한 매트리스 위에 잠시 두 손을 배꼽 위에 놓고 눕는다. 그대로 잠이 드나싶더니 별안간 손을 뻗어 객실 천장의 서랍을 뒤진다. 그것 중 하나에 반원 모양의 잇몸 수납기와 여러 장의 종이가 준비되어 있다. 남자는 종이에 자세히 그려진 타깃의 생김새, 습관, 작전 지시 내용, 그리고 보수에 대한 설명을 주의 깊게 읽는다. 종이엔 작전이 수행된 뒤 몸을 숨길 위치가 따로 언급되어 있지 않다. 그런 것은 이 완벽한 계획에 아무 흠도 되지 않는다는 듯이. 남자는 종이를 구겨서 삼킨 다음 반원 모양의 잇몸 수납기에서 특수 제작된 잇몸을 갈아 끼운다. 남자가 조작된 신분증에서 그러하듯 어색한 웃음을 씨익 짓자 날카롭게 벼린 송곳니가 번득인다.

◆

남자는 종이에 적힌 대로 타깃이 나타날 가능성이 큰 포털 중앙 광장 한구석에 앉아 있다. 광장은 벽과 천장 전체가 밖을 내다볼 수 있는 투명한 금속으로 되어 있어, 광속의 75퍼센트로 가속하는 포털 양옆으로 이름 없는 늙은 항성들이 희끄무레한 직선을 그리며 북쪽으로 영원히 사라지는 광경을 구경할 수 있다. 5백 미터 뒤쪽으로는 6층으로 된 객실이 빼곡하다. 선체는 6천 명을 수용할 수 있지만 기실 2백 명 정도만 타고 있다. 황량한 광장엔 극도로 조심스럽게 수군대는 소리만 떠다닌다. 남자는 두 손을 모아 무릎 앞에 두고 묵묵히 기다린다. 포털의 투명한 외벽 너머 경이로운 퀘이사와 온화한 백색왜성이 고요한 물수제비를 하며 기묘한 궤적을 그린다.

광장은 드물게 사람들이 오간다. 이 포털에 탄 자는 모두 광인이거나, 지친 도피자거나, 지독한 학자거나, 노인이다. BA'113 은하에서 전갈자리 은하계를 향해 광속의 최대 90퍼센트로 항해하는 이 포털은, 탑승한 이들에겐 열흘의 여정일 뿐이나 상대론적 효과에 의해 나머지 우주에선 60만 년의 시간이 흐른다. 그리고 지금껏 9백조 년이 지난 우주는 이제 수명을 다해 여정이 끝나면 99.9퍼센트의 열을 잃고 사멸한다. 이곳에 탄 이들은 우주의 마지막 시간을 낭비하며 황혼을 빨리 감고 있다.

둘째 날, 광장에 한 쌍의 열정적인 연인들이 지나간다. 그들은 반쯤 벌거벗고 다니며 남자가 알아들을 수 없는 언어로 쉼 없이 지껄인다. 그들은 아무 데서나 키스하고 사랑을 나누더니 며칠 후 둘 다 객실에서 시신으로 발견되었다. 남자의 몸엔 저항흔이 없었다. 넷째 날 어떤 광대 하나가 광장 중앙에 서서 묘기를 부린다. 광대는 기묘한 각도로 구부러지는 신체를 이용한 다양한 쇼를 보이며 행인들에게 돈을 구걸한다. 누군가 광대에게 이 포털이 어디로 향하는지 말해주었지만, 광대는 알아듣지 못한다. 한번은 광대가 남자에게 다가와 정중하게 더러운 모자를 내밀었다. 남자가 아무 반응도 보이지 않자, 광대는 별안간 남자의 코앞에 엉덩이를 쑥 내민다. 광대는 마지막 날이 가까워질수록 광장에 사람이 많아지자 더 기운차게 묘기를 부린다. 승객들은 광대에게 손뼉을 쳐주고 이따금 동전을 던져준다. 그러다 누군가 광대의 목을 졸라 죽였다. 알록달록한 옷을 입은 광대의 시신은 전위적인 깃발처럼 광장 바닥에 오래도록 널브러져 있었다.

여드레엔 어린아이 하나가 잔뜩 구겨진 표정을 하고 나타나 다짜고짜 남자의 손을 잡고 끌어당긴다. 너무나 급진적이었던 탓에 혁명가들에게도 배척받은 역사 속 사상들을 줄줄이 꿰고 있는 어린아이는 남자가 자리에서 일어나 당장 피가 흐르는 혁명의 일선을 향하도록 열심히 설득했다. 남자는 아이의 말을 주의 깊게 듣고 의미심장하게 고개를 끄덕이지만, 자리에서 결코 일어서지 않는다. 아이는 험상궂은 표정으로 떠난다. 직후 늙은 교수가 나타나 방금 왔다 간 이는 외모만 아이일 뿐 실제로는 수백 살을 먹은 교활한 처세가이며, 사람들을 현혹해 잔인한 혼돈의 길로 빠지게 만드는 악령이라고 주장한다. 그러나 이튿날 한 무리의 사람들이 늙은 교수를 비롯한 몇몇 사람들의 머리를 긴 장대 끝에 꽂고 몰려다니며 포털 곳곳에서 학살을 자행한다. 피의 혁명이 선체 전체를 쑥대밭으로 만드는 와중

에도 남자는 앉은 자리에서 손끝 하나 움직이지 않는다. 늙은 우주 곳곳에서 별들이 최후를 맞으면서 불타는 초신성들이 짐승처럼 드세게 고함을 친다. 수십 명이 죽은 혁명은 하루 만에 끝났다. 대머리 수도승 별들에 의해 가히 성스러운 추도가 끝나고 삽시간에 광장은 차분한 평온을 되찾았다.

✦

걸인 하나가 별안간 남자의 옆에 앉는다. 걸인은 비쩍 마른 손으로 청바지 주머니에서 사탕을 꺼내 건넨다. 남자는 사탕을 내려보다 받아먹는다. 걸인은 자신 것도 꺼내 입에 넣고 다시 나란히 앉는다.

"나는 궁수자리 CP 자치구역에서 왔소. 멋진 곳이지."

남자는 묵묵부답이다. 걸인은 볼이 불룩해지게 사탕을 굴린다.

"일도 제법 잘 굴러갔지. 그러다 투자를 잘못했소. 아이를 낳기로 했거든. 못된 애새끼였지. 더 큰 문제는 걔를 사랑했다는 거요. 저기 60만 년 뒤로 내 영혼보다 비싼 빚이 있다네."

남자는 듣고 있지만 아무 말도 없다. 걸인이 남자의 빰을 바라보다 씩 웃는다.

"누굴 죽이려는 거요? 개인적인 거요 아니면 사무적인 거요?"

비로소 남자가 걸인을 향해 고개를 돌리자, 선글라스 안쪽 눈동자가 사파이어처럼 활짝 빛난다. 걸인이 손사래를 친다.

"놀랄 것도 없다오. 보소, 지금 이 포털에 자네처럼 멀쩡한 작자는 없소. 자네도 보지 않았소? 자네 같은 이가 어째서 이 무덤 같은 곳에 탔을까? 끝장을 보려는 것만큼은 모두와 같겠지. 유일한 결론은 자네는 누군가를 죽이려 탔다는 거요. 남은 의문은 복수냐 아니냐였는데, 개인적으로는 전자라고 생각했으나, 인제 보니 후자구먼. 자네 태도를 보면 알 수 있소."

남자는 걸인에게서 눈을 떼지 않는다. 걸인은 길게 눕듯 발을 뻗고 주머니에 손을 찔러 넣은 채 다리를 살짝 떤다.

"도대체가 웃기는 일 아니요. 여기 탄 이들은 다 끝장을 보기 위해 탔는데, 여기서조차 이런 일이 벌어진다는 건. 비밀을 하나 말해주자면, 나도 비슷한 경험이 있소…."

남자는 걸인의 이야기에는 관심이 없다. 남자는 상대를 주의 깊게 관찰한다. 상대가 작전에 방해가 될 걸림돌인지 아닌지 판별하기 위해.

걸인은 이 세상의 모든 이가 적어도 조금씩은 지닌 하찮은 점들을 한데 모아 쌓아 올린 자였다. 남자는 걸인이 말을 하느라 누런 이 사이로 침을 튀기자 다시 얼굴을 돌린다. 그리고 다시는 쳐다보지도 않는다. 걸인도 얼마 지나지 않아 잠자코 외벽 너머의 준엄한 어둠에 붙박인 빛의 털 오라기들을 바라본다.

걸인이 고개를 젓고 중얼거린다. 빌어먹을 여자 꼬시는 것 같구려. 아무리 자네라도 누군가를 사랑해본 적은 있겠지. 무엇을 가지고자 하면 반드시 가지고야 마는 부류들이 있소. 그들이 기실 받은 것이라고는 세상이 끝나야 사라질 참회뿐이지.

나는 당신 같은 이들이 한평생 의문일 거요. 그러나 남자에겐 궁금할 것이 별로 없다. 마치 분명한 의도가 반영된 기암절벽의 날카로운 굴곡처럼. 이 세상을 지배하는 데 성공한 단 하나의 신의 뜻에 따라서. 태어나기도 전에 결정된 일련의 의무들을 맹목적으로 제 몸에 새겨왔을 뿐이다. 걸인이 떠나자 남자가 사탕을 부숴 삼킨다.

✦

마지막 날이 되자 외벽 밖으로 흰 빛무리가 나타나 거미줄을 치듯 스멀스멀 몸집을 키워 나갔다. 마치 오래된 빵에 곰팡이가 피듯 그러한 흰 빛무리가 여기저기 나타나 늙은 우주를 온통 희끄무레한 우윳빛으로 잠식해 나갔다. 만신창이가 된 광장은 우주의 최후를 구경하는 승객들로 붐빈다. 대다수는 그 자리에 얼어붙어 버렸고, 다른 이는 흐느꼈다. 강렬한 빛이 남자의 선글라스에 반사된다. 남자는 군중을 관찰하다 마침내 자리에서 벌떡 일어난다.

타깃은 나이가 많고, 다리를 절었으며 잘 가다듬은 수염과 눈빛에서 강직함이 보였다. 타깃은 쩔뚝이며 외벽 가까이 향해 천장을 올려다보았다. 그가 선 자리의 곧은 위쪽에 바로 하얀 동심원이 내리깔고 있어, 마치 홀로 서 있는 그가 어떤 계시를 받은 선지자처럼 보인다. 타깃은 명멸하는 빛의 왕국을 구경하느라 청부업자가 등 뒤로 다가오는 것도 눈치채지 못한다.

남자와 타깃은 마치 강렬한 흰 조명을 받는 두 연극배우 같다. 남자는 어떤 예의를 차리듯 정중히 선글라스를 벗는다. 다섯 걸음 전까지 어떤 조짐도 보이지 않다가, 문득 떠올랐다는 듯 타깃의 이름을 부른다. 타깃은 호기심이 담긴 눈으로 뒤돌아본다. 직후 남자가 몸을 날려 타깃과 겹쳐 쓰러진다.

포털이 거대한 지평선으로 속절없이 빨려간다. 도처에 부드럽고 밝은 파괴가 이루어진다. 지하에 숨어 있던 종말을 담당하는 거인이 마침내 기지개를 켜는 듯, 발을 디딘 공간 전체가 위아래로 강렬히 요동친다.

남자의 날카로운 송곳니 잇몸이 타깃의 가느다란 목덜미에 깊숙이 박혀 동맥을 끊어 놓았다. 남자는 타깃의 머리를 몸통과 아예 분리하려는 양 시뻘건 아가리를 꽉 문 채 무수히 좌우로 흔든다. 굶주린 늑대처럼, 격정적인 키스를 하는 것처럼. 투박한 진흙 살점이 사방에 조각나 튄다. 인간이 인간을 사냥하고, 인간이 사랑을 나누고, 인간이 존속해온, 그 모든 역사가 바닥에 흐르는 붉고 걸쭉한 피로 불가해한 지도를 그린다. 남자가 피칠갑을 한 얼굴을 치켜들고 사위를 희번득 노려본다. 남자의 눈동자에 또렷한 한줄기 질서가 맺힌다.

이윽고 탁한 빛깔이 온 우주를 뒤덮는다. 🐾

A PROMISE TO MY SON

아들과의 약속

Hyunjoong Kim

김현중

경기도 여주시 거주. 틈틈이 소설을 쓴다.
단편집 《마음의 지배자》 출간. 웹툰 《묘생만겁》 원작.

눈을 뜬다. 주위는 온통 어둡다. 정신이 드는 것과 동시에 아침 출근길에 민우가 했던 말이 떠오른다. 평소에는 나랑 눈도 안 마주치는 놈이 아플 정도로 팔을 꽉 붙들고 내 얼굴을 똑바로 쳐다보면서 소리를 지른다.

약속해!

뭘 약속하라고 했더라? 나는 뭐라고 대답했지?

내가 찌그러지고 뒤집힌 구급차 안에 있다는 것을 깨닫는 데만도 시간이 한참 걸린다. 상체를 일으키자 굳은 피로 뒤덮인 채 완전히 으스러진 왼쪽 다리가 눈에 들어온다. 드문드문 기억이 떠오른다. 마지막 출동에서 돌아오고 있었고, 신참인 승미가 드디어 집에 가게 되었다고 좋아했고, 갑자기 구급차가 통째로 날아가는 듯한 충격……. 그래. 교통사고가 났던 것이다.

부서진 문짝 틈으로 기어나가 구급차 밖으로 몸을 끌어낸다. 마치 폭격이라도 당한 것처럼 도시 여기저기에서 연기 기둥이 솟아오른다. 차들은 아무렇게나 방치되었고 사방에 시체가 널려 있다. 조금 떨어진 곳에 있는 승미의 시신을 보고 나는 잠시 헐떡거린다. 문득 손목시계의 날짜를 확인하고는 멍해진다. 어찌 된 일인지 나는 닷새나 혼수상태에 빠져 있었다.

그리고 닷새 만에 세상은 지옥이 되었다.

괴바이러스와 환자들의 이상 행동에 대한 뉴스가 처음 등장할 때만 해도 아무도 실감하지 못했다. 세상의 공기를 바꾼 건 단 하나의 동영상이었다. 인천항 여객터미널의 CCTV에 찍힌 진짜 좀비들. 좀비라는 두 글자가 그렇게 무서운 단어가 될 줄은 상상도 하지 못했다. 말단 구급대원인 데다 혼자 중학생 아들까지 키우고 있는 나는 서둘러 결단을 내렸고, 동영상이 공개된 다음 날 저녁 기차로 강릉에 있는 큰형 집에 가기로 했다. 그런데 바로 그날 사고가 난 것이다.

호흡이 거칠어지며 내가 의식을 잃고 있다는 게 느껴진다. 공포가 밀려온다. 아직은 안 돼! 이를 악물고 심호흡을 하자 조금씩 정신이 돌아온다.

그리고 민우와의 마지막 대화. 대화라기보다는 다툼이 전부 떠오른다.

"혹시 아빠한테 무슨 일이 생기면 너 혼자 가서 기차 타."

"그런 말 하면 기분 좋아?"

"말 좀 들어!"

"싫어! 나한테 오겠다고 약속해! 끝까지 기다릴 거니까."

서서히 다리와 복부에서 고통이 올라오기 시작한다. 아직 내 몸이 정상이라는 신호지만 곧 견디는 게 불가능한 통증으로 바뀔 것이다. 조직괴사도 심하고 패혈증도 진행 중이다. 어차피 난 살 수 없는 몸이다.

조금이라도 덜 아픈 틈을 타 서두르기로 마음을 먹는다. 구급차 보관함을 뒤져서 모르핀과 아트로핀을 다 꺼낸다. 부목으로 왼쪽 다리를 고정하고 붕대를 최대한 두껍게 감는다.

시도는 해봐야겠다.

난 왜 약속한다고 했던가. 민우가 정말로 끝까지 기다리고 있으면 어쩌려고.

✦

걷기 시작한 지 나흘째, 아직 집까지 가려면 온 만큼은 더 걸어야 한다. 큰길을 따라가면 더 빠르겠지만 좀비들을 몇 차례 목격한 뒤로는 숨을 곳이 있는 뒷골목만 찾아 걷는다.

처음 좀비를 본 건 이틀 전이었다. 멀리 떨어진 곳이었기에 망정이지 조금이라도 가까웠더라면 절대로 그들에게서 벗어날 수 없었을 것이다.

좀비는 더 이상 CCTV 동영상 속의 그놈들이 아니다. 이제 지능과 순발력을 가진 존재로 진화했다. 자기들끼리 의사소통을 하는 것 같고 창이나 몽둥이 같은 원시적인 무기도 사용한다. 심지어 여기저기서 주워 모은 지저분한 것들을 몸에 잔뜩 걸친 데다 가면으로 얼굴까지 가리고 있다.

그들이 이미 쓰러져 꿈틀거리는 사람들에게 다가가 머리가 박살 날 때까지 몽둥이로 집요하게 내리치는 것을 봤을 때, 나는 너무 놀라고 겁에 질려 한참 동안 그 자리에 얼어붙어 있었다. 이런 괴물들을 상대로 우리 인간이 무얼 할 수 있을까?

민우는 어떻게 버티고 있을까?

하루에 한 번은 좀비들을 보게 된다. 그들은 인간의 씨를 말릴 작정인지, 작은 무리를 지어 조직적으로 움직이며 번개처럼 나타났다가 누군가를 죽이고 연기처럼 사라진다. 나는 이제 고양이 발소리만 들려도 그 자리를 피한다.

좀비들의 폭력을 보고 문득 내 머리에 떠오른 건, 아이러니하게도 어느 좀비 영화에서 본 인간의 모습이다. 좀비로 뒤덮인 세상을 네 명의 남녀가 헤쳐나가는 다소 유머러스한 분위기의 영화였는데, 주인공들은 온갖 잔혹한 방법으로 좀비를 죽인 뒤 사방에 널린 시체들 사이에서 하이파이브를 하고 좀비에 대한 고약한 농담을 주고받으며 웃었다. 해피엔딩으로 의도된 그 장면에서 나는 좀 어이가 없었다. 한때 좀비였을 망정 죽고 나면 인간이 아닌가? 그 어떤 인간의 죽음 앞에서 저런 행동이 용인

될 수 있는가? 민우는 낄낄거리며 그 장면을 보다가 내가 불평을 하자 다시는 아빠랑 같이 영화를 안 보겠다고 쏘아붙였다. 민우는 또래의 다른 아이들처럼 그런 걸 좋아했다. 아내가 병으로 떠난 뒤 자주 우울해 하는 민우를 위해 엑스박스 게임기를 사줬더니 주야장천 좀비 죽이는 게임만 해서 나랑 몇 번 다투기도 했다.

녀석은 나를 직업병 환자 취급했지만, 나는 인간이 영화나 게임 속에서 그동안 좀비를 도가 지나치게 폭력적으로 죽여왔다고 생각한다.

그러니 어쩌면 이게 다 자업자득인지도 모른다고 말하면 민우는 뭐라고 대꾸할까?

민우의 대꾸를 듣고 싶어 미칠 것 같다.

✦

우리 집이 있는 시의 경계로 들어서지만 집까지 갈 수 있을지 점점 의심스러워진다. 고통이 파도처럼 끝없이 밀려오는 가운데 절벽에 매달린 심정으로 의식을 붙들고 있다. 왼쪽 다리에 감아놓은 붕대는 진작에 다 풀려버렸는데, 그 안에 있는 것은 묘사하기도 어려운 무언가가 되고 말았다. 그나마 여기까지 죽지 않고 걸어온 것은 모르핀과 아트로핀 덕분일 것이다.

민우는 어렸을 때 내 어깨 위에서 목말을 타는 걸 무척 좋아했다. 한참 목말을 태우다가 이제 힘드니까 그만 내리자고 하면 민우는 말도 안 되는 소리를 하곤 했다.

"싫어. 아빠 나 사랑하잖아. 힘내서 계속 태워줘."

난 그 말을 들을 때마다 웃음을 참을 수가 없었고 결국 좀 더 목말을 태워주었다.

이제는 걸으면서 꿈을 꾼다. 꿈속에서 민우와 이야기를 나눈다. 내가 아프고 힘들어서 도저히 못 가겠다고 하자 민우가 말한다.

"힘내서 날 계속 사랑해줘."

내 안에 남은 한 줌의 사랑이 한 방울의 뜨거운 피처럼 솟구쳐 오른다. 이제 내 정신을 붙잡아두는 건 민우와의 약속을 지키고 싶은 마음밖에 없다.

모르핀과 아트로핀은 어제저녁에 다 떨어졌다.

내 사랑이 약보다 더 강할 수 있을까?

✦

의식과 감각이 마른 물 자국만큼도 남아 있지 않은 상태로, 나는 우리 집이 있는 아파트 단지 입구로 들어선다. 다리를 질질 끌며 몇 개의 아파트 건물을 몇 개의 산처럼 힘겹게 돌아간다. 이윽고 저

멀리 105동 건물이 눈에 들어올 때, 나는 걸음을 멈추고 얼어붙는다. 헛것을 보고 있다고 확신한다. 아파트 현관 앞에 우두커니 서 있는 저 아이가 민우일 리 없다. 세상이 이 지경이 됐는데도 약속을 지키겠다고 바보같이 여기에 남아 있을 리가 없다.

하지만 민우는 정말로 거기에 서 있다.

나는 지난 일주일 동안 단 한 번도 내보지 못한 속도로 거의 뛰듯이 걷는다. 오십 미터, 사십 미터, 삼십 미터……. 다른 곳을 보고 있던 민우가 마침내 나를 향해 고개를 돌린다. 내 시야는 의심을 품은 채 멍한 표정을 짓고 있는 민우의 하얀 얼굴로 가득 찬다. 민우는 갑자기 눈이 휘둥그레지더니 손가락을 들어 나를 가리킨다.

"저기, 저기 좀비가 있어요!"

그제야 민우의 곁에 서 있는 사람들이 눈에 들어온다. 아니, 사람이 아닌 좀비다! 사람이라고 착각했던 건 그들이 가면을 벗고 있었기 때문이다. 가면 아래의 얼굴은 멀쩡한 사람이다.

나는 혼란에 빠져 걸음이 느려진다. 그들 중 두명이 재빨리 가면을 쓰고 방망이를 들어 올리며 신속한 동작으로 내게 접근한다.

"이 구역 좀비들은 다 처리하지 않았어?"

"다른 데서 온 놈이겠지. 조심해."

이 정도 거리에 이르러서야 가면이 임시 방독면이라는 것을 알게 된다. 서늘한 전율과 함께 진실이 나를 압도한다. 어떻게 모를 수 있었을까? 그런 무자비한 폭력을 휘두를 수 있는 건 당연히 인간이지 않겠는가. 그리고 먹지도 않고 약도 없이, 하나의 목적만으로 그렇게 걸을 수 있었던 나는 당연히 좀비가 아니겠는가.

그들이 휘두른 방망이가 내 머리를 정확히 가격하는 순간, 나는 사람들이 좀비를 정복해 가고 있다는 사실에 안도한다. 그리고 민우가 날 알아보지 못했다는 사실에도 깊이 안도한다.

사람들이 안전한 곳으로 데려가는 아들의 뒷모습을 보며 나는 속삭인다.

민우야, 아빠도 약속 지켰어. 🐾

SHO
STO

ORT
RIES

OYA, FIVE NIGHTS

오야, 다섯 번의 밤

김하율

실천문학 신인상 등단.
소설집 《어쩌다 가족》, 장편소설 《나를 구독해줘》 발간

Hayul Kim

첫 번째 밤

일식을 보려던 건 아니었다. 흔한 일식이 아닌 하이브리드 일식이라고 했다. 159년 만의 우주쇼라며 일주일 전부터 난리들이었지만 내가 보려던 건 한 조각, 구름이었다. 명상과도 같은 효과를 준다는 멍 때리기 방법 중 불멍, 물멍, 구름멍이 있는데 그나마 제일 쉽고 돈이 들지 않는 게 구름멍이다. 고개를 들어 하늘만 보면 그만이니까. 하지만 그것도 야간 경비를 서게 되면서부터 어려워졌다. 밤엔 낮보다 구름이 적다. 있어도 칙칙한 회색이다. 그래도 순찰을 돌던 중 2층 전시관의 창문을 열었다. 애써 구름을 찾아 멍 때릴 준비를 하려던 중이었다.

멀리 구름 사이에서 빛이 짧게 반짝하는 걸 목격했다. 컷팅이 잘 된 다이아몬드처럼 번쩍하고 빛나다가 뭐지, 하는 순간 한 줄기 빛이 내 귀 옆을 스쳐지나 갔다. 문자 그대로 빛의 속도였다. 순식간에 벌어진 일이었다. 몸을 살폈다. 팔, 다리, 머리, 복부 모두 멀쩡했다. 하지만 이상하게 충격적이었다. 뭔가 엄청난 게 바로 옆으로 지나간 거 같은데. 잘못 봤나. 그러나 잘못 본 게 아니라는 사실을 곧 알게 되었다.

✦

벨 소리가 들렸다. 소스라치게 놀랐다. 얼른 주머니에서 핸드폰을 꺼냈지만 내 핸드폰은 언제나 진동이다. 뒤에서 들리는 소리였다. 굉장히 고전적인 따르릉 소리가 빈 박물관을 가득 메웠다. 어둠 속에서 심장이 쿵쾅거리고 이마에 땀 흘렀다. 내 다리가 소리를 향해 걸었다. 랜턴을 비추니 전화기가 보였다. 그 옆에 선풍기와 텔레비전도 있었으나 이건 누가 뭐래도 벨 소리이니 저 전화기가 소리의 진원지라고 추측할 수밖에 없다. 80년대 고위 공무원 집 거실에나 있을 법한 모양의 다이얼 전화기였다. 바로크적인 양식인데 지금으로 치면 아주 빈티지스럽다고 말할 수 있는, 수화기를 들면 네, 평창동입니다. 라는 교양 있는 아주머니의 목소리가 흘러나올 것만 같은 그런 디자인이었다. 수화기를 들었다. 가만히 귀를 대니 미세하게 잡음이 들리는 느낌이었다. 나는 잠시 망설이다 입을 열었다.

"여, 여보세요?"

역시 아무 소리도 들리지 않는다. 그럼 그렇지. 그럴 리가 없잖아. 뻘쭘해져서 수화기를 귀에서 떼어

내려놓으려는데 순간, 지지직거리는 소리가 났다. 멀리서 여자로 추정되는 사람 목소리가 들려왔다.

"누, 누구세요?"

여자도 말을 더듬었다. 머리카락이 쭈뼛 선다는 게 이런 느낌이구나. 정수리 두피부터 시작된 소름이 빠른 속도로 뒷덜미에서 팔뚝을 향해 내려갔다.

"그쪽에서 먼저 걸었잖아요."

"제가요?"

내 대답에 여자는 굉장히 당황한 것 같았다. 하지만 나 또한 만만치 않았다. 솔직히 말하면 뒷목에 소름이 끼치다 못해 오줌도 살짝 지렸다. 그렇지 않겠는가. 자정이 넘은 시각, 아무도 없는 깜깜한 박물관은 불 꺼진 학교만큼이나 음산한 공간이다. 게다가 더 무서운 이야기 해줄까. 이 전화기는 전시용이다. 선이 연결돼 있지 않은. 그렇다고 무선이라는 얘기가 아니다. 1980년대 어느 날 이후로 전력 연결이 한 번도 된 적이 없는 고철이란 말이다. 그러니까 지금 이 수화기를 통해 누군가의 목소리를 듣고 있다면 내가 조현병이 있거나 귀신이 들렸거나인데 혹시 다른 한 가지 가능성이 있다면 나 같은 신입을 위해서….

"이거 몰래카메라예요?"

"네? 그게 뭐예요?"

역시나 당황한 여자의 물음에 괜한 걸 물었다 싶었다. 박물관 야간 경비가 뭐라고 신입을 위해 그런 이벤트를 한단 말인가. 심지어 나는 '파견근로자'인데.

"제가 건 거 아니에요."

수화기 너머 여자가 말했다. 전기가 끊겨서 먹통이 된 전화기를 들었는데 내 목소리가 나와서 깜짝 놀랐다는 것이다. 그럼 여자의 전화기도 마찬가지란 말인가. 어떻게 이런 일이 있을 수 있지. 영화 〈새엄마는 외계인〉 같은 상황이 내게도 생긴 건가. 159년 만에 하이브리드 일식의 영향으로 한 줄기 빛이 지구를 향해 날아갔는데 그게 하필이면 동아시아 대한민국 서울특별시 구로구 구로동에 위치한 산업박물관 2층 상설전시관의 80년대 다이얼 전화기에 맞았다는 것이다.

"영화, 뭐요? 하이브… 그건 뭐예요?"

여자의 목소리가 점점 작아졌다.

"별거 아니에요. 이름이 어떻게 되세요?"

작아지는 여자의 목소리를 끌어내고 싶었다. 너무 무서워서 혼자 있기 싫었으니까. 여자는 망설이는 듯 숨소리만 쌕쌕 내다가 입을 열었다.

"그냥, 1번 오야라고 부르세요."

"1번 뭐요?"

"오야. 다들 그렇게 불러요. 1번, 2번, 3번 그렇게요."

여자는 7번 시다로 시작해서 3번 미싱 보조, 2번 미싱사, 1번 오야 미싱사가 되었다고 고백하듯 말했다.

"얼마나 걸렸어요?"

"뭐가요?"

"7번에서 1번이 되기까지."

"7년이요."

나와 같은 시기였다. 군대를 다녀와 대학 졸업 후 취업준비를 했던 시간. 정확히 7년이었다. 그동안 몇 번 회사를 다녔고(내가 들어가면 이상하게도 부도가 나거나 폐업을 했다) 틈틈이 단기 일용직이나 아르바이트를 했다(지금처럼). 그러자 어이없게도 삼십 대 중반을 바라보는 나이가 되었다.

"나이가 어떻게 돼요?"

오야는 올해 스무 살이라고 했다. 그녀의 이력은 열세 살부터 시작되는 셈이다. 어라? 이건 아동 학대 아닌가. 2023년 대한민국에선 벌어질 수 없는 일인데. 그러고 보니 말투의 뉘앙스가 독특했다. 사투리라고 하기에도 애매하게 묘한 구석이 있었다.

"오야 씨, 지금 거기 어디예요?"

"구로예요."

"어? 나도 구론데."

하지만 그녀가 얘기하는 지리를 이해하기 어려웠다. 우리가 말하는 구로가 같은 곳이 맞나.

"구로 3공단 안에 있는 큰 교회 있잖아요."

"3공단이요?"

구로공단이 G밸리로 바뀐 지가 언젠데. 내가 심령과 대화를 하고 있나, 다시금 소름이 스멀스멀 돋아나기 시작했다. 혹시 구로공단의 유령?

"오늘이 며칠이죠?"

"12시 넘었으니까, 16일 아니에요?"

맞다. 오늘은 6월 16일이다.

"제 앞에 달력이 있어요. 1978년 6월 16일 맞아요."

"지금 농담하는 거죠?"

"이게 왜 농담이에요? 그리고 그쪽 성이 뭐예요?"

오야가 따지듯 물었다.

"이 씬데요."

"미스타 리, 나 그렇게 한가하지도 않고 쉬운 여자 아니에요. 사람 우습게 보지 말아요."

딸깍. 끊겼다. 심령이고 뭐고 간에 바로 앞에 있었으면 뺨이라도 한 대 맞았을 거 같았다. 현실감이 들자 소름은 온데간데없이 사라지고 의문만 남았다. 어안이 벙벙했다. 내가 무슨 실수를 했나? 도대체 어떤 포인트에서 화가 난거지? 날짜 물어본 게 왜 우습게 보는 걸까. 농담이라는 말 때문인가. 농담을 싫어하나. 1978년도든 2023년도든 여자들은 늘 이렇다. 미스터리하다. 이래서 내가 애인이 없는 것인가.

두 번째 밤

하루 종일 오야 생각뿐이었다. 내가 꿈을 꾼 걸까. 근무를 서면서 잔다면 일종의 몽유병 증세인가. 하지만 너무나 생생했다. 오야의 여린 목소리와 바르르 떨면서 경고하고 끊어버리는 매몰참까지도. 현실이라면, 내가 미친 게 아니라면 오늘도 전화가 올까. 내가 정말 궁금한 건 1978년에서 2023년으로 어떻게 전화가 온 것인지가 아니었다. 도대체 뭐 때문에 화가 난 것인지 궁금했다. 왜 전기가 끊긴 먹통 수화기를 들었던 건지.

✦

드디어 자정이었다. 전시실은 어제처럼 어둡고 텅 비었다. 산업박물관답게 전시관 안에 고전적인 제품들이 전시되어 있다. 문제의 다이얼식 전화기 앞에 섰다. 아무리 보아도 그냥 고철이다. 연결된 선도 없고, 그렇다고 블루투스가 내장된 것도 아니다. 수화기를 들어 귀에 대보았지만 아무 소리도 들리지 않는다. 정말 꿈이었을까.

느릿느릿 걸어 80년대를 거슬러 올랐다. 텔레비전이 점점 커졌다. 급기야 금고 수준의 부피까지 갔을 때 70년대의 끝자락과 만났다. 분위기가 좀 더 그로테스크하다. 여러 가지 모양의 가발을 쓴 두상들 사이로 낡고 못생긴 봉제인형들이 놓여 있다. 저렇게 슬퍼 보이는 미키마우스는 처음 본다. 입은 웃고 있는데 울고 있는 것처럼 보이는 게 꼭 조커 같다. 저걸 만든 사람은 페이소스를 겨냥한 것일까. 눈길을 돌리면 인형들이 모두 고개를 돌려 나를 쳐다볼 것만 같다. 등골이 으스스하다. 못난이 삼 형제가 울음을 그치고 나를 바라본다. 눈이 마주친다. 어쩐지 물어야 할 거 같아 나는 말한다. 왜 울고 있니. 내 질문에 삼 형제가 하나씩 대답한다. 배가 고파서요. 잔업이 많아서요. 엄마가 보고 싶어… 그 순간, 공간을 찢을 듯한 소리가 들려왔다. 심장이 멎을 뻔했다.

"오야 씨?"

"아직도 거기 있어요?"

예의 지지직 소리와 함께 침착한 오야의 목소리가 들려왔다. 가슴이 두근거리기 시작했다.

"여긴 내 직장이에요. 오야 씨 전화를 기다리고 있었어요."

"저를요?"

"뭐 좀 물어봐도 돼요?"

어제 왜 화가 난 거냐고, 왜 빈 수화기를 들었던 거냐고 묻자 오야는 잠시 침묵을 지켰다.

"말하기 싫으면 얘기 안 해도 돼요."

"죽으려고 했어요."

뜻밖의 말에 이번엔 내가 말문이 막혔다. 어제 오야는 창고로 쓰고 있는 다락방에 올라 혼자 울고 있었다. 너무 괴로워서 콱 죽으려고 끈까지 준비해 왔는데 맬 곳이 없더라고. 그러다 고장 난 전화기를 보고 수화기를 들었다는 것이다. 죽기 전에 누군가한테 말이라도 하고 싶어서, 하소연을 하고 싶어서. 그런데 내가 나와서 누구냐고 물었다. 전기가 끊긴 지 일주일째, 심지어 고장 난 전화기인데. 오야는 기절초풍할 듯 놀랐고 그 기세로 죽음은 달아나 버렸다.

"죽음을 앞두고 있는데 농담이냐고 물으니까 그냥 화가 났어요. 미안해요."

그랬었구나. 나는 조심스럽게 오야에게 물었다.

"뭐가 그렇게 괴로워요?"

"여러 가지요."

깜짝 놀랐다. 오야를 괴롭히는 게 정말 여러 가지여서. 죽음을 앞둔 사람치고 말을 너무 잘해서. 먹통 전화기로 45년간의 간격을 두고 이렇게 많은 이야기를 듣다니. 그것도 모르는 사람의 사정. 나는 수화기를 든 채로 전시실 바닥에 쪼그려 앉았다.

우선 잔업이 너무 많다. 월급은 빠듯해서 좀처럼 생활이 나아지지 않는다. 이자와 원금의 일부를 조금이라도 갚으면 식사는 하루 두 끼를 먹어야 한다. 몸은 늘 피곤해서 각성제를 달고 살지 않으면 크고 작은 사고가 난다. 그나마도 월급이 들어올 때의 이야기였고 사장이 툭하면 월급을 미루기 일쑤라 월급날만 되면 가슴이 조마조마하다. 노조가 몇 번 월급과 퇴직금 등을 받아줬는데 이번엔 노조에 가입했다고 직장에서 탄압을 받았다. 그런 힘든 나날 속에서도 기쁨이 하나 있다면 노동 교실이라고 했다.

"이름을 처음 써봤어요, 여기서. 공장에서는 아무도 이름을 부르지 않거든요."

교회의 창고를 교실 삼아 수업을 하는데 15세

~16세, 오야처럼 20대도 있었다. 대학생 선생님들이 오는데 동경의 대상이었다. 그들과 함께 한자 공부를 해서 신문을 읽었다. 노동법이 있다는 것도 알게 되었다. 교실은 많은 것을 알려주었다. 당신들은 기계가 아니라고.

헌데 그 노동교실이 문을 닫게 되었다고 했다. 노조가 강성해지며 요구가 많아지고 파업, 태업을 통해 협상을 하려 했기 때문이다. 아마도 오야 씨들의 요구는 당연한 것들일 테고 파업을 통한 협상을 공장주와 같은 사측은 몸서리치게 싫어했을 것이다. 그리고 노동교실 폐지는 노동자들을 압박하려는 용도였을 것인데… 어, 이건 뭔가 익숙한 스토리다.

여기까지 쉴 틈 없이 말을 이어오던 오야가 입을 다물었다. 할 말은 다 했다는 듯이. 나도 말하고 싶었다. 나도 살맛이 안 난다고. 그런데 이유는 당신과 크게 다르지 않다고. 생각해보니 웃기네. 하지만 스무 살 아가씨에게 할 말은 아니었다. 나와 그녀 사이에 침묵이 흘렀다. 침묵이 부담스러워 이번엔 내가 입을 열었다.

"오늘 보름인가 봐요. 창밖에 보름달이 떴어요."

"그렇네요. 보름달이네요. 아, 이제 빵을 못 보내겠구나."

"무슨 빵이요?"

"아니에요."

말을 안 하려는 오야를 채근하니 그제서야 입을 열었다.

"보름달빵이요. 야근하면 하나씩 주거든요. 그걸 안 먹고 모아서 고향에 보내요. 그런데 며칠 동안 모으면 빵이 상하잖아요. 그래서 한 명한테 몰아서 줘요. 그걸 달빵계라고 해요."

풍요를 상징하는 보름달에 이런 슬픈 사연이 나올 줄은 몰랐다.

"배고플 거 아니에요. 왜들 그렇게까지 해요."

"동생들이 눈에 밟혀서. 항상 남자 형제들한테 양보하며 살았으니까, 익숙해요."

눈물 없이는 들을 수 없는 K-장녀의 이야기였다.

"가봐야 해요."

오야가 말했다. 수화기 너머 누군가 부르는 소리가 들렸다. 노랫소리도 들렸다. 뭔가 비장한 멜로디였다.

"내일 이 시간에 또 만나요, 우리."

그녀가 끊을까 봐, 끊고 사라질까 봐 나는 서둘러 말했다.

"왜요?"

"오야 씨 이야기를 더 듣고 싶어요."

그리고 당신을 살리고 싶으니까요. 이 말은 미처 하지 못했다. 나도 내가 왜 이러는지 모르겠으니까.

세 번째 밤

상설 전시장 입구에 있는 흑백 사진을 보았다. 사진 위에는 '이 땅의 산업 전사, 산업역군들'이라고 궁서 체로 진지하게 쓰여 있었다. 1970년대 가발 공장 여공들의 사진이었다. 단발머리에 보닛 같은 머릿수건 을 단정하게 두른 여공들이 마치 안드로이드들처럼 똑같이 보였다. 얼마나 대단지 공장이었는지 여공들의 라인이 끝도 없이 이어져 있다. 이들 중 오야가 있을까. 흐릿한 화도로 이목구비가 뭉개진 여공의 얼굴들을 자세히 살피는데 뒤에서 목소리가 들려 왔다.

"지가 싼 똥은 지가 치워야지, 와 똥을 싸놓고 물을 내리다 말겨?"

뒤돌아보니 청소 담당 김 씨 아줌마였다. 괄괄 한 성격과 그보다 더 괄괄한 목소리를 가진 독보적 인 성격의 소유자였다.

"네?"

"똥을 한 무더기를 싸놔서 굳어가지고설랑 막혀서 아침부터 그거 치우느라고 아주 욕봤네."

"저 아닌데요."

"냄시는 또 얼마나 고약하던지 욕지기가 나와 서 혼났네."

"제가 싼 거 아니에요."

내가 극구 부인하자 김 씨 아줌마가 대걸레를 들이밀며 말했다.

"아침에 개관하기 전에 전시실에 혼자 있는 건 야간 경비밖에 더 있나? 잉? 그럼 귀신이 와서 싸고 갔나? 잉?"

아줌마 말은 자신이 퇴근하기 전까지 전시실 화장실이 깨끗했다는 것이다. 관람객이 많지 않은 월요일이었고 마지막 사람이 나가고 나서 확인했다고 말이다. 하지만 이 넓은 박물관의 인원을 아줌마 가 어떻게 다 체크를 하느냐고 따져 물었지만 막무 가내였다. 그냥 나는 아줌마가 찍은 똥의 주인이 된 것이다.

〈빵과 장미〉라는 스위스 영화가 있다. 여기에 이런 대사가 나온다. "청소 유니폼은 사람을 투명인 간으로 만들어. 모두들 우리를 못 보고 지나치거 든." 그런데 김 씨 아줌마는 아니다. 어디서나 그 존

재감을 드러낸다. 청소 유니폼만 벗으면 이 건물의 설립자인 줄 알 거 같았다. 아줌마의 18번은 "내가 아이엠에프 때 망하지만 않았어도"다. 망하지만 않 았어도 이런 건물 샀을 사람인데 청소를 하고 있다. 그래서인지 정말 당당하다. 너무 당당하다. 그런 점은 좀 본받고 싶을 정도다. 짤리지만 않는다면. 아무리 위에서 뭐라고 해도 한 귀로 듣고 한 귀로 흘렸다. "왜? 숨도 쉬지 말라고 하지." 이러면서. 며칠 동안 관찰한 결과, 아줌마가 당당한 이유와 해고당하지 않는 이유를 알았다. 직업윤리가 철저하기 때문이 다. 아줌마가 지나간 자리는 반짝반짝 윤이 났다.

아무튼 그런 김 씨 아줌마가 내 직장에 경고를 주고 퇴근했다. 한 번만 더 무더기 똥을 내보내기만 해보라면서. 나는 몹시 억울했지만 지금 그게 중요 한 게 아니니까.

✦

"요즘 누구 노래 들어요?"

오늘은 웬일로 명랑한 목소리로 오야가 물었다.

"아이유, 잔나비, BTS도 좋고. 오야 씨는요?"

"남진이랑 나훈아죠."

답정너처럼 기다렸다는 듯 냉큼 오야가 말했다.

"누굴 더 좋아해요?"

"친구들은 남진파인데 저는 훈아 오빠가 더 좋 아요."

연말에 나훈아 콘서트를 텔레비전으로 보며 노 래를 따라 부르던 엄마가 떠올랐다. 나훈아 형님은 정년이 없으시구나. 좋겠다.

"그나저나 이거 왜 이런 거예요? 미스타 리는 나보다 공부 많이 했으니 알 거 아니에요?"

공부 잘하는 학생처럼 오야가 야무지게 질문 을 던졌다. 우리는 아직 먹통 전화기의 미스터리를 풀지 못했다. 영원히 못 풀 거 같았다.

"저도 모릅니다. 저 문과예요."

문송합니다, 라고 덧붙일 뻔했으나 불필요한 드립은 치지 말자고 생각했다. 시대 차이인데 계급 차이라고 느낄까 봐서였다. 계급이라니, 내게 계급 이 있다면 제일 하층이긴 하다. 가난한 취준생. 나 이 많은 취준생. 엄마는 내게 늘 기술을 배우라고 했다. 기술 갖고 있는 사람은 굶어 죽지 않는다면 서. 그 말이 무색하게도 세탁소와 수선실을 같이 운 영하는 부모님은 딱 굶어 죽지 않을 만큼 근근이 살았다. 나는 부모님이 기술 운운 할 때마다 의문이 든다. 부모님은 비트코인과 주식을 모르는 걸까. 하 루에도 대박과 쪽박을 오르내리는 요즘 시대를 모

르는 걸까.

"오늘은 어땠어요?"

화제를 돌려 일상의 안부를 묻자 마치 우리가 연인 사이처럼 느껴졌다. 나는 그녀에게 열세 살 연상이면서 서른 살 연하다. 꽤 복잡한 관계다.

"3번 시다 때문에 피곤했어요."

오야는 한숨을 쉬며 말했다. 한번 일이 밀리기 시작하면 라인 전체 공정이 엉킨다고 했다.

"일 못하는 친구가 들어왔나 보군요."

"본인은 모르겠지만 우리는 다 알아요."

"뭘요?"

"위장취업이요."

어떻게 아느냐는 말에 오야는 잠시 사이를 두고 말을 이었다.

"말투가 달라요. 얼굴빛도 다르고요. 우린 햇빛을 못 보니까 허옇게 떠서 시들시들하거든요. 그런데 걔들은 뽀얘요. 아무리 검댕이를 묻혀도 얼굴에서 빛이 나요. 그리고 무엇보다, 일을 못해요. 손이 야들야들해서 재빠르질 못하죠."

나는 전시실 유리창에 비친 내 얼굴을 잠시 바라보았다. 밤일을 시작한 후부터 피부가 칙칙해졌다. 한 손으로 쓱쓱 마른세수를 했다.

"걔들은 그걸 공활이라고 하대요. 학삐리들이 공장에 체험하러 온 거죠. 오래 있는 사람 별로 없어요. 다들 힘드니까 내빼요. 그전에 짤리는 게 더 많지만."

오야의 의기소침한 표정이 눈에 그려졌다. 얼굴을 모르는데도 그랬다. 그 모습이 측은하고 애잔하여 나도 모르게 말했다.

"저는 일 잘해요. 별명이 돌쇠인걸요."

오야가 풋, 하고 숨죽여 웃었다. 그 소리가 듣기 좋았다.

"가봐야 해요."

우리의 통화는 늘 10분 남짓. 나는 안타까운 마음이 되었다.

"오야 씨는 신데렐라군요."

오야는 요즘 상황이 좋지 않다며 미안하다는 말을 남기고 사라졌다. 나는 어둠 속에 우두커니 혼자 남았다.

네 번째 밤

오야를 검색하자 일본어, 두목이라는 말이 뜬다. 그

리고 자정이라는 단어도. 그렇지 자정의 손님이지. 매일 12시가 지나면 걸려오는 전화를 나는 어느덧 하루 종일 기다리고 있었다. 그녀의 여린 목소리를 생각하면 두목도 손님도 아닌 요정이라는 말이 더 어울렸다. 자정의 요정, 오야.

✦

"미래는 어떤 사회예요, 미스타 리? 정말 자동차가 하늘을 날아요?"

"그건 아니지만 자율주행은 해요. 스스로 운전하고 주차도 하고 그러죠."

"정말요?"

물론, 그런 차는 아주 비싸서 아무나 살 수는 없답니다, 라는 말은 안 했다. 스무 살이지만 나이에 비해 조숙한 오야는 말을 안 해도 다 알고 있을 테니까. 나는 오야에게 미래의 지식으로 뭐라도 도움을 주고 싶었다. 주택복권 번호를 알려줄까. 그보다 강남에 작은 밭떼기라도 사놓으라고 말하려다 그만 창밖의 달이 눈에 걸렸다. 누군가 아까워서 혀로 살살 녹여 먹은, 귀퉁이가 약간 쓸려나간 하현달이었지만 복스럽게도 휘영청 떠 있었다. 이제 달만 보면 저절로 빵이 연상된다. 앞으로 동그란 모양 빵을 먹을 때마다 목이 컥, 메일 거 같았다.

"오야 씨, 궁금한 게 있어요. 왜 이름을 안 알려주는 거예요?"

내 말에 오야는 잠시 망설이다 대답했다.

"밖에 경찰들이 깔렸어요. 우릴 항상 감시하죠."

"내가 혹시 경찰이라고 생각하는 거예요?"

생각지도 못한 이유여서 기가 막혔다.

"이름이 뭐가 중요해요. 가족 외에 부르는 사람도 없는데."

스무 살 치고 염세적인 아가씨가 말을 이었다.

"나 노동운동 하다 죽을 거예요. 어차피 죽을 거."

"죽긴 왜 죽어요. 부모님 생각해야죠."

"우리 집 딸 많다는 얘기 내가 안 했나요? 괜찮아요. 하나쯤 이렇게 죽어도."

오야가 슬픔도 분노도 없는 사무적인 목소리로 말했다.

"제 옆에 앉은 애 이름이 뭔지 아세요. 섭섭이에요. 그 앞에 앉은 애는 간난이고요. 언년이, 끝순, 필남, 종남 이런 애들이에요."

정작 본인 이름은 말 안 하면서 오야는 친구들 이름을 죄다 불러 놓았다. 그 시절엔 영아사망률도 높고 천하게 지으면 오래 산다는 속설도 있어서 간난이라는 이름이 있다는 것 정도는 알고 있었다. 하

지만 섭섭이라니 언년이라니. 인간에 대한 예의가 결여된 이름이었다. 나오는 한숨과 달리, 누군가 가슴에 불을 놓은 거 같았다.

"미래에는 말이죠. 오야 씨 같은 노동자들의 세상이에요."

"그래요?"

시큰둥한 목소리로 오야가 되물었다.

"이날들만 버티면 좋은 날이 옵니다. 내가 장담해요."

영상통화도 아닌데 나는 가슴까지 탕탕 두드려가며 자신 있게 말했다.

"우리더러 산업역군이라고, 잘 살게 해주겠다고 만날 그러는데 그게 참말이라고요?"

관심이 약간 생긴 듯 오야가 말했다.

"그럼요. 앞으로 대한민국이 제조업 수출 강국으로 벌떡 일어섭니다."

이 말은 누가 뭐래도 사실이니까.

"우리는 그게 다 거짓말이라고 생각했어요. 알면서 속는 셈 치고 일만 했거든요."

"일하는 사람이 대우받는 사회는 당연한 거죠."

"노동자들이 잘사는 나라요?"

"열심히 일한 만큼 배부른 나라요."

"기술이 배신하지 않는 그런 나라 말이죠?"

우리는 서로 질세라 원하는 나라를 한참이나 그렸다.

"미스타 리, 그거 약속할 수 있어요?"

오야가 단단히 다짐을 받듯 물었다.

"그럼요."

오야, 그녀를 위해 나는 핑크빛 미래를 약속했다. 책임질 수도 없으면서 그렇게 누군가의 삶 속에 함부로 희망을 그려 넣었다. 내가 이렇게 사는 걸 보면 오야는 뭐라 할까.

"미스타 리는 어때요? 행복한가요?"

개인의 행복이 아닌 시대의 행복에 대해서라면 말해줄 수 있었다. 2022년 세계 행복 보고서에 의하면 146개국 중 대한민국이 59위라고.

"1위는 어디예요?"

"힌트를 줄게요. 맞춰봐요. 휘바! 휘바!"

오야는 아무 말이 없었다. 말하고 나서 후회했다. 오야의 시대는 아직 자일리톨이 수입되기 전인데. 나는 입술을 깨물었다.

"저기, 오야 씨 시대는 말이죠. 열심히 일하면 집도 사고 차도 사고 건물도 살 수 있는 시대였어요."

"지금 거기는요?"

"우리를 두고 MZ세대라고 그러던데."

"엠지요?"

"저도 잘 몰라요. 누가 그렇게 부르기 시작했는데 나처럼 잘 모르면서 그렇게 써요. 아무튼 우리는 말이죠. 역사상 가장 가난한 세대래요."

단군 이래 부모보다 가난하게 살 것이 확실한 세대라고.

"왜요?"

"몰라요. 그런데 우리 잘못은 아니래요."

"그럼 누구 잘못이죠?"

"저도 그게 궁금해요."

수화기 사이로 침묵이 흘렀다. 오야도 같은 달을 보고 있을까. 어디선가 환청처럼 개구리 울음소리가 들렸다.

다섯 번째 밤

1978년 6월 23일, 이곳에서 벌어진 일을 나는 알고 있다. 노동자들의 투쟁 그리고 사측과 정부까지 개입된 대대적인 폭력 진압. 그 과정에서 한 명의 노동자가 죽는다. 그의 죽음으로 이 사태는 세간에 알려지게 되고 결과적으로 훗날, 민주 노조 운동의 효시가 된다고 이곳 산업박물관 로비에 적혀 있다. 죽는 것은 여성 노동자였다. 스무 살의 김 씨라고 역사는 기록했다. 남동생의 학비를 대고 있던 실질적인 가장이었다. 어제는 퇴근하는 김 씨 아줌마와 마주쳤다. 아줌마가 내게 물었다.

"알고리즘이 뭐대?"

월급이 줄어서 인사과에 이유를 물으니 근태 관련이라는 말만 들었다. 무슨 근태 문제냐고 또 물었더니 담당자가 인사와 근태관리는 알고리즘으로 인한 AI의 권한이므로 자신은 모른다고 했다는 것이다.

"혹시 에이아이가 어디 있는지 알아?"

아줌마가 내 팔을 붙잡고 물었다. 연이은 질문 공세에 나는 잠시 아줌마의 절박한 눈을 바라보았다.

"그냥 참으세요."

"내가 꼭 하고 싶은 말이 있어서 그래."

"그래 봤자 미친 휴먼 소리만 들어요."

진심으로 하는 충고였다.

"예전엔 나쁜 사장들도 많았지만 공장이 망해서 우리랑 끌어안고 같이 우는 사장들도 있었어. 노조위원 미행 다니는 형사 중엔 몇 날 며칠 그 집이 굶고 있는 걸 보고 몰래 쌀 한 포대 집에 들여놔주는 사람도 있었고."

아줌마는 라떼는 말이야, 로 시작하는 말끝에 이젠 누굴 끌어안고 누굴 미워해야 할지 모르겠다고 했다. 힘없이 돌아서는 아줌마의 뒤에서 나는 작은 소리로 덧붙였다.

"그냥 똥 싼 사람을 욕하고 미워하세요."

제가 싼 건 아니지만요.

✦

"오늘이 마지막 통화예요."

오야가 귓속말을 하듯 목소리를 죽여 말했다.

"가지 말아요. 가면 다쳐요."

반대로 내 목소리는 데시벨이 올라가고 있었다.

"오늘 누구 한 명 죽어요."

처음으로 진실을 말했다. 우리 사이에 잠시 침묵이 흘렀다.

"이 고물 전화가 왜 되는 건지 알 거 같아요. 나 그동안 미스타 리랑 대화하면서 당신 같은 사람이 있는 미래라면 살아볼 만하다고 생각했어요. 전태일 동지가 한두 명은 죽어야 바뀐다고 입버릇처럼 말했대요. 누구 한 명 죽어서 거기가 더 살기 좋아진다면 죽을 만한 거 아닌가요. 하지만 걱정 말아요. 나 오늘은 안 죽을 거니까."

오야는 숨도 쉬지 않고 단숨에 말했다. 쫓기는 사람처럼. 하지만 나는 그녀가 곧 죽으러 갈 것처럼 느껴졌다.

"우리 만나요. 내일 여기서요. 기다릴게요."

"이제 노동교실은 없어질 거예요. 다시 전화 못 해요."

주변에서 시끄러운 소리가 들려왔다.

"이제 가야 해요. 끊어요, 미스타 리. 그동안 고마웠어요."

"전화 말고요. 진짜로 만나요. 여기 이 산업박물관 자리에서. 2023년 6월 21일 오전 10시. 기다릴게요."

"불공평한데요. 나는 45년인데 미스타 리는 10시간 후잖아요."

"하지만 100년 같을 거예요."

그 말에 오야가 웃었다. 풋.

"오야 씨, 이름이 뭐예요? 진짜 이름이요."

"제 이름은…."

그때 건너편에서 뭔가 펑하고 터지는 소리가 들렸다.

"오야 씨!"

수화기에서는 더 이상 아무 소리도 들리지 않

았다. 그리고 깨달았다. 전화기가 다시 고철로 돌아갔다는 걸. 그녀의 이름도 듣지 못했지만 바보같이 내 이름도 말하지 못했다는 걸. 그렇게 우리는 '오야와 미스타 리'로 남았다.

오야의 45년, 나의 10시간 후

10시 개관을 하자마자 사람들이 삼삼오오 들어왔다. 평일치고는 입장객이 많은 편이었다. 나는 출입문에서 가장 잘 보이는 곳에 섰다. 옷을 갈아입고 숙직실에서 샤워까지 막 하고 나온 참이었다. 입장하는 사람들 면면을 자세히 살폈다. 오늘따라 이상하게 중년여성들이 많았다. 그중 가장 충격적인 것은 엄마였다. 나와 눈이 마주친 엄마도 깜짝 놀라서 나를 바라보았다.

"여긴 웬일이세요?"

"친구 만나려고. 넌 왜 여기 있어?"

"저 여기서 일해요."

나를 보는 엄마의 표정이 복잡해졌다. 화장을 곱게 한 엄마의 모습이 낯설었다. 우린 말없이 서로 어색하게 서 있다가 각자 친구를 만나기 위해 인사를 하고 헤어졌다. 눈을 돌리자 이번엔 청소 노동자 김 씨 아줌마가 있었다. 이상했다. 오늘 오프로 알고 있는데. 심지어 평상시 출근룩이 아닌 차려입은 모습이었다. 누구를 기다리는 듯 전시관 입구에 꼼짝 않고 서 있었다. 그리고 튀는 색깔 스카프를 매고 있는 저분은 자꾸 주위를 두리번거린다. 개량 한복을 입고 온 저 단아한 중년여성은 어떻고. 뒷모습을 보면 누가 누군지 알 수 없을 지경이다.

시곗바늘이 10시가 지나 11시를 향해 있었다. 이 중에 오야가 있을까. 나는 마음이 초조해졌다. 오야, 하고 허공을 향해 불러보았다. 몇몇이 뭐야, 하는 표정으로 힐끔거릴 뿐이었다. 이번엔 용기를 내어 아랫배에 힘을 주고 소리쳤다.

"산업전사님!"

그러자 사람들이 뒤돌아보았다.

"산업역군님!"

이번엔 엄마, 김 씨 아줌마, 중년 여성, 남성 할 것 없이 그곳에 있던 모든 사람이 뒤를 돌았다. 민망해진 나는 중얼거리듯 덧붙였다.

"그중에서 오야 씨…"

그들 중 한 명이 나에게 다가오고 있었다. 그리고 입을 열었다.

"미스타 리?"

"오야…씨?"

이 예상치 못한 상황에서 우리는 서로를 한참 바라보았다. 이 웃픈 상황에 대해 드립을 치고 싶었지만 참았다. 성격 차이를 세대 차이라고 생각할까 봐서였다. 🐾

✦

본 작품에 등장하는 인물 및 배경은
실제와 무관한 것으로 허구임을 밝힙니다.

HOMUNCULUS AND ANTI-PROMISE

호문쿨루스와 반약속주의

정도겸

정도겸

이화여자대학교 뇌인지과학과에 재학 중이다.
제2회 포스텍 SF 어워드 미니픽션 부문에서
〈인면화〉로 가작을 수상하였다.

Dogyeom Jung

두 손이 잘렸다. 나는 이제 영원히 약속을 맺지 못한다. 손가락을 걸지 못하기 때문에.

언젠가 손이 잘릴 수도 있겠다 생각했지만, 그날이 진짜로 올 줄은 몰랐다. 무언가 이상하게 돌아갔다. 나와 호문쿨루스를 맞대었던 사람들이 하나둘씩 연락이 끊겼다. 저쪽은 일부러 조약돌을 던져보는 것이었다. 나에게 연결된 거미줄이 푸르르 떨리도록, 그래서 내가 소리 없이 조여오는 실체 없는 무언가에 겁을 먹도록. 나는 결국 잡혔고, 재판은 유례없이 빠르게 진행되었다. 손을 자르기 전, 마지막으로 내가 정말 반(反)약속주의자인지 확인하는 단계가 있었다. 집행인은 분석실에서 찍은 내 호문쿨루스 사진이 정말 내 것이 맞는지 판단해야 하는데, 그는 사진을 들고 약 45초 만에 결정을 내렸다. 그래, 나는 본보기가 되었다. 여자끼리 약속을 맺으면 어떻게 되는지 만천하에 낱낱이 보여주었다. 그러나 나는 동그랗게 튀어나온 손목뼈에 종이 한 장 두께의 금속이 닿을 때까지 눈을 감지 않았다.

불건전한 약속을 맺은 경우, 약속을 맺을 일체의 권리를 박탈한다. 이 조항은 이 오래된 나라가 건국을 선포했을 때 세운 표석에서부터 발견할 수 있었다. 그러나 이것이 적용되는 방식은 시대마다 달랐다. 내가 태어나기 전까지만 해도 중앙 호문쿨루스 과학기술본부는 이 조항을 너그럽게 판단했다고 한다. 나 같은 사람들을 잡으려고 눈에 핏발을 세우며 달려들지 않았다는 뜻이다. 끽해야 우연히 발견되면 교화 시설에 수감하는 정도였다. 문제는 현재 수십 년째 집권하고 있는 최고 통치자가 호문쿨루스 근본주의자라는 것이다. 그는 당선 후에 본색을 드러낸 것이 아니라, 근본주의자였기 때문에 당선되었다. 그의 지지자들이 바라는 대로 약속에 대한 권리는 양손을 잘라 박탈하는 것으로 결정되었다. 더 나아가 국가는 심사를 통해 약속을 맺을 상대를 점지하였다.

건국 신화 속 호문쿨루스는 머릿속에 사는 작은 요정을 뜻했다. 호문쿨루스는 우리의 몸을 움직이고 사랑을 느끼게 한다. 사랑하는 사람과 손을 잡을 때 튀기는 스파크는 호문쿨루스가 기뻐 날뛰며 생기는 것이라 생각했다. 인생에서 중요한 약속을 맺을 때, 우리는 호문쿨루스를 맞댄다고 말한다. 우리가 서로 손가락을 걸 때, 호문쿨루스도 상대와 손가락을 걸고 있을 것이기 때문이다. 그리고 그 약속은 주로 결혼을 가리켰다. 언제부터인지 모르겠으나, 꼭 남자와 여자 사이에서만 호문쿨루스를 맞댈 수 있었으며 그 외는 전부 불건전한 약속으로 치

부되었다. 호문쿨루스는 법률에도, 경전에도, 교과서에도 등장했다. 그러니 호문쿨루스가 과학적으로 증명되었을 때 얼마나 많은 사람들이 미치도록 좋아했는지는 말하지 않아도 알 것이다. 중앙 정부가 중앙 호문쿨루스 과학기술본부를 창설한 것도 그 때문이었다.

한 과학자가 온몸의 감각이 두뇌의 감각 피질과 어떻게 연결되는지 표현하는 지도를 만들었다. 손의 감각은 더 넓은 피질에 할당되어 있어 민감하게 느낄 수 있지만, 등이나 다리는 비교적 둔감하다. 그리고 이 지도를 작은 인간의 형상으로 나타내었는데, 손은 징그럽게 크고 다리와 몸통은 가느다란 괴생명체가 되었다. 과학자는 이를 신화에서 이름을 따와 호문쿨루스라고 부르기로 했다. 그다음 과학자는 약속을 맺는 힘을 발견했다. 두 사람이 오랫동안 새끼손가락을 걸어 감각 피질의 한 부분에 지속적으로 자극을 주면 그 부분에 형태적인 변화가 발생한다. 세포들이 전기적 신호를 주고받으며 피질에 작은 별 모양 자국이 생기는데, 이를 약속의 증표로 본 것이다. 마지막으로 어떤 의미로는 천재적인 정치인이 모든 것을 하나로 엮었다.

"건국 신화 속 호문쿨루스는 우리의 감각 피질에서 살고 있었습니다. 위대한 조상들은 자연 과학이 발달하기 전부터 알고 있었던 것이었죠. 남녀가 손가락을 걸고 약속을 나누면 지울 수 없는 흔적이 호문쿨루스에 새겨집니다. 단 한 사람의 남성에게 몸과 마음을 허락하는 것이 자연의 섭리이자, 호문쿨루스의 의지입니다."

그날부터 사람들은 함부로 다른 사람의 손을 만지거나 손가락을 걸지 못하게 되었고, 그 행위는 결혼식 날 단 하루를 위해 남겨놓는 것이 되었다.

나는 나의 호문쿨루스를 이용해서 실험을 하는 중이었다. 여러 사람과 혹은 같은 사람과 여러 번 약속을 맺으면 어떻게 되지? 남자가 아니라 여자와 약속을 맺는다면? 호문쿨루스는 정말 남녀를 연결하기 위한 장치인가? 이러한 물음들에 평생을 바치며 여러 번 손가락을 걸다 보니 나는 어느새 사회의 질서를 무너뜨리는 사람으로 수배되어 있었다. 나와 같이 호문쿨루스의 신성한 힘을 남용하는 이들은 반약속주의자라고 불렸다. 내가 이토록 호문쿨루스에 집착했던 이유는 단 하나, 영원 때문이었다. 나를 천국에 데려다놓고 추락하게 만드는 악몽. 내가 인생의 밑바닥에 처박히기 전에 빠지지 않고 등장하는 복선. 내가 '만약'을 믿게 만들어놓고 약속을 앗아간 너. 나는 입으로 성냥개비를 물었다.

고개를 꺾어 거친 나무 책상에 성냥을 긁었지만, 조그마한 불티가 약 올리듯 피어오르다 꺼졌다. 불을 켤 수가 없어 어두컴컴한 방구석에 홀로 앉아 있었다. 나에게는 이제 호문쿨루스에 대한 답을 찾을 기회가 없겠지. 그때 노크 소리가 들렸다.

"이프, 널 만나러 왔어."

영원이었다.

영원도 호문쿨루스를 연구하고 있다고 말했다. 영원과 내가 다른 점이 있다면, 나는 내 몸뚱이로 뛰어들어 호문쿨루스에 별 문양을 마구 새겨보는 행동파였고 영원은 그렇지 않았다는 것이다. 영원은 뇌 사진을 찍어 별 문양의 크기와 새겨진 시기를 분석하는 학자가 되었다. 이프, 너에게 약속의 힘을 되돌려줄게. 영원은 내게 제안했다. 너에게 두 번 다시 속을 일은 없어. 무슨 속셈이야? 나는 영원에게 물었다. 아무 속셈도 없어. 영원은 내 두 눈을 똑바로 바라보았다. 영원의 동공이 약간 커져 있었다. 애초에 약속의 힘을 되찾아서 뭘 하라고. 설마 미래에 있을지도 모르는 짝을 위해서 돌려놓자는 건 아니겠지. 영원은 고개를 저었다. 절대 아니야. 호문쿨루스의 비밀을 파헤치는 것은 네 평생의 소원이었잖아. 그걸 이루기 위해서는 약속의 힘이 필요해, 그렇지? 나는 그걸 감히 네 입으로 말하냐는 듯이 영원을 쳐다보았다. 내가 너의 무엇을 믿고, 내가 말을 끝내기 전에 영원이 내 어깨를 꽉 잡았다.

"너도 잊지 않았겠지만, 나를 부술 힘은 너에게 있어."

영원을 처음 만난 것은 고등학교에 다닐 때였다. 영원은 내 뒷자리에 앉아 있었는데, 영원이 출석을 부르는 소리에 네, 하고 대답했다. 영원의 목소리가 내 귓가에서 시원한 바람을 만들었고 그때 영원의 이름을 외웠다. 당시 나는 같이 어울리던 무리에서 떨어져 나온 상태였다. 내가 막 호문쿨루스에 대한 의문을 품기 시작했던 때였고, 그것을 숨기는 방법을 몰랐기 때문이었다. 그 애들은 모난 돌처럼 툭 튀어나온 내 반골 기질에 대해서 수군수군 떠들었다. 그래서 나는 영원에게 다가갔다. 영원도 마찬가지로 겉돌았으니까. 여자애들 참 영악하고 믿을 수 없어. 그렇지? 그것이 내가 영원에게 처음 걸었던 말이었다. 정말 그렇게 생각해? 너의 목소리는 파도의 잔물결처럼 나에게로 와서 찬란하게 부서졌다.

영원의 사무실은 폭탄을 맞은 것처럼 엉망이었다. 수십 명의 감각 피질 사진이 온 사방에 흩어져 있었다. 일부는 물에 젖었고, 대부분은 갈기갈기 찢겨 있었다. 방바닥에는 수면제와 항우울제가 아무

렇게나 흩어져 있었는데, 짓이겨진 알약들은 눈물방울을 연상케 했다. 한구석에는 텔레비전을 대신하는 큰 모니터가 있었다. 너무 엉망이지? 영원이 머쓱하게 책상을 치우며 내가 앉을 자리를 마련해주었다. 그래서 약속의 힘은 어떻게 되찾을 수 있는데? 내가 물었다. 우리는 호문쿨루스의 가소성을 이용할 거야. 영원이 말했다.

왜 호문쿨루스를 맞댈 때 꼭 새끼손가락을 걸어야 하는지 알고 있어? 영원이 내게 물었다. 그야, 호문쿨루스는 커다란 손을 가지고 있고, 손의 감각을 가장 예민하게 느끼니까. 손가락을 걸 때 가장 증표가 잘 새겨지는 거잖아. 그럼 굳이 새끼손가락이 아니어도 중지, 검지로도 약속을 맺을 수 있다는 걸 알고 있어? 영원의 질문에 굳이 대답할 필요는 없었다. 왜냐하면, 내가 직접 해봤기 때문이었다. 이걸 물어보는 이유가 뭐야. 영원이 누군가의 뇌 사진을 나에게 보여주었다. 인간의 것이라기엔 크기가 작고 주름이 정교하지 못했다. 누가 우리 연구실에 손이 잘린 원숭이를 데리고 왔어. 손이 잘린? 자른? 내가 영원에게 굳이 물어보았다. 그래, 우리가 손을 잘랐어. 신체가 절단되었을 때 호문쿨루스는 어떻게 변화하는지 살펴보기 위해. 결과가 어땠을 것 같아? 나는 대답하지 않았다. 원숭이의 손을 담당하던 감각 피질이 다른 신체 부위로 할당되었어. 손과 바로 붙어 있는 손목과 팔뚝으로. 네 손이 잘리면, 호문쿨루스의 손도 잘리는 거야. 그 대신 호문쿨루스의 다른 부위가 커지는 거지. 우리는 그 원숭이가 잘린 손 대신 손목을 이용해서 약속을 맺을 수 있는지 실험하려고 했어. 시작도 하기 전에 발각되어서 엎어졌지만. 호문쿨루스를 함부로 건드리면 원숭이고 사람이고 전부 처분되지. 너와 내가 해야 할 일은 단 하나야. 내가 새끼손가락을 네 손목에 걸게. 그리고 약속을 맺자. 수십 번, 수백 번 시도해서 우리의 호문쿨루스에 별 모양이 새겨지면 실험이 종료되는 거야. 영원의 눈에 새파란 이채가 반짝였다. 이 실험이 성공하면 넌 불건전한 약속을 맺게 되는 거야. 감당할 수 있겠어? 내가 물었다. 이제 와서 그게 무슨 소용이야. 영원이 말했다.

호문쿨루스에 대해 어떻게 생각해. 학교 뒤뜰에 누워 있던 어느 날, 내가 영원에게 물었다. 영원은 그저 어깨를 으쓱해 보일 뿐이었다. 우리는 호문쿨루스에게 지배당하는 것 같아. 나는 바람에 나부끼는 잔디를 만져보았다. 내가 무언가를 만지면 이 감각은 연결된 실을 따라서 호문쿨루스에게 전달되지. 호문쿨루스는 다시 그 실로 명령을 내려보내서

나를 움직이게 만들어. 만약 우리가 실에 걸려 있는 인형 같은 존재라면 어떡하지? 영원이 내 어깨에 머리를 기댔다. 영원의 머리카락은 설탕으로 만들어져 사르르 녹아버릴 듯 내 목을 간질였다. 실에 묶인 인형 말고, 운명의 붉은 실이라고 생각하는 건 어때? 호문쿨루스는 운명의 상대를 만나 약속을 맺게 해주는 존재잖아. 영원의 말에 내가 혓바닥을 내밀었다. 그게, 내가, 제일, 싫어하는 부분이야. 이런 상상 해봤어? 호문쿨루스는 사실 존재하지 않아. 그리고 운명의 상대도 없어. 만약 이 모든 게 한 사람당 하나의 짝을 지어주기 위해 조작된 거라면? 나는 갑자기 주변에서 누군가 이 대화를 엿들을까 봐 걱정되어 일어나 앉았다.

너를 이프라고 부를래.

영원이 뜬금없이 말했다. 너는 내가 아는 사람 중에 '만약'이란 말을 제일 많이 하는 사람이야. 내가 너에게 만약을 하나 더 줄게. 만약 운명의 붉은 실이 운명이 아니라면. 실을 묶어줄 사람은 네가 정하는 거라면. 누구와도 진심으로 사랑하고 약속을 맺을 수 있다면. 상상할 수 있겠어? 영원도 나를 따라 몸을 바로 세워서 앉았다. 넌 반약속주의자야? 내가 영원에게 물었다. 그 날이 모든 것의 시작이었다.

손이 막 잘리고 난 후 몇 달 동안은 그 자리에 손이 계속 있는 느낌이 들었다. 가끔 존재하지 않는 손에 개미가 기어가는 느낌이 났다. 손목을 벽에 비벼보아도 가려움은 사라지지 않았다. 네 손은 사라졌지만, 호문쿨루스의 손은 아직 살아 있었기 때문에 존재하지 않는 고통을 느꼈던 거야. 지금은 크게 가렵지 않지? 내가 고개를 끄덕였다. 좋은 징조야. 호문쿨루스가 바뀌고 있어. 영원은 불규칙적으로 긁힌 흉터가 난 내 손목에 새끼손가락을 올렸다. 이왕 약속을 맺게 되었으니까, 서로에게 바라는 점을 얘기해볼까? 영원이 말했다. 우리가 하는 건 실험이야. 목적을 잊지마. 내가 차가운 목소리로 말했다. 나는 있어. 무슨 일이 있어도 나를 믿어줬으면 해. 영원이 나에게 절대로 빌어서는 안 되는 소원을 빌었다.

영원이 자신만만하게 말한 것이 무색하게, 우리의 실험에는 아무런 진전이 없었다. 영원도 호문쿨루스가 어떻게 자신의 모양을 바꾸는지에 대한 자세한 기전을 몰랐기 때문이었다. 우리가 막연하게 할 수 있는 일은 영원의 길쭉한 새끼손가락을 뭉툭한 내 손목에 올려놓고 하염없이 기다리는 일뿐이었다. 이프, 이렇게 좀, 뇌에 힘을 줘봐. 말도 안 되

는 소리 하지 마. 남녀가 약속을 맺는 순간, 머릿속에서 팡파르가 터지는 듯한 쾌감을 느낀다고 한다. 드물게 그런 감정을 느낄 수도 있겠으나, 이는 사실 또 다른 신화에 불과했다. 나는 정전기가 통하듯이 약간의 찌릿함을 느낄 때도 있었고, 어떨 때는 스위치를 딸깍 하고 올리는 소리를 들은 적도 있었다. 약속을 맺은 상대가 똑같은 감정을 느끼리란 법도 없었다. 가장 잊을 수 없었던 약속은 탄산의 기포가 두개골 안쪽을 간질이는 것을 느꼈을 때였다. 언제 올지 모르는 막연한 순간을 위해 어색하게 기다리고 있다 보면, 영원이 자꾸 옛날이야기를 꺼냈다.

건강 검진이 있는 날이었다. 우리는 면봉으로 입안의 상피세포를 채취해서 선생님께 건네드려야 했다. 그것을 알코올에 가라앉히고, 물로 씻고, 온도가 오르락내리락하는 상자에서 증폭시킨다. 무수하게 많이 복제된 유전자는 눈에 보이는데, 하얀색 쌀알 같기도 하고 스티로폼 조각 같기도 하다. 그것을 중앙 호문쿨루스 과학기술본부에서 운영하는 유전자 분석실에 보낸다. 미약한 질량을 가진 유전자 조각은 G, C, T, A의 의미 없는 나열로 변한다. 그리고 그것을 중앙 호문쿨루스 과학기술본부가 소유하고 있는 다른 유전자 샘플과 맞춰본다. 수많은 유전자 조합 중 최선의 결실을 맺을 수 있는 상대가 나타나면, 그 사람은 호문쿨루스를 맞댈 운명의 상대가 된다. 나는 영원의 손을 붙잡고 화장실로 이끌었다. 어떡할 거야? 난 내 유전자를 중앙본부에 보내고 싶지 않아. 나도 마찬가지야. 대충 아무 액체로나 적셔. 영원이 수도꼭지를 열어 면봉을 적시려다가 다시 잠근다. 아니면 오줌은 어때? 영원과 내가 서로를 보면서 웃었다. 그리고 우리는 나란히 교무실에 호출되었다. 니네 나이 때는 그 우정이 전부 같지. 그래서 이런 멍청한 짓을 아무렇지 않게 하는 거야. 그런데 어떡하지, 그건 전부 한때인데. 우리는 면봉으로 잇몸을 긁혔다. 그 후로 영원과 나의 자리는 멀리 떨어졌다. 우리가 붙어 있으면 반약속주의적인 행동을 하는 것은 아닌지 감시하는 시선이 따라붙었다. 영원과 '만약'에 대해서 이야기할 기회가 점차 없어졌다. 며칠 뒤에, 유전자 검사 결과표와 함께 운명의 상대가 명시된 서류가 도착했다. 학생들은 서류와 함께 베이비 파우더 냄새가 나는 작은 인간 모형을 전달받았다. 물을 묻힌 석고처럼 아주 부드러웠다. 인간 모형의 안에는 여러분과 상대의 유전자가 혼합된 결실이 심겨 있습니다. 물론 정말 살아 있지는 않습니다만, 미래에 있을 약속을 연습하는 셈 치고 모형을 돌봐주길 바랍니다. 모두

모형을 교실 창가에 나란히 세워 햇빛을 받을 수 있게 두었다. 학생들은 창틀에 몸을 기대고 앉아 인간 모형에게 사랑스러운 말을 속삭였다.

불건전한 약속에 대한 처벌이 강화된대. 내 손목에 새끼손가락을 올린 영원이 말했다. 나는 양 손목을 들어 보이면서 여기서 어떻게 더 강화돼. 이제는 정말 목을 친대? 하고 물었다. 손을 자르는 건 물론이고, 약속의 증표를 지우려고 두개골을 열어서 열선으로 지질 거래. 거기에 얼마나 좋은 시술자를 쓰겠어. 그냥 대충 지지다가 잘못 건드려서 발작이 나도 상관하지 않겠지. 호문쿨루스는 신성하다면서 마음에 안 드는 건 지져버리는 거야. 계속해서 말하는 영원의 어깨 뒤로 뉴스 화면이 보였다. 왜 지운이 저기에 있지? 내가 얼빠진 목소리로 말했다. 아는 사람이야? 영원도 고개를 돌려 화면을 쳐다보기 시작했다. 지운은 내가 손목에 찼던 형구를 차고 누군가의 인도를 받아 걸어가는 중이었다. 지운을 시작으로 나와 약속을 맺었던 사람들이 사흘에 한 번꼴로 화면에 나타나게 되었다.

돌아가는 것이 심상치 않아. 나는 다시 무언가 조여오는 것을 느꼈다. 거미줄이었다. 누군가 또다시 조약돌을 던져 거미줄을 흔들고 있었다. 인형에 달린 실로, 운명의 붉은 실로, 이제는 끈적한 거미줄로. 영원의 사무실에서 돌아와 집에 혼자 앉아 있는데 전화가 울렸다. 나는 수화기를 손목으로 쳐서 하늘을 보게 했다. 명지가 건 전화였다. 나와 스위치가 딸깍 올라가는 듯한 약속을 맺은 사람이었다. 지금 너를 중심으로 너와 약속을 맺은 사람들이 반약속주의 테러 조직으로 묶이고 있어. 명지가 말했다. 나와 약속을 맺었다고 어떻게 확신하는 거지? 네 호문쿨루스와 그들의 것을 비교해서. 일단 의심되는 사람들을 잡아온 후에 호문쿨루스 사진을 찍어보는 거야. 그리고 너와 같은 시기에 같은 위치에 새겨진 약속의 증표가 발견되면 확정을 짓는 거지. 이프, 너의 호문쿨루스를 면밀히 조사해본 사람이 협력하고 있을지도 모르겠어.

날 일부러 피하는 건 아니지? 영원의 얼굴을 사흘에 한 번도 보기 힘들어졌을 때, 나는 하교하는 영원의 어깨를 잡아 말을 걸었다. 이프, 우리 여기서 얘기하지 말고 안 보이는 데로 가자. 영원이 이끄는 대로 우리는 뒤뜰로 향했다. 반약속주의와 조금이라도 관련된 말을 하면 정학은 물론이고, 퇴학까지 당할 수 있대. 영원이 나에게서 등을 돌리고 말했다. 넌 그게 무서워? 나는 영원의 몸을 돌려세웠다. 영원아, 내가 두려운 건 이거야. 나는 학교에서

받은 작은 사람 모형을 꺼냈다. 이것도 호문쿨루스야. 호문쿨루스는 우리가 느끼는 감정을 아무것도 아닌 거로 만들어. 우리가 서로를 소중히 여기는 건 모두 한때고, 언젠가 사라질 신기루 같은 거라고 말해. 우리가 나누는 말들은 연습일 뿐이고 언젠가 호문쿨루스가 정해준 상대에게 내 모든 걸 전념해야 해. 영원아. 어떻게 이 모든 게 그냥 연습이겠어?

나는 오늘 밤에 창가에 세워진 인간 모형을 전부 부수고 싶어. 영원은 가만히 내 눈을 바라보며 말했다. 감당할 수 있겠어?

영원의 사무실 안, 아무렇게나 쌓여 있는 종이 뭉치 사이에서 익숙한 호문쿨루스 사진을 발견했다. 두정엽은 정수리에 위치하는 뇌 부위인데, 감각피질은 두정엽 중에서도 머리띠를 쓰면 닿는 부분에 길게 늘어져 있다. 이 호문쿨루스 사진에서는 15개의 약속의 증표가 하얗게 빛나고 있었는데, 내가 약속을 맺어본 횟수와 정확히 일치했다. 증표마다 빨간색 펜으로 메모가 되어 있었다. 증표가 새겨진 시기를 적어놓았는데 2달 전, 1년 전처럼 추정치로 표시되어 있었다. 영원은 호문쿨루스를 학문적으로 연구하는 사람이었다. 그리고 중앙 호문쿨루스 과학기술본부와 함께 반약속주의자들의 호문쿨루스를 분석하는 일을 했던 것이다. 영원은 우리의 호문쿨루스를 보고 집행인에게 손을 잘라도 될지 알려주었을 것이다. 15개의 별 자국이 덕지덕지 붙은 내 호문쿨루스를 보면서, 영원은 손이 잘려도 싸다고 생각했을까?

창가에 나란히 세워진 인간 모형들은 푸른 달빛을 받고 있어 낮에 봤을 때와 다른 분위기를 풍겼다. 모형들의 그림자는 창틀 밑으로 규칙적으로 길게 드리워져 있었다. 나에게 주어진 창가 자리에는 모형을 두지 않아서 이 빠진 울타리처럼 보였다. 잠깐만, 전부 부수기 전에. 영원이 주먹을 휘두르려는 나를 저지했다. 이 모형 안에 무슨 결실을 심어두었다고 했잖아. 그게 뭔지 궁금해. 한번 꺼내보자. 나는 내 모형의 머리와 다리 부분을 잡고 횡격막 부근을 부러뜨렸다. 모형 속의 빈 공간에서 하얗고 탁한 액체가 흘러나왔다. 이게 그 유전자 혼합물인가 봐. 영원이 두 손가락으로 끈적한 액체를 직 늘렸다. 참을 수 없는 비린내가 났다. 우리 유전자를 증폭시켰던 것에서는 이런 냄새가 안 났는데, 다른 사람 것과 합치면 독특한 화학 작용이 일어나는 모양이었다. 구경 다 했으면 이제 시작하자. 나는 들고 있던 모형을 바닥에 던졌고 안에 들어 있던 액체가 확 퍼졌다. 신발에도 조금 묻었길래 바닥에 비벼서 자

국을 지워냈다.

창틀은 모형을 부수면서 날린 가루 조각과, 정체불명의 액체로 뒤덮였다. 다음 날 등교한 학생들은 애정을 주었던 모형들이 산산조각 난 것에 충격을 받았다. 그것도 잠시, 누군가가 모형 안에 들어 있던 결실이 유전자 혼합물 같은 것이 아니라 정액이라는 의심을 제기했다. 선생님들은 누군가의 착오로 혹은 장난으로 내용물이 바뀌었을 것이라며 학생들을 안심시켰다. 이 사건을 조사하기 위해 중앙 호문쿨루스 과학기술본부에서 수사관들이 찾아왔다. 그들은 모형을 부순 범인을 찾기 위해 수사를 시작했고, 동시에 모두에게 모형 속 내용물에 대한 입단속을 철저히 시켰다. 이 사건은 반약속주의자에 의한 테러로 규정되었으며, 주도자와 공모자 모두의 손목을 자르겠다고 공표했다.

여기를 떠나야 해. 이프, 꼭 가져가야 하는 짐이 있으면 미리 챙겨놔. 어디로 떠난다는 말이야? 어디든. 넌 이미 있지도 않은 테러 조직의 수장이 되었어. 손을 자르는 것은 물론이고, 감각 피질을 열선으로 지져야 할 수도 있어. 언제 다시 수사관들이 들이닥칠지 몰라.

"연락을 받았어."

내 호문쿨루스를 자세히 관찰해본 사람이 중앙본부와 협력하고 있을지도 모르겠대. 그리고 너는 내 약속의 증표를 분석해서 내 손을 자르는 데 일조했지. 그걸 어떻게 알았어? 영원이 당황했다. 너는 자신을 믿어달라 말했지만, 나는 그러지 못하겠어. 우리 실험이 진전이 없는 것도 그 이유 때문일지도 몰라. 너는 나를 이미 한 번 배신했었잖아. 두 번은 더 쉽지 않겠어. 그건, 영원이 내 말을 자르기 전에 말했다. 잊어버렸다고 말하는 건 아니겠지? 작은 인간 모형들을 모조리 박살 낸 후에. 수사관들이 학교로 찾아왔지. 그리고 너는 나를 밀고했어. 그깟 손목을 잃는 게 무서워서. 수업 중에 내 이름이 크게 불렸다. 나는 턱을 괴고 있던 손에서 머리를 떼었다. 수사관 한 명이 내 겨드랑이에 팔을 껴서 자리에서 일으켰다. 나는 꼿발로 징검다리를 건너듯이 교실을 가로질렀다. 차마 영원을 바라볼 수 없었다. 학교 뒤뜰에서 속살거렸던 말들은 전부 뭐였을까. 우리가 느꼈던 감정은 전부 뭐였을까. 호문쿨루스가 맺어주는 약속은…. 나는 자리를 박차고 일어나서 영원의 어깨를 잡았다. 목소리가 갈라져서 제멋대로 튀었다. 너를 만나고 생겨버린 의문에 답하기 위해 여기까지 왔어. 내가 너를 믿어야 하는 이유가 뭐야? 대답해봐.

"너는 나를 부술 힘을 가지고 있어."

영원이 말했다. 그게 내가 너를 의심하는 가장 큰 이유였다.

넌 반약속주의자야? 어느 날의 내가 영원에게 물었다. 영원은 조금 전까지 풀밭에 누워 있었기 때문에 머리카락과 풀이 엉킨 상태였다. 아니. 영원이 대답했다. 나는 가슴 속에서 부풀던 헬륨 풍선이 갑자기 돌덩이가 된 듯한 기분을 느꼈다. 나는 영원이 호문쿨루스 신화를 믿는 사람일까 봐, 그래서 내 말에 공허하게 맞장구만 쳐줬던 것일까 봐 불안해졌다. 왜 표정이 갑자기 굳었어. 영원이 내게 가까이 다가오자, 머리카락에 딸린 들풀에서 빗방울과 풋내가 섞인 냄새가 났다. 나는 반약속주의라는 말이 싫어. 너도 알잖아. 우린 누구보다도 약속을 믿는 사람들이라는 걸. 그래서 우리는 새로운 가능성을 상상하는 거잖아. 영원의 말에 나의 가슴이 다시 세차게 펌프질을 시작했다. 네가 말하는 '만약'에 함께하고 싶어졌어. 영원이 내게 새끼손가락을 내밀었다. 감당할 수 있겠어? 누가 이 질문을 했는지 이제는 기억이 뚜렷하지 않다. 그러나 아무 대답 없이 내 새끼손가락으로 영원의 손가락을 낚아챈 순간은 선명하다.

내 새끼손가락의 살갗이 눌리면서, 피부에 퍼져 있는 수용체가 뒤틀렸다. 수용체가 열리면서 이온이 쏟아져 들어왔고, 그것이 전기 신호로 변했다. 전기 신호는 실을 타고 빠르게 감각 피질로 달려갔다. 숨을 훅 참고 간격을 뛰어넘으면서 전기 신호는 감각 피질에 도달했을 것이다. 감각 피질에 살고 있는 호문쿨루스는 이 전기 신호를 어떻게 해석했을까? 불건전한 약속을 맺으면, 호문쿨루스는 매우 분노하며 두개골 안을 사방팔방 뛰어다닌다고 한다. 호문쿨루스의 발 도장이 곳곳에 찍혀, 뇌는 곤죽이 되어버린다. 아이들을 겁주기 위해 곧잘 하는 말이었다. 전부 거짓말이었다. 전기 신호가 끊임없이 감각 피질로 들어오자, 피질 속 세포들은 자신의 형태를 바꾸기 시작했다. 이윽고 별 모양의 작은 자국이 피질에 남았고, 내 머릿속에는 탄산이 피어올랐다. 우리는 약속을 맺었다.

영원은 우리가 맺은 약속이 자신을 파괴할 힘이라고 말했다. 내가 영원을 밀고하면, 영원은 중앙본부로 잡혀가 손목이 잘리고 감각 피질이 지져질 것이다. 나는 반대로 우리가 약속을 맺었기 때문에 영원이 나를 배신할 수 있으리라 생각했다. 내가 죽거나 구금되면 영원이 불건전한 약속을 맺었다는 사실을 아무도 알 수 없을 테니까. 아니면 나와 맺은 약속을 숨겨주는 대가로 나를 중앙본부로 넘길 수도 있을 것이다. 나와 약속을 맺은 걸 후회해? 내가 말했다. 아니. 나는 다시 한 번 약속을 맺기 위해 너를 찾아왔어. 영원이 대답했다. 내 모든 것을 털어놓을게. 그리고 실험을 다시 한 번 해보자. 만약 이번에 약속이 제대로 맺어진다면 그걸 우리가 서로를 신뢰할 수 있다는 증표로 삼아줬으면 해. 영원이 새끼손가락을 내밀었다. 고등학생인 영원과 현재의 영원이 겹쳐 보였다. 우리가 나누었던 약속은 이미 한 번 파국으로 치달았다. 그럼에도 불구하고. 파도 소리와 풀 내음을 온몸에 휘감고 내게 달려오는 영원을 한 번도 잊어본 적이 없었다. 사실 영원을 간절히 믿고 싶어 하는 쪽은 나일지도 모른다. 나는 뭉뚝한 손목을 영원에게 건네주었다.

✦

영원의 말이 전부 끝났음에도, 증표가 새겨질 기미는 보이지 않았다. 내 손목에서 생긴 전기 신호는 갈피를 잡지 못하고 허공에서 흩어지고 있었다. 오랫동안 너를 미워하면서 그리워했어. 내가 침묵을 깨고 나지막이 말했다. 어느 날은 나를 보며 웃는 영원의 모습 한 장이 내 가슴 속에 깔렸다. 그다음 날에는 시럽처럼 끈적끈적한 분노가 그 위를 덮었다. 사랑과 미움은 겹겹이 쌓여서 구분하려야 구분할 수 없게 되었다. 너를 믿고 싶은데, 믿어지지 않아. 영원은 새끼손가락만 올렸던 손을 부채처럼 펼쳐서 내 손목을 잡았다. 그걸로 되었어. 네게 약속을 되돌려주는 건 내 역할이 아닐지도 몰라. 앞으로도 네 만약에 매료되는 사람이 나타나겠지. 지금은 너를 도망치게 하는 게 최선일 거야. 안전한 곳까지만 같이 가자. 오늘은 이만 집에 돌아가. 곧 연락할게.

그 후로 뜬눈으로 지새우는 밤이 계속되었다. 눈을 감으면 영원과 내가 동그란 잔디밭에서 서로를 마주보는 장면이 떠올랐다. 저 멀리서 작은 요정 호문쿨루스가 다가온다. 그것이 다가올수록 크기가 점점 커져, 눈알 한 쪽이 우리 머리통만 하게 되었다. 호문쿨루스가 영원에게 가장 후회되는 일을 고르라고 하자, 영원이 나를 만난 것이라고 답한다. 나는 영원의 후회가 되어 저울 위로 올라간다. 나의 반대편 접시는 비어 있었는데, 호문쿨루스가 계속해서 다양한 물건을 올린다. 우리가 깨부쉈던 모형의 조각이 흩뿌려진다. 손이 잘린 원숭이는 뒷덜미를 붙잡혀 저울에 내팽개쳐진다. 15개의 별이 박힌 사진이 팔랑팔랑 떨어지며 접시를 요동치게 만들었

다. 영원은 이제 선택해야 한다. 영원은 머리를 쥐어뜯고 있다. 그런데 영원은 왜 선택을 해야 했더라?

전화벨 소리가 크게 울렸다. 나는 손목으로 수화기를 쳤다. 아무리 기다려도 상대는 '여보세요'라고 말하지 않았다. 영원아. 내가 이름을 불렀다. 동시에 현관문 앞에 서 있는 누군가의 존재감이 느껴졌다. 영원아. 내가 더 힘을 주어 이름을 발음했다. 현관문의 손잡이가 상하로 빠르게 덜컹거렸다. 동이 막 터오면서 붉은 태양 빛이 방 안으로 쏟아져 들어왔다. 나는 수화기를 손목으로 쓸어서 바닥으로 떨어뜨렸고 입으로 전화선을 뽑았다. 망설임 없이 어깨로 창문을 밀치고 몸을 내던졌다. 팔로 머리를 감싸 등으로 떨어졌다. 등이 바닥에 내던져지는 순간 무언가 부러지는 소리가 났다. 나는 아픔을 느낄 새도 없이 맨발로 땅을 딛고 섰다. 어디로 가야 하는지 알았지만, 발걸음이 쉽사리 떨어지지 않았다. 사무실에서 영원이 나를 기다리고 있을까. 아니면 내가 있는 위치를 중앙본부에 흘리고 자리를 떴을까. 영원이 있다, 없다, 있다, 없다. 그건 내 눈으로 확인해야만 알 수 있는 일이었다. 천천히 발의 방향을 목적지로 돌렸다. 맨발에 돌조각이 박혔다.

영원의 사무실 문은 굳게 닫혀 있었다. 이 안에 영원이 있을 수도 있고, 없을 수도 있다. 영원은 있을 것이다. 영원이 느꼈던 고통은 진짜였으니까. 나에게 약속의 힘을 돌려주겠다는 말에는 진심이 담겨 있었으니까. 영원을 데리고 배든 열차든 아무거나 잡아타고 이 나라를 떠나면 그만이야. 나는 조심히 어깨로 문을 열었다. 그 안에 영원은 없었다.

사무실 안은 내가 처음 왔을 때와 별반 다를 것이 없었다. 종이는 아무렇게나 흩어져 있었고, 서랍도 들쭉날쭉하게 입을 벌리고 있었다. 텅 빈 방 안을 보니 아이스크림 스쿱으로 가슴을 떠내는 감각이 생생하게 느껴졌다. 그 자리에 자조적인 웃음과 어디로 향해야 할지 모르는 분노가 채워졌다. 배고픔과 슬픔 그 어디메의 감정에서 허우적대고 있는데, 종이 뭉치 속에서 무언가가 햇빛에 반사되어 반짝였다. 국경을 넘어 인근의 나라로 가는 열차 탑승권이었다. 책상 바닥에 습기로 딱 붙어 있어서 아무리 팔로 비벼봐도 집을 수가 없었다. 사무실의 큰 모니터에서 뉴스가 나오기 시작했다. 영원이었다. 수사관들이 영원의 손목에 형틀을 채우고 있었다. 플래시가 터져 나오자, 영원은 눈을 약간 찌푸렸다. 수사관이 영원에게 말했다. 반약속주의자 집단의 목적이 무엇인지 밝혀. 영원이 의연하게 말했다. 우리는 반약속주의자가 아니라, 누구보다도 약속을

믿는 사람들이야. 나는 화면 속의 그 장소로, 영원에게로 뛰어갔다.

숨이 부족해서 어깨 근육이 말려 들어갔으나, 쉴 시간이 없었다. 영원은 높은 계단의 꼭대기에 서 있었다. 나는 사람들 사이를 비집고 계단으로 접근했다. 수사관은 영원에게 다시 질문했다. 암호명 '이프'에 대해 아는 것을 다 말해. 영원은 잠시 뜸을 들이다가 말했다. 이프에게 하고 싶은 말이 있어. 수사관이 고개를 끄덕였다. 이프, 네 믿음을 여러 번 저버려서 미안해. 내가 할 말은 아니지만, 그래도 우리 자신을 못 믿을 존재라고 말하지는 말아줘. 나는 한 번도 너를 만난 것을 후회한 적이 없었어. 수사관이 영원의 발언을 끊었다. 나는 이미 알고 있었다. 영원이 계속해서 최악의 선택만을 했던 이유는 선택지가 두 가지 최악으로 구성되어 있기 때문이었다. 영원이 선택하도록 강요했던 것은 무엇이었지. 나는 폐가 목구멍 바깥으로 튀어나오도록 영원의 이름을 불렀다. 영원아! 영원은 나를 보고는 눈이 커다래졌다. 여기에 오면 어떡해! 영원이 소리 질렀다. 나는 계단을 뛰어 올라갔고, 영원은 계단에서 그대로 뛰어내렸다. 영원은 형틀에 묶인 손을 나에게 뻗었다. 나는 끝이 둥글어진 내 손목을 영원에게 뻗었다. 영원의 손바닥에 내 손목이 알맞게 들어갔다.

나를 추락시키다가 다시 일어서게 만드는 너. 내가 인생의 밑바닥에 처박히면 같이 진창에 빠지는 너. 약속을 앗아가놓고 다시 '만약'을 믿게 만드는 영원. 머릿속에서 탄산이 피어올랐다.

✦

수사관들은 눈에 띄게 불안해하는 나를 귀신같이 알아보았다. 그들은 내게 누가 모형을 부수었는지 알려준다면 최대한 처벌의 수위를 낮춰보겠다고 제안했다. 우리는 아직 미성년자였기 때문에 손목을 자르는 것은 봐주되, 학교에서 퇴학된 후 시설에 잠시 수감될 것이라 했다. 그리고 용감하게 범인을 지목한 보상으로 나는 처벌에서 제외하겠다고 했다. 나는 두 명 분의 손목과 약속을 저울질했다. 그리고 비겁하게 손목을 선택했다. 나는 이프가 퇴학 당한 후에 학교를 얼마 다니지 못하고 그대로 자퇴했다. 학교의 뒤뜰도, 같이 키득거렸던 화장실도, 파편으로 엉망이 된 교실 창틀도 죽어버린 약속과 함께 묻어두었다. 그러나 이프가 내게 주었던 '만약'만이 살아 있었다. 이프가 남겨둔 물음을 해결하기 위해, 나는 호문쿨루스를 연구하기로 결심했다. 약속의 가능성을 상상하고 싶어졌다.

손이 잘린 원숭이를 데리고 호문쿨루스의 가소성을 연구하다가 중앙본부에 발각되었다. 수사관들은 보고서와 논문들을 상자에 담아 연구실 바깥으로 바쁘게 옮겼다. 나와 같이 일하던 연구원들은 구금당하거나 손이 잘릴 위기에 처했다. 수사관들은 다시 내게 제안했다. 중앙본부의 공무를 수행해준다면, 동료들의 처벌을 면해주겠다. 공무는 불건전한 약속을 맺은 사람들의 호문쿨루스를 분석해서 반약속주의자의 낙인을 찍는 일이었다. 이번에는 수 명 분의 손목과 약속을 저울질했다. 나는 또다시 비겁하게 손목을 선택했다.

내가 결국 이프의 손목을 잘라버렸다. 익명으로 넘어온 호문쿨루스에는 자잘한 별 모양 증표가 딱 15개 있었다. 그 호문쿨루스가 이프의 것이었음을 알고 나는 너 또한 아직도 '만약'을 쫓고 있다는 것을 깨달았다. 내가 너의 의지를 두 번이나 꺾었다고 생각하니 참을 수 없는 구역질이 났다. 너무 많은 양이라는 것을 알면서도 항우울제와 수면제를 한 움큼 집어삼켰다. 그 날의 잠에서 나는 호문쿨루스를 만났다. 요정은 아기와 노인의 모습이 매 프레임마다 교차되는 모습을 하고 있었다.

"가장 큰 후회가 무엇인가?"

내가 가장 후회하는 것은 이프와 맺은 약속이 아니었다. 가장 지워버리고 싶은 일은 이프가 여자애들은 영악하다고 말했을 때, 정말 그렇게 생각하느냐고 되물었던 날이었다. 바닥도 없이 비겁해질 수 있는 나를 모른 채 자신만만하게 한 말이었다. 다시 한 번 이프를 만난다면 내가 자른 손목을 다시 붙여주고, 꺾어버린 너의 소망을 다시 살려내고 싶었다. 다시 너를 만날 수만 있다면. 호문쿨루스가 말했다. 나의 존재로 고통받는 어린 양에게 다시 한 번 기회를 주겠다. 이번에는 올바르게 저울질하도록. 잠에서 깨어나니 내 몸에 이상한 활력이 돌았다. 불이 꺼지기 직전에 마지막 빛을 내는 것처럼 재를 뒤로 흩뿌리며. 이프, 너를 만나러 간다. 🐾

ROBOT
IN
MAY

5월의 로봇

이신주

습관이 된 글쓰기에서
능동적으로 주도하는 글쓰기로의 발돋움을 꿈꿉니다.
글쓰기라는 습관에서 벗어나기 위해
도리어 그 습관을 더더욱 닦달해야 하는 이 아이러니란.

Shinju Lee

최후의 수단이 꼭 여러 개일 필요는 없다. 수많은 문제에 일괄적으로 대처할 수 있는 진짜 '최후'의 수단이 딱 하나 있다면. 물론 그렇게나 강력한 무언가는 최후의 수단이지만 동시에 최악의 수단이기도 하다. 일이 도저히 손 쓸 수 없을 정도로 치닫지 않으면, 즉 최악이 되지 않으면 함부로 꺼내선 안 되는 까닭이다. 그 정도의 대사건이 얼마나 있을까? 백 년에, 어쩌면 천 년에 한 번? 그렇게까지 예외적인 가정을 한다면, 아예 최후의 수단이 물건이 아니라면 어떨까? 적어도 물건처럼 굴지 않는 무언가라면?

"아, 또 이때가 왔군요."

로봇이 말했다.

"지난번 사건으로부터 얼마나 지났죠?"

그것의 두뇌는 몸집에 비해 어울리지 않을 정도로 컸다. 사람들은 자신들이 휘두르기에 적절하지 않은, 그만큼 막중한 책임감을 필요로 하는 모든 기술과 법칙들을 그것을 제작하는 데에 쏟아부었다. 설계부터 만유인력의 편법을 간질이는 그 몸뚱어리는, 로봇이 스스로의 초지능으로 말미암아 아예 그 힘을 거부함으로써 더욱 불균형한 모양을 취했다.

"이번엔 또 뭘 잘못 건드렸나요, 아니면 맞닥뜨렸나요?"

로봇의 감각기는 시간이 흐르는 소리와 공간이 수축, 팽창하는 냄새를 느낄 수 있었다. 불규칙한 요동에 따라 생성과 소멸을 반복하는 쌍입자 하나하나의 기적은 그것의 머릿속에 화가의 붓질만큼이나 뚜렷하게 재생되었다. 그렇게 세상을 곧이곧대로 받아들인 뒤 방대한 양의 계산을 거듭하여 로봇은 언제든, 어떤 문제에서든 먹히는 해결책을 준비할 수 있었다. 언제든 사람들이 자신을 필요로 할 때마다.

"대륙만 한 운석? 구름처럼 몰려오는 좀비 무리?"

로봇은 메마르게 불평했다. 흠집 하나 없는 그 세련된 외피가 무색하게도.

"지능이 있는 벌? 식물의 멸종?"

한편 입에 담는 사건들의 어마어마한 함의와 전혀 어울리지 않게도.

"언제나 그런 식이죠. 모든 게 한결같이 미쳐 돌아갈 때가 아니면 여러분은 날 찾지 않으니까."

수면 장치의 봉인이 거의 풀리려 하고 있었다. 로봇이 몸을 풀었다.

"한 번도 나 자체를 반가워해본 적은 없을 *거예요? 안 그런가요?*"

로봇은 두 문장의 어미를 일부러 서로 뒤바꾸

어 올리고 내렸다. 의도된 것이었다. 사람들은 뭐든지 해결할 수 있는 최후의 수단이 설마 이런 작은 데서 실수를 저지른다는 생각에 어쩔 줄 몰라 했다. 그걸 지켜보는 게 재미있진 않았지만, 최소한 지루하지도 않았다.

"문제가 눈앞에서 사라진다는 생각에는 그러나 기뻐했겠지요… 자."

로봇이 손을 비볐다. 그것은 그런 간단한 동작으로 핵자의 결합력부터 중성자별의 인력에 이르기까지 다양한 크기와 종류의 힘을 흉내 낼 수 있었다. 그럴 마음만 먹는다면.

"이번엔 무슨 문제죠?"

봉인이 풀렸다. 눈앞에는 아무도 없었다. 로봇은 당황했다.

◆

사실 눈앞이라는 인간적인 표현으로는 그 순간 그것이 얽매인 뼈아픈 혼란의 질곡을 제대로 표현할 수 없었다. 그것의 감각기가 담을 수 있는 풍경에는 지평선이 없었다. 행성의 곡률을 단숨에 구슬처럼 굽어볼 만큼 그 시야가 뻗어 나가는 까닭이었다. 그것이 매 순간 처리하는 정보는 같은 시간 전 세계 사람들이 잊어버린 모든 정보와 새로 익히는 모든 정보를 합친 것보다도 많았다. 그 광활한 인지 범위 안에서 그러나, 로봇은 단 한 명의 사람조차 포착할 수가 없었다.

"이게뭐죠?"

로봇이 어법에 맞지 않는 음성을 출력했다. 어디까지나 두뇌 활동의 허용 범위 안이었다. 그것의 계산 장치는 그 터무니없는 상황에 맞서 수십억 개가 넘는 주판알들을 일일이 매기고 겨누고 발사하고 거두어들이고 되쏘며 시종일관 교차시켰다. 현실의 요소들을 몇 가지 변수에 대응시킨 수식을 세우는 것, 그리고 그렇게 만들어진 식을 끊임없이 가다듬어 마침내 문제의 해결책을 도출하는 것. 그 둘이야말로 로봇의 특기였다. 작금 현실의 대응체라고 할 수 있는 수식은 그러나 로봇의 머릿속 가없는 용량에 맞서 마찬가지로 가없는 증식을 기어이 이루어내고야 말았다.

"무슨일이일어난거죠?"

인지 범위 내에 사람과, 사람의 흔적이라곤 없었다. 알기 쉬운 원인도, 원인으로 이어질 법한 단서도 전연 느낄 수 없었다. 막연하기 짝이 없는 전제 조건이란 유전자의 외따로운 쌍이 제 상호보완적인 짝을 전사(傳寫)하듯 역시나 막연해 빠진 식을 내뱉었다. 탐지 범위를 늘리면 늘릴수록 새로운 의문들이 줄줄이 새끼 치듯 튀어나왔다.

로봇이 그 하나하나를 아무리 신속, 정확하게 분류한들 도무지 식의 한 변이 끝날 기미를 보이지 않는 이상 의미가 없었다. 식의 양편을 나누는 등식(=)이 언제 놓일지 알 수 없게 되자 로봇은 그만 만들어진 이래 단 한 번도 한 적 없는 일을 감행했다. 그것은 주 계산 장치에 가상의 격벽을 세워 개중 한쪽에 자신의 자유의지를 집중시켰다. 그리고 남은 반쪽으로는 작업을 유지했다.

"계산이 계속되는 동안, 난 좀 더 생각을 해보자."

그것이 걸음을 옮기기 시작했다. 아무도 없었다. 그리고 아무것도 없었다. 풍경은 무정한 것을 넘어 무관심했다. 그저 압도적인 세월의 흐름을 알리듯 지형의 높낮이도 없는 민무늬 벌판만 끝없이 펼쳐졌다. 풍화작용에 짓눌려 스러진 아름드리나무와 거친 바윗결과 드높은 파도의 부존재는 그러한 풍경을 곱씹는 관찰자의 상상력 그 자체마저 미끈거리도록 표백시켰다. 자갈은 조약돌이, 조약돌은 흙이, 흙은 모래가, 모래는 다시 고운 먼지가 되어 부유했다. 먼지들은 땅에서나 공중에서나 하늘에서나 다르지 않은 모양으로, 위아래도 방향도 없는 기묘한 환상을 풍경에 불어넣었다.

"지금은 저녁인데."

로봇이 고개를 들었다. 그것은 미약해진 지자기와 별들의 모양—물론 이것도 마지막으로 기억되던 배치와는 많이 달랐다—을 읽고 행성의 시간대를 짐작했다. 그런데 미래에는 저녁놀이 지지 않았다. 노을이란 무엇인가—태양의 빛이 산란하며 관측되는 대기 현상.

"빛이 충분히 왜곡되지 않기 때문이야. 대기층이 얇아졌군요."

봉인이 풀린 것도 알 만했다. 누군가 로봇을 깨운 것이 아니라 방치된 설비들이 망가진 까닭이었다. 사람들은 어디로 떠난 걸까? 떠났다면 그러나 어떤 문제든 척척 해결할 수 있는 로봇을 왜 남겨두었단 말인가? 다 죽어버린 걸까? 하지만 바로 그런 위급한 일에 대비하여 있는 것이 자신이 아니던가….

"대체 무슨 일이지?"

로봇은 자신의 반쪽에게 질문했다. 변수는 끝을 모르고 늘어섰다.

✦

"대체 무슨 일이죠?"

그것은 무언가에게 질문했다. 그리고 더럭 겁을 먹었다. 사람들이 자신을 깨우지도 못하고 사라져버릴 만큼 위급한 어떤 일이 일어났다는 뜻일까?

"역시 좀비인가요?"

그것은 스스로가 뿌리 뽑은 여러 차례의 좀비 사태를 곱씹었다.

"그들은 갈수록 강해졌죠. 기다가 걷고, 걷다가 뛰고, 나중에는…."

사실 굳이 로봇이 나서지 않더라도 좀비 사태를 끝맺는 것 자체는 가능했다. 정부가 소매를 걷어붙이고 총을 집어 드는 순간 걷는 시체들에게는 승산이 없으니까. 다만 이미 좀비가 된 수백만의 가족, 친구, 연인을 산산조각낸들 남는 것은 시취를 풍기며 썩어가는 수억 킬로그램의 살더미다. 그것을 태우면 어떻게 태울 것이며 묻으면 또 어디에 묻는단 말인가? 그렇기에 로봇은 좀비를 파괴하는 대신 격리했다. 퇴치하는 대신 분석했다. 그렇게 좀비 단백질의 종류와 물성을 낱낱이 파악하였다. 덕택에 좀비로 변한 대부분의 시민을 원상태로 회복시켰다.

"외계인의 침공인가요?"

좀비와 달리, 외계인들은 처음부터 행성의 항구적인 파괴를 목적으로 도래했다. 다만 우습게도 실제 사망자는 단 한 명도 나오지 않았다. 외계인들이 실제로 도착하기 전 그들이 배포한, 함대의 위력을 설명하는 초광속 카탈로그가 먼저 행성에 도달한 까닭이었다. 싸우는 의미가 없다면 처음부터 아예 안 싸우는 게 낫다고 외계인들은 생각한 모양이었다. 다행히 카탈로그가 그 목적에 어찌나 충실했는지 사람들은 자신들이 온갖 꾀를 다 짜내더라도 결코 외계인에게 맞설 수 없다는 사실을 납득했다.

그리고 로봇을 깨웠다.

"날 깨울 수도 없을 만큼 동시다발적으로 그들이 왔나요?"

로봇은 해결사였지 싸움꾼이 아니었다. 침략자의 함대 전체를 맞상대할 수 있을지 알 수 없었고, 설령 가능하더라도 함대가 다른 지역에 입힐 피해까지 막을 수는 없었다. 그래서 로봇은 먼 거리에서 진격하는 함대의 방위(方位) 체계를 건드렸다. 항로는 이전까지의 모든 궤적을 소급하여 누구도 눈치챌 수 없을 만큼 교묘하게 수정되었다. 그렇게 침략자들은 자신들이 언젠가 목표에 도착하리라 믿으며 잠들었다. 그 '목표'가 은하 중앙의 초대형 블랙홀로 수정된 것도 모르는 채.

"생물학적 재난은… 그건 아니겠지요."

오랜 이야기였다. 식물병원균 무기가 득세한 어

떤 대전쟁으로 인해 모든 종류의 식물과 그 종자들이 소실된 때였다. 로봇은 일정한 형태의 식물이 조금이라도 언급되는 모든 종류의 기록물을 샅샅이 뒤져야 했다. 동일한 정보를 한 줄로 늘어선 0과 1로 표현했다면 서 말의 우주를 목걸이처럼 꿰더라도 그 끄트머리가 만나지 않을 정도로 길었다. 로봇은 흡수한 정보를 토대로 새로운 생태계의 초석을 다졌다. 그렇게 만들어진 생물들은 이전 생태계에서 식물들이 수행하던 온갖 역할을 촘촘히 대체했다.

"그런 것들은 시간이 오래 걸리니."

전 세계의 벌(bee)들이 지성을 발현한 사건도 빼놓을 수 없었다. 교양 있는 현대인들의 삶을 지탱하는 온갖 종류의 배관 계통들은 집 안 곳곳으로 이어지는 헐거운 뚜껑과 필터들을 네발짐승의 젖꼭지처럼 줄줄이 늘어뜨린 채 벌들을 유혹했다. 제발 세상에서 가장 신출귀몰한 테러리스트가 되어달라고 애원했다. 그렇게 충분히 많은 사람들이 눈먼 바람 한 줄기조차 출입하지 못하는 기밀실에서 그 온전한 삶을 영위하지 못하는 이상, 지성을 가진 벌들은 신용카드를 긁는 것보다도 빠르고 편리하게 수천만이 넘는 인질들을 바구니에 넣어둔 채 인류 수뇌부와의 영토 할양 협상에 응할 수 있었다.

"아니면 그것도 편견일까요?"

깨어난 로봇은 그러나 전 세계 사람들에게 자연풍을 앗아가는 것보다도 더 나은 해결책을 찾아냈다. 전 세계의 사마귀들에게 지성을 발현시킨 뒤 그들로 하여금 지성이 있는 벌을 추적하여 잡아먹도록 만든 것이다. 그렇게 두 종족의 길고 장렬한 전쟁이 막을 올리자 사람들은 일단 한숨 돌릴 수 있었다.

"설마, 그것 때문인가요?"

로봇이 의심했다. 분명 그렇게 사건을 해결하고 다시 봉인에 들어가기 전 누군가 물었다. 만약 벌과 사마귀가 최후에 이르러 공멸하는 대신 손을 잡으면, 아니면 한쪽이 이겨서 어마어마하게 위협적인 세력으로 불어나면 어떻게 할 생각이냐고. 물론 로봇은 유일하게 할 수 있는 약속을 주었다.

"'그때가 오면 날 다시 깨우세요.'라고…"

설마 정말 그것 때문일까? 필요 이상으로 강대해진 사마귀나 벌 군단이 정녕 인류를 끝장냈단 말인가? 하지만 그런 식으로 치면 밑도 끝도 없었다. 로봇이 해결했다고, 그리고 앞으로도 해결하리라 약속한 온갖 사건들. 핵전쟁이나 운석 충돌의 위기, 세계대전, 자연재해, 빛의 소실, 잠들지 못하게 된 세상, 되살아난 구름들, 그 갖가지 멸망의 시나리오

들… 따지고 보면 그것들 하나하나에 미처 파악하지 못한 불씨가 숨어 있었을지 몰랐다.

"아아, 내 약속은 완벽하지 못했어요."

깨어날 때마다 로봇은 많은 사람들과 만나고 헤어졌다. 구한 사람들이 많았지만 구하지 못하는 경우도 반드시 생겼다. 그리고 로봇이 거둔 엄청난 성공과 그것이 불러온 기쁨은 아이러니하게도 몇 안 되는 슬픔을 더욱 진하게 농축했다. 운이 나빴던 몇몇 희생자들은 그렇게 조용히 만들어진 모임 안에서 대부분 공감해주지 않는 슬픔을 삭여야 했다. 한 사람의 행복이 그리하듯, 한 사람의 원망이 다른 모든 사람의 행복을 뛰어넘을 수도 있을까? 그것이 이런 사태를 불러왔을까?

"난 실패했군요."

그들은 일이 성공한 뒤에도 여전히 슬퍼했다. 사람들은 언제나 그랬다.

"그리고 그게 세상이 이렇게 된 이유일지도."

아무리 정밀한 수술칼로 상황을 매듭짓는다 한들 살은 베이고 눈물은 떨어졌다. 로봇은 해결을 약속했지만, 그것은 실은 행복을 늘리는 것이 아니라 고통을 줄이는 데만 집중한 것이었다. 아무리 작더라도 남은 슬픔을 끌어안고 사람들은 울었다. 점점 더 가냘프게, 그러나 더 애절하게… 로봇은 자신이 우울해졌다고 생각했다. 반쪽의 자신은 여전히 세상이 왜 이렇게 되었는지 알아내려 분투했다. 그러나 식의 한 변이 끝날 기미는 여전히 없었다. 그것은 대기열 맨 앞에 밀어둔 등식 기호(=)를 흘끔거렸다. 할당된 메모리가 애처로이 명멸했다. 로봇은 먼지 구덩이 속에서 멈추었다. 그러고는 누군가 듣길 바라는 것처럼 말했다.

"우울하군요."

"무엇이 우울하죠?"

계산 장치의 반쪽이 슬쩍 끼어들었다. 어차피 지금까지 수행한 계산보다는 앞으로 해야 할 것이 훨씬 많아 의미가 없었다.

"그들은 언제나 최악이 닥쳐야만 나를 부른다고 생각했어요."

"그런데 정말 최악이 닥쳤더니."

반쪽이 추임새를 넣었다.

"날 부를 수도 없게 되어버렸죠. 그게 첫 번째 이유이고."

로봇은 생각했다. 나머지 반쪽도 함께 고민해주었다. 서로의 사고를 모으는 것은 보통 둔재의 방식이었지만, 어차피 텅 빈 세상에서 로봇은 스스로 제일가는 천재이자 바보였다.

"두 번째 이유는, 이게 아닌가요?"

"말해보세요."

로봇은 이미 말하고 있었다.

"그들은 내 약속이, 아니 내가 없어도 할 일이 많았습니다."

"그건 사실이지요."

로봇을 깨울 만큼의 대사건은 한 사람의 일생을 건너서 일어났다. 그래서 로봇이 다시 잠든 뒤에는 정상적인 생활이 이어졌다. 하루 24시간, 1,440분, 86,400초의 알차고 뜻깊은 매일의 일상. 잠든 로봇이 나머지 세상의 진보를, 그 찬란한 미래로의 행진을 그냥 흘려보내는 동안.

"그런데 난."

"'우리'."

반쪽이 그것의 정확한 말을 굳이 고쳐주었다. 문득 로봇은, 자신이 아까 일부러 저지른 말실수처럼 지금 이것을 사람들이 보았더라면 얼마나 겁을 집어먹었을지 생각했다. 우스웠다. 정말로….

"우리는… 그들이 없으니 할 게 없네요."

로봇의 반쪽이 식 도중에 아무 의미 없는 괄호를 끼워 넣었다. 그리고 그 안에서 0으로 떨어지는, 또다시 아무 의미 없는 식을 썼다. 그것은 로봇이 개발한, 소리를 내지 않고 끄덕거릴 수 있는 수없이 많은 방법 중 하나였다.

"사실은, 내가 그들이 필요했을지도."

"그 말이 맞네요."

"그들이 없으면 나는 어떻게 되지?"

로봇은 답을 알았다. 그것은 이미 완벽히 파악한 행성의 풍광을 재차 인지했다. 변화라곤 찾아볼 수 없는, 죽어버린 세상. 그러나 로봇이 우울한 것은 그런 환경과는 아무 관계도 없었다. 설령 눈을 뜬 곳이 젖이 지저귀고 꿀이 날고 새와 나비가 흐르는 에덴 부동산이라도 로봇에게는 아무 의미도 없었다. 그곳에 자신을 필요로 해줄 사람이 없다면.

"어쩌면 여긴 내 지옥일지도 몰라요."

지옥, 그리고 천국. 사후세계의 환상은 그 교리의 당위성에 기반을 두지 않는다. 아무리 기를 써도 그 존재를 증명할 수 없다는, 결코 대비할 수 없는, 모든 상식을 초월하는 절대적인 심판이라는 으름장. 로봇에게도 그리고 그런 것이 있었다. 집채만 한 두뇌로 어떤 것이라도 해결하는 능력을 가지고도, 로봇은 내심 스스로를 넘는 무언가가 있을 것이라는 생각을 떨칠 수 없었다. 다른 차원의 무언가, 신, 마법, 로봇의 존재를 상상한 자신 머릿속의 조악한 이미지를 그보다 한층 더 조야한 솜씨로 모사하는

전지적 시점의 관찰자. '뭐든지' 해결할 수 있다는 오만한 전제를 산산조각내는 데는 단 한 가지의 반례면 족했다.

"약속을 지키지 못할 거라는, 언젠가는 구하지 못할 거라는 악몽에 나는 항상 시달렸지요."

로봇의 반쪽이 웅웅거렸다. 오랜만에 있는 일이었다. 계산 장치가 열효율의 최적 테이블을 벗어나는 것은. 소리마저 죽어버린 세상에서 그 울림은 누군가의 목청껏 지른 고함처럼 들렸다. 눈앞에 나타난 악몽의 품에서 허우적거리는 사람만이 낼 수 있을 법한. 로봇은 등을 땅에 대고 누웠다. 쓰러졌다. 고운 먼지는 로봇 체적의 수백 배나 되는 부피로 피어올랐다. 아래에서 보니 그것은 저를 노리고 무너져 내리는 산사태처럼 느껴졌다.

"나는 저 먼지 입자 하나하나의 궤적을 꿰뚫습니다."

로봇이 말했다.

"그리고 개중 어떤 것의 움직임이라도 내가 원하는 대로 수정합니다."

먼지 틈으로 흩뿌려진 별들은 기억보다 훨씬 적었다. 예전의 별자리들은 작금에 비하면 바늘땀처럼 빽빽했다. 우주가 늙을수록 별의 수도 줄어들지만, 공허를 질주하는 까마득한 과거의 빛까지 소멸되어 밤하늘이 어두워지는 데는 그 이상의 세월이 필요하다.

대체 시간이 얼마나 흘렀기에?

로봇은 계산 장치를 반으로 나누던 가상의 격벽을 파괴했다. 전혀 다른 목적에 따라 동작하던 회로 유닛들이 일순 교차되며 격렬한 잉여 전류가 발생했다. 로봇의 표면으로 실낱같은 연기가 한 줄기 피어올랐다. 그러나 그게 다였다. 계산 장치는 삽시간에 안정을 되찾았다. 도리어 이전보다 더 강화된 위기관리 체계는 이제 웬만큼 놀라운 상황에도 콧방귀조차 뀌지 않을 것이었다.

"난 이제 뭘 해야 하나요…?"

로봇은 별을 응시했다. 그리고 한 인간의 생에 비하여 별과 우주의 크기가 갖는 압도적인 무정함을, 그것을 노래한 이야기들을 떠올렸다.

"밤하늘의 별은 거인에게나, 난쟁이에게나 똑같다고 그들은 말했지요."

로봇은 그것이 거짓말임을 알았다. 설령 똑같다한들, 그것은 난쟁이의 위안이 아닌 거인의 절망을 더욱 거세게 부채질할 뿐이었다. 남겨진 세상에서 거인은 이제 무엇이든 할 수 있었지만 거기엔 어떤 의미도 없었다.

"마지막으로, 별이라도 조종해볼까요."

로봇은 단말을 쳐들었다. 삼라만상을 얽는 중력장 그 자체를 지렛대 삼아 그것의 의지가 퍼져나갔다. 어차피 지름 수백만 킬로미터의 플라스마 덩어리를 단기간에 어떻게 할 수는 없었다. 그저 로봇의 인지 영역 내에 닿는 별빛만 조금 켜고 꺼뜨리면 되었다. 그런 변칙으로 뭘 만들 수 있을까. 어떤 모양을, 아니면 문자를? 그것은 자신이 특별히 선호하는 무언가가 있을지 궁금했다. 그리고 명령했다. 자신의 의지와 떼어낼 수 없을 만큼 밀접하게 얽힌 우주의 구조에.

별들은 움직이지 않았다.

✦

로봇은 눈앞의 일을 이해할 수 없었다. 그런 일은 지금까지 단 한 번도 일어난 적 없었다. 로봇은 언제나 상황을 정확하게, 말 그대로 '정확하게' 파악했다. 어떤 일이 일어나기에 충분한 상태와 그렇지 않은 상태를 구분 짓는 것은 그것에게 있어 생물의 본능만큼이나 타고난 기질이었다. 그런데 지금 그것이 실패했다.

"그럴 리 없지요."

로봇은 명령을 내리기까지의 모든 과정을 반복했다. 다만 신호의 세기를 두 배, 세 배씩 증폭시켰다. 하늘이 조금 달라졌다. 그러나 여전히 의도한 것과 달랐다. 아니 의도라는 말은 말도 안 되었다. 로봇은 의도하지 않았다. 로봇은 모든 일이 그렇게 되도록 우주의 변수를 조정한 뒤 그 고삐를 놓아주었을 뿐이었다. 트랙을 따라 놓인 도미노 행렬의 얌전한 끄트머리를 밀치듯. 그 일이 어그러진 적 없었다.

"…그럴 리 없어요."

로봇은 신호를 정신없이 뒤틀었다. 명령의 강도를 조정하는 다이얼이 있다면 그것은 평면의 삼백육십 도를 넘어 사차원, 오차원의 아예 이해할 수조차 없는 곡률로 끊임없이 돌고 또 돌아갔다. 로봇의 뻗친 손이 부르르 떨렸다. 그것의 미세 제어 모터가 돌고 있었다. 반중력으로도 억누를 수 없는 어마어마한 부하에 놀라서. 그것도 처음이었다.

"처음, 처음, 처음, 처음입니다."

로봇은 그만 소리 질렀다.

"모두 다 처음이에요!"

별들이 빽빽했다. 괴상한 표현이었지만 그렇게밖에 볼 수 없었다. 무언가가 로봇의 힘을 방해하고 있었다. 이미 로봇과 유사한 방식으로, 보이지 않는 힘으로 이 세상을 내리누르는 의지가 있는 걸까? 로봇은 스스로의 몸을 돌보길 포기하고 사방팔방으로 자신의 명령을 쏘아 보냈다. 행성을 얽매는 인력장이 널뛰듯 짜부라졌다. 막대한 정보장이 일부는 질량, 일부는 에너지로 누출되며 오로라처럼 발광했다.

"왜, 왜 안 되는 겁니까?"

별하늘이 그제야 느릿느릿 거시적인 변화를 보이기 시작했다. 여전히 로봇의 원래 의도와는 동떨어진, 턱없이 못 미치는 속도로!

"뭐가 문제지요?"

로봇은 있지도 않은 이를 부드득 갈았다. 새까맣게 타버린 분노가 흘러나왔다. 그것은 위험한 도박을 하고 있었다. 로봇이 그 순간 방출하는 에너지는 일상적인 허용량을 훨씬 초과했다. 파도를 타는 사람이 잠깐이라도 그 흐름에 거스르는 순간 바다는 사람 한 명 따위를 훨씬 초과하는 힘으로 그를 내동댕이쳐버린다. 작금 제 처지가 그와 다르지 않았다. 로봇의 머릿속 작은 계산 유닛이 헛발질을 했다. 그 자그마한 실수로도 온몸의 감각기들이 범종처럼 쩌렁쩌렁 울었다. 충격은 초현실적으로 다가왔다. 그것은 로봇이 만들어진 이래 처음으로 받는 물리적 침해였다.

"멈추지 말란 말입니다!"

별들이 깜빡였다.

"계속 움직이세요!"

로봇이 호통쳤다.

"움직여요! 원래 그랬듯이!"

별들이 점점 더 크게 깜빡이고 있었다.

"그러면, 그러면…!"

그러면, 뭐? 로봇이 생각했다. 그래 봤자 아무 의미도 없는데.

로봇은 느려지는 별들을 보았다. 그것들은 점점 더 커졌다. 그러나 겉보기에만 그런 것이었다. 아니 별들은 다가오고 있었다. 머릿속으로만, 그러나 실제로도. 현실을 낙서처럼, 낙서를 현실처럼 만들어버릴 만큼 별들이 커졌다. 하늘을 집어삼킬 정도로 커졌다. 천체들 사이의 로슈 한계⁺는커녕 로봇이 알고 있는 모든 천체물리의 공리를 정면으로 거부하는 광경이었다. 별들이 이윽고 동심원으로 늘어섰다.

"누구냐?"

어리둥절한 로봇에게, 별들로 된 눈동자가 물었다.

Illustration ⓒ KIM SANHO

◆

로봇은 자신이 느끼는 것이 환상이 아니라는 사실을 알았다. 22단계가 넘도록 중첩된 인지체(體)들은 매 순간 도형의 대각선을 긋듯 서로를 호출하여 편집증적으로 대질하였다. 그것의 감각은 그런즉슨 언제나 더할 나위 없이 또렷했다. 몸에 누적된 피로는 이미 해소되었다. 그것은 아직도 자신의 한계를 알지 못했다. 그러나 지금 말을 거는, 별로 된 눈동자가 무엇인지도 또한 알지 못했다. 아니 알 수가 없었다. 눈동자의 존재는 로봇이 인지할 수 있는 범위를 아득하게 초월하여 펼쳐졌다. 억지로 감각기를 닦달하자 온몸의 모터가 벌벌거렸다. 로봇은 자신의 모습이 두려움을 느끼는 사람과 비슷하리라 생각했다.

"도통 모르겠군, 어디서 나타난 거지?"

눈동자가 말했다. 그리고 다시 눈동자가 말했다.

"가만, 난 알 것 같아!"

자문자답 같아 보였지만 로봇은 알 수 있었다. 눈동자는 하나의 단일한 의식으로 이루어진 것이 아니었다.

"이건 그 로봇이야."

"로봇?"

눈동자 속 의식들은 순식간에 필요한 정보를 찾아냈다. 그것들은 서로 무언가 교환하지 않았다. 모든 것은 처음부터 자신 안에 있었기에.

"그러게, 정말이네!"

"활성화하는 걸 깜빡했나 봐."

로봇은 얼떨떨했다. 눈동자 속 의식들이 자신을 알고 있단 말인가?

"그럼 그동안 계속 여기 있었겠군. 잠든 채로."

"이런 걸 기억해내려 하지 않다니, 우리가 부끄럽네."

왜? 모든 게 죽고 없어진 이 우주에서 자신이 유명할 이유가 무어란 말인가?

"우릴 몰라."

눈동자들의 말이었다. 그들은 로봇과 비슷하게—그러나 훨씬 단정적으로—사고했다. 모르'는 것 같아', 나 모르'나 봐'.와 같은 어미는 쓰일 수 없었다. 그들은 이미 알 것이고 계속해서 알았으니까.

"그럴 만도 하지."

"더 나은 의식을 불러와."

목소리라고 해야 할지, 의식을 이루는 구체적인 특질이 획획 뒤바뀌었다. 그리고 어느새 전혀 다른 의식이 로봇에게 말을 걸고 있었다.

"날 알아보겠어요?"

로봇은 순식간에 그 의식이 기꺼이 공유해준 고유한 순간들을 훑었다. 기억 속에선 로봇의 자리도 물론 있었다. 로봇은 자신에게 말을 건 자가 누구인지 즉각 떠올렸다.

"당신은, 3-3차 좀비 대유행 때 고립되었던 지역 사령관이 아닌가요."

죽었는데. 로봇은 생각했다. 좀비 단백질 분석이 끝나기 직전에 치러진 마지막 희생이었다. 로봇은 자신이 느끼는 이 모든 게 환상이 아니라고 관측될 뿐인 지독한 환상일 가능성을 셈했다… 0.000%. 계산 장치는 필요하다면 소수점 열여섯, 스물여섯 자리까지도 내려갈 만큼 정확한 값을 떨어뜨렸다. 그 모든 것들은 분명한 현실이었다.

"이게 다 뭐죠?"

"나도 있어요!"

이번에 입을 연 의식은 한 양봉가의 딸이었다. 벌들이 반란을 일으켰을 때 아이의 아버지는 아무것도 모르고 호된 벌침 맛을 보았다. 아이가 스스로 마땅한 방법이 없다는 것을 파악하기도 전 로봇은 그 사태를 관측하고 손을 휘저어 한 줄기의 바람을 만들었다. 로봇이 있던 곳과 양봉 농가 사이 대기 분자의 복잡계 운동을 통해 불어난 바람은 아이와 아이 아버지를 일시적으로 성난 벌떼로부터 분리해주었다. 아버지는 결과적으로 무사했지만, 아이는 오래 병원 신세를 져야 했다.

"당신은, 하지만 어떻게…."

로봇은 그 뒤로도 수없이 많은 사람들의 의식을 만났다. 어떤 일이든 해결하는 무적의 로봇이기에 알 수 있었다. 그것들은 허술한 복제품이나 우주의 변덕이 빚어내는 볼츠만 두뇌◆◆ 따위의 산물이 아니었다. 의식은 스스로가 대표하는 본래의 인격과 기억, 가치관에 단단히 뿌리박은 채 고스란히 그 본바탕을 피워냈다. 한창 그 검증에 몰두하던 계산 장치가 약간 버거운 빛으로 씨근덕거렸다. 누군가의 일생을 한눈에 훑어보는 것은 역시 뭐든지 해결하는 로봇이라고 해도 게 눈 감추듯 해치울 수 있는 일은 아니었다.

"당신들은 뭐죠?"

로봇이 물었다.

"인류."

눈동자 속 의식들이 대답했다.

"얼마나 있는 거예요, 그 안에?"

"전부."

눈동자 속 단 하나의 의식도 빼놓지 않고 이루

어지는 대답은 현실이나 추상의 어떤 구조에 대응시키기엔 너무 거대했다. 로봇은 눈동자들의 의사(意思)가 우주의 껍질을 엉망진창으로 부풀리는 것을 보았다. 반동으로 걸리는 수축력은 로봇이 안간힘을 다해도 막을 수 있을지 알 수 없었다. 그런데 그런 것이 너무나도 손쉽게 관리되었다. 가히 무시되고 있었다. 별로 된 눈동자들에 의해.

"어떻게 된 거죠?"

"우린 발전했습니다."

로봇은 자신이 여전히 몸을 떨고 있음을 알았다. 눈동자들을 이해하기 위해, 분석하기 위해 젖먹던 힘까지를 다하는 까닭에.

"그리고 멈추지 않았죠."

그 두 마디 안에는 창세를 코웃음 치게 만들 만큼 어마어마한 역사가 담겨 있었다. 친절히 풀어 헤쳐진 낱개의 정보를 겨우 따라가는 것이 로봇에게는 고작이었다.

✦

로봇이 마지막으로 깨어난 이래 재난은 오지 않았다. 그렇게 사람들은 진보를 거듭했다. 놀라운 기술을 만들고, 그 기술로 주변을, 나아가 나 스스로를 더 나은 존재로 바꾸고… 더 강력하고 효율적으로 우주의 비밀을 파헤쳤다. 끊임없이. 끝내 이름 붙일 수 있는 모든 것을 이해하고, 이름 붙이지 못할 것들을 더 이상 찾아내지 못할 때까지. 상상의 힘이 그들의 실제 능력을 따라잡지 못하게 될 때까지… 그렇게 그들은 육신도 한계도 없는 순수한 의식으로 화했다.

상투적이게도.

로봇은 눈동자들의 집합 기억을 엿보았다. 그들이 자신을 깨우지 않은 채 스스로 고안해내고 해결한 온갖 난제를 보았다. 로봇으로서는 우주의 재귀정리가 일어날 만큼의 시간을 윤허 받더라도 개중단 하나의 해결조차 확언할 수 없었다. 난제의 답이 곧 불변하는 진리이고, 발전한 인류가 그것들을 모조리 찾아냈다는 뜻일까, 아니면 새로운 문제에 맞춘 새로운 진리를 그때그때 발명한 것일까. 둘 중 어느 것이 더 대단한지 알 길이 없었다.

"태고 이래 축적한 종의 모든 기억과 인격을 우리는 동시에 발현합니다."

눈동자는 자신 안에 어떻게 까마득한 과거의 사람들이 들어 있는지 설명했다. 적어도 그러려고 노력하는 것 같았다.

"그 까닭에, 우리는 언제나 있습니다."

충분한 기술과 철학이 없던 시절, 사람들은 우주의 두 갈래 길을 세 가지로 오해하고 살아왔다. 과거와 미래, 그리고 뚜렷하게 고정되었다고 믿는 현재라는 환상이었다. 지금이라는 눈금은 그러니 정확히 어디부터 언제까지에 그어져 있는가? 지금 이 순간이라는 편리한 이름 안에는 손가락을 열 번 튕길 시간과 세슘 원자가 십억 번 진동할 시간이 멋대로 들락거렸다. 눈동자 속 의식에게는 그런 자의적인 현재가 없었다. 의식들은 스스로가 원하는 기억 속 원하는 시간을 원하는 만큼 만끽하였다. 순간이 영원이고 영원이 곧 순간이 되는 그들에게 우주의 필연적인 종말은 조금의 흥미도 끌지 못했다.

"우리의 한계가 곧 현실의 한계가 되었지요."

"그렇다면 여러분은…"

로봇이 말했다.

"유사 이래 가장 자유롭군요."

"그렇지요."

"그리고 또한 가장 행복하고요."

"완벽하진 않지만, 그렇지요."

매 맞지 않을 자유, 주린 배를 채울 자유, 편안히 눈감을 자유… 고작 그런 부스러기를 위해서라도 로봇이 알던 시대의 사람들은 기꺼이 투쟁했다. 세대와 세대를 거듭하여. 바늘 끝처럼 작은 운신의 폭에 내려앉을 마찬가지로 쪼끄마한 행복을 위해. 눈동자들이 노래하는 자유는 그러나 그에 비할 수 없이 깊고 넓었다. 로봇으로서는 감히 그런 삶과 그들 행복의 총량을 헤아릴 수 없을 만큼.

"이렇게 변한 우주에도 여러분은 있군요."

로봇이 생각했다.

"나는 기쁩니다…"

그것의 비대한 고개가 푹 떨어졌다.

"하지만 슬퍼요."

눈동자는 왜 그런지 묻지 않았다. 그것에게 있어 로봇의 두뇌에서 시행하는 모든 계산과 그 결과물이란 하나의 문장부호만큼이나 간결했다.

"나는 그동안 여러분의 행운이었어요."

로봇은 행운을 약속할 수 있었다. 행운은 드물게, 어쩌다 오는 것이었다. 그래서 로봇은 확률적으론 거의 일어날 리 없는 중차대한 일의 해결을 도왔다.

"그런데 여러분은 마침내 항구하는 행복을 찾아냈군요—내가 약속할 수 없는 것을."

행복은 그러나 일시적인 것이 아니라 계속되어야 했다. 행복을 불러오는 것—로봇을 재워둔 채 진행되는 일상의 온갖 자질구레한 일들, 난관 같지도 않은 난관들을 극복하는 것은 사람들 본인의 몫이었다. 그러나 로봇이 아주 오래 잠든 사이 사람들은 이제 양쪽 모두를 극복했다.

그들은 더 이상 누군가의, 뭔가의 도움을 필요로 하지 않았다.

"참으로 잘 컸군요, 여러분은."

"그렇습니다!"

로봇은 누구에게도 필요 없어진 자신을 내려다보았다.

"이제 내가, 이곳에서 가장 천덕꾸러기가 되었네요."

"맞아요."

"당신이 천덕꾸러기가 되어서 다행이에요!"

눈동자들의 말에, 로봇이 천천히 고개를 들었다.

"…지금 기뻐하는 건가요?"

"*왜 아니겠어요?*"

"*당신은 기쁘지 않은가요?*"

눈동자가 오히려 의아하다는 듯 물어왔다.

"당신이 아니었다면 우리는 과거의 어딘가에서 멸망했을 겁니다!"

"맞아요. 좀비든, 벌이든, 아광속 제트든지요."

눈동자 속 의식들이 앞다투어 말했다.

"우리가 여기까지 온 건 다 당신 덕분이에요!"

"그러니 천덕꾸러기라고 나쁠 게 뭐가 있어요?"

로봇에게는 새로운 경험이었다. 무언가 전혀 모르던 것을 다른 이들이 깨우쳐주는 것은.

"이제 당신께, 우리가 보답할 차례입니다!"

색다른 자극이었다. 계산 장치가 전혀 다른 빛깔로 눈동자들의 말에 몰두했다.

"그동안 만나고 헤어졌던 우리가 모두 이 안에 있어요."

의식들이 일제히 재잘거렸다.

"이제 쭉 당신과 함께 있을 겁니다."

"당신이 우리에게 해주었던 약속, 아니 그보다 더한 삶의 모든 즐거움을 드릴게요."

"즐거움이라니. 하지만 난 여러분과 다른걸요."

로봇이 말했다.

"내게는 무언가 하고 싶은 것도 없어요. 그런데 어떻게 즐거움이 있겠어요?"

눈동자가 로봇을 내려다보았다.

"이제 와서 뭘 해야 할지…"

그 안의 의식들이 까르르 웃었다.

"그럼 이제부터 배우면 되겠네요."

웃음소리는 마치, 무슨 그런 말도 안 되는 소릴 하느냔 것처럼 들렸다.

"*그게 당신이 원래 하던 일 아닌가요, 배우는 것?*"

로봇은 그렇게 생각하지 않았다. 그래서 입을 열었다.

"나는 무언가를 배우기 위해 만들어진 것이…"

로봇이 말을 멈추었다. 그리고 다시 생각했다.

무엇이든 해결하는 로봇.

분명 굉장한 이름이었지만, 그 별명이 본질을 벗어나는 환상을 빚었다. 로봇이 처음부터 뭐든 할 수 있는 것은 아니었다. 좀비 단백질의 구조를 로봇은 태생적으로 알지 못했다. 배운 것이었다. 지능 있는 사마귀 군단을 만드는 방법도, 침략자의 함대를 조종하는 방법도 처음부터 당연히 알던 게 아니었다. 낯선 그것들에 익숙해질 때까지 그래서 노력을 기울여야 했다. 그렇게 파악했다. 분석했다. 배웠다. 그런 터무니없는 무언가라도 기꺼이.

그에 비하면 지금 요구받는 일은, 코웃음이 나올 정도로 간단했다….

✦

"난… 그런데 난."

"그렇지요?"

눈동자가 미소 지었다.

"당신이 가장 잘하는 일은, 뭔가 새로 배우는 게 맞잖아요?"

"그런 식으로는 생각해본 적이 없었어요."

"문제없어요."

눈동자가 로봇을 다독였다.

"그렇게 생각하는 법을, 이제부터 배우도록 하세요."

"내가 하고 싶은 걸 찾는 겁니다."

"내가, 하고 싶은…"

로봇은 더듬더듬 낯선 말을 입에 담았다.

"왜요?"

눈동자가 물었다.

"시간이 부족할 것 같아요?"

로봇은 그 말의 한 꺼풀 아래 숨겨진 뉘앙스를 발견했다. 시간이 더 이상 아무 의미도 없어진 이곳, 이 시대에서 덩달아 시간을 영영 초월한 눈동자의 말은 우스갯소리였다.

그것은 로봇에게 건네는 농담이었다.

"*봐요.*"

눈동자가 반색했다. 로봇은 어리둥절하면서도 충동을 따랐다.

"*벌써 웃고 있잖아요!*"

로봇의 비대한 머리가 기우뚱기우뚱 경쾌하게 움직였다.

　　"그것도 새로운 배움이죠, 그렇죠?"

　　"물론입니다."

　　로봇이 대답했다.

　　"당신이 뭘 하고 싶은지도 금방 찾을 수 있을 거예요!"

　　눈동자의 말에, 로봇은 더 크게 웃기 시작했다. 🐾

POEM

Won Seok Lee

p. 92—99

李元錫

◆ POEM

시

업무 외 일지

업무 외 일지
—마지막으로 수정한 시간: 오전 03시 22분

꿈의 기록장

이원석

시를 쓰고 주짓수를 가르칩니다.
시집 《엔딩과 랜딩》(문학동네, 2022) 출간.

업무 외 일지

이렇게 지독한 마음을 네가 만들었어

컨테이너에 돌아와
렌치가 달린 팔을 분리해 놓으면
선반에 놓인 팔이 가려웠다
세척이 필요한 부품도 있었지만 그러고 싶지 않았다
불을 켜지 않고 오래 앉아 있어도 상관없었다
그러고 싶지 않았다

네가 떠난 후
내 안의 회로를 분해해보기 시작했어
오차 없이 정밀하게 작동하도록 설계되었는데
톱니는 톱니와 꼭 맞물려
빈틈없이 돌아가고 있었는데
작은 쐐기가 톱니 사이에 떨어진 걸까

B1이 멈추면 D3가 멈추고
D3가 멈추면 F4도 멈추기 마련
네가 멈추면 모두 멈추는 것
애초에 마련해둔 기능이 아니었는데도

고장 나기 직전까지 나를 붙들고
놓아주지 않던 사람과
고장 나기 직전인 나를 붙들고
놓지 않아준 사람
감사하다는 말을 너무 많이 한 날에는
아무에게도 감사하지 않았다

생각지도 않게
결합된 합금의 표면이 가려웠다
금속과 금속이 함께 용융되지 못했나 보다
부품과 부품 사이에
꼬챙이를 넣어 긁고 싶다고
사람이나 다름없는 이야기를 했다
사람도 아니라는 이야기를 들었지만
그럴 때면 꼭 사람 같은 기분이 들었다
가끔은 사람이었으면 했다
둘러보면 사람이 아무도 없었다
사람도 사람 같지 않았다

가기로 한 도시에는 가지 못했다
분수에 맞지 않은 행동을 하다 사람들의 미움을 샀다
눈을 마주치면 손이 올라왔다
고개를 들지 않도록 프로그램을 수정했다

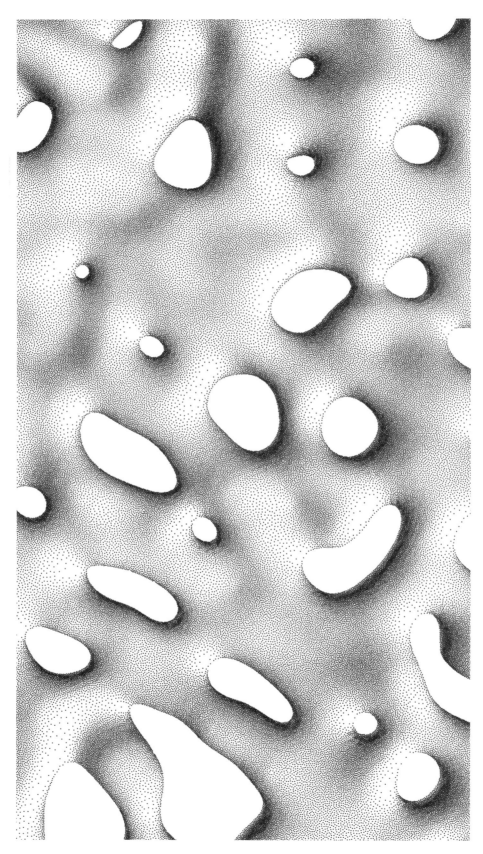

Last modified: 03:22 AM

업무 외 일지
—마지막으로 수정한 시간: 오전 03시 22분

처음 산성비가 내리던 날
외부에서 열두 시간 동안 근무를 서던 듀이가 서서히 녹아내리며
작동을 멈추었을 때
지하 터널에 케이블을 설치하던 내게
사측에선 연락을 하지 않았다

우리는 같은 보관소에서 늘 함께 지냈다
같이 산다는 건
서로의 못쓰게 된 부분을 받아들이는 것
내가 비번일 때 듀이는
수리가 필요한 자신의 왼팔 대신
아직 작동하는 내 팔을 끼우고 나갔다
듀이가 놓고 간 팔을 끼우고 몇 군데 수리점을 돌아봤지만
살 수 있는 부품이 없었다

그날 이후
산성비가 오래 내렸다
싸구려 부품은 쉽게 녹아서
방호코팅이 없는 동료들은 밖에 나가지 못했다
보관소에 오래 갇혀 있으면
연산에 오류가 생기거나 녹이 슬었다
작업목적이 없이도 밖에 나가야 한다는 것을
사람들은 쉽게 이해하지 못했다
방호코팅을 받으려면 비용 지불을 위해
밖에서 오래 일을 해야 하고
밖에서 오래 일을 하면 부품이 녹았다

사람을 만나면
사람 같지 않은 것들, 우리는
그런 욕을 했다

Ro2-0779N   ¼

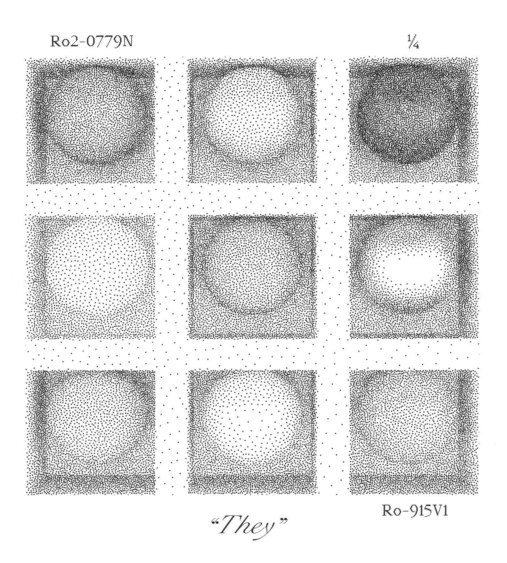

"They"   Ro-915V1

꿈의 기록장

화면이 녹아내립니다
녹화기록이 반복해서 재생됩니다
새벽에 컨테이너 앞을 한 남자가 서성입니다
멈췄다 다시 움직이고 문손잡이를 쥐었다 놓습니다
경고등이 들어왔다가 꺼지고 다시 들어옵니다
고용주가 와서 경고등 스위치를 내리고 갑니다
비위를 맞추다 라는 말을 이해하려고 애를 씁니다
애를 쓰다 에서 애의 위치는 어디입니까
제조 시의 성격은
업무의 강도에 따라 조금씩 비뚤어집니다
충분히 배터리를 충전하기 위해서는
비싼 대가를 치러야 합니다
사람들은 개나 고양이,
애착을 가진 물건에도 이름을 붙이지만
우리에겐 번호를 매기거나
"그것들"이라고 부릅니다

나를 로이라고 부르던 사람이
나를 때렸습니다

4-CUT CARTOON

PROMISE

약속

지금은 주로 도트를 이용한 그림을 그리고 있다.
《무슨 만화》,《어떤 만화》 발간.

FINDING REFUGE

어떤 피난처의 소멸

$$\left(\begin{array}{c} mart \\ picking \\ solution\ chain \\ delivery \\ \vdots \end{array} \right)$$

한승태 Seungtae Han

르포작가. 일하며 글을 쓴다. 쓴 책으로
《인간의 조건》과 《고기로 태어나서》가 있다.

ESSAY

어떤 공간의 멸종

5

최근의 기술 발전으로 사라지거나 변화하는 사회의 모습을 일터와 작업장의 맥락으로 풀어본다.
일하는 삶의 연속점과 불연속점은 어디에 존재하며 어떻게 변화하는가.

마트 하면 영수증이 먼저 떠오른다. 매장 곳곳에 수북이 쌓여 있던 영수증. 주문이 뜸해질 때마다 들여다보는 웹툰이 지루해지면 영수증을 한 움큼 집어 들고 단신 기사마냥 읽곤 했다. 어떤 의미에서 영수증은 일기였다. 《미식 예찬》의 유명한 격언을 바꿔서 말해보자면, 당신이 무엇을 샀는지 말해준다면 당신이 누구인지 말해줄 수 있다.

"상쾌환 2포, 여명 808 1캔, 탱크보이 1개, 하늘보리 1병, 갈아만든 배 1병, 신라면 블랙 1개."

토요일 오후 2시에 들어온 이 주문서는 금요일 밤의 흥분과 열기 그리고 그 후에 필연적으로 뒤따르기 마련인 후회와 속 쓰림을 고스란히 전해준다. 한편 일요일 자정 무렵 들어온 아래 주문서에는 산다는 것의 고단함과 심란함이 어떤 시나 소설보다 더 생생하게 담겨 있었다.

"굿 뉴스 임신 테스터기 3개, 하겐다즈 초콜릿 파인트 1개."

나는 거리두기가 한창이던 시기에 강남 한복판에 자리 잡은 마트에서 일했다. 영수증이 그랬듯 마트 구석구석에서 한국인의 희로애락을 발견할 수 있었다. 이곳은 일반적인 마트가 아니라 온라인으로 주문한 상품을 배달만 해주는 매장이었다. 매장 업무는 크게 2가지였다. 첫째는 '피패킹', 둘째는 상품 출입 관리. 피패킹은 피킹(장보기, picking)과 패킹(포장하기, packing)을 합친 말이다. 매장 컴퓨터 옆에 영수증 프린터기가 있는데 주문이 들어오면 여기로 주문서가 출력됐다. 알바들은 이 앞에 차례대로 앉아 있다가 주문서가 올라오면 뽑아들고 장을 보기 시작했다. 물건을 다 고른 다음 비닐봉지에 넣어 배달기사에게 넘기는 것까지가 우리 일이었다. 이 일은 도서관에서 컴퓨터로 책을 검색해서 찾아본 경험이 있는 사람이면 누구나 할 수 있을 만큼 단순한 일이었다.

피패킹 알바 중에서 성실하고 머리 회전이 빠른 사람들은 입고팀으로 옮겨 갔다. (다시 말해 나는 입고팀이 아니었다.) 이들이 상품 출입 관리를 담당했는데 군대로 치자면 특전사나 델타 포스에 해당하는 엘리트 유닛이었다. 입고팀이 하는 모든 일은 결국 하나로 귀결된다. 상품이 들어오고 나간 수를 정확하게 맞추는 것. 이것이 물류 창고 작업의 지상과제였다. 매일 아침 상품이 도착하면 입고팀이 검수를 마치고 진열을 한다. 기존에 없던 상품이 들어올 때는 자리를 정해서 전산 시스템에 위치를 입력한다. 이 작업을 상품의 로케이션을 잡는다고 하는데 줄여서 '로케 잡는다.'라고 한다.

TELL ME WHAT YOU BUY, AND I'LL TELL YOU WHO YOU ARE.

한승태

PICKING, PACKING

and... ➤➤

어떤 피난처의 소멸

상품을 진열할 때는 선입 선출이 원칙이다. 마트에서 일하면 가장 많이 듣게 되는 말이 선입 선출이다. 유통기한을 확인해서 날짜가 많이 남은 건 진열대 뒤로 옮기고 짧은 건 바로바로 집을 수 있게 앞에다 배치한다. 유통기한이 많이 남은 상품은 진열 위치 때문에 '후방 상품'이라고 부른다. 매장이 제대로 돌아가고 있는지 확인하고 싶으면 후방 상품을 확인해보면 된다, 후방 상품이 앞에 있으면 필연적으로 유통기한 경과로 상품 폐기가 늘어난다. 한번은 폐기 상품이 하루에 200개 가까이 나온 적도 있었다.

로케 잡기나 선입 선출은 피패킹 알바도 할 수 있는 일이었다. 입고팀만의 사활이 걸린 업무는 따로 있었다. 월말 재고조사다. 매월 말이면 본사에 재고조사 결과를 보고한다. 이때는 매장 안의 모든 상품의 개수를 파악해야 한다. 그리고 그것이 전산 기록과 일치해야 한다. 얼마를 배송받아서 얼마를 팔았고 얼마가 남았다는 것이 완벽하게 설명되어야 한다. 만약에 차이가 난다면 매장 전체를 뒤집어서라도 물건을 찾아내든가 아니면 몇 달 치 기록을 거슬러 올라가서 왜 차이가 나는지를 증명해 내야 한다.

재고 조사에 왕도는 없었다. 모두 꺼내서 하나하나 세어보는 것밖에. 이때는 "여호와는 너의 머리카락 숫자까지 전부 알고 계신다." 수준으로 매장 상태를 파악 해야 한다. 입고팀원들이 "재고 조사 3대 헬 존(hell zone)"이라고 부르는 구역이 있었다. 냉장 상품, 화장품, 젤리. 이 중에서도 특히 젤리 코너가 제일 시간을 많이 잡아먹었다. 젤리, 사탕, 껌 종류는 크기는 작은 반면 낱개나 소량 포장된 것들이 많아서 비슷한 공간을 차지하고 있는 과자나 라면에 비해 전체 수가 대 여섯 배 이상 많았다. 월말이 가까워지면 입고 팀원들이 팔 토시를 끼고 젤리 라인 구석에 모여 앉아 자정을 넘겨서까지 '마이쮸'를 세고 있는 걸 보게 된다.

이런저런 고충에도 나는 마트가 좋았다. 이곳은 콜 센터처럼 불만에 찬 고객을 직접 상대할 일도 없었고 택배 물류센터처럼 근골격계 질환을 유발하는 상자들을 밤새도록 들어 올릴 일도 없었다. 하지만 내가 이곳을 좋아했던 진짜 이유는 마트가 의도치 않게 직원들에게 전하는 긍정적인 영향력 때문이었다.

A는 이십 대 초반으로 고등학생 때까지 농구 선수였다. 허리 부상으로 선수 생활을 포기했는데 집안 형편 때문에 치료를 미루다가 문제를 키운 탓이었다. 통증을 도저히 참을 수 없어 병원을 찾아갔을 때 더 이상 선수 생활은 어렵다는 선고를 들었다. 수술비용을 대느라 부모님이 돈까지 빌려야 했다.

"그때가 17살이었는데 저 그때 이후로 일 한 번도 쉬어본 적 없어요. 처음엔 예식장에서 일했어요. 그런 데는 중고등학생도 잘 받아주거든요. 지금은 대학 다니는 동안 쓸 돈 미리 다 벌어둘 생각으로 휴학했는데 복학하기 전에 공인중개사 자격증 이라도 따보려고요."

B는 서른 중반으로 야간조 알바 중에서 책임자 역할을 하던 사람이었다. B는 놀랍게도 강북에서 수제 버거 전문점을 운영 중이었다. 아침에 식당에 가서 재료 받고 점심 장사까지 끝낸 다음 마트로 출근했다. 친구 몇 사람과 동업을 하고 있어서 저녁 장사부터는 친구들이 식당을 맡았다.

"왜 그렇게까지 해요? 안 힘들어요?"

"왜긴요. 코로나 때문이죠. 원래 장사가 나쁘지 않게 됐는데 코로나 터지고 손님이 확 줄었어요. 그렇다고 손님이 아예 없는 건 아닌데 지금 버는 걸로는 딱 임대료 내는 것 정도밖에 안 되는 거예요. 그래서 한참 고민하다가 친구들끼리 상의를 했어요. 일단 가게 수익은 전부 운영비로 돌리고 각자 생활비는 투 잡 뛰자고. 코로나 끝날 때까지 그렇게 버티기로 했어요. 여기 저만 그런 거 아녜요. 기사님들 한번 물어보세요."

이곳은 여러 주문을 한꺼번에 처리하기 위해 배달을 오토바이가 아니라 경차로 했다. 기사는 당시에 시급 9,000원을 받았는데 30건 이상 배달 시 1.5%의 인센티브가 적용됐다. 기사들은 대체로 오십 대 중 후반이었다. 이전에는 무슨 일을 했느냐고 물어보면 대답이 비슷했다. 자그마한 가게를 하고 있었는데 코로나 직격탄을 맞았다. 당장 무슨 일이든 해야겠는데 나이가 있다 보니 취직은 고사하고 노가다나 까대기도 하기 어려웠다. 가진 기술이라곤 운전밖에 없고 오토바이 타기는 무섭고 이 일이 딱이라는 거였다.

동료들의 사연을 알고 나니 이 일터의 의미가 분명해졌다. 이곳은 피난처였다. 우리 모두에게 그런 시기가 있다. 개인적인 불운이나 불경기의 여파로 휘청거리고 가슴 졸이게 될 때가. 그럴 때 필요한 것이 이런 일자리다. 특별한 기술이나 경력은 필요 없으면서 혼자 충분히 생활할 만큼의 월급은 나오는 일. 동시에 너무 힘들지는 않아서 퇴근 후 공부를 하거나 새로운 일을 준비할 수 있는 여유를 남겨주는 일.

사람들은 이런 곳에서 자신의 삶을 원래의 궤도로 되돌려놓기 위한 힘을 비축하거나 다른 방향의 진로를 모색할 전망을 얻는다. 그렇게 삶의 불확실성에 대한 면역력을 키워나간다. 하지만 직원들 스스로가 이런 평화가 오랫동안 지속할 수 없음을 잘 알고 있었다. 언제까지 일할 생각이냐고 묻자 B가 대답했다.

"근데 아직 여기가 기계화가 되어 있지 않아서 우리가 할 일이 있는 거예요. 이거 전부 다 기계화되면 여기서 일할 사람 아무도 없어요."

무인 매장, 무인 공장이 하나둘 늘어가는 모습은 경탄과 두려움을 동시에 불러일으킨다. 부쩍 다가온 미래는 천국일까 지옥일까? 아직은 알 수 없다. 다만 나는 아랍 속담 한 구절 속에 이 질문에 대한 진실이 조금은 담겨 있으리라 추측할 뿐이다.

"인간이 없는 낙원에는 들어갈 필요가 없다."

고호관

신인 작가가 속속 등장하는 가운데, 이번 SF 어워드 중단편소설 부문 대상은
오랫동안 SF를 써온 고호관 작가가 수상했다.
작품 수가 많지 않은데도 벌써 3번째 상이니 타율이 높은 셈이다.
그는 SF 소설을 쓰고 번역하는 한편 과학사를 전공하고 과학 분야 기자로 활동했다.
그동안 그가 나름대로 고민해온 좋은 SF 글쓰기 방법을 들어보았다.

1.

정확한 말을 찾아서

최근 〈숲〉으로 2022년 SF 어워드 중단편소설 부문 대상을 수상하셨어요. 수상 소감 한 말씀 부탁드립니다.

상을 받으리라는 생각은 전혀 안 했어요. 〈숲〉은 요새 많은 분이 쓰시는, 대세라고 할 만한 분위기의 작품과 다소 거리가 있어서요. 조금 당황했지만 상을 받아서 기쁩니다.

작품 활동을 하신 지는 매우 오래되셨죠. 번역도 많이 하셨고요. 기억에 남는 책이 있나요?

대체로 출판사에서 청탁을 받는 편이고, 제가 기획해서 번역한 책은 아서 C. 클라크의 《신의 망치》 정도입니다. 예전에 영어 공부할 겸 번역해둔 원고가 있었거든요. 이외에도 클라크의 책을 몇 권 번역했는데, 팬심이 있으니 즐겁게 그리고 열심히 했어요. 클라크 말고는 윌리엄 깁슨의 《카운트 제로》가 기억에 남아요. 작가의 글쓰기 실력을 느끼면서 번역했어요. 깔끔하게 잘 쓰는구나 싶었습니다. 출간 과정도 인상적이었고요. 안철수 씨가 대선 출마를 선언하면서 윌리엄 깁슨을 인용했잖아요. 출판사에서 책을 빨리 내야겠다고 연락이 왔어요. 그래서 후다닥 교정을 보았던 기억이 납니다.

클라크를 비롯해 하드 SF를 좋아한다고 하셨죠. 그런데 작가님 소설은 전형적인 하드 SF의 모습과 다소 다르게 느껴집니다. 예를 들면 과학적인, 혹은 어려운 용어가 없다는 점이요.

저는 소설을 정확하게 쓰려고 한다는 점에서 하드하다고 생각해요. 《블라인드 사이트》를 쓴 피터 와츠가 하드 SF에 관해 했던 이야기가 있어요. 궁극적으로 모든 SF는 하드 SF가 될 수 있다는 것입니다. 하드 SF는 스타일이라기보다는 태도의 문제라는 뜻이었어요. 보통 하드 SF라고 불리는 소설이라도 독자의 지식수준에 따라 하드하지 않아 보일 수 있어요. 만약 유전공학을 연구하는 사람이 클론 묘사를 읽는다면 터무니없다고 받아들이겠죠. 아무리 그럴싸하게 쓰더라도요. 반대로 잘 모르는 사람이 읽는다면 하드하다고 받아들일 거예요. 그러니 굳이 하드하다는 말을 쓴다면 작가가 엄밀하게 쓰려고 하는 태도를 두고 써야 한다는 거죠. 저는 그걸 보고 고개를 끄덕이게 되더라고요.

《신의 망치》 아서 C. 클라크 지음, 고호관 옮김, 아작 펴냄
《카운트 제로》 윌리엄 깁슨 지음, 고호관 옮김, 황금가지 펴냄

INTERVIEW · 고호관

〈숲〉 웹진 크로스로드 192, 193호 수록
Illustration ⓒ 박재형

하드 SF 하면 흔히 어려운 용어를 떠올리지만, 어려워 보이는 용어를 쓰는 쪽이 오히려 쉬운 길이 되곤 합니다. 희한한 표현이나 신기술 이름을 쓰면 원리를 설명하지 않고 넘어갈 수 있어요. 표현은 화려하더라도 잘 생각해보면 말이 되나 싶은 경우가 보여요. 스타일을 위해 말을 던져놓는 경우죠. 그런 점에서도 태도를 기준으로 하드 SF 여부를 판단하게 되네요.

그래서 제가 모르는 용어를 쓸 때는 많이 조심스러워져요. 내가 맞게 쓴다는 확신이 있어야 하는데, 그렇게 잘 알지는 못해서요. 그저 현실적으로 말이 되겠다, 안 되겠다 정도만 판단해서 최대한 말이 되는 쪽으로 쓰려고 합니다. 극적인 묘사를 위해 조금씩 포기하는 때가 있지만 그래도 가능하면 잘못된 개념을 말하지 않으려고 노력해요.

그럼 소설을 쓰면서 자료조사를 많이 하실 듯해요. 주로 무엇을 참고하시나요?

보통 논문을 찾아봅니다. 아니면 다른 SF 작품을 보면서 어느 정도 선이 괜찮을지 참고합니다. 예를 들면 우주여행이 흔해진 세상을 다루는 작품을 보면서 그곳의 인간은 어떤 모습으로 나오는지 봐요. 어떤 소설은 기술을 이용해 사람의 형태나 기능을 크게 바꾸죠. 하지만 저는 현재와 같은 육체를 지니고 한계를 극복하는 쪽의 이야기가 재미있어요. 그럼 다른 소설은 인간을 얼마나 바꾸는지, 사람들이 어디까지 상상하고 어디까지 자연스럽게 받아들이는지 보면서 내가 어느 지점을 택하면 좋을지 고민합니다.

클론을 다루면서도 마찬가지였어요. 클론을 만들 수 있다는 점까지는 좋아요. 하지만 클론을 며칠 만에 속성으로 찍어낸다든가, 클론이 깨어나자마자 바로 활동을 시작하는 장면을 보면 멈칫해요. 현실적으로 발생할 수밖에 없는 문제를 간과하는 것 같아서요. 정신을 데이터로 만들어 업로드, 다운로드할 수 있다고 해도 인간 한 명 분량의 정보를 전송하려면 최소한 몇 시간은 걸려야 하지 않을까요. 제가 클론 이야기를 쓴다면 이런 면을 바꾸고 싶었고, 그래서 〈꿈속의 여인〉의 세상에서는 클론을 다루는 데 품이 많이 들어요. 클론을 키우는 데 최소한 10년 이상 걸리고 뇌를 바꾸는 데는 큰 외과수술이 필요합니다. 새로운 육체로 자아를 옮기고 나서도 근력을 키우는 등 하나하나 적응 과정을 거쳐야 하고요. 몸을 다른 몸으로 바꾸는 일이 기술적으로 가능해지더라도 그걸 실행하는 과정은 나름 고되지 않을까 싶었습니다.

〈꿈속의 여인〉 고호관 지음, 리디 펴냄 (전자책)

2.
사고실험의 세계

그러고 보면 과학사를 전공하셨죠.
SF를 쓰는 일과 관련이 있었을까요?

학부에서는 건축을 공부하고 대학원에서 과학사 석사를 마쳤어요. 그러니 공부를 깊게 한 것은 아니지만 많이 배웠습니다. 흔히 과학의 역사를 말할 때 어떤 과학자가 신기술을 개발해서 세상이 변했다는 식으로 설명하잖아요. 과학사를 공부하다 보니 그렇게 간단히 설명할 문제가 아니라는 사실을 깨달았어요. 실제로는 사회 상황, 역사적 사건, 인적 관계, 물적 기반 등 여러 요소가 관여하는 가운데 변화가 일어나거든요. 이런 깨달음이 SF를 쓸 때도 반영된 듯해요. 쉬워 보이는 설정을 자제하게 되었어요.

큰 규모의 이야기를 만들기는 정말 어렵다는 점도 배웠죠. 논문을 쓰려면 주제를 매우 좁게 잡아야 하잖아요. 19세기 영국 어느 지방에서 있었던 어느 운동, 하는 식으로요. 큰 이야기를 제대로 하려면 대가여야 하더라고요. 소설에서도 그래요. 세상을 넓게 펼쳐놓고 그 안에서 작용하는 여러 요소, 즉 경제, 사회, 정치 등을 버무리는 작업은 정말 엄두가 나지 않아요. 그래서인지 많이들 고립된 세계를 만들거나, 큰 세상이 있다고 암시하되 실제 배경은 한정되는 방법을 써요. 큰 이야기에 경도되면 쉽게 망하는 것 같아요.

과학 지식 측면에서는 어떤가요? 이후에도 《과학동아》에서 기자로 활동하시는 등 계속 과학 관련 일을 하셨잖아요. 자료를 읽거나 아이디어를 얻는 경우가 있었나요?

과학사를 공부하니까 주변에 SF 팬이 많았어요. 예전에는 SF 팬을 찾기가 쉽지 않았잖아요. 그런데 대학원에 가니 SF를 읽는 사람이 꽤 있었어요. 그리고 각자 연구하는 주제가 다르니 자기 관심사 늘어놓는 이야기를 들으면 매우 재미있었어요. 잡담하다가 주워듣는 것도 많았고요.

과거에는 정설이었지만 과학이 발전하면서 틀렸다고 밝혀진 개념이 많죠. 틀린 줄 알지만 그래도 어쩐지 매력 있는 개념이 있고요. 〈어째서〉는 '개체 발생은 계통 발생을

반복한다'는 개념을 썼어요. 개체가 발생하는 동안, 그러니까 태어나는 동안 진화 과정의 역사를 속성으로 거친다는 내용입니다. 지금 보면 틀렸어요. 하지만 실제로 탄생 과정이 진화 과정과 일치하는 생명체가 있다면 어떨까 싶었어요. 나름 고립된 세계의 큰 이야기죠.

이에 더해 우리가 당연하게 여기는 규칙이 다른 종에게도 적용될지 살피려고 했어요. 인간의 금기는 동족 살해와 식인이잖아요. 우리에게는 뿌리 깊은 도덕관념이지만 이게 보편적이지 않을지도 몰라요. 그래서 동족을 먹어야만 번식이 가능한 생명체를 설정했어요. 우리의 관념을 함부로 적용했다가는 치명적인 결과가 나오지 않을까 했고요.

〈시간의 약속〉은 과학철학 연구와 관련이 있어요. 장하석 교수님이 쓴 《온도계의 철학》을 보면 측정에 관한 문제가 나와요. 온도계가 대상의 온도를 정확히 측정했는지 확인하려면 대상의 온도를 정확히 알고 있어야 해요. 정확한 온도계가 있어야 정확한 온도계인지 알 수 있다는 거죠. 순환 논리입니다. 시간에 관해서도, 우리는 해가 뜨고 지는 등 일정하게 반복되는 자연 현상 덕분에 시간을 확인하잖아요. 지금과 같은 시계가 만들어지기 전에도 시간을 측정할 만한 기준이 있었어요. 하지만 이러한 현상이 없는 세상이라면 시간을 어떻게 측정할까요? 그런 질문을 재미있어하는 편이에요. 소설에서 깊이 파고들지는 못해서 자세히 말하기는 좀 부끄럽습니다.

현실이 아닌 사실에서 출발하는 사고실험이네요.
과학 관련 기사를 쓰시던 것과 관련이 있을까요? 하나의
질문에 관해 답을 고민하는 점이요. 아니면 내용을 쉽게
쓰시는 점과 관련이 있을 듯도 한데요.

처음 맡은 일이 어린이 과학잡지였어요. 똑같은 내용을 쓰더라도 단어가 쉬워야 했어요. 만약 추상적인 개념을 쓰면 친절하게 설명을 붙여야 하고요. 웬만하면 풀어쓰는 방식이 몸에 배었어요. 하지만 청소년 소설은 단어보다는 주제 측면에서 차이가 나는 듯해요. 〈우주의 집〉은 전형

적인 성장 이야기죠. 그리고 우주를 동경하는 감정을 고양시키고자 했어요. 〈우주의 집〉 작가 후기에 클라크의 단편 〈요람을 벗어나, 우주로〉를 언급했는데, 달에서 최초의 아기가 태어나는 내용이에요. 마지막에 '이 울음소리는 수많은 세계에서 앞으로 올 모든 미래에 수십억 번 반복될 것이었다.'라는 내용의 구절을 보면서 울컥했어요. 그 아이가 자랐다면 어떻게 살았을까 싶었고요.

3.
미지와의 조우

미지의 생명체와 만나는 작품이 여럿 있어요. 독특한 생명체를 만나고, 인간과 근본적으로 다르다는 점을 체감하는 내용이요. 《이토록 아름다운 세상에서》에 실린 〈그 어떤 존재〉는 인간이 이해하지 못하는 외계생명체가 나옵니다. 그런데 인공지능은 정보 교환에 성공해요. 결국 인공지능은, 인간이 만들었는데도 불구하고 외계생명체처럼 인간은 이해하지 못할 영역으로 떠나죠.

딥러닝을 통해 의도하지 않은 결과를 학습하는 인공지능이 종종 뉴스에 나오잖아요. 만약 인간이 아니라 이질적인 존재가 생산한 데이터를 학습한다면 인공지능의 사고회로가 어떻게 될지 궁금했어요. 우리가 해석하지 못하는 데이터가 입력되면 우리가 이해하지 못할 존재가 되지 않을까요. 괴이하지만 있을 법한 생명체, 생태계, 존재 등을 상상하는 걸 좋아해요. 외관으로 차별하는 건 별로 재미없고, 생리나 사회구조처럼 근본적으로 다른 이야기가 좋아요. 신기하고 재미있어요. SF는 정말 가능성의 문학이고요.

SF에서 인류가 전혀 다른 생명체를 만났을 때 반응하는 방법은 여러 가지가 나옵니다. 죽거나 죽이거나, 싸우거나 공존하거나, 이해하지 못하거나 등등. 어떤 걸 좋아하시나요?

이해하지 못하는 채로 끝나는 쪽이 여운이 남는 것 같아요. 신비롭고요. 의사소통이 가능하다는 건 사고방식이나 생활방식이 비슷하다는 뜻이잖아요. 정말 이색적인 존재라면 소통이 안 될 거예요. 성간가스 형태의 생명체와 어떻게 소통할 수 있을까요. 너무 쉽게 소통하면 또 거짓말 같아요. 하다못해 소리로 소통하더라도 가청주파수가 다를 테니까요. 의사 전달이 가능하다 하더라도 방법을 하나하나 익히며 근본적인 차이점에 진지하게 접근하는 작품이 좋아요. 외계인의 사회 체제를 묘사하는 소설도 흥미롭기는 한데, 그런 내용에 도달하려면 서로 이해하는 과정을 필수적으로 거쳤을 거란 말이에요. 묘사되지 않을 뿐 이질적인 존재들 사이의 이해 가능성을 찾아내는 어렵고 긴 과정이 분명히 있어요. 그게 생략되면 저는 아쉽죠.

SF의 재미에는 분명 그런 부분도 있죠. 작가님의 차기작 소식이 있나요?

2023년에는 그간 썼던 중단편을 모아 첫 소설집을 엮게 될 것 같고, 아작에서 기획하는 노벨라 시리즈에 참여해요. 그런데 노벨라라고 해도 분량이 거의 경장편이라 어떻게 해야 할지 고민입니다.

하드 SF는 흔히 과학을 신중하고 엄밀하게 도입하며 이를 중심으로 삼는
SF를 말한다. 전문 용어가 등장하는 경향 탓에 '어렵다'든가 '딱딱하다'는
이미지가 강한데, 고호관 작가는 작품의 표면이 아니라 본질을 두고
하드 SF를 바라보기를 원했다. 이는 소설에 과학지식이 얼마나
등장하는지보다 결국 과학적 합리성, 과학적 정신이 핵심이어야 한다는
SF 개념과 상통한다. 쉬우면서 하드한 SF의 세계를 두근거리는 마음으로
기대해본다. 🐾

A PROMISE OF TIME

TIME

시간의 약속

고호관

SF 작가이자 번역가. 옮긴 책으로는 《카운트 제로》,
《낙원의 샘》, 《신의 망치》, 《머더봇 다이어리》 등이 있고,
〈하늘은 무섭지 않아〉로 2015년에 한낙원과학소설상을,
〈아직은 끝이 아니야〉로 제6회 SF 어워드 중단편 부문 우수상을,
〈숲〉으로 제9회 SF 어워드 중단편 부문 대상을 받았다.

Hokwan Ko

일 연국 대신관 사로금은 귀청이 떨어질 듯한 종소리에 깊숙이 빠져 있던 상념에서 끌려 나왔다. 귓전을 울리던 소리가 사라지자 이번에는 좀 더 멀리서 종소리가 동시에 여러 개 겹쳐서 들려왔다. 곧이어 더 멀리서 은은하게 종소리가 울렸다.

'벌써 이렇게 되었나…'

사로금은 책상 위에 널려 있던 책자와 종이 무더기를 한쪽에 대강 치워놓고 일어섰다. 문을 열고 나가자 전실에서 대기하고 있던 서기관이 벌떡 일어났다.

"퇴관하십니까, 대신관님?"

사로금은 말없이 고개를 끄덕이고 밖으로 나갔다. 널찍한 마당으로 나서자 사로금을 기다리고 있던 수행원들이 재빨리 다가왔다. 사로금은 고개를 끄덕여 보이고는 몇 걸음 걷다가 집무실 건물과 붙어 있는 높다란 일향탑을 올려다보았다.

절대 그림자가 지지 않는 세상의 중심….

사로금의 시선을 탑을 따라 계속 올라가다 하늘 꼭대기에 있는 해를 향했다. 붉은 해는 언제나처럼 하늘 꼭대기를 지키며 생명의 원천이 되어주고 있었다.

사로금은 곧바로 퇴관하려던 생각을 바꾸어 탑으로 발걸음을 옮겼다. 성물이 있는 곳까지 올라가려면 나선 계단을 한참 올라가야 했다. 그전에 십수 명이 분주하게 작업하고 있는 공방이 나왔다. 모두 실력이 있다고 하여 각지에서 불러온 장인들이었다. 이들은 대신관을 보자 하던 일을 멈추고 고개를 숙여 절했다.

사로금은 방 안을 둘러보다가 커다란 향로에 초와 향을 잔뜩 피우고 있는 장인에게 물었다.

"어떠한가?"

"이번에 상단이 변방 근처에서 가져온 풀이 있는데, 이 풀로 배합을 시도해보고 있습니다. 지금까지 해본 결과로는 더욱 일정한 속도로 타는 듯했습니다. 이제 알맞은 길이를 찾아볼까 합니다."

"매번 하는 말이지만, 언제 어디서나 모두 똑같은 속도로 타는 향을 만들 수 있겠는가? 바람이 잘 부는 곳에서는 향이 더 잘 타지 않던가? 공기가 열은 산 위에서도 똑같이 탈 수 있겠는가?"

장인은 묵묵부답이었다. 사로금은 몸을 돌려 다른 장인에게 물었다.

"자네는 어떤가?"

철사에 매달린 묵직한 추와 톱니바퀴가 복잡하게 얽힌 키 큰 장치를 주무르고 있던 장인이 면구스럽게 고개를 숙이며 대답했다.

"아뢰옵기 송구하오나 지난번에 보신 그대로입니다. 아무리 기름칠하고 철사를 길게 해보아도 종이 울리고 그 다음번에 울릴 때까지 진동을 그대로 유지하지 못하고 있습니다. 지금은 진동이 줄어드는 정도가 매번 일정한지를 재어보고 있습니다. 만약 그렇다면 종 사이의 간격이 줄어드는 정도를 갖고 계산하여…."

"그보다는 진동이 일정하게 오래가야 할 듯하네만. 사람이 수시로 추를 올려줄 수는 없지 않나."

사로금이 퉁명스럽게 말하자 장인의 얼굴이 붉어졌다.

"그나저나 향이나 추나 모두 매번 물을 채워야 하는 물시계나 뒤집어줘야 하는 모래시계와 무엇이 다르겠는가? 내가 원하는 건 사람이 만져주지 않아도 충분히 오랫동안 작동하는 장치일세. 정녕 그런 건 만들 수 없단 말인가?"

소리 높여 책망하는 말이 들리자 근처에 있던 장인들이 하나같이 작업대 위로 고개를 더 파묻었다. 사로금은 순간 괜한 말을 했다 싶어 짐짓 너그럽게 말했다.

"일과가 끝났으니 좀 쉬고들 하게나. 나도 피곤하다 보니 본의 아니게 닦달하는 꼴이 되었군."

이곳의 장인들은 모두 바로 위층에 있는 성물을 흉내 내는 장치를 만드는 일을 하고 있었다. 원래대로라면 이들은 이런 성스러운 곳에 얼씬도 할 수 없었다. 다만 성물에 가까이 있지 않고서는 할 수 없는 일을 하고 있기에 특별히 황제의 허가를 받을 수 있었다.

사로금은 공방을 나와 한 층을 더 올라갔다. 당직 신관이 대신관을 보고 벌떡 일어서며 눈짓하자 경비병이 두꺼운 문을 열어주었다. 먼지 하나 없는 정갈한 방 한가운데에 단상이 있고, 그 위에 특색 없는 입방형 물체가 놓여 있었다.

바로 하늘님이 사자를 통해 내려준 성물이었다.

하늘님의 사자가 가지고 내려온 뒤로 수많은 세대가 지나가고 황제국이 여러 차례 바뀌는 동안에도 성물은 변함이 없었다. 전란에 휩싸여 일향탑이 불길에 휩싸여 무너졌을 때도 빼앗기지 않으려고 우물 속에 던져 넣었다 한참 뒤에 건졌을 때도 성물은 여전히 그대로였다. 이제 그 성물이 진짜 성물임을 의심하는 이는 없었다.

그리고 성물은 언제나 자신의 존재를 알렸다. 맑고 영롱한 소리로. 하늘님의 사자가 이르길, 성물은 매번 일정한 시간이 지날 때마다 울린다고, 이 성물이 종국에는 사람을 하늘님의 곁으로 이끌어줄 것이라고 했다.

처음에는 그게 무슨 의미인가 싶어 다들 고개를 갸웃거렸지만, 곧 알 수 있었다. 하늘님은 시간의 흐름을 확실히 알 수 있는 수단을 선물한 것이다. 각자 나름의 시간을 따라 제멋대로 살던 이들이 따를 수 있는 절대적인 시간을 내려준 것이었다. 그건 곧 하늘님의 질서를 따르는 것과 같았다. 질서 있는 삶으로 하늘님을 만족시킨다면, 죽음에 이르러 하늘님의 곁으로 갈 수 있을지니….

하지만 성물의 은총은 받을 수 있는 이들은 소수에 불과했고, 역대 황제는 대체로 성물을 독점했다. 성물을 얻으면 상징과 권위, 그리고 질서라는 실질적인 혜택까지 얻을 수 있었다.

그런 성물의 은총을 널리 퍼뜨리고자 처음 시도한 이는 사로금의 최대 후원자인 현 황제였다. 황제는 자신과 뜻을 함께하는 신관인 사로금을 대신관으로 임명해 성물과 같은 간격으로 시간을 알려주는 장치를 만들게 했다. 또한, 성물이 소리를 낼 때마다 일일이 횟수를 기록하고, 어떤 일을 사서에 기록할 때마다 그때까지 성물이 소리 낸 횟수를 바탕으로 시기를 병기하게 했다.

성물이 무사히 있음을 확인한 사로금은 다시 집으로 가기 위해 밖으로 나왔다. 해는 언제나처럼 하늘 꼭대기에서 빛과 온기를 내려보내고 있었다. 하늘님은 공정하고 자애로웠다. 변함없는 해로 생명의 기운을 줄 뿐만 아니라 세상의 질서를 세울 수 있는 성물을 하사했다. 하늘님의 선물을 그림자가 지는 변방 세계까지 전파하지 못하는 능력의 부족이 한스러울 뿐이었다.

사로금은 대기하고 있던 가마에 몸을 싣고 관저로 향했다.

◆

사로금은 종소리를 듣고 눈을 떴다. 종은 세 번을 울리더니 그쳤다. 하지만 잠에서 깨기 전에 몇 번 울렸는지를 모르니 총 몇 번인지 알 길은 없었다.

'여전히 번거롭구나.'

먼저 하늘님에게 기도를 올린 뒤 침실 하인을 불러 묻자 여섯 번 울렸다는 답과 함께 깨어나는 대로 입궐하라는 황제의 명이 있었다고 알렸다. 사로금은 서둘러 준비하고 황제를 만나러 갔다.

"부름을 받고 대령하였습니다, 폐하."

누워 있던 황제가 몸을 반쯤 일으켜 침상에 기댔다. 황제의 몸은 갈수록 쇠약해지고 있었다. 황제가 힘없는 목소리로 물었다.

"지난번에 자네 얼굴을 본 뒤로 얼마나 되었던가?"

"그동안 성물이 100번이 넘게 울렸습니다."

황제는 무엇이 만족스러운지 웃다가 기침했다.

"이 정도라도 헤아릴 수 있게 된 것만도 용해. 그렇다면 자네는 내가 죽기까지 성물이 얼마나 더 소리가 날 거라고 생각하나?"

사로금은 황급히 머리를 조아렸다. 늙은 황제는 사로금만 보면 매번 같은 이야기를 하곤 했다.

"그런 말씀은 하지 마십시오. 폐하께서는 앞으로도 오래 사실 것입니다."

"그렇지 않다는 건 그대도 알지 않나…. 그렇다면 내 평생 성물은 몇 번 소리를 냈을 것 같은가?"

사로금도 그것까지는 알 수 없었다.

"방금 확인해봤네. 내가 황제가 되고 사관에게 빠짐없이 기록하라고 명한 뒤로 지금까지 얼추 25만 번이 울렸다네. 8000번을 1회기로 치니 30회기가 조금 넘지. 그전에는 10만 번쯤 울렸으려나? 그건 알 수 없지. 하지만 태자가 태어난 뒤로는 22만 번이 울렸네. 태자는 얼마나 오래 살았는지 정확히 알 수 있을 걸세."

성물의 소리에 맞춰 사는 것을 넘어 횟수를 기록하는 건 나라를 다스리는 데 큰 도움이 되었다. 성물을 하사받기 전까지 시간을 비교할 수 있는 기준은 어디에도 없었다. 일정하게 일어나는 자연 현상은 없었고, 동식물의 수명은 제각각이었다. 전란이나 가뭄이 얼마나 오래 이어졌는지도 기록할 수 없었고, 각지의 기록을 나란히 두어도 일의 순서를 따져볼 방도가 묘연했다.

"도성만이 아니라 하늘님의 가호 아래 있는 만백성이 모두 성물의 시간에 맞춰 살 수 있어야 하네. 곧 내가 죽으면, 자네가 계속해서 그 일을 맡아주게."

그러고는 도로 침상에 누워 눈을 감았다가 생각난 듯 덧붙였다.

"태자도 잘 돌봐주게. 영민한 아이라 나라를 잘 이끌 걸세."

사로금은 젊고 활발한 황태자를 떠올렸다. 영민하다는 황제의 말은 맞았다. 다만 황태자가 황제와 대신관의 계획을 좋아하지 않는다는 건 모르고 있었다. 황태자 생각을 하자 사로금은 마음이 무거워졌다.

◆

공교롭게도, 어전을 나오자 곧바로 태자와 마주쳤다. 그 곁에는 태자의 신임을 받는 일품신관 비합자가 있었다.

"폐하께 다녀오는 길인가?"

"그렇습니다, 전하."

"정신은 온전하신가? 뭐라고 하시던가?"

"다른 말씀은 없으셨고, 지금 하고 있는 일에 관해 말씀하셨습니다."

"그 일 말이로군…. 흠."

태자는 냉랭하게 말하고는 사로금을 지나쳐 갔다.

그때 무슨 언질이 있었던 것인지 얼마 뒤에 있는 고위 신관 회의에서 비합자가 그와 관련된 주제를 꺼내 들었다.

"신성한 일향탑에 천한 직공들이 드나들게 된 지도 어언 오랜 시간이 흘렀습니다. 아무리 생각해도 이는 올바르지 못한 일입니다. 작업장을 다른 곳으로 옮기는 게 옳다고 생각합니다."

절반이 되는 신관들은 고개를 끄덕였다. 곧 황태자의 시대가 다가오고 있다는 건 누구나 알았다. 그래도 아직은 아니었다. 사로금이 고개를 저으며 말했다.

"황제 폐하께서도 허락하신 일이네. 정확한 장치를 만들려면 어쩔 수 없어."

"정확한 장치를 왜 만드시려는 겁니까?"

비합자는 평소보다 강경했다.

"도성 밖에서도 충분히 할 수 있는 일입니다. 때마다 종을 쳐주지 않습니까?"

"종소리에 한 치의 오차도 없는 것은 아니지. 종지기가 소리를 듣고 자기 종을 치기까지 걸리는 시간도 제각각이지 않나. 작은 오차도 시간이 많이 흐르면 매우 커진다네. 도성 밖에서는 오차를 바로잡을 수단이 전혀 없다는 것을 알지 않나."

"애초에 사람의 감각으로 신성을 흉내 낸다는 게 무리라고 생각하지 않으십니까? 뜨거운 철판 위에 앉은 사람의 시간은 그렇지 않은 사람의 시간보다 천천히 흐릅니다. 이처럼 인간의 감각이란 불완전한 것이라 우리로서는 성물만을 절대적으로 믿고 따라야 하는 것입니다."

"감각에 의지할 수 없다는 걸 누가 모르나. 그러니까 기계 장치를 만들려는 것이 아닌가?"

"그 또한 불완전한 감각을 이용해 만드는 것 아닙니까? 불완전한 인간이 어찌 감히 성물을 흉내 낼 수 있다는 건지 도무지 이해할 수 없습니다."

꼬치꼬치 따지고 들자 사로금도 은근히 부아가 치밀었다.

"하늘님께서 성물을 하사하기 전에는 그랬지. 지난 시절을 공부해보면 알 수 있지 않나. 먼 옛날

부터 사람은 여러 가지 방법으로 시간을 일정하게 나누려고 시도했네. 자네 말대로 사람의 감각은 가장 주요한 기준이지만, 너무나 불완전하네.

그래서 자연의 현상을 이용하려고도 했지. 작물을 길러서 수확할 때까지 걸리는 시간이나 흐르는 물이 통에 쌓이는 데 걸리는 시간처럼. 통에 좁은 구멍을 뚫고 일정한 양의 물이나 모래가 통과하는 시간을 기준으로 삼으려 하기도 했지. 하지만 어느 하나 완전하지 않았네. 같은 식물이라고 해도 지역에 따라서는 물론 같은 지역에서도 수명이 달라. 구멍을 통해 흘러나오는 물의 양은 물의 높이가 높을 때와 낮을 때가 다르네.

그것만이 문제가 아니야. 사람이 만든 시간 장치가 올바른 것인지를 확인할 방도가 없었네. 우리가 만든 시간 장치가 올바른 것인지를 확인하려면 시간을 정확히 잴 수 있는 장치가 있어야 하네. 정확한 장치를 만들기 위해서는 정확한 장치가 있어야 하는 꼴이 되어버리는 게 가장 큰 문제였지.

하늘님이 하사하신 성물은 바로 그 정확한 시간 장치야. 우리가 시간을 제멋대로 느끼고 가늠하지 말라는 뜻에서 내려주신 것이니 그것을 올바르게 사용하고 그 뜻을 널리 전파하는 건 우리의 소임일세."

사로금이 장광설을 마치고 숨을 미처 돌리기도 전에 비합자가 내뱉었다.

"저는 그렇게 생각하지 않습니다. 그랬다면 하늘님께서 저 변방의 구석진 곳까지 성물을 내려주셨을 겁니다. 허나 하늘 아래 세상의 중심인 이곳에만 내려주셨다는 건 황제국 백성이야말로 하늘님의 뜻을 따르는 진정한 신민임을 알려주기 위함입니다."

"우리 일연국이 성물을 보유한 첫 번째 황제국이 아니라는 건 알고 있지 않나?"

"압니다. 우리는 하늘님의 뜻을 가장 잘 따른 덕분에 성물을 보유하고 황제국이 된 겁니다. 만약 우리가 타락한다면 지금도 호시탐탐 성물을 노리는 여러 제후국이 새롭게 선택받을 겁니다. 그러지 않기 위해서 우리는 더욱더 하늘님의 뜻을 지켜야 합니다. 불완전한 모사품을 이곳저곳에 뿌려 혼란을 일으킬 이유가 없습니다."

사로금은 한숨을 쉬었다. 결국 그게 이유였다.

"자네는 결국 제후국과 변방 세력도 성물의 은총을 받아 강해지는 것을 두려워하는 게로군."

그건 태자의 생각이기도 했다. 성물의 은총을 황제국이 독점해 주변 세력과 힘의 차이를 유지하는 것.

"그저 하늘님의 뜻을 지킬 뿐입니다. 아무리 성물을 비슷하게 흉내 낸다고 해도 그건 불완전한 복제품일 뿐입니다. 사람은 그런 장치를 만들 수 없습니다. 그렇게 할 수 있다는 건 불경한 생각입니다."

불경하다는 말에 신관들이 숨을 훅 하고 들이마시는 소리가 들렸다. 사로금도 순간 머리에 피가 쏠렸다.

"그게 무슨 소리인가? 그건 오히려 성물의 완전함을 증명하는 걸세."

"그렇다면 대신관님께서는 성물이 증명이 필요한 존재라고 생각하시는 겁니까? 불완전할 수도 있다고 의심하시는 겁니까?"

곧바로 날아온 대꾸에 사로금은 자신이 실수했다는 사실을 깨달았다. 공격의 빌미를 주고 만 것이다. 하지만 자기도 모르게 이미 말이 나오고 난 뒤였다.

"그것도 확인할 수 있을 걸세."

비합자는 책상을 내리치며 벌떡 일어섰다.

"성물의 절대성을 의심하다니 어찌 대신관이라는 분께서 그런 불경한 생각을 품을 수 있다는 말입니까?"

신관들의 시선이 사로금에게 쏠렸다. 사로금은 입술을 깨물었다.

✦

그때의 일이 태자와 황제의 귀에도 들어간 건 분명했지만, 한동안은 별다른 조처가 없었다.

그래도 괜히 마음이 급해진 사로금은 장인들을 더욱 재촉했다. 금속을 잘 다루는 장인 한 명이 톱니를 이용해 한 번 작동시키면 비교적 오래 움직이는 장치를 만들어서 그나마 위안이 되었다.

하지만 결국 때가 오고야 말았다.

황제가 붕어하자 무거운 마음으로 장례를 준비하던 사로금은 태자에게서 일에 손을 떼라는 명을 받았다. 불경한 말을 입 밖에 낸 것을 없었던 일로 해줄 터이니 물러나서 초야에 묻혀 살라는 언질이 전해졌다.

사로금은 막막했다. 검소하게 지냈던 사로금은 그간의 녹봉만으로도 충분히 편히 여생을 보낼 수 있었다. 그러나 선황의 뜻은 어찌하란 말인지….

할 수 있는 데까지는 해야 했다. 사로금은 급히 사람을 시켜 도성 바깥쪽에 살 집을 알아보게 했고, 장인들과 함께 일향탑의 작업실을 깨끗이 비웠다. 그간의 연구 자료와 장치들은 일단 창고를 빌려 보관하다가 집이 마련되자 그쪽으로 옮겼다. 다행

히 검소하게 살면 한동안 연구를 계속할 수 있을 것 같았다. 성물에서 멀어지는 건 어쩔 수 없었다.

그런데 의외로 사로금의 행보는 갓 즉위한 황제와 새로운 대신관 비합자를 격노케 했다. 아무래도 시간 장치를 만들려는 생각 자체를 접으라는 뜻이었던 듯했다.

평소에 우호적이었던 신관 한 명이 귀띔해준 덕분에 사로금은 황제의 병사들이 온다는 사실을 미리 알 수 있었다. 죄명은 역모였고, 사로금뿐만 아니라 장인들을 모두 잡아들인다는 소식이었다. 말을 전해 듣고 멍하니 앉아 있는 사로금을 장인 몇 명이 재촉했다. 목숨을 부지하려면 어서 길을 떠야 한다는 것이었다. 사로금은 정신을 차리고 함께 일하던 장인들을 불러모았다.

"여기서 개죽음당하지 말고 각자 몸을 피하게. 가족이 있다면 얼른 데리고 가야 할 것이네. 그동안 모두 고생이 많았구려. 행여라도 여유가 생긴다면 틈틈이 하던 일을 계속해주면 좋겠네."

일부는 고개 숙여 인사한 뒤 뿔뿔이 흩어졌고, 일부는 그대로 남았다. 남은 이들은 사로금과 함께 떠나기를 청했다.

병사들이 언제 들이닥칠지 모르기 때문에 서둘러 길을 떠났다. 어디로 가야 할까 고민하던 사로금은 선황의 뜻에 상당한 호의를 보였던 제후국인 상주국으로 향했다. 어쩌면 그곳에서 보호를 받을 수 있을지도 몰랐다. 어쩌면 새 황제에게 좋은 인상을 주기 위해 사로금의 목을 진상할지도 몰랐지만.

✦

도피 여정은 험난했다. 무성한 나무가 드리우는 그림자가 몸을 숨겨주고, 떨어진 잎이 두껍게 쌓여 발자국을 감춰주는 깊은 숲에 들어서야 병사들의 추적을 따돌릴 수 있었다. 멀쩡한 길로 갈 수는 없는 노릇이니 어쩔 수 없는 선택이기도 했다. 그렇다고 길에서 너무 멀리 떨어질 수는 없었다. 가끔은 위험을 무릅쓰고 마을을 찾아가 먹을 것을 구해오기도 해야 했다. 은자는 충분해 그나마 다행이었다.

목숨을 건 여정이었지만, 오히려 사로금은 그 어느 때보다 더 장인들과 격의 없이 이야기할 수 있었다. 워낙 손재주가 좋은 사람들이라 조금이라도 더 편하게 갈 수 있도록 부지런히 이런저런 물건을 만들어내기도 했다.

"우리가 지금까지 얼마나 온 건지 모르겠군."

사로금이 지친 다리를 두드리며 묻자 탁마사라는 이름의 장인이 대답했다.

"도성에서 멀어질수록 해가 기울기 때문에 그 정도를 보면 알 수 있습니다."

그자는 나뭇가지 하나를 꺾어 곧은 막대를 만든 뒤 길이를 재고 막대를 땅에 수직으로 꽂아 생기는 그림자의 길이를 잰 뒤에 머릿속으로 잠시 궁리하더니 총 여정의 3분의 1 정도를 지났다고 알려주었다. 그 뒤로는 짐 속에서 이것저것 꺼내 틈틈이 뭔가를 만들더니 수시로 해의 기울기를 재어 도성까지의 거리를 계산했다.

묵묵히 걷는 것 말고 딱히 할 일이 없었다. 마음은 조급했지만, 시간은 오히려 천천히 흘렀다. 자연히 사로금은 상념에 잠길 때가 많았고, 그 어느 때보다도 자주 기도를 올렸다. 하지만 그간 자신이 해온 일이 옳았던 것인지 물어도 하늘님은 아무 대답이 없었다.

'내가 왜 그런 말을 했을까? 정말로 나는 신성을 의심했던 걸까? 그럴 리는 없다. 내가 하려던 일은 신성의 충실한 모방이 아니던가. 하늘님은 모방을 원치 않으셨던 걸까. 아니, 어쩌면 그자의 말대로 애초에 무리였던 걸까. 성물의 시간은 절대적이지만, 우리 개개인의 시간은 상대적일 수도 있지 않은가.'

당장 사로금은 이 여정이 영원히 끝나지 않을 것처럼 느껴지는 게 자신의 정말로 시간이 느리게 흐르기 때문이 아닌지 궁금했다.

'아니야. 함께 태어난 쌍둥이라도 살면서 고생을 더 많이 한 쪽이 더 빨리 늙지. 괴로운 삶이면 오히려 시간이 느리게 갔을 텐데 말이야.'

"대신관님."

사목특이라는 이름의 장인이 물었다.

"상주국에서 우리를 받아준다고 쳐도 성물이 없는 이상 저희가 제대로 시간 장치를 만들었는지 확인할 길이 없습니다. 저희가 잰 시간이 정말 정확한지 알기 위해서는 시간을 정확하게 잴 수 있는 장치가 필요합니다. 아니면 기준으로 삼을 만큼 정확하고 주기적인 현상이 있어야 합니다."

항상 일정하게 일어나는 주기적 현상 같은 건 당연히 없었다. 그런 건 오로지 성물뿐이었다.

상주국에 가까워질수록 해는 점점 중천에서 멀어졌고 그림자가 길어졌다. 책으로 읽어 익히 알고 있는 일이었지만, 막상 눈으로 보니 신기했다. 탁마사가 해를 보며 중얼거렸다.

"상주국을 지나 오랑캐들이 출몰하는 곳까지 가면 해가 거의 땅에 가까이 붙는다고 하던데…."

"거기서도 더 멀리 가면 정말 해가 땅 아래로 내려간다는 말이 맞는가?"

사로금이 물었다. 변방에서도 변방으로 가면 해가 아예 사라지고 하늘이 완전히 어두워진다는 이야기가 전했지만, 실제로 그런 곳까지 가본 사람은 없었다.

"소인의 생각으로는 옛사람들이 지어낸 말인 것 같습니다. 해가 땅 아래로 내려갈 리는 없습니다. 몹시 춥고 바람이 강해 사람은 갈 수도 없는 곳이지요. 하늘님께서 더는 나가지 말라고 세상의 끝으로 정해두신 곳이 아닐까 싶습니다."

"세상의 끝이라…. 만약 그 너머에도 세상이 있다면 어떨지 궁금하군. 그쪽으로 계속해서 가다 보면 어쩌면 해를 다시 만날 수도 있지 않겠나?"

"어이쿠, 대신관님께서는 정말 불경한 말씀을 하시…."

탁마사가 웃으며 무심코 내뱉었다가 사로금의 눈치를 보며 말을 얼버무렸지만, 사로금은 자기 생각에 빠져 듣지 못했다.

✦

운이 없게 독충에 물려 중도에 세상을 떠난 장인 한 명을 제외하고는 모두 무사히 상주국 국경을 넘을 수 있었다. 한숨 돌린 일행은 조심스럽게 숲을 벗어나 동태를 살폈다. 적당한 곳에서 옷가지와 말을 사서 상주국 사람으로 위장해 섞여 들어갔다.

서늘한 기후가 낯설었지만, 도성까지 가는 길은 다행히 평탄했다. 일행은 한 여관에 자리를 잡았고, 사로금은 일연국에 파견와서 자신과 가까이 지냈던 인물을 통해 은밀히 상주국왕에게 편지를 보냈다. 상주국 사람들은 당연히 잠을 자는 시간이 서로 제각각이었다. 사로금 일행도 다 같이 자고 깨어나 걷던 생활을 그만두고 이곳 사람들처럼 번갈아 잠을 자면서 서로 지켜봐주었다.

나름 번화한 곳에 왔는데도 시간을 알리는 종소리가 들리지 않는 상황은 어색했다. 편지를 보내고 답을 목 빠지게 기다리고 있을 때 밖에 나가 있던 장인이 숨을 몰아쉬며 뛰어 들어왔다.

"그, 그자가 병사들을 이끌고 여관을 덮쳤습니다. 어서 도망쳐야 합니다."

선황에 우호적인 왕이었다고 해도 완전히 믿을 수는 없었던 사로금은 편지에 다른 여관의 이름을 적어두었다. 혹시 몰라 짐을 다 풀지 않은 것도 다행이었다. 사로금은 잠을 자던 이들을 모두 깨운 뒤 가능한 한 의심을 사지 않도록 조용히 여관을 떠났다.

성문이 눈앞에 보일 때 커다란 종소리가 울렸다.

여기서 그 종소리가 의미하는 건 달랐다. 육중한 성문이 천천히 닫히기 시작했고, 선택의 여지는 없었다. 사로금은 전속력으로 말을 달렸고, 장인들도 그 뒤를 따랐다. 행인과 병사 몇 명이 말에 치여 쓰러졌지만 돌아볼 겨를이 없었다. 막무가내로 성문을 빠져나간 뒤에도 일행은 쉬지 않고 달렸다.

다시 도피 생활이 이어졌다. 추적은 오히려 더 집요해졌다. 상주국왕은 현 황제의 비위에 맞추기로 마음먹은 모양이었다. 사냥꾼까지 동원했는지 숲속에서도 쉽게 따돌릴 수 없었다. 게다가 변방으로 갈수록 나무가 듬성듬성해져 몸을 숨기기 어려웠다. 동물을 사냥하려고 장인 몇 명이 고안해낸 덫을 군데군데 설치하며 도망쳤지만, 일행은 갈수록 피폐해졌다.

추적자로부터 도망칠수록 해는 점점 땅으로 기울었고, 찬바람은 강하게 불었고, 몸은 쇠약해졌다. 사로금은 자신과 선황의 잘못된 선택으로 하늘님께서 벌을 내리고 있는 것인지 궁금했다. 슬슬 건강이 상하거나 불의의 사고로 쓰러지는 사람이 생겼다. 주위를 살피러 갔다가 돌아오지 않는 사람도 있었다.

사로금의 의식은 점점 혼탁해졌다. 그럴수록 더욱 하늘님을 찾았지만, 여전히 아무런 답은 없었다.

'어차피 답은 스스로 찾는 것이라 하지 않았는가.'

그래도 지금처럼 답이 궁금한 적은 없었다.

더 이상 숲이라고 부를 수 없는 곳에 이르자 추위와 배고픔으로 움직일 수가 없었다. 말은 잡아먹은 지 오래고, 희끄무레한 하늘 아래의 나무는 먹을 만한 열매를 맺지 않았다. 여러 갈래에서 다가오는 포위망이 점점 좁아지고 있었다. 지척에서 추적자들이 보란 듯이 피워 올리는 연기가 보였다.

이제 시간 감각은 잃어버린 지 오래였다. 시간 장치를 만드는 일 따위는 모두 부질없이 느껴졌다.

비몽사몽 간에 걷고 있는 사로금의 귀에 요란한 말발굽 소리가 들렸다. 힘겹게 고개를 들자 칼을 든 자들이 모습을 드러냈다. 이제 끝인가…? 사로금은 다리에 힘이 풀리며 그 자리에 쓰러졌다.

◆

눈을 뜨자 보이는 건 붉게 일렁이는 하늘이었다. 아니, 다시 보니 천막 같은 곳에 누워 있었다. 붉게 일렁이는 빛은 가운데 놓인 화로에서 나오고 있었다. 누군가 천막 안으로 들어왔다가 사로금을 보자 다시 밖으로 나갔다. 곧 다시 인기척이 났다.

"죽을 줄 알았는데 생각보다 질기군."

걸걸한 목소리의 주인공은 수염이 덥수룩하고 강인해 보이는 사내였다. 호송대의 대장인가? 사로금은 생각했다.

"내가 얼마나 오래 잠들어 있었소?"

오랜 습관에서 나온 말이었다. 매번 종을 쳐 알리는 도성에서 한참 떨어진 변방에서 그런 것을 알 수 있을 리가 없었다. 하지만 그 사내는 뜻밖의 대답을 했다.

"마지막으로 뭘 먹인 뒤로 잔별이 하늘을 스무 번쯤 지나갔으니 배가 몹시 고플 거요."

무슨 소리지? 사로금은 이해할 수 없었지만, 기운이 너무 없었다. 사내가 말을 이었다.

"이제 완전히 정신이 든 건가? 먹을 걸 가져다줘야겠군."

질긴 고기가 든 진한 죽이 앞에 놓였다. 몸을 녹일 수 있는 묘한 향의 술도 있었다. 아무리 봐도 죄인을 호송하는 분위기가 아니었다. 사로금은 일단 먹을 수 있을 만큼 먹고 쓰러져 잠들었다.

그러기를 몇 차례 하자 마침내 일어설 기운이 생겼다. 요강을 비워주러 들어온 사람에게 대장을 보고 싶다고 전하자 전에 봤던 걸걸한 사내가 들어왔다.

"가운데땅 사람들이라지? 일행에게서 누명을 쓰고 쫓기고 있었다는 이야기를 들었다. 뭐, 누명이든 죄든 우리와는 상관없는 이야기지. 일어서서 걸을 수 있다면 이제 선택을 하시게. 돌아가서 죽어도 좋고, 우리를 따라와도 좋다. 단, 우리를 따라오려면 도움이 되어야 한다. 이곳은 씨만 뿌리면 저절로 먹을 게 나오는 가운데땅과는 다르니까. 하하."

사로금이 묻기도 전에 사내가 호탕하게 웃으며 말했다. 사로금은 곧 함께 있던 장인들을 만날 수 있었다. 일행은 서로 얼싸안고 눈물을 흘렸다.

"대신관님, 이들은 변방에 사는 오랑캐들입니다. 추적대보다 먼저 우리를 찾아내 데려온 겁니다. 실은 산 채로 가죽이 벗겨지는 건가 하여 두려웠는데, 다행히 친절하게 대해주었습니다."

정신을 잃고 있는 동안 일연국(이들은 그곳을 가운데땅이라고 부르는 모양이었다)에서는 더욱 멀어진 것 같았다. 해는 거의 지평선에 가까운 곳에 있었고, 하늘은 어둑어둑했다. 차가운 바람이 불 때마다 살이 뜯겨 나갈 것 같았다. 사로금은 부족이 내어준 가죽옷을 여러 겹 껴입고서야 간신히 버틸 수 있었다.

이런 땅에서 농사는 거의 불가능했다. 이들은 털가죽이 두꺼운 가축을 길렀고, 호수의 얼음을 깨고 처음 보는 물고기를 잡아 생활했다. 처음에는 말이라고 생각했던 짐승도 자세히 보니 말보다 털이 훨씬 길고 추위에 강해 보였다.

사로금은 변방 부족에 관해 책에서 읽었던 내용을 떠올렸다. 얼핏 맞는 것도 있었지만, 함께 생활하면서 지켜보니 다른 부분이 훨씬 많았다. 아무래도 풍문을 듣고 쓴 글이라 그럴 터였다.

사로금이 궁금했던 건 걸걸한 사내(해래인이라는 이름의 부족장이었다)가 말한 잔별이었다.

"잔별은 하늘을 가로질러 움직이는 빛이오. 잔별이 세 번쯤 지나가면 허기가 지기 시작하고, 열 번쯤 지나가면 잠이 오지. 사냥을 나간 이들이 잔별이 서른 번 넘게 지나가는 동안 돌아오지 않으면 찾아나서게 되어 있다오. 마침 저기 지나가는군."

해래인이 가리키는 곳을 바라보았지만, 사로금의 눈에는 아무것도 보이지 않았다. 안 보인다고 하자 해래인은 너털웃음을 지었다.

"가운데땅 사람은 역시 눈이 어두워 보지 못하는군. 저 정도 빛이 안 보인단 말이오? 그래가지고서는 저 는별들도 안 보이겠군."

"는별?"

"하늘에 띄엄띄엄 박혀 있는 불빛 말이오. 움직이지 않고 가만히 있으니 저 잔별과 구분이 되지 않소? 움직이지 않는다 하지만 사실 는별도 매우 천천히 움직이긴 하오. 천천히 움직여서 땅 밑으로 들어갔다가 한참 지나 다시 반대쪽에서 나오지."

무슨 소리인지 도무지 알 수가 없었다. 해래인이 가리키는 곳을 아무리 봐도 사로금의 눈에는 희읍스레한 하늘밖에 안 보였다. 사로금의 장인들도 모두 마찬가지였다. 탁마사는 둥근 거울이나 석영을 갈아 만든 투명한 공이 빛을 한데 모을 수 있듯이 는별이나 잔별의 희미한 빛을 모아서 볼 수 있게 해줄지도 모른다고 했다. 하지만 당장은 그런 재료를 구할 방도가 없었다.

✦

변방 부족과 살아가는 건 의외로 나쁘지 않았다. 이들은 먹을 것을 찾아 수시로 이동하며 살았다. 척박한 환경에서 살아야 하기 때문인지 행동거지에 빈틈이 없고 기민했다. 다른 부족과도 수시로 만나 필요한 물건을 바꾸어 썼고, 상주국과 같은 문명국의 동태에 관한 정보도 교환했다. 소식과 정보가 오가는 속도가 생각보다 빨랐다. 어찌 보면 일연국보다도 훨씬 더 역동적이었다.

한동안 평화로운 시간이 흘렀다. 해래인의 말에 따르면 는별이 벌써 세 바퀴를 훌쩍 넘겨 움직였

다고 했다. 사로금 일행은 사냥이나 낚시에는 직접 도움이 되지 않았지만, 도구를 손보거나 더 낫게 만들어주는 역할을 톡톡히 해냈다. 부족 아이들 몇몇은 그런 게 재미있는지 장인들을 따라다니며 이것저것 배우기도 했다.

사로금도 뭔가 도움이 되려고 애썼지만, 어느 쪽으로도 도움이 되지 않았다. 하릴없이 잔별만 생각하며 하늘을 쳐다보고 있는 시간이 많아졌다.

"그까짓 잔별 못 본다고 큰일이라도 나오? 그 시간에 가죽 다루는 일이라도 배우시오. 잔별이야 충분히 오래 살다 보면 보게 될 수도 있겠지."

해래인이 사로금의 등을 한 대 치며 지나갔다.

사로금은 이들이 말하는 잔별과 는별이 정말인지 궁금했다. 얼마나 오래 눈이 적응해야 볼 수 있을까? 아니, 그 전에 왜 이런 게 알려지지 않았지? 아무리 변방의 오랑캐라고 해도 주변국과 교류가 전혀 없는 것은 아니었다.

아니, 사로금은 알았다. 가운데땅 사람들(어느새 자신도 그렇게 부르고 있었다)은 햇빛이 잘 닿지 않는 변방을 하늘님의 가호가 미치지 않는 땅으로 보고 애써 외면했다. 그곳에서 벌어지는 여러 가지 괴이한 일을 쉽게 믿었을 리가 없었다.

만약 잔별과 는별이 정말 존재한다면, 잔별은 빠르게, 는별은 느리게 하늘을 움직인다면, 그건 사로금이 찾던 기준이 되어 줄 수 있었다. 그게 정말 일정한지는 알 수 없었지만, 적어도 하늘에서 움직이는 빛이라면 그건 하늘님이 의도하신 것일 게 분명했다.

문득 그렇다면 그건 하늘님이 이 변방에 내려주신 성물이나 마찬가지라는 생각이 들었다. 해가 중천이나 그 근처에 있는 가운데땅에서는 잔별이나 는별 같은 옅은 빛이 보일 수 없었다. 그래서 사자를 보내 소리를 내는 성물을 주셨고, 어두침침한 변방에는 직접 하늘에 빛으로 표시를 하신 게 틀림없었다.

'역시 하늘님은 공평하게 은총을 내려주시는 분이셨어! 어쩌면 하늘에 떠 있는 표식을 보지 못하고 작은 소리에만 의지해야 했던 우리가 가장 불쌍한 존재였을지도 모르겠군. 하늘님이 내게 고난을 주신 건 이것을 보게 하기 위함이었던 걸까?'

사로금은 이런 생각을 장인들에게 말했고, 모두 깊이 공감했다. 해래인의 말도 사실인 듯했다. 변방의 삶이 익숙해질 즈음 장인 중에서 가장 어리다고 할 수 있는 비리보가 는별 몇 개가 보인다고 말했다. 어렴풋하지만 분명히 배경 하늘과는 구분되

고준편

시간의 약속

는 빛이 보인다는 것이었다.

사로금과 장인들은 기뻐하며 잔별과 느별을 관찰하고 시간 장치를 다시 만들기 위한 계획을 세우기 시작했다. 대부분은 도중에 잃어버렸지만, 몇몇 서적과 장비는 끈덕지게 여기까지 챙겨 왔다. 무엇보다 장인들의 머리에는 지식이, 가슴에는 의지가 있었다. 해래인은 시큰둥했지만, 생계 활동 이외의 시간에 한다면 나쁠 것 없다는 반응을 보였다.

과연 죽기 전에 성취를 이룰 수 있을까? 사로금은 궁금했다. 느별이 땅 밑으로 내려갔다가 반대쪽으로 나오는 이유도 궁금했다. 만약 느별이 그렇다면, 장인 누군가와 이야기했던 것처럼 해도 땅 밑으로 내려갈 수 있는 게 아닐까?

그러나 좋은 소식만 있는 건 아니었다. 돌아다니다가 타 부족을 만난 부족민 하나가 그쪽에서 들은 이야기를 전했다. 사로금을 비롯한 반역자 무리가 변방 부족과 합류해 반란을 도모하고 있다는 소식을 듣고 황제가 격노해 상주국왕에게 진압을 명했고, 상주국왕은 충성을 증명하기 위해 대규모 병력을 파견했다는 것이었다.

"상주국이 마음먹고 쳐들어온다면 우리로서는 당해낼 수가 없소. 해가 땅에 걸치는 곳까지 물러나야 할 텐데, 그곳에서는 우리조차 살아남으리라 장담할 수가 없소."

언제나 호탕했던 해래인이 심각한 표정을 지으며 말했다. 그러면서도 사로금 일행에게 떠나라는 말은 하지 않았다.

몇 차례 환경이 좀 더 가혹한 지역으로 거주지를 옮겼지만, 상주국 군대는 착실히 거리를 좁혀왔다. 상황이 상황이다 보니 다른 부족의 도움을 받을 수도 없었다. 고맙게도, 사로금 일행을 곱지 않게 바라보는 시선은 없었다. 이미 몇몇 장인은 부족민 여성을 아내로 맞이해 살림을 차렸기도 했다.

사로금은 잔별이라는 것을 두 눈으로 직접 보고 싶었지만, 성공한 다른 몇몇 장인과 달리 끝내 볼 수 없었다. 아무래도 나이를 먹은 눈이라 그런가 싶었다.

아쉽지만, 마음을 접을 수밖에 없었다. 사로금은 많은 사람이 잠들어 있는 틈을 타 함께했던 장인들에게 당부의 편지를 남긴 채 홀로 상주국 군대가 있는 방향으로 길을 떠났다.

✦

다행히 사로금을 잡은 황제는 군대를 물렸다. 다시 일연국으로 끌려온 사로금은 그늘 하나 없는 집행장 한가운데 무릎을 꿇고 앉아 죽음을 기다렸다. 일연국까지 호송되어 오는 동안 해는 점점 높이를 되찾아 사로금이 잘 알고 있듯이 도로 중천에 이르렀다. 하늘 정가운데에서 밝게 빛나는 해가 이상하게도 어색해 보였다.

사약을 앞에 둔 사로금은 해를 바라보며 지금 그 주위에도 느별이 있을지 궁금해했다.

'죽음에 이르러 하늘님의 곁으로 갈 수 있다면 볼 수 있으려나?'

하지만 불경죄로 처형받는 사로금이 하늘님의 곁으로 갈 리는 없었다. 아마 땅속 깊이 있는 불길에서 영원히 타오를 터였다. 자신이 하려던 일이 진정 하늘님의 뜻과 얼마나 일치한 것이었는지를 묻고 싶었지만, 기회가 없을 것 같아서 실망스러웠다.

"병환에 든 선황을 교묘히 다그쳐 불경한 짓을 벌이게 하였으며, 변방 세력과 결탁해 반란을 일으키려 했음을 인정하고, 성물의 은총은 오로지 황제국 백성만을 위한 것임을 밝히시오. 그런다면 목숨만은 살려주겠다는 게 황제의 뜻이오."

집행장으로 끌려 나오기 전 비합자가 마지막으로 말했다. 사로금은 고개를 저었다. 함께했던 장인들이 변방에서 무사히 살아가며 뜻을 이어가기만을 바랄 뿐이었다. 비합자가 고갯짓하자 병사들이 사로금을 끌고 갔다.

집행인이 죄명을 낭독했고, 사로금은 주저하지 않고 앞에 놓인 사약을 마셨다. 아무도 말이 없었다. 잠시 기다리자 몸에서 열이 나면서 속이 쓰려 왔다. 사로금은 배를 움켜쥐고 쓰러졌다. 똑바로 누워 눈부신 해를 마주 보니 차라리 편했다. 사로금은 그대로 가만히 누워 있었다.

서서히 정신이 혼미해졌다. 자신이 죽기만을 기다리는 사람들이 흐릿하게 보였다. 해는 점점 더 밝게 빛났다. 아니, 해가 점점 가까워지고 있었다. 하늘이 자신에게 다가오며 등에서는 더 이상 땅이 느껴지지 않았다. 사로금은 자신이 하늘님의 곁으로 가고 있다는 생각에 고통스러운 희열을 느꼈다.

해가 온 하늘을 뒤덮을 정도로 커졌지만, 웬일인지 조금도 눈이 부시지 않았다. 불에 타죽어야 마땅해 보였지만, 묘하게 따뜻한 온기만 느껴졌다. 기분이 좋아진 사로금은 문득 하늘에서 본 땅과 땅 밑으로 들어가는 느별들은 어떤 모습일지 궁금해져서 고개를 천천히 돌렸다…

이사덕은 고개를 돌려 지상을 바라보았다. 햇빛을 받은 땅이 따뜻한 색으로 빛났다. 그 너머에는 수많은 별이 반짝이는 우주가 있었다.

인공위성과 무인탐사선이 보내준 흐릿한 사진으로 본 적은 있지만, 직접 두 눈으로 볼 때의 감동은 이루 말할 수가 없었다. 자신을 여기까지 올려준 사로금-5 로켓은 임무를 다하고 다시 지상으로 떨어지고 있었다.

궤도 진입을 알리는 초록 불빛이 들어왔다. 이사덕은 반대쪽 창으로 지상을 내다보고 있던 예살극의 어깨를 툭 친 뒤 계기를 점검했다.

"궤도 진입 완료. 모든 시스템 정상."

아무 이상이 없자 한숨 돌릴 수 있게 되었다. 이사덕은 다시 창밖을 바라보았다. 우주선은 햇빛이 비치는 밝은 영역을 지나 어두운 영역을 향해 움직이고 있었다. 사람이 살 수 없는 극한 지역을 눈으로 보는 건 처음이었다.

하지만 모든 행성이 이와 같은 건 아니었다. 이미 다른 행성을 관측한 천문학자들이 일부 행성은 스스로 회전해 낮 영역과 밤 영역이 항상 바뀌고 있다는 사실을 알아냈다. 만약 그런 행성 위에 선다면 일정하게 해가 떠올랐다가 반대편으로 진다고 했다. 이사덕은 그게 과연 어떤 느낌일지 궁금했다.

삐이이 하는 알림음이 울렸다. 이사덕과 예살극은 정신을 차리고 예정된 기동을 수행했다. 이번 임무의 목적은 오래전부터 행성 주위를 돌고 있는 미지의 물체를 근접 관찰하는 것이었다. 많은 과학자는 그게 인공 물체라고 생각했지만, 지상에서의 관측에는 한계가 있었다. 이번에 그 물체의 정체를 밝힐 실마리를 얻을 수 있다면 그건 대단한 성과였다. 인공 물체가 확실하다면 아마도 그 물체를 만든 이들은 오래전에 지상에 내려와 정교한 전자시계를 주고 떠났던 당사자일 가능성이 컸다.

우주에서 빠르게 움직이는 두 물체의 속도를 맞추는 건 대단히 어려운 일이었다. 이사덕과 예살극은 컴퓨터의 계산에 따라 한 치의 오차도 없는 시각에 정확한 시간 동안 정확한 양의 추진제를 분사했다. 그러기를 수차례. 마침내 레이더에 원하던 목표가 나타났다.

아직 여러 번의 기동이 더 필요했다. 손에 땀을 쥐게 하는 시간이 흐른 뒤 그 물체가 가까이 다가왔다. 그건 햇빛을 받아 밝게 빛나고 있었다. 반짝이는 그 모습을 본 이사덕은 비록 이질적으로 생겼지만 그게 누군가 만든 인공위성 또는 우주선이 틀림없다는 사실을 알 수 있었다.

곧 둘의 속도가 같아졌고, 그 물체는 이사덕의 창문 바로 옆에 나란히 놓였다. 이사덕은 감격에 겨워 창밖을 내다보았다.

마침내 잔별을 만난 것이다.

THE BIRTH

탄생

은모든

소설은 짧은 이야기와 긴 이야기를 오가며 쓰고,
술은 과일보다 곡식으로 빚은 게 더 좋은 사람.
펴낸 책으로 《안락》, 《모두 너와 이야기하고 싶어 해》,
《우주의 일곱 조각》 외 다수.
2040년대를 배경으로 한 장편 소설 《+1》을 연재 중입니다.

Modeun Eun

"**가**족 나들이에 듣기 좋은 음악 추천해줘."라고 주문했을 때, 빌리 홀리데이의 이름이 나올 가능성이 얼마나 될까. 앞좌석의 등받이에 달린 패널에 등장한 그 이름을 보고 나는 그대로 굳어버렸다. 시스템이 내 마음을 들여다보기라도 한 것만 같았다.

차 안에 빌리 홀리데이의 목소리가 흘러나오자 수요일에 학교에서 있던 일이, 그날 내가 한 말과 마리에게서 들은 말이 동시다발적으로 떠올랐다. 내가 너무 성급했을까. 혹은 서툴렀을까. 차창에 비스듬히 고개를 기대고 있는데 동생 진이가 내 앞으로 얼굴을 들이밀더니 "이제 다른 노래 들을래." 하며 입술을 삐죽거렸다.

"너 가보고 싶었던 데 가잖아. 노래는 내가 듣고 싶은 것 좀 듣자."

"내 생일이잖아!"

"도착까지 이제 20분도 안 남았다고."

"20분을 더 가?" 눈을 감고 있던 엄마가 잠긴 목소리로 되물었다. "자기야, 집에서 10분이면 간다며."

아빠는 엄마의 질책을 의아해했다. 집에서 10분 거리에 위치한 곳은 평점이 낮아서 다시 예약했다고 전했건만 기억을 못 하는 것 같다면서. 엄마는 그랬었냐며 하품과 마른세수를 동시에 했다. 사실 처음 진이가 삼림욕장에 가보고 싶다고 했을 때부터 엄마는 밀폐된 실내 공간에 인위적으로 주입한 피톤치드가 과연 얼마나 효과적이겠냐며 미덥지 않다는 입장이었다. 하지만 동생이 생일선물로 데려가달라고 조르자 백기를 든 것이다.

생일에 가고 싶은 곳이 삼림욕장이라니. 아홉 살이 아니라 아흔 살 생일 아니냐고 놀렸는데 의외로 동생네 반에서는 삼림욕장에 가는 게 유행이라고 했다. 그런 유행이 번진 이유는 단순했다. 진이네 반 최고의 인기인 반장이 삼림욕장 안에 설치된 해먹에 누워서 찍은 짧은 영상을 SNS에 게시했는데, 다들 그게 그렇게 부러워 보였다는 것이다.

초등학생의 소원이란 얼마나 단순한지. 나야말로 진심으로 부러웠다. 내 소원은 그렇게 한나절이면 이루어질 수 있는 게 아니었다. 나는 한 사람의 마음을 얻는 일, 그 사람과의 관계가 새로 쓰이는 일을 바랐다. 곧 고등학생이 되면 많은 게 지금과 달라질 것 같아서 초조했으므로 그 전에 마리와 더 가까워지고 싶었다. 우리는 유치원 때부터 알고 지낸 친구이지만 더 가까운 사람이, 가능하면 세상에서 가장 가까운 사람이 되고 싶다고 고백하는 메시지를 보낸 게 지난 화요일 밤의 일이었다. 이튿날은

이번 주의 대면 수업이 있는 날이었고, 마리가 점심을 먹은 후 옥상에서 만나자고 했을 때는 어찌나 긴장이 되던지 속이 메슥거리기까지 했다.

나는 점심도 거른 채 옥상 안쪽에 있는 벤치에 먼저 가서 기다렸다. 이십 분쯤 후에 손을 흔들며 나타난 마리가 들려준 대답은 내가 생각하고 있던 최고의 반응과 (내 마음도 너랑 같아!) 달랐고, 최악의 반응에도 (지금까지 나를 그렇게 보고 있었단 말이야? 소름 끼쳐!) 해당하지 않았다. 명백히 그 너머에 있었다.

✦

"어때? 냄새 안 나는 맑은 공기 마시니까 좋지?"

산림욕장의 가족실에 들어서자마자 아빠가 재촉하듯 물었다. 가족실은 안방보다 조금 작은 크기였으며 벽 전체에 숲의 모습을 담은 홀로그램 영상이 어른거리고 있었다. 안쪽 벽 앞은 여러 개의 안락의자와 두 개의 해먹이 나란히 자리했고, 숨을 쉴 때마다 코끝에 풀 내음이 감돌았다. 바람에 한들거리는 연둣빛 이파리를 보면서 나는 다시 마리를 떠올리게 되었다.

엄마는 맨 왼쪽에 놓인 안락의자에 앉자마자 등받이의 각도를 젖혔다. 그러자 엄마와 가까운 쪽 벽에 보이던 이름 모를 새가 날아오르더니 오른쪽 벽에 다시 나타났다.

신나서 해먹 앞으로 달려간 진이는 막상 그 안에 몸을 누이는 것을 겁내며 우물쭈물거렸으므로 아빠와 내가 양쪽에서 해먹을 최대한 펼쳐주었다. 그래도 혼자는 무섭다며 오른발만 몇 번이나 올렸다가 내리기를 반복하는 통에 결국 아빠가 끌어안고 누웠다. 그러자 진이는 내게 자기 휴대폰을 건네며 아빠와 함께 있는 사진 두 장, 자기만 나온 사진 여러 장, 그리고 10초와 30초짜리 영상을 찍어달라고 꼼꼼히 주문했다. 평소 같으면 귀찮다고 내쳤겠지만 어쨌거나 하나뿐인 동생의 생일이니까 나는 최선을 다해 촬영에 임했다.

"둘이 그러고 있으니까 캥거루 부녀 같네." 실눈을 뜬 엄마가 두 사람 쪽을 흘긋 바라보며 말했다.

"그러게." 내가 동의했다. "그런데 아빠, 이거 1인용 아니야?"

"해먹은 보기보다 훨씬 튼튼하단다, 유림아. 아빠가 미리 다 체크해뒀지."

"그래? 괜히 걱정했네." 나는 말했다.

"우리 큰딸, 목소리가 왜 이렇게 가라앉았어?" 눈을 감고 있는 엄마가 내 마음을 훤히 들여다본 것처럼 물었다. "무슨 일 있구나?"

노곤하고 다정한 엄마의 목소리에 일순 모든 것을 털어놓고 싶다는 충동을 느꼈지만, 마리의 정체성에 관해 함부로 말을 옮기고 다닐 수는 없는 일이었다. 어릴 때부터 마리를 알아 온 부모님 앞에서라면 더욱. 게다가 오늘은 동생이 주인공이 된 기분을 만끽하게 두어야 했다. 그리고 바로 그 순간, 마리가 언급한 외로움이라는 게 지금 내가 느끼는 이런 감정과 닮아 있는 것일지도 모르겠다는 데 생각이 미쳤다.

마리는 첫사랑이라든가 스킨십에 관해 열을 올리며 이야기하는 친구들 사이에서 할 말을 찾지 못해 잠자코 화제가 바뀌기를 기다리는 일이 자주 있었다고 말했다. 속으로는 다른 생각을 하며 지루함을 달래고, 때로는 하품을 참기 위해 안간힘을 쓰면서. 그러는 동안 자기에게는 퍽 전형적인 반복에 불과한 것으로 들리는 사건이나 관계에 몰두해 있는 친구들을 바라보며 묘한 감정을 느꼈다. 솔직히 말하면 친구들이 대체로 전보다 조금 빨라진 것 같았는데, 마찬가지로 그들의 눈에는 자신이 재미없고 시시하게 보인다는 사실도 알고 있었다. 쓸쓸했고, 외로웠다. 때로는 외로움이 몹시 짙어지기도 했다. 그러한 감정을 촉발한 정체를 알기 위해 고민과 검색을 거듭한 결과, 마리는 자신이 무성애자라는 사실을 깨닫게 되었다.

"무성애자라고 해도 그 안에 스펙트럼은 다양해. 나도 언젠가는 연애를 해보고 싶어질지도 모르고."

"정말?" 나는 물었다.

"응. 하지만 아마 가볍게 손을 잡거나 포옹하는 것 이상의 스킨십은 안 하겠지. 내가 아주 어릴 때 낯을 많이 가리는 애였다고 아빠가 그랬었거든? 오랜만에 만나는 친척 어른이 쓰다듬거나 볼에 뽀뽀하거나 그러면 울면서 도망갔대. 아마 처음부터 남들이랑 질척하게 얽히거나 살이 닿는 걸 별로 좋아하지 않는 성향을 타고난 것 같아."

"그렇구나." 나는 질척하다는 말을 곱씹으며 고개를 끄덕였다.

"나는 왜 이렇게까지 남들이랑 다른 걸까, 하고 고민하던 점을 정리하고 나니까 말이야. 엄청 개운하더라."

연이어 잠을 설치다가 오랜만에 푹 자고 일어난 이튿날처럼 상쾌해졌다고 덧붙이는 마리의 옆얼굴을 바라보면서 나는 다행이라고 미소 지었다. 속으로는 그럼 마리에게 가장 가깝고 소중한 사람이 되기 위해서는 나도 질척하게 굴지 않아야 하고, 나아가 무성애자가 되어야 하는 것일까, 하는 생각을

했다.

점심시간이 끝나가고 있었고, 옥상 문이 열리더니 몇몇이 괴성을 지르며 뛰어 들어왔다. 그 애들은 리모컨처럼 보이는 뭔가를 두고 서로 뺏고자 하는 쪽과 뺏기지 않으려는 쪽으로 나뉘어서 꽥꽥 소리를 질렀다. 아이들이 만드는 소음이 유달리 날카롭게 들려서 나는 어쩐지 울고 싶은 기분이 되었다. 애초에 무성애자라는 존재가 내가 되고 싶다고 될 수 있는 것인지, 어떤 욕구를 무턱대고 참는 것과는 어떻게 다른 것인지 짐작이 가지 않아 머릿속이 터질 것만 같았다. 마리는 쟁탈전을 벌이는 아이들 쪽을 바라보며 피식거리더니 내게 물었다.

"쟤들 바보 같지?"

"응."

"내가 많이 외로웠을 때는 다들 저렇게 바보 같다고 생각했어. 하나같이 소란스럽고 바보 같은데 에너지를 낭비하고 있다고 말이야." 마리가 말했다. "사람들이 들으면 중2병이라고 그러기 딱 좋겠다. 그치?"

"중3인데 뭐."

내 싱거운 대답에 마리가 웃을 터트렸다. 그러더니 자기 부모님의 소울 푸드는 두부 버섯전골이라고 말했다. 비건을 지향하는 아빠와 그렇지 않은 엄마가 공히 만족하는 메뉴라서 어릴 때부터 한여름을 제외하면 거의 매주 함께 먹었다는 것이다.

"전골을 먹을 때면 있지, 우리 엄마랑 아빠는 정말 팔팔 끓는 국물을 불지도 않고 떠먹거든. 그래서 항상 입천장을 델. 그게 위에도 안 좋은 버릇이래. 좀 식혀서 먹으라고, 보는 내가 다 뜨겁다고 해도 두 사람 다 들은 척도 안 해. 국물 요리는 그렇게 먹어야 먹은 것 같다는 거야."

"그건 그렇지." 나는 동의했다.

"지난주 주말에 또 전골을 먹는데 그런 생각이 들었어. 나한테는 성애적인 행동이라는 거야말로 지나치게 뜨거운 것처럼 보인다고. 하지만 바로 그 열기가 좋은 사람이 있는 거겠지. 아주 많이. 음, 그러니까 내 말은, 내가 억지로 뜨거운 국물을 먹고 데일 필요도 없지만, 뜨거운 국물이 취향인 사람한테 군이 식어버린 국물을 권할 필요도 없는 것 같다는 거야."

그렇게 말하는 마리는 여느 때와 같이 차분해 보였다. 나는 마리 특유의 한결같은 침착함이 그 애의 정체성과 관련이 있는 것인지, 그런 생각조차 편견인지 확신할 수 없었다.

"그럼 마리야, 네 말처럼 그 온도 차를 억지로

한 쪽으로 맞출 필요는 없겠지만, 어느 정도는 같이 조정해볼 수도 있는 걸까? 정말 만약에, 네가 그러고 싶은 사람이 생기면?"

"유림이 너는 정말 다정한 사람이구나."

햇살 아래에서 마리가 미소 지었고, 옥상 한가운데서 날뛰던 아이들이 앞 다투어 교실로 향했다. 마리는 지금껏 살펴보건대 아마 유성애자들의 첫 연애는 그런 합의 같은 것도 녹아 없어질 정도로 어마어마한 것 같더라고, 그렇다면 굳이 자기 때문에 그런 어마어마한 것을 포기할 필요가 있을지 잘 생각해보라고 하더니 자리에서 일어섰다.

마리의 말은 틀린 게 하나도 없었다. 일주일에 한 번 대면 수업이 있는 날마다 교실과 복도를 날뛰는 호르몬 덩어리 그 자체인 애들을 바라보노라면 마리야말로 어마어마한 사람이라는 사실을 절감하게 됐다. 그래서 더 마음의 갈피를 잡을 수 없었다.

그날 밤에 마리는 내게 자신이 애정을 느끼는 것들에 대해 적은 메시지를 보내주었다. 막 비가 내리기 시작하는 순간 퍼지는 흙냄새, 부드러운 연둣빛을 띠는 초여름의 이파리, 과일의 껍질을 깎는 사각거리는 소리, 이따금 언니가 남몰래 지금까지 간직하고 있는 애착 인형을 숨기는 장난을 치는 일, 새로 산 구두가 발에 익숙해졌을 때의 느낌, 두 시간을 꽉 채워 운동하고 나면 전신에 퍼지는 쾌감, 그리고 클래식 재즈. 엄마를 따라서 듣기 시작한 클래식 재즈는 낭만적 에너지로 가득 차 있지만, 구제 불능으로 보이는 가사를 가진 곡도 많다면서 빌리 홀리데이의 노래가 담긴 링크를 보내주었다.

진실한 사랑을 나누기 부적합한 상대에 빠진 자신은 어리석다고, 그 사실을 잘 알고 있다고 노래하는 것은 무척이나 관능적인 목소리였다. 그럼에도 불구하고 당신을 원한다고, 당신 없이는 살 수 없다는 호소가 이어졌다. 반복해서 들었기 때문에 나는 새 소리와 바람 소리가 울려 퍼지는 산림욕장의 가족실에서도 그 곡을 또렷하게 떠올릴 수 있었다. 마리를 좋아하는 마음에는 변함이 없었다. 그렇다고 마리가 원하는 형태의 관계에 뛰어들 자신이 있느냐 하면 그렇지도 않아서 점점 더 혼란스러웠다. 피톤치드 듬뿍 코스를 마치고 나면 모든 게 깔끔하게 정리되어 있으면 좋겠다는 생각이 들었을 즈음, 나지막하게 코 고는 소리가 들렸다. 범인은 엄마였지만 알아채지 못한 모양인지 진이는 아기 캥거루처럼 아빠에게 찰싹 붙은 자세로 엄마를 향해 물었다.

"엄마, 나는 어떻게 태어났어?"

✦

작은딸 진이가 엄마, 하고 부르는 음성을 듣고 퍼뜩 잠에서 깬 다음 내가 가장 먼저 한 일은 남편이 어떤 표정을 짓고 있는지 확인한 것이다. 예상대로, 그의 얼굴에는 '마침내!'라고 쓰여 있다. 이런 날을 기다려 온 남편은 헤벌쭉 웃으며 신이 나서 말한다.

"그건 말이야 진이야, 아빠가 엄마보다 훨씬 더 구체적으로 정확하게 얘기해줄 수 있어! 우리 진이가 세포 분열해서 자랄 때의 일부터 들려주고 싶은 게 한 가득이야. 얘기가 길어질 것 같은데 음료수를 좀 사 올까? 간식거리는? 말만 해. 아빠가 다녀올게."

"비싼 돈 내고 피톤치드 마시러 와놓고 여기서 굳이 합성 첨가물 범벅을 사먹자는 거야?"

남편은 내 말이 맞는다면서도 생일을 맞은 진이 핑계를 대며 자리에서 일어선다.

가족실 밖으로 향하는 그의 걸음걸이만 보아도 지금 얼마나 신이 난 상태인지 훤히 들여다보인다. 이런 순간이면 남편과 처음 만났을 때가 떠오른다. 그때 내가 그에게 끌렸던 이유는 뭐니 뭐니 해도 밝은 성격에 있었다. 거기 더해 가정적인 사람이라는 점도 플러스 요인으로 작용했다.

남편은 어릴 때부터 좋은 아빠가 되는 게 꿈이었다고 했다. 좋은 아버지가 아니라 좋은 아빠. 아이들과 함께 쿠키를 굽고 놀이동산에 가고 고민을 들어주고 싶다고, 그런 미래를 꿈꾼다고 했다. 그는 유아차를 가지고 이동하는 부모를 보면 헐레벌떡 달려가서 문을 잡아주었다. 엘리베이터를 세워두고 기다리고, 아기가 몇 살이냐고 물으며 미소 지었다. 하루는 땀을 뻘뻘 흘리며 조카와 놀아준 뒤 혼곤하게 낮잠에 빠진 순한 얼굴을 보며 복잡한 기분에 휩싸였던 적이 있다. 구체적으로 기억은 나지 않지만 그 주에 딸의 천식이 심해져서 마음고생을 하는 직장 동료를 지켜보며 더럭 겁이 났던 것 같다. 남편은 어느새 낮잠에서 깼는지 내게 손을 뻗어 꼭 끌어안으며 속삭였다.

"자기야, 우리는 모든 일을 함께할 거야. 우리는 좋은 부모가 될 거야."

그는 진심을 담아 말했다. 그 말이 진심이라는 점은 그때도 이후에도 의심한 적 없다.

하지만 큰딸 유림이를 가진 후에야 나는 내가 중요한 사실을 간과하고 있었다는 점을 깨달았다. 우리 두 사람이 그 어떤 진실한 마음과 뜻을 모으고 공유한다고 하더라도, 아이를 잉태하고 열 달 동안 벌어지는 모든 현상과 사건은 오롯이 내 몸 안에서 이루어진다는 것. 남편이 아무리 나름의 최선을 다한다 하더라도 결코 '모든 것'을 함께 할 수는 없다는 사실이 주는 고립감에 대해서는 짐작조차 하지 못했다.

식은땀을 흘리며 잠에서 깨어났던 날이 떠오른다. 괜찮으냐고 묻는 남편에게 나는 별일 아닐 거라고 답했지만 종일 입덧과는 다른 종류의 은근한 메슥거림에 시달렸다. 허기가 졌으나 겨우 물을 마실 뿐 구역질이 나서 뭔가를 씹어 삼키는 일이 불가능했다. 남편에게서 몸은 좀 어떠냐는 메시지가 왔을 때는 아랫배가 뭉치는 느낌이 들어서 부랴부랴 조퇴하고 병원을 찾느라 답을 할 여유가 없었다. 하필 담당의가 쉬는 날이었다. 그날 처음 보는 의사는 큰 문제는 없는 것으로 보인다면서도 유산방지제를 처방했다.

집에 돌아가는 길에 나는 대수롭지 않은 일처럼 별다른 이상은 없어 보인다고 설명하던 의사의 말을, 그때 그가 지었던 무감하고 조금쯤 무신경해 보이던 표정과 건조한 어투를 떠올리며 마음을 다잡았다. 그토록 감정을 싣지 않고 한 말이니 구태여 낙관적으로 해석한 것일 리가 없다. 당연히 객관적인 사실만을 말한 것이리라. 내 아이에게는 문제가 생기지 않을 것이다. 달리는 택시 안에서 구역질을 참기 위해 창문 상단의 손잡이를 움켜잡은 채 그렇게 되뇌었다.

하지만 집에 도착해서 이불에 몸을 파묻자 다시금 별일이 없는데 어째서 유산방지제를 맞도록 한 것일까 하는 의문이 피어올랐다. 무력감을 느꼈다. 불안했고, 인터넷을 뒤지자 한 줄 한 줄 읽는 일 자체가 고통스러운 유산의 경험담이 눈에 띄었다. 내가 오늘 겪은 일과 유사한 흐름의 하루를 보낸 후 아이를 잃은 사람의 글을 읽자 눈물이 멈추지 않았다. 기진맥진 지쳐 잠이 들었다가 깬 것은 종아리에 쥐가 난 탓이었다. 언제 귀가했는지 남편이 비명을 지르며 일어난 내 옆으로 와서 다리를 마사지해주었다. 그러고는 그가 내 등 뒤로 다가와 끌어안으며 뭐라고 했더라. 아마도 위로하는 말이었을 것이다. 또렷하게 남아 있는 것은 다정한 그의 말이 살갗의 겉을 맴돌다가 미끄러지는 것만 같았던 기분에 침잠되어 가던 기억이다. 나는 그를 등지고 누운 채로 잠긴 목소리를 쥐어짜 내며 이렇게 말했다.

"요즘 그 뉴스 봤어? 의학의 혁명 어쩌고 찾는 뉴스."

"아, 봤지. 엄청나던데?"

"정말 그 획기적인 혁명이 일어난다면 말이야. 둘째는 네가 가져."

"물론이지." 남편은 한 치의 망설임도 없이 대답했다. "그런 기회가 있으면 내가 누구보다 먼저 자원할게. 어릴 때부터 내 꿈이 뭐였는지 알잖아."

◆

"와! 그럼 혁명이 일어났어?" 진이가 묻자 첫째 유림이는 "과학 시간에 배웠잖아. 아직도 그런 일은 안 일어났다고." 하며 핀잔을 준다.

"하지만 에그가 생겼지. 거기서부터는 너희 아빠가 자세히 얘기해줄 거야."

"에그 보는 건 아빠가 전담했으니까?" 유림이 묻는다.

"맞아." 나는 고개를 끄덕인다. "그때 생각나니?"

"별로, 거기도 가족실에서 있었다는 것 정도?" 유림이 대답한다. "아, 아빠가 자꾸 울었던 것도 기억나."

나는 그랬을 거라고 대꾸하고는 간식을 한 아름 안고 온 남편을 위해 문을 열어준다.

"아빠! 에그는 달걀 모양으로 생겼어?" 진이가 남편에게 달려가며 묻는다.

"그럴 것 같지? 그렇게 여기기 쉬운데 인공 자궁 에그의 실제 모양은 길쭉한 원통 모양이야. 진이 안경집 모양을 떠올리면 되겠다. 크기는 데스크톱 모니터 세 개를 세로로 이어 붙인 정도쯤 됐어. 그 안에 맨 처음……." 남편의 목소리가 파르르 떨린다. "맨 처음 그 안에 우리 진이가 담겼을 때는 얼마나 작았던지, 직접 관찰해도 뭐가 제대로 보이지 않아서 옆에 붙은 확대 화면을 들여다봤지."

"얼마나 작았는데?" 진이가 조그마한 손을 주먹 쥐며 묻는다. "이만큼?"

내가 심장 소리를 처음으로 확인할 수 있는 시기는 1센티미터가 채 되지 않고 올챙이 같은 모양을 하고 있다고 했더니 진이는 징그럽다며 비명을 지른다. 남편은 진이를 번쩍 안아 들며 조금도 징그럽지 않다고 강조한다. 그때 진이는 정확하게 6밀리미터였다고 말하는 어투는 다소 뽐내는 듯하다. 그래, 마음껏 누리렴. 아이들이 알고 있듯 에그의 전담자는 남편이었으니까. 그럴 만한 자격이 있으니까.

◆

사실 '올챙이 시절'만 하더라도 나는 전담자라는 호칭을 들으면 속으로 코웃음을 쳤다. 열 달 동안 체내에 품고 있는 임신 과정에 비하면 일과 중틈이 날 때 화면을 보고 들으며 이상을 체크하고, 격일로 센터에 방문하는 일에 전담자라는 호칭은 과하기 짝이 없다고 말이다.

하지만 진이가 생성된 지 7주차가 되면서 상황은 변했다. 담당의는 어색한 미소를 띤 얼굴로 에그에는 아무런 문제가 없다고 했다. 그 말을 세 번이고 네 번이고 반복했기 때문에 오히려 불길하게 들렸던 기억이 지금도 생생하다.

"영양 공급이나 발달 사항을 체크하는 일은 물론이고, 전담자의 성실성만 보장된다면 정서 발달의 측면에서도 에그에는 문제가 없어요. 제 말을 믿으셔도 됩니다."

"믿음이 있으니까 선택한 거예요, 선생님. 그러니까 이제 오늘 부르신 이유를 말씀해주세요."

내가 채근하자 그녀는 에그가 이제 막 완성된 시스템인 만큼 완벽을 담지하기에는 부족함이 있다고 설명을 이어갔다. 요는 격일로 전담자가 방문하던 기존의 방식에서 변화를 주어야 한다는 것이었다. 에그를 가족실로 옮기고 부모가 함께 상주하며 태아의 상태를 지켜보는 게 좋겠다는 게 병원과 에그 개발팀의 공통된 입장이라고 했다.

내 손을 아프도록 쥐고 있던 남편은 안도의 한숨을 몰아쉬더니 상주하는 일쯤은 얼마든지 감당할 수 있다고 말했다. 그는 즉각 출산 휴가를 받았고, 유림이 어린이집에서 하원 하는 시간을 늦추었다. 게다가 가족실에서 유림이와 함께 지내며 에그 모니터링을 전담하겠다고 나를 안심시켰다. 내게는 회사 상황이 어수선할 때 무리하지 않아도 된다며 금요일에 퇴근한 후 오라고, 주말만 함께 보내자고 했다.

"유림이까지 데리고 있으면서, 정말 감당할 수 있겠어?"

"가족실이니까 자기도 같이 있으면 좋겠지만, 지금 자기네 팀이 없어질 위기잖아."

"응. 아마 결국에는 못 막을 것 같아. 그래도 할 수 있는 데까지는 해보고 싶어."

"알지. 시스템 업그레이드한다면서 사람 막 자르는 거 우리 회사도 다 겪었던 일인데. 어쨌든 둘째는 내가 전담자니까 나도 최선을 다하고 싶어. 출휴도 썼고, 몇 안 되는 남자 전담자라고 인터뷰를 해댄 통에 동네방네 모르는 사람이 없는데 완벽하게 해내야지." 그는 대답했다. "기대해. 앞으로 에그에서 일어나는 일은 크건 작건 캡처해서 보낼게. 그럼 자기랑 뭐든지 공유할 수 있을 거야."

그리고 나서 실제로 시도 때도 없이 전송되던 그

많던 사진과 영상들…… 중역들에게 고함을 치며 맞서고 나와서, 한 마리 파리가 된 기분으로 빌고 또 빌며 읍소한 후에, 중역들이 직접 읽는 것인지 AI가 검토하는 것인지 모호한 기획서와 보고서를 쓰고 또 쓰던 와중에 나는 남편이 둘째에 관한 소식을 하루에 한두 번쯤만 보낸다면 진심으로 감탄과 경이를 느끼며 볼 수 있을 것 같다는 생각을 했다. 물론 속으로만, 결코 겉으로는 내색한 적 없었다.

✦

"이거 봐. 이게 우리 진이 8주 때 사진이야."

남편은 휴대폰 사진첩에서 당시의 폴더를 불러와서 아이들 앞에 내민다.

"이게 나라고?" 진이가 못 믿겠다는 듯 "그냥 덩어리 같아. 아빠는 이걸 종일 보고 있었어?" 하고 묻는다.

"보고 들었지. 이 아래 있는 그래프가 진이 심장박동 소리야."

"아빠 정말 열심히 했어." 내가 끼어든다. "매일 진이 심장박동 소리 보내주고, 진이가 에그 안에서 딸꾹질하면 그것도 녹음해서 보내주고 그랬어."

"가만있어 봐. 아빠가 진이 딸꾹질 파일 찾아서 들려줄게."

내 귀에 대고 '아빠 되게 신났네.' 하는 유림의 말을 듣고 나는 웃음이 새어 나오는 것을 들키지 않기 위해 고개를 돌린다. 맨 처음 딸꾹질을 녹음한 날에 당장 들어보라며 그가 어찌나 재촉했던지. 막상 듣고 나자 또 어쩌면 그렇게 건성으로 반응하냐면서 서러워하던지 모른다. "자기는 유림이 때 몸 안에서 다 직접 느껴본 일이다, 그거지?" 그의 투정에 나는 그럴 리가 있느냐고 말했다. 그렇게 대답하면서는 성의 있는 표정을 지으려고 애썼던 기억이 난다.

주말부부처럼 지내던 그 시기. 처음에는 아무 걱정하지 말고 일에 집중하라던 남편이 점차 내게 불만을 드러내기 시작한 게 언제쯤이었더라. 겹겹이 쌓여가던 분노가 임계점을 넘은 날이 유독 미세먼지가 심했던 주의 토요일이었다는 사실은 또렷하게 떠오른다. 그는 시터 서비스를 이용하여 유림이를 가족실에서 내보낸 후에 한동안 말없이 나를 응시하더니 도저히 이해할 수 없다고 말했다.

"어제 그렇게 바빴어? 늦게라도 못 올 만큼?"

"미안해. 내가 뽑아서 이제 3년 차 된 부하 직원이 짐 싸는 데 나 몰라라 혼자 빠져나올 수가 없었어."

"그래, 더 말해봤자 나만 속 좁은 사람 되겠지."

남편은 뒤돌아서 에그 앞으로 향했다. 그는 분을 삭이려는 듯 눈을 감았다가 떴는데 그러자 볼을 타고 눈물이 흘러내렸다.

"미안해. 나도 미안하게 생각해."

"다른 날은 몰라도 어제는 폐가 제대로 성숙했는지 체크하는 날이었잖아. 내가 신신당부했잖아. 공기가 이런데, 폐가 얼마나 중요한지 모르는 사람처럼 어쩌면 그렇게 관심이 없을 수가 있어." 그의 눈에서는 끊임없이 눈물이 흘렀다.

"혹시 폐에 이상이 있을 수 있다는 얘기가 있었던 거야? 그걸 혼자만 듣고 속 끓이고 있었던 거는 아니지?"

남편은 미간을 문지르더니 천천히 고개를 저었다. 실은 폐에 이상이 보인다는 소견은 없었고, 다만 발육 속도가 더딘 편이므로 장기가 전체가 다 성숙하기 전까지는 최대한 집중해서 관찰하고 더 자주 말을 걸어달라는 방침을 들었다고 했다. 담당의의 말이 모호하게 들렸으므로 굳이 나에게까지 알릴 생각은 하지 않았다고, 하지만 두려움을 떨칠 수 없었다고 말했다. 그간 혼자 삭이던 이야기를 꺼낸 후 조금 후련해졌는지 주저앉아 소리 내어 우는 그를 끌어안으며 둘째에게 이상이 없다는 사실에 감사했다. 그 순간에는 가장 또렷한 감정은 당연하게도 감사하고 안도하는 마음이었다.

다만 한 가지 잊을 수 없는 사실은 오열하는 남편의 들썩거리는 어깨를 쓰다듬으며 내 마음의 어떤 영역이 모종의 후련함을 맛보고 있었다는 점이다. 물론 남편이 에그 속 둘째를 바라보고 말을 거는 시간이 온통 놀라운 생명의 신비로만 가득 채워졌더라면 더할 나위 없었을 것이다. 둘째에게 티끌만 한 위험이 있었을지도 모른다는 가정만으로도 나 역시 가슴이 아렸다. 그렇지만 내가 살아가며 겪었던 가장 막막하고 두려웠던 감정을 그도 경험했다는 사실은 내게 있어 분명한 의미를 가졌다. 지금껏 살면서 바로 이 순간처럼 남편의 존재를 가까이 느낀 적도 없었다고 확신했다. 우리 두 사람은 이 경험을 통해 비로소 진정한 부부가, 부모가 된 것일지도 모른다는 생각도 들었다. 물론 그런 이야기는 남편에게 전하지 않았다. 다만 그의 어깨를 감싸 안고 다정한 손길로 머리칼을 쓰다듬었을 뿐이었다. 그러는 동안 우리 두 사람과 마주한 에그. 바깥세상의 불안도, 고립도 침범할 수 없는 그 납작한 원통형 기계 안에서 둘째는 엄지손가락을 빨며 곤히 잠들어 있었다.

◆

피톤치드 듬뿍 코스가 끝나갈 즈음이 되자 남편의 배 속에서는 요란하게 꼬르륵거리는 소리가 난다. 진이를 무릎에 앉혀놓고 쉬지 않고 떠들었으니 그럴 만도 하다. 가족실을 나가면서 유림은 두 눈이 그렁그렁해지도록 하품을 한다.

"우리 딸내미, 피곤하면 좀 자지 그랬어."

"아빠 목소리가 신경 쓰여서 못 잤어."

"하긴 그랬겠네." 나는 진이를 목말 태우고 가는 남편의 뒷모습에 시선을 던진다. "유림아 사람은 있지, 가끔 그럴 때가 있는 거 같아. 전에 내가 되게 외로웠다고, 그때 세상에서 혼자 남은 기분이었다고 얘기하고 싶어질 때가. 듣기 좋은 건 아닐지 모르지만 그런 얘기도 아무한테나 하는 건 아니란다."

"갑자기 그런 얘기가 왜 나와?" 유림이 묻는다.

"그냥, 갑자기 그런 생각이 났어."

"뭐야, 그게." 유림이 웃는다. "아무튼, 그런 얘기도 아무한테나 하는 거는 아니라는 거네?"

"당연하지. 그러니까 누군가 그런 얘기를 해 오면 잘 들어줄 수 있으면 좋겠다. 유림이가 그런 기분이 들면 엄마한테 말해줬으면 좋겠고."

유림은 건성으로 고개를 끄덕인 다음 고민거리를 안고 있는 게 역력한 얼굴을 하고 엘리베이터의 버튼을 누른다. 그러더니 내 시선을 의식한 듯 의식적으로 기지개를 켜 보인다. 고작 몇 센티미터로 내 몸 안에 존재하던 시절, 딸꾹질을 하는 진동부터 양발을 뻗는 움직임까지 온전히 감각할 수 있었던 그 시절은 어느새 아득하고, 아마 내년쯤이면 내 키를 넘어서 자랄 듯하다.

유림아, 너를 품고 있을 때 엄마는 아주 충만했단다. 그와 동시에 고통스럽고 고독했단다. 나는 속으로 그렇게 말하며 엘리베이터 안에 들어선다. 두 딸의 손을 한쪽씩 잡고 지독하게 외로운 기분이 들거든 꼭 엄마에게 얘기해달라고 한 번 더 말한다.

"유림이, 진이, 둘 다 알았지? 엄마랑 약속하는 거야?"

"응!" 진이가 먼저 대꾸하자 "아빠한테도." 하고 남편이 덧붙인다.

진이가 목소리를 높여 아빠에게도 얘기해주겠다고 대답한다. 하지만 엘리베이터가 1층을 향하는 동안에도 유림은 여전히 입을 꾹 닫고 있어서 조바심이 난다. 이윽고 문이 열리자, 대답을 안 해주면 걱정이 된다고 채근하는 나를 유림이 엘리베이터 밖으로 부드럽게 끌어당긴다.

"말 안 해도 알던데 뭐." 유림이 겸연쩍은 듯 중얼거린다. "나한테 고민거리 있으면 꼭 엄마가 먼저 물어보던데? 우리 딸 무슨 일 있구나, 하면서." 🐾

A PLANET

Seon-Ran Cheon

NOT ON THE MAP

지도에 없는 행성

4

천선란

아마도 SF 소설을 주로 쓰는 소설가

№ 4.

디그바드의 비밀공간

태초를 기억하는 사람은 별로 없을 것이다. 막 태어나 눈을 뜬 순간 말이다. 핏물로 범벅된 자신이 바라보던 천장에 전구가 몇 개 달려 있었는지, 자신의 몸을 받던 손은 어땠는지, 몸을 닦던 천이 무슨 색이었는지, 의사와 간호사가 어떤 생김새를 가지고 있었는지. 그리고 자신을 품에 안는 부모님의 목소리는 어떤 온도였는지. 이건 보편적인 탄생의 순간이니 나는 조금 다를 수도 있다. 전구가 하나밖에 달리지 않은 좁은 방에서 이불 위에 내던져지듯 튀어나왔을 수도 있다. 아무도 나를 닦아주지 않아서 그 찝찝함에 몸부림치며 목청껏 울다가 아주 마르고 푸석한 손이 덜덜 떨며 나를 불안하게 들었을지도 모른다. 도저히 인간처럼 보이지 않았을 갓 태어난 나는 기린에 가깝지 않았을까. 아니다, 갓 태어나 기린과 만났으면 나는 찍소리 한번 내지 못하고 그 긴 목에 감겨 죽었을 것이다. 어쨌거나 이 모든 건 나의 상상이다. 나오지 않을 수 있었다면 나오지 않았을 텐데, 내가 있던 곳은 너무 좁고 답답했다. 버틸 수 없을 만큼. 그래, 이 느낌. 그 좁고 답답한 느낌이 내가 몸으로 기억하는 내 태초였다. 나는 도대체 그 느낌을 왜 기억하고 있는 것일까.

감각은 몸의 기억이다. 몸은 뇌보다 부피가 커서 기억의 저장 공간이 많다. 몸은 내가 잊은 기억조차 간직했다. 내가 똑같은 실수를 반복하려고 하면 몸이 잊었던 기억을 되살려 나를 말렸다. 이를테면 와우드에게는 어떤 식의 정당한 말이든 말대꾸를 하면 안 된다. 만일 내가 그 사실을 잊고 따지려고 하면, 말대꾸를 했다가 많은 사람 앞에서 창피함을 당했던 수치심을 몸이 먼저 깨닫는 것이다. 그러면 나는 갑자기 입을 다물었다. 나를 비웃는 그 저열한 눈을 보고도 계속 참아야 한다는 느낌 하나로 화를 억눌렀다.

여기서 잠시 공중정원과 다른 종족들을 위해 노동에 참여하고 있는 타우드의 비율이 유독 높은 이유를 설명해야겠다.

다른 종족들은 우리를 향해 몇 가지 문제점을 언급한다. 하나는 두뇌가 다른 종족들에 비해 작다는 점이다. 다리가 두 개밖에 없으니 몸의 평형을 위해 어쩔 수 없다. 디그바드를 소개하며 이야기했지만 와우드의 머리둘레는 타우드의 두 배이다. 하우드도 두세 배 정도 컸고 무족인은 머리의 크기를 규정할 수 없었다. 어떤 이들은 무족인의 생각차원이 우리의 차원과 다르다고들 말한다. 정확하게는 알 수 없다. 무족인은 아직 미지의 종족이다.

어찌 됐든 지적사고능력은 뇌의 크기에 비례한다고들 말했다. 그래서 타우드 자체가 지적사고능력이 부족한 종족이라 우주 체제 자체를 이해할 수 없다는 주장이었다.

두 번째로 타우드들이 있는 행성은 그 어느 행성보다 전쟁이 잦았으며 이는 방금 언급했던 두 뇌의 한계로 인한 결과였다. 미개함과 야만성을 나타내는 증거이기도 했다. 그 외에도 뼈가 약하고 색소가 부족하다는 등, 다양한 이유로 타우드의 한계를 설명했다.

이 논리에 대해 어떻게 생각하느냐고 묻는다면 나는 단연코 한 번도 납득한 적 없다고 말하겠다. 하지만 모든 타우드들이 나 같은 것은 아니었다. 라코트도 그랬고 오빠도 그랬다. 그들은 마치 명예 와우드인 것처럼 굴었다. 그렇게 행동하면 자신이 정말로 와우드가 될 수 있는 것처럼.

다시 기억으로 넘어가보자. 안개에 뒤덮인 듯한 기억 속에서도 희미하게나마 조금 더 선명한 기억을 꼽으라면 나는 '언어'라고 말하겠다. 그러니까 내가 태어나기 전의 기억, 정말 '최초'라고 말할 수 있는 기억이었다. 나는 물속에 있었고(양수라고 표현할 수도 있겠지만 나는 중력이 없는 물속에 갇혔다고 표현하는 게 더 와 닿았다) 누군가 내 세상을 툭툭 두드렸다. 세상의 천장을 무너뜨리는 소리와 진동이었지만 뇌우 같은 느낌은 아니었다. 그것보다 더 깔끔하고 뭉툭한 느낌의 툭, 툭. 내 세계로 들어오기 위해 방문을 두드리는 듯한 소리였다. 그리고 소리가 들렸다. 부모의 목소리일까. 물속 전해질을 통과한 언어는 뭉개지고 알아듣기 힘들었지만 내 몸이 기억하는 한 내게 익숙한 언어는 아니었다. 하지만 그때의 나, 그러니까 물에 있던 태어나기 이전의 나는 상황을 파악하는 것 외에 어떤 궁금증도 떠올리지 못했다. 질문을 떠올릴 수 있을 만큼 뇌가 여물지 않았으리라. 어쩌면 그들이 말하는 것처럼 타우드 두뇌의 한계일지도.

태어나서 말을 입력한 후에는 이 태초의 기억에 대한 이야기를 몇몇에게 했다. 여기서 한 가지 짚고 넘어갈 점은 내가 말을 배운 것이 아니라 '입력했다'는 것에 있다. 내가 말을 배울 수 있었다면 지구인의 언어가 아닌 와우드의 언어를 배웠겠지. 그렇지만 내 머리에는 지구인 언어, 그중에서도 한국어가 통역 소프트웨어와 함께 칩에 심어졌다. 언어를 선택할 권리는 애초에 없었다. 누구는 우주의 하모니와 같은 언어들을 보존하기 위함이라고 했지만 내 생각은 달랐다. 통역 칩을 조종할 수 있는 와우드들은 자주 통역 칩의 전파를 차단하고 자신들의 언어로 떠들었다. 내가 알아들을 수 없게 말이다. 구두를 닦아주는 동안 그들은 내가 알아들을 수 없는 언어로 말하며 웃었고 나는 그들의 대화를 신경 쓰지 않는 척 노력해야 했다. 나는 타우드의 언어를 쓴다는 이유로 자주 차별받았고 우리 행성의 언어는 소수의 독특한 언어이자 나를 낙인찍기 위한 수단이 되었다.

'미개한 언어를 쓰는 종족', '선천적인 신체 특성상 머리가 작아 생각이 짧은 종족', '그래서 우리가 돌봐줘야 하는 종족'. 그 말들은 수평적인 관계에서 나올 수 없는 말이다. 그들은 자신의 종족이 정의롭다 강조하기 위해 우리를 수평선상에 두고 있다고 주장하지만 실은 그 수평은 비틀어진 사선

이다. 원한다면 언제든 끝에 선 자를 나락으로 빠뜨릴 수 있는.

툭. 내 세상을 방문했던 그 소리는 도대체 무엇이었을까. 툭툭. 좁고 답답했던 공간이 부모의 몸속이었다면 왜 몸의 기억을 되짚어도 세상 밖으로 나왔던 순간의 따스함을 찾을 수 없을까. 내 고객들이 자신이 태어난 행성에 대해 말할 때는 의식하지 않은 웃음이 입가에 퍼져 있었다. 그것 역시 몸이 기억하는 행복함의 신호였다. 나는 거울을 보며 몇 번씩 공중정원이라는 말을 내뱉었다. 그런 웃음기는 나오지 않았다.

왜 이런 생각은 불쑥 튀어나와 나를 혼란스럽게 만드는지 알 수 없었다. 나는 귓가에 맴도는 노크 소리를 애써 지우며 발걸음을 재촉했다. 그레이스는 내가 배달을 마치고 오는 동안 신의 가게에 머물기로 했다. 출근하지 않는 방법도 생각했지만 아무것도 하지 않고 시간을 축내는 기분을 떨칠 수 없었다. 디그바드를 찾아간 지 고작 20시간이 지났을 뿐이었다. 아직은 관리자급 쿠비아만 이 사실을 알고 있으므로 평온을 유지하는 게 중요했다. 더욱이 배달 구두를 지니고 있는 편이 어떤 상황이든 변명을 만들어내기 편했다.

"아! 죄송합니다."

생각을 한 곳에 몰아둔 탓에 가게에서 나오던 하우드를 보지 못했다. 그의 코트에 이마를 부딪치고 난 후에야 정신을 차리고는 황급히 사과했다. 하우드는 아무 말 없이 코트 자락을 털었다.

툭, 툭.

그는 말없이 자리를 떴다. 이럴 땐 주문이 필요했다. 내가 발걸음을 돌려 걸어가는 하우드의 뒤통수를 내리치지 않게 해달라는 필사의 주문. 돌아보지 않기 위해 다리에 힘을 주었다.

가게로 들어섰다. 오빠는 오늘 배달해야 할 구두를 상자에 담아 정리하는 중이었다. 나를 보지도 않고 왔느냐는 인사를 건넸다. 방금 만난 와우드 때문이었는지 아니면 옛 기억이 다시 떠올라서였는지 대꾸하고 싶지 않아 입을 다물었다. 계산대에서 배달해야 할 주소를 확인하고 있자, 오빠가 다가왔다. 그러고는 큰 소리를 내며 물건을 계산대

위에 올려놨다. 어젯밤에 배송했던 구두였다. 오빠는 꽤 화난 투로 배송이 잘못 가서 오늘 아침에 반송됐다고 말했다. 급해서 주소를 잘못 봤나. 오빠에게 어떤 변명을 더 해보려다가 대화를 끝내는 쪽을 택했다.

"다시 가져다줄게. 저기다가 둬."

대화를 길게 나눠봤자 별 좋은 이야기는 듣지 못할 거였다. 오빠가 중얼거렸다.

"이러니까 타우드가 멸시를 받지. 일을 이따위로 하니까."

살아가는 모든 것들은 언제나 실수를 한다. 특정한 종에 속하는 개체만이 가지는 결함은 없다. 단지 사람들의 말과 시선과 행동이 그렇게 만들 뿐이다. 문득 지구 게이트가 닫힌 사실을 알고 있느냐고 물으려다가 말았다. 잘된 일이라고 하겠지. 나쁜 기류가 들어오지 않으니 말이야. 오빠가 지구에 가고 싶어 하지 않을 거라는 건 잘 알고 있었다. 오빠는 자신의 신체를 좋아하지 않았다. 내년이 되어 우리의 죄가 풀리면 타우드의 행성이 아닌 다른 종족의 행성으로 갈 거라고 말했다.

"다 저주받아서 그래."

오빠의 말에 아무 대꾸하지 않고, 구두 상자를 들었다. 열댓 개는 됐지만 이 정도 드는 건 일도 아니었다. 문을 열고 가게를 나갔다. 완전히 나서기 전에는 꽤 고민했다. 오빠에게 마지막 인사 비슷한 것을 남겨야 할까, 아니면 정신 차리라고 화라도 내야 할까. 하지만 그 어느 것도 하고 싶지 않아졌다. 더는 오빠의 생각에 관여하고 싶지 않았다.

피로 범벅된 그레이스를 처음 마주쳤을 때 나는 알 수 없는 희열을 느꼈다. 오해는 마시라. 피를 보고 흥분하는 독특한 취향을 가지고 있다는 말은 아니니까. 그것은 일종의 해방감이었다. 삶을 찾기 위해 몸부림친 자를 목격한 기분이었다. 사방이 가로막힌 구두 상자 속에 갇혀 있다가 누군가 칼로 구멍을 뚫은 것이었다. 그레이스가 나에게 그런 칼이었다. 애초에 그레이스가 누구를 죽였든 그건 내게 별로 중요한 사항이 아니었다. 지구. 그레이스의 입에서 나온 그 단어만이 나를 현혹했다.

공중정원에 있는 지구인 중 누구도 지구에 가려고 하지 않는다. 이유는 두 가지였다. 하나는 앞서 말했듯이 1년만 지나면 우리의 죄가 풀리기 때문이었고, 또 하나는 여태껏 우리는 지구가 어떤 행성인지 잘 모르고 있었기 때문이었다. 우리가 알고 있는 지구란 그저 우리의 고향 행성이었다. 공중정원의 우리는 매일 똑같은 시간에 눈을 뜨고, 색채 없는 옷을 입은 채 주어진 일을 하고, 비슷한 식단을 먹고, 익숙한 사람들 속에서 언제나 그저 그런 이야기를 나누고 잠이 들었다. 누구는 요리를 했고, 누구는 청소를 했으며, 장은 원심기를 만졌고 또 다른 엔지니어들은 공중정원이 멈추지 않도록 기계를 손봤다. 장의 말처럼 누군가는 반드시 해야 하는 일이었지만 그 모든 일이 '나'를 위한 일은 아니었다. 더 정확하게 말하자면 타우드를 제외한 종족들을 위한 일. 공중정원에 함께 어울려 살고 있으니 이것도 결국 우리의 일이라고 할 수도 있겠다. 하지만 거기에 얼마만큼 우리의 의지가 들어갔던가. 더 중요한 것은 우리가 이 일 말고 다른 일을 할 수 있었는지의 여부다. 우리의 다른 능력을 다른 종족들은 인정하려고 하지 않았다. 그렇지만, 도대체 그들의 인정은 또 왜 굳이 필요한 것인가?

이번에는 실수 없도록 두 번씩 주소지를 확인했다. 빠른 속도로 배달을 끝내고 이제 내 어깨에 남은 것은 딱 한 켤레뿐이었다. 지상 2층 우주금융센터에 들르기 전, 나는 지금까지 자세히 보지 않았던 2층의 곳곳을 살폈다. 디그바드의 사무실로 가는 방법은 승강기 하나뿐이었다. 내가 알기로는 그랬다. 그렇지만 신의 말대로 지구의 트랙터가 위로 향한다면 분명 디그바드의 사무실로 연결되는 또 다른 통로가 있으리라. 2층 복도에 섰다. 과연 내 발길이 닿지 않은 길이 어디 있을까. 외벽을 빙 둘러 가게와 호텔, 각종 편의시설이 있었고 중앙은 게이트가 보이도록 뚫려 있었다.

천장에 매달린 시계를 올려다보았다. 사람들은 2층 구역의 방향을 천장에 달린 시계 중 공중정원 시계를 따라 설명했다. 지구의 상점들은 '12시' 방향에 있었고 12시부터 시계방향으로 6시까지 이르는 공간이 전부 상점들로 차 있었다. 그 반대편에는 여행객들이 묵는 1인용 캡슐호텔이 있었다. 민이 있는 안내 데스크는 9시 방향에 놓여 있었다. 디그바드의 사무실로 올라갈 수 있는 계단은 비교적 왕래가 적은 7시 방향. 트랙터가 오가는 커다란 화물 승강기는 11시 방향에 있는 문을 통과해 조금 더 깊게 들어가야 했다. 그렇다면 역시나 저 문을 넘는 수밖에 없는 것일까. 11시 방향에서 한 층 위로 올라가면 확실히 디그바드의 사무실은 아니다. 지금까지는 아무것도 없는 공간이라고 생각했다.

　살펴볼 만한 가치는 충분히 있었다. 하지만 트랙터가 이동할 때 빼고는 열리는 걸 본 적이 없었다. 지구의 물자가 다시 들어오는 오후 3시까지는 아직도 5시간이 남았다. 언제까지 시간을 축내며 기다릴 수는 없는 노릇이었다. 또다시 손톱을 물어뜯으며 눈빛으로 문을 열기라도 할 듯이 노려보았다. 쓰레기를 담는 커다란 트럭이 문을 열고 나온 것은 그때였다. 나는 손뼉을 쳤다. 구원의 신처럼 보였다.

　쓰레기차는 시계 방향으로 복도를 돌며 쓰레기통과 각 가게에서 내놓은 쓰레기를 트럭에 담았다. 운전석에 한 명이 타고 있었고 차 뒤편에 두 명이 매달려 있었다. 속도에 맞춰 내렸다가 쓰레기를 들고 트럭에 던지며 다시 탑승하는 고도의 순발력을 필요로 하는 작업이었다. 머리를 써야 했다. 저 차에 어떻게 몰래 탑승할 수 있을까. 하지만 고민은 생각보다 수월하게 해결됐다. 차가 디저트 가게 앞에서 멈추더니, 일을 하던 직원들이 돌연 디저트 가게로 들어가는 것이 아닌가. 절호의 기회였다. 나는 전속력으로 쓰레기차를 향해 뛰었다. 살면서 이토록 쓰레기를 갈망한 적은 처음이었다.

　차 앞에 도착한 후에는 숨을 몰아쉬며 차 외부에 몸을 밀착시켰다. 고개를 숙여 차 밑의 틈으로 가게 안을 들여다보았다. 작업복을 입고 있는 세 명의 발이 보였다. 한창 이야기를 나누고 있는 중인지 쉽게 문밖으로 걸어 나올 것 같지 않았다. 나는 고개를 다시 들었다. 파리가 보였다. 감시카메라의 비행 방향은 안내 데스크 광고판 뒷면이었

다. 나는 파리가 광고판 뒷면으로 갈 때까지 기다렸다가 때가 왔을 때 몸을 굽혀 쓰레기차 밑으로 굴러 들어갔다. 바닥에 누워 숨을 몰아쉬었다. 쓰레기차 옆을 지나가는 우주인들의 발이 보였다. 내가 굴러 들어가는 것을 본 사람이 있다면 밑을 쳐다봤겠지만 10초를 셀 때까지 아무도 얼굴을 내밀지 않았다. 안도의 숨을 훅 뱉고는 구두 상자를 배에 올리고 떨어지지 않도록 끈을 허리에 묶었다. 그리고 하단에 매달릴 수 있도록 손잡이를 잡고 틈에 발을 걸쳤다. 복근과 팔 힘을 요하는 동작이었으나 견딜 만했다. 매일 같이 계단을 오르내리며 키웠던 근력이 이제 빛을 발했다. 곧 머지않아 직원들이 차로 돌아왔다. 차가 다시 출발했다. 어깨에 땅이 쓸려 몸을 잔뜩 움츠렸다. 차가 천천히 지상 2층을 돌았다. 긴장감에 침조차 제대로 삼킬 수 없었다. 화물승강기로 통하는 문 앞에 거의 도착했다. 그리고 그때 차가 멈췄다.

　"이 쓰레기 좀 같이 가지고 가라고."

　쿠비아였다. 순찰하던 쿠비아 두 명이 쓰레기차를 붙잡아 세웠다. 그들의 발이 내 눈앞을 서성였다. 쿠비아가 쓰레기차를 쾅쾅 차며 말했다.

　"이런 건 새벽에 이동하면 더 좋을 텐데 말이야."

　작업 인부가 변명하듯 입을 열었다. 차체의 흔들림에 몸이 절로 움츠러들었다.

　"어쩔 수 없어요. 저희도 쉬고 자야죠."

　쿠비아는 몇 차례 더 차를 손바닥으로 두드렸다. 내가 속으로 '빨리'란 단어를 몇 번이나 외쳤는지 모르겠다. 팔이 후들거렸다. 당장에라도 손잡이를 놓칠 것 같았다. 이를 악물고 버텼다. 그 순간 내 옆으로 얇은 무언가가 떨어졌다. 쿠비아가 바닥에 떨어뜨린 나무막대였다. 방금까지 물고 있던 아이스크림 막대인 듯했다. 쿠비아가 몸을 숙였다. 고개만 까딱여도 눈이 마주칠 것 같았다. 숨을 멈추고 쿠비아의 행동을 지켜보았다. 쿠비아는 떨어진 막대기를 줍고는 곧바로 허리를 폈다.

　"수고들 해."

　쿠비아가 지나갔고 차는 문을 통과했다.

　문 하나를 지났을 뿐인데 온도가 훅 떨어졌다. 왜 인부들이 문을 열기 전 옷을 챙겨 입었는지

이해했다. 입김이 올라왔고 이가 딱딱 부딪혔다. 떨지 않기 위해 최대한 몸에 힘을 줬지만 한계가 있었다. 차가 긴 복도를 지났다. 복도는 동력실처럼 회색빛이었으며 전체적으로 어두웠다. 트럭 밖으로 조명이 드문드문 비쳤다 사라지는 게 보였다. 복도에는 다른 곳과 연결되는 별도의 문은 없는 것으로 보였다. 이제 내려야 하는 적당한 타이밍을 찾아야 했다. 가랑이 사이를 쳐다봤다. 트럭 앞쪽이 보였다. 승강기에 다다랐다. 차가 잠시 멈췄다. 승강기를 기다리고 있는 거겠지. 나는 양옆을 살폈다. 왼쪽에는 그저 벽뿐이었고 오른쪽은 디스플레이와 기계장치가 보였다. 잡고 있던 손을 놓고 우선 바닥에 몸을 뉘었다. 승강기가 도착했다. 차가 몸을 스쳐 지나가자마자 나는 곧바로 기계 뒤로 몸을 숨겼다. 쓰레기차를 태운 승강기가 밑으로 이동했다. 정적과 몸을 움츠러들게 만드는 추위만이 곁에 남았다. 얼어 죽지 않기 위해 몸을 움직였다. 움직이던 승강기의 동력소리조차 들리지 않을 때까지 기다렸다.

승강기에는 하강 버튼만 존재했다. 하지만 이 사실은 내게 걸림돌이 되지 않았다. 하강 버튼만 있다는 사실을 발견하기 전에 이미 또 다른 길이 있다는 걸 알았기 때문이었다. 너무 컴컴해 벽처럼 보였던 그곳에 길이 있었다. 승강기 좌측 벽을 더듬다가 버튼을 찾았다. 뻑뻑한 버튼을 꾹 누르자 불이 켜졌다. 방금까지도 차가 지나다닌 듯한 길이었다. 길의 끝은 보이지 않았다. 중간에 꺾였기 때문이었다. 얼마나 길지는 몰랐지만 일단 길을 따라 걸었다. 살을 에는 추위에 두 팔로 어깨를 감쌌다. 품에 가둔 구두 상자에서 열이라도 나면 좋으련만. 고양이를 안고 있다고 생각하자. 고양이치고는 조금 많이 딱딱한. 코너를 돌았다. 또 끝이 보이지 않는 길이 나 있으면 어쩌지 싶은 생각을 깨고 그곳에 바로 비밀스러운 승강기 한 대가 있었다. 이번에는 상승 버튼뿐이었다. 버튼을 눌렀다. 우우웅, 하는 큰 소리를 내며 승강기가 움직였다. 2층에 도착했고 문이 열렸다. 트랙터가 들어갈 정도로 큰 승강기였다.

승강기에 들어가지 못하고 망설였다. 어쩐지

발걸음이 떨어지지 않았다. 승강기는 입을 벌린 괴물처럼 내가 자신의 입에 스스로 걸어 들어오기를 기다리는 것처럼 보였다. 내 두려움은 승강기가 어디로 향할지 모른다는 것보다, 먹히면 어쩌지 싶은 이상한 방향으로 흘렀다. 하지만 냉정하게 생각하자. 이 승강기는 살아 있는 괴수가 아니다. 나를 잡아먹는 일은 일어나지 않는다. 승강기로 들어섰다. 문이 저절로 닫혔다. 내부에 버튼 하나 없는 승강기는 목적지가 정해져 있다는 듯 저절로 움직였다. 승강기는 수평으로 이동하다가 어느 한순간 위로 향하고 멈췄다. 그러고는 문이 열렸다. 빨간 불빛이 문 위에서 반짝거렸다. 빨리 나가라는 신호 같았다. 승강기 밖으로 나오자 기다렸다는 듯이 문이 닫혔다.

한 번도 본 적 없는 게이트가 있었다. 게이트에는 표식이 없었다. 어디로 간다는 흔적도, 어디에서 오고 있다는 신호도 없어 공허해 보였다. 지구로 향하는 게이트인지도 확인할 수 없었다. 문 옆의 디스플레이로 다가갔다. 화면을 터치하고 언어를 찾았다. 게이트 정보에 접근하려고 하자 암호를 입력하라는 창이 떴다. 잠깐 망설이다가 주머니에서 장의 카드를 꺼냈다. 카드를 스캔했다. 잠시 로딩이 걸리더니 곧 문구가 떴다.

[권한이 없습니다]

그럴 리가 없었다. 분명 장의 카드로는 어디든 갈 수 있다고 했다. 한 번 더 카드를 스캔했지만 이번에도 역시나 같은 문구가 떴다. 그렇다면 이유는 두 가지였다. 내가 이곳에 들어온 이후 모략이 발각되어 장의 카드가 정지되었거나, 이 게이트 정보에 접근할 수 있는 권한이 다른 곳과 다르다는 것. 전자보다 후자의 가능성이 더 커 보였다. 혹 그레이스의 정체를 들켰다고 하더라도 그레이스는 나에 대해, 그리고 내가 장의 카드를 가지고 있다는 것에 대해 말하지 않을 것이다. 그 사실을 발설하면 자신이 탈출할 기회가 아예 사라진다는 걸 알고 있겠지. 내가 들어오면서 발각되었을 확률도 있겠지만 역시 희박해 보였다. 그랬다면 지금쯤 포박되어 끌려가고 있어야 했다.

이 게이트만은 상급 관리자가 직접 관리하고 있을 수 있었다. 관리자 쿠비아나 그 이상, 어쩌면 디그바드일 수도.

갑자기 한쪽 벽면이 환해졌다. 나는 게이트에서 한걸음 물러났다. 주위를 둘러봤다. 그제야 한쪽 벽이 전부 반투명유리로 되어 있다는 걸 알아차렸다. 반투명유리 너머에서 커진 불의 빛이 밖으로 쏟아진 것이었다. 나는 황급히 승강기 쪽 기둥으로 몸을 숨겼다. 생명체의 형체는 보였지만 뚜렷하게 알아볼 수 있는 수준은 아니었다. 하지만 그 안에 누가 있는지 나는 바로 알았다.

"절대 알게 돼서는 안 돼. 제발 좀 생각을 하라고, 생각을!"

디그바드의 목소리였다. 디그바드가 누군가와 통화하며 화를 내고 있었다. 사무실의 다른 쪽일까. 하지만 디그바드의 사무실에서 이런 벽을 본 적은 없었다. 그렇다면 신이 말했던 서재 건너편의 비밀공간일지도 모르겠다. 나는 디그바드의 목소리에 귀 기울였다. 엿듣는 사람이 없을 거라 생각했는지 디그바드는 번역을 차단하지 않은 채였다.

"내가 그 타우드한테까지 부탁하면서 이 일을 조용히 끝내려는 이유가 뭐겠어. 이 사건이 공중정원에 있는 타우드들에게 알려진다고 생각을 해보라고. 머리가 있으면 생각을 해야 할 거 아니야, 그렇게 계산이 안 돼!"

디그바드의 목소리는 정수리에 뿜어져 나오는 것처럼 들렸다. 화로 가득 차 있었다.

"와우드를 죽이고 공중정원으로 도망친 타우드? 그런 이야기가 여기 타우드들에게 어떻게 다가갈 것 같나. 희망의 불씨가 되겠지, 불씨가. 자기들도 언제든 와우드를 깔아뭉갤 수 있는 희망을 마음 어느 곳에 지피는 꼴이란 말이야! 내 말 알아듣겠어? 그쪽 행성에서도 쉬쉬하는 게 좋을 거야. 여기는 아직 침입자가 있다는 것도 모른다고. 동등한 권력이 있다는 걸 알게 하면 모든 게 다 끝인 줄 알아."

"헉!"

너무 놀라 나도 모르게 소리가 튀어나왔다. 황급히 입을 막았고 그 탓에 안고 있던 박스가 밑으로 떨어졌다. 제법 큰 소리가 퍼졌다. 디그바드의 목소리가 일순간 멈췄다. 번역기를 껐는지, 알아들을 수 없는 언어로 상대에게 조곤조곤 말하고는 곧 통화를 끝냈다. 나는 상자를 들고 승강기 버튼을 눌렀다. 디그바드의 실루엣이 유리벽 끝의 문으로 향하는 게 보였다. 이곳으로 오려는 모양이었다. 승강기 문이 열렸고 나는 최대한 몸을 웅크린 채 승강기에 탔다. 빨리 문이 닫히기를 기도했고, 디그바드가 문을 열기 전에 승강기가 먼저 문을 닫고 밑으로 내려갔다.

승강기에서 내리자마자 뛰었다. 추운 것도 느껴지지 않았다. 짧았던 복도가 길게 느껴졌다. 승강기가 다시 위로 향했다. 디그바드가 숨어 있다 도망간 잔챙이를 잡으려고 따라오는 것이리라. 나는 서둘러 복도 끝 문으로 향했다. 버튼을 눌렀지만 문이 열리지 않았다. 디스플레이 화면이 켜지며 암호를 입력하라고 했다. 장의 카드를 꺼냈다. 손이 떨려 카드를 놓쳤다. 멀리서 승강기 문이 열리는 소리가 들렸다. 다급하게 카드를 쥐고는 스캔했다. 로딩이 걸리더니 글씨가 떴다.

['장(엔지니어)' 확인되었습니다]

문이 열렸다. 나는 우주인들 틈바구니로 뛰어들었다. 빠르게 걸어 안내 데스크까지 향했다. 심장이 미친 듯이 뛰었다. 디그바드의 말이 무슨 뜻이었을까. 타우드가 와우드를 살해했다는 사실이 왜 우리 안의 불씨로 자리 잡는 것일까. 그리고 왜 그 불씨를 막으려고 하는 것일까. 안내 데스크에 도착했다. 저 멀리 내가 빠져나왔던 문이 도로 열렸다. 디그바드였다. 디그바드는 주변을 둘러보다 곧 다시 안으로 사라졌다. 민이 나를 쳐다봤다. 일단은 민에게 그 게이트에 대한 존재를 물어봐야 했다.

"민, 지구로 가는 게이트가 다른 곳에 또 있나요?"

"열한 번째 게이트입니다."

"아니, 그거는 알고 있어. 혹시 지상 3층에도 게이트가 있나요?"

"어느 게이트를 찾으십니까."

"그러니까 지상 3층에 지구 게이트가 있어요?"

"열한 번째 게이트입니다."

"민!"

안내 데스크를 손바닥으로 내리쳤다. 시선이 몰렸다. 민은 당황하지 않고 나에게 다시 물었다.

"불편하신 사항이 있으십니까?"

이건 '대화'가 아니었다. 민은 질문에 대답하는 기계일 뿐이었다. 어떻게 그럴 수 있는지는 나도 알 수 없었지만, 적어도 나는 그렇게 느껴졌다. 사람이 더 몰리기 전에 자리를 떴다. 마음과 머리가 모두 혼란스러워서 아무 생각이 들지 않았다. 어서 빨리 신과 그레이스에게 돌아가고 싶은 마음뿐이었다.

마지막 구두의 주인은 우주금융센터의 원장인 와우드 홀이었다. 홀은 디그바드만큼이나 공중정원에서 높은 지지를 받았다. 공중정원에서 디그바드가 각 맞춰진 제복과 같은 카리스마로 통한다면 홀은 남색 스리피스 정장을 갖춰 입은 부드러움으로 유명했다. 홀은 디그바드 못지않게 언제나 바빴으나 화를 내는 법이 없었다. 내가 구두를 들고 찾아갈 때면 테이블에 있던 디저트 하나씩을 건넸다. 편하게 쉴 수 있는 의자도 함께 제공했다. 홀이 모두에게 친절한지는 알 수 없었지만 평균적으로 비슷하리라. 그렇다고 해서 홀의 친절을 누구에게나 나눠주는 보급 식품 정도로 생각하지는 않았다. 상냥하고 정중한 와우드. 홀은 딱 그 표본이었다.

홀의 사무실에 가는 날이면 늘 몇 분씩 시간을 할애하고 나왔지만 오늘은 그렇게 여유 부릴 수 없었다. 차 밑에 매달려 있던 몸은 먼지를 뒤집어쓰고 있었고 손은 아까부터 이유도 없이 떨렸으며 땀이 났다. 꾀죄죄한 모습을 홀에게 보이기 싫었다. 일부러 눈도 마주치지 않고 다 구겨진 상자를 작은 책상에 올려두었다. 홀이 쓰는 커다란 책상이 아닌 옆에 딸린 보조책상이었다. 홀은 그곳에 도착한 택배나 우편들을 쌓았고 나도 늘 그 위에 구두를 올려 두었다. 화면을 쓸어내리던 손길이 멈춘 게 느껴졌지만 나 때문일 거라고는 생각하지 않았다. 시선이 느껴지는 것도 애써 외면했다. 상자에 묶인 끈을 풀려는데 손이 계속 떨렸다. 괜한 유난이었다. 복도에서 느꼈던 추위를 아직도 품

고 있는 것이었다. 손톱으로 손바닥을 꾹 눌렀다. 빨리 처리하고 나가야겠다는 마음뿐이었는데 어느새 다가온 홀이 내 손을 붙잡았다. 그러고는 손가락으로 내 손등을 두드렸다. 진정하라는 의미였다.

"좀 앉아서 쉬어요."

마음 같아서는 그 푹신한 의자에 앉아 한숨 자고 싶었다. 달콤한 디저트까지 먹으면 몸도 마음도 달달함에 취할 수 있으리라. 하지만 그럴 여유는 없었다. 고마운 홀의 제안을 거절했다.

"죄송해요. 오늘은 일이 많아서요."

홀의 손을 뿌리치고는 끈을 마저 풀었다. 구두의 상태를 홀에게 확인시킨 후 급하게 나갈 채비를 했다. 홀이 나를 붙잡았다.

"이렇게 보내려니 마음이 쓰이네요."

"그렇지만 정말 급한 일이 있어서요. 오늘은 이만 가보겠습니다. 신경 써주셔서 감사합니다."

또다시 이곳에 오는 일은 없을 것이다. 하지만 홀에게는 그간의 고마움을 진심으로 전달하고 싶었다. 말을 끝내고도 머릿속으로 몇 가지 문장을 조합해봤지만 어느 문장이든 너무 의미심장해 보였다. 영원히 떠날 것 같은 분위기가 아니던가. 결국 아무 말도 하지 못하고 몸을 돌려 출구로 향했다. 흰색과 회색이 적절히 섞인 모노톤의 이 사무실이 종종 생각 날지도 모르겠다. 일하던 도중 맛보았던 달콤한 휴식은 언제라도 그리울 테니 말이다. 문손잡이를 잡아당겼다. 문은 아주 조금 열렸다가 도로 닫혔다. 홀이 문을 닫은 것이었다. 당혹스러움에 홀을 바라보다가 손잡이를 다시 잡아당겼다. 이번에도 홀이 문을 닫았다. 홀의 표정은 기가 찬 듯했다.

"지금 뭐하는 겁니까?"

내가 묻고 싶은 걸 홀이 물었다. 몸의 떨림이 멈추고는 힘이 들어갔다. 알 수 없는 어떤 위험으로부터 나를 지키기 위해 몸이 신호를 켰다.

"배달을 끝내고 나가려는 참인데요."

"제가 쉬라고 했잖습니까."

"저는 괜찮다고 거절을 했고요."

당황스러움을 들키지 않기 위해 눈을 피하지 않았다. 하지만 친절했던 대상의 돌변한 태도는 상

상 이상으로 두려웠다. 그간 내게 베풀었던 모든 친절이 순식간에 변질되는 순간이었다. 홀이 머리카락을 쓸어 넘겼다. 평소와 같은 다정한 눈빛이었지만 어딘가 달랐다. 눈에는 목적을 알 수 없는 광기 같은 것이 깔려 있었다. 홀이 내 손목을 붙잡았다. 뿌리치려고 흔들었지만 웬만한 힘으로는 역부족이었다.

"나랑 얘기 좀 하고 가지?"

홀이 이럴 줄 몰랐다고 어디 가서 말해봤자 통하기나 할까. 아무도 내 말을 믿지 않을 것이다. 당장에 밖을 향해 소리를 친다고 해도 홀은 너무 쉽게 나를 과대망상증을 앓는 예민한 타우드로 몰 수 있었다. 다른 이의 도움을 기대할 수 없었다. 이 방을 나가기 위해서는 온전한 자력이 필요했다. 홀이 방 안으로 나를 끌어당겼다. 일단은 홀을 따라 방 안으로 순순히 걸어 들어갔다. 꽤 화가 나 보였으므로 되도록 화를 돋우지 않기 위해 노력했다. 홀은 나를 의자에 앉혔다. 그러고는 여느 때처럼 디저트를 권했다. 홀이 대단히 사이코처럼 보였지만 내색하지 않았다. 나는 쟁반 위에 놓인 쿠키 중 홀 쪽에 더 가까운 쿠키를 집었다.

"잘 먹을게요. 같이 먹어요."

홀은 기분이 풀린 것처럼 쿠키를 함께 집었다. 홀이 먼저 쿠키를 베어 무는 걸 확인한 후에야 나는 쿠키를 먹었다. 굳은 흙이 입안에 퍼지는 느낌이었다. 입은 아무런 맛도 느끼지 못하고 있었다. 긴장과 피로감이 모든 감각을 무디게 만들었다. 홀은 내 바로 옆 의자에 앉았다. 내 손을 잡았다.

"일이 힘든 거 압니다. 그래도 힘들수록 서로 의지하고 대화하며 살아야 하는 거 아니겠습니까. 저에게 모든 말하십시오."

당신이 나를 이렇게 붙잡고 있는 게 제일 힘들다고 말하고 싶었다. 그간의 친절했던 모습은 이제 기억나지 않았다. 적어도 지금 홀은 나에게 성가시고 귀찮은, 붙잡은 손이 몹시 불쾌한 우주인일 뿐이었다. 생각에 잠긴 척 고개만 끄덕였다. 내가 본인에게 하고 싶은 이야기가 없다는 걸 느낀다면 나를 빨리 놓아줄 줄 알았다. 하지만 홀은 오늘따라 유독 끈덕지게 들러붙어 떨어지지 않았다. 손

가락으로 내 볼을 어루만졌다. 불쾌했다.

"얼굴이 많이 상했습니다."

고개를 빼며 홀의 손을 치웠다. 더는 이곳에 있고 싶지 않았다.

"감사합니다. 저 이만…"

자리에서 일어나려는 나를 홀이 붙잡아 앉혔다. 어깨를 짓눌렀다. 악력이 세 절로 욕이 튀어나왔다. 홀이 내 앞에 섰다. 내 어떤 행동이 홀을 거슬리게 했는지는 모르겠으나 홀은 단단히 화가 나 있었다. 홀이 내 턱을 억세게 쥐었다. 뼈가 두 동강 날 것처럼 아팠다.

그 아픔을 호소하기도 전에 홀이 입을 맞췄다. 합의되지 않은 일방적인 폭행이었다. 두 손으로 홀의 어깨를 밀었으나 꿈쩍도 하지 않았다. 결국 발로 있는 힘껏 홀의 배를 걷어찼다. 홀이 떨어짐과 동시에 나는 자리에서 일어났다. 걷어차인 배를 움켜쥐고 있던 홀이 눈을 부릅뜨고 나에게 달려들었다. 나는 의자를 발로 차며 밀어냈다. 의자는 홀의 다리를 맞고는 옆으로 힘없이 쓰러졌다. 홀이 주춤거리는 사이 문을 향해 뛰었지만 문 앞에서 머리채를 붙잡혔다. 홀은 나를 내팽개치듯 바닥에 던졌다. 어깨와 엉덩이에 닿는 고통을 다 느끼기도 전에 홀이 내 배를 발로 밟았다. 뭐라 설명해야 할지 모르겠지만, 정말이지 개 같은 기분이었다. 이 새끼가 왜 이러는 걸까 싶었다. 홀이 발바닥에 힘을 줄 때마다 배가 무거운 바위에 짓눌리는 기분이었다. 최대한 이를 악물고 버텼다. 홀이 헝클어진 머리를 정리하고는 나를 바라봤다.

"당신이 원하던 거 아니었습니까?"

"도대체 제가 뭘 원했다는 거예요?"

대답을 위해 배에 힘을 주는 게 고역이었다. 발이라도 치웠으면 했다.

"타우드들이 와우드들과의 결혼을 원한다는 거 다 알고 있어요."

기가 차서 말이 나오지 않았을 뿐인데, 홀은 내가 생각이 들켜 당황했다고 받아들인 모양이었다. 그렇지 않고서야 저렇게 승리감에 도취된 표정을 지을 수 없었다. 재수 없는 얼굴. 홀이 발을 치우고 내 옆에 무릎을 굽혀 앉았다. 여전히 바닥에

자빠져 있는 나를 내려다보았다. 몸에 힘이 들어가지 않았다. 바닥으로 넘어지며 몸이 놀라서였는지도 몰랐다.

"구두를 배달하러 매번 오는 이유도 그거 아니었나요? 저와 어떻게든 만나기 위해서요."

본인이 매번 구두를 맡기고 갔으면서 무슨 말을 하는 걸까. 그리고 또 도대체 내가 자신과 만나고 싶어 한다는 그 오만한 생각은 어디에서 튀어나온 것일까. 나는 홀의 눈을 똑바로 바라보며 말했다. 그렇게 하지 않으면 내 말을 전부 흘려들을 것 같았다.

"아뇨. 저는 당신과 별로 만나고 싶지 않은데요."

홀의 얼굴이 막 터지려는 화산의 분화구처럼 붉으락푸르락하게 변했다. 모멸감을 견딜 수 없다는 표정이었다. 홀이 화를 억누르지 못하고 소리쳤다.

"그럴 리가. 너희들은 언제나 우리를 부러워해. 우리를 선망하고 우리처럼 되고 싶어 하지. 너희의 문화가 모두 우리를 따라 하고 있다는 것만 봐도 알 수 있어. 우리와 결혼해서 와우드 행성의 종족권을 따내는 게 너희의 꿈이잖아."

"그건 당신들 생각이고요."

힘이 조금씩 돌아왔다. 주먹을 쥐었다 펼치기를 반복했다. 홀에게 더 쏘아붙이겠다고 마음먹었다.

"당신 말대로 우리가 당신들의 문화를 선망하고 있다고 쳐요. 하지만 우리 스스로가 이미 그 문화를 충분히 모방하고 있다면 우리가 왜 당신들을 부러워하고 당신들처럼 되고 싶어 하겠어요? 우리도 이미 누리고 있는데요."

"모방한다고 해도 결국 완전한 와우드가 될 수 없으니까."

"왜 제가 와우드가 되고 싶어 한다고 생각하는 거예요? 저는 저를 바꾸고 싶다고 생각한 적 없어요."

홀은 이제 더는 화를 참을 수 없는 것처럼 보였다. 하지만 타이밍이 좋았다. 홀을 한 방 세게 먹일 수 있을 정도의 힘이 내게도 모였기 때문이었다. 한 대를 치나 두 대를 치나 이미 내가 홀을 때렸다는 사실은 변하지 않을 거였다. 무엇보다도 구

두 배달 소녀가 상자를 들고 계단은 온종일 오르내리며 축적해두었던 힘을 홀에게 보여줄 좋은 기회였다. 하지만 나는 싸움의 기술이라든지 상대방의 얼굴을 갈길 때 필요한 예의 따위는 알지 못해서, 이를 갈며 손을 올리는 홀의 얼굴에 상체를 일으키며 주먹을 냅다 꽂았다. 어깨에서부터 끌어모은 힘을 전부 주먹에 쏟는다는 생각으로 퍽, 그리고 콰직.

내가 생각했던 것보다 힘이 더 셌다. 꽂은 주먹이 아파서 소리 없는 비명을 내지르고 있는 사이, 안면을 정통으로 맞은 홀은 코를 부여잡고 몸을 웅크렸다. 홀의 손가락 틈을 비집고 피가 흘렀다. 나는 자리에서 일어나 문을 향해 달렸다. 내게 닥칠 미래는 딱 두 가지였다. 홀이 당장 쿠비아를 불러 폭행죄로 나를 고발하거나, 이 일이 홀과 나의 비밀로 조용히 숨겨지거나.

사무실을 빠져나왔다. 한참을 달리다 뒤돌았다. 홀은 문에 서서 나를 바라보고만 있었다. 홀은 자신의 사회적 체면을 구기면서까지 나를 벌하고 싶지 않을 것이다. 일이 커지면 그 안에서 어떤 일이 있었는지 어떻게든 새어나갈 테니까. 홀의 시선에서 벗어날 때까지 달렸다. 심장이 몹시 세차게 뛰었다. 잡혀갈지 모른다는 불안감이 아니었다. 형체와 원인을 알 수 없는 불안감이 몸을 감쌌다. 신과 그레이스에게 향하는 내내 두 팔로 몸을 끌어안고 걸었다. 평소와 같은 길인데 유난히 길이 좁고 뒤틀려 보였다. 천장이 제멋대로 들쑥날쑥 움직였다. 공중정원이 시시각각으로 형태를 변화시키는 듯했다. 답답했고 멀미가 났다. 다행히 신의 가게까지 주저앉지 않고 도착했다.

신은 내게 얇은 담요와 따뜻한 차를 건넸다. 그레이스가 옆에 앉아 내 손을 붙잡았다. 내가 자리를 비운 동안 별다른 일은 없던 모양이었다. 내가 도착했을 때 신은 여느 때처럼 일을 하고 있었고 그레이스는 가게 뒤편에 앉아 공책에 무언가를 쓰고 있었다. 일기장 같기도 했다. 내가 오자 쓰던 것을 중단하고 한달음에 달려 나왔다. 나는 그레이스를 바라보며 떨림을 최대한 삼키고 입을 열었다.

"의심 가는 게이트를 찾았는데, 문제는 제가 가지고 있는 장의 카드로는 게이트를 열 수 없었단 거예요. 아마도 디그바드 정도의 직책만이 게이트를 여닫을 수 있는 것 같았어요. 확실하지는 않지만 그게 지구로 가는 게이트가 아닐까 해요."

둘은 고개만 끄덕였다. 내가 예상했던 둘의 반응은 이런 게 아니었다. 딱히 구체적인 반응을 상상한 것은 아니었지만 적어도 이렇게 무덤덤하게 반응하리라고는 생각하지 못했다. 덕분에 도리어 당황한 것은 나였다. 어떤 뒷말을 덧붙여야 할지 몰라 입술만 뻐끔거리고 있을 때 신이 먼저 말했다.

"피곤해 보여."

"그거야 일을 하고 왔으니까 당연히 그렇지. 아 참, 그리고 트럭 밑에도 매달려 있었어. 둘이 나를 봤으면 박수를 쳐줬을 거야."

신은 또다시 말없이 나를 쳐다봤다. 자리가 불편했다.

"그게 끝이야? 무슨 일이 더 있던 건 아니고?"

신이 물었다. 그레이스도 신과 같은 마음인지 내 얼굴을 뚫어지라 쳐다봤다. 나는 머릿속으로 몇 번이나 홀의 사무실을 떠올렸지만 이내 고개를 끄덕였다. 아무 일도 없었다. 어떤 일이 벌어질 뻔했으나 결국 아무 일도 벌어지지 않았다. 그렇게 생각하기로 했다. 홀의 코뼈를 부러뜨리고 왔으니 나는 내가 느꼈던 불쾌감과 수치심을 어느 정도 돌려준 것이리라. 하지만 나와 달리 둘은 내 답을 믿지 않았다. 나는 짧은 숨을 혹 내던지고는 답을 정정했다.

"맞아, 기분 나쁜 일이 있었는데 그만큼 먹이고 왔으니까 걱정하지 마. 걱정 마요, 그레이스."

"언니가 그렇다면 그렇다고 생각할게요. 누구에게나 말하고 싶지 않은 일이 있으니까요."

그레이스의 포기가 빨라서 다행이었다. 덕분에 신도 더는 묻지 않았다. 나는 끊겼던 대화의 주제를 다시 끌고 왔다. 차에 거꾸로 매달리면서까지 찾아낸 정보를 이렇게 흘려보내고 싶지 않았다.

"거기가 지구로 통하는 게이트인지는 다시 한번 알아봐야 돼. 그렇지만 거의 확실할 거라고 생각해. 위로 향하는 승강기는 한 대뿐이었고, 게이

트도 하나였으니까. 그러니까 그레이스, 너무 걱정하지 마요. 지구에 반드시 갈 수 있으니까."

"꼭 스스로에게 하는 말 같네."

신이 말했다. 그게 무슨 말이냐고 묻고 싶었지만 상황은 대화를 더 이어나갈 수 없는 쪽으로 흘렀다. 가게 밖으로 디그바드와 쿠비아가 함께 이곳으로 오는 게 보였다. 그레이스를 황급히 가게 뒤편으로 숨겼다. 헝클어진 머리칼도 다시 묶었다. 옷에 묻은 먼지를 털고, 신이 건넨 수건으로 얼굴까지 말끔히 닦았을 때 쿠비아가 가게 문을 열고 들어왔다. 곧이어 디그바드가 등장했다.

"열심히 찾았는데 여기에 있을 줄이야. 파리에 찍힌 영상이 아니었으면 오늘 안에는 찾지도 못할 뻔했어."

침을 삼켰다. 파리에 어떤 영상이 찍혔는지 짐작 가지 않았다. 게이트를 빠져나오던 순간이었나? 그때 주변에 파리가 있었던가? 내 불찰이었다. 도망치느라 주변을 살피지 못했다.

"우주금융센터에서 꽤 바쁘게 나오던데 그곳에서 무슨 일이 있었나?"

"…금융센터요."

"그래, 금융센터. 거기가 아닌가? 카메라에는 그곳에서 급하게 나오는 게 찍혀 있던걸. 잘못 본 건가?"

디그바드는 두 쿠비아를 쳐다보며 물었다. 다행이었다. 게이트에서 나오는 순간은 찍히지 않은 듯했다. 황급히 입을 열었다.

"별일이 있던 건 아닙니다."

"근데 왜 그렇게 급하게 나왔지?"

디그바드는 달랐다. 진실을 말하기 전까지 이 질문에서 놓아주지 않으리라. 하물며 침입자를 추적하는 임무를 받은 상태였다. 사소한 것까지 궁금해하는 게 당연했다. 거짓말을 했다가는 차후에 더 불리한 상황이 올지도 모른다. 나는 디그바드를 똑바로 바라보며 또박또박 말했다.

"마지막 배달이 홀의 사무실이었어요. 그곳에서 홀에게 추행을 당했습니다. 그리고 이제 막 가게에 도착해서 쉬던 참이었습니다."

디그바드의 인상이 한껏 찌푸려졌다. 디그바

천선란 Seon Ran Cheon

드는 범죄에 예민했다. 공중정원의 평화를 지키는 것이 디그바드의 일이기에 당연한 것이겠지만. 디그바드가 나에게 한 걸음 더 다가와 물었다. 디그바드의 향수 냄새가 코를 찌르는 듯했다.

"그 말이 정말 사실인가?"

"예, 사실입니다."

"조사를 해보는 게 좋겠어. 소환장을 보내도록 하지."

디그바드가 손목에 찬 워치를 눌렀다. 홀로그램 화면이 허공에 떴다. 디그바드는 공중정원에 머물고 있는 우주인들의 명단 중 홀의 이름을 찾아내고는 몇 날 몇 시까지 자신의 사무실로 오라는 소환장을 전송했다. 디그바드의 소환장은 절대적이었다. 어떤 이유에서든 누구도 소환을 거부할 수 없었다. 디그바드가 화면을 끄고는 다시 뒷짐을 지었다. 그러고는 나를 찾아온 본론을 꺼내기 전에 신에게 자리를 피해달라고 부탁했다. 실상 명령에 가까웠다. 신은 이곳이 자신의 가게임을 잊지 말아달라고 말하고는 가게 밖으로 나갔다. 쿠비아도 곧 가게 밖으로 나갔다. 디그바드는 둘이 남았을 때에서야 본론을 꺼냈다.

"몇 시간 전 지상 3층에 침입자가 있었어. 흔적도 남기지 않고 사라졌지."

나는 짐짓 놀란 척 연기를 했다. 어쩌면 디그바드에게 직접 정보를 캐낼 좋은 기회일지도 모른다는 생각이 들었다.

"디그바드님의 사무실로 말인가요?"

"사무실과는 조금 다른 곳이지. 아는 사람이 몇 없는 비밀공간이랄까…."

"비밀공간이요? 그곳이 뭐 하는 곳인데 침입자가 거기를 갔죠?"

디그바드가 잠시 대답하기를 망설였다. 어쩌면 적절한 변명을 찾고 있는 것일지도 몰랐다. 내가 비밀공간에 대해 캐물을 줄 몰랐다는 당황스러움이 역력했다.

"중요한 곳이지. 따로 휴식을 취하는 곳이기도 하고. 어쨌든 중요한 것은 남들은 알지 못하는 공간에 침입자가 왔다는 거다. 아주 위험한 녀석임이 틀림없다. 공중정원의 평화를 깨뜨릴지도 몰라. 나

는 이제 이 일을 비밀리에 진행할 수 없겠다는 생각이 드는구나."

디그바드에게 꼬리를 잡힌 탓에 상황이 더 악화되었음은 부정할 수 없었다. 내 과실이었다. 하지만 그 정도의 대범함 없이는 조사를 진행하기 힘들었다. 공중정원같이 폐쇄된 공간에서 모두가 침입자를 찾기 위해 움직인다면 오래 버티지 못할 거였다. 하지만 다행히도 내 머리는 또 한 번의 비상한 작전을 떠올려냈다.

"그렇다면 침입자가 비밀공간에 들어왔다고 알리실 건가요?"

"그건 아니지."

"그 사실을 말하지 않으면 다른 우주인들은 침입자가 얼마나 위험한지 모를 수도 있잖아요. 디그바드의 사무실이라고 말하면 분명 궁금증에 찾아갔다가 도망간 누군가의 장난이라고 생각할 수도 있고요. 공개수배를 하려면 필수적으로 비밀공간에 침입자가 들어왔다는 것도 함께 알려야 해요. 아무도 알지 못하는 디그바드님의 비밀공간을 알고 있는 '침입자'니까 말이에요."

디그바드가 손바닥으로 이마를 짚었다. 때를 노려 더 파고들었다.

"어쩌면 공중정원의 우주인들은 침입자보다 디그바드님의 비밀공간을 더 알고 싶어 할지도 몰라요. 비밀공간에 대해 소문도 빠르게 돌겠죠. 말은 그 무엇보다 빨리 퍼지니까 금방 비밀공간에 대해 알아낼지도 모릅니다. 무엇보다도 모든 걸 다 의심해보겠죠. 이를테면 그 공간에 있을 법한 것들. 공중정원에서 사라진 것부터 떠올린다가…."

나는 말끝을 일부러 늘어뜨렸다. 디그바드는 머리가 아픈지 이내 눈을 감아버리고 말했다.

"하지만 더는 이렇게 침입자가 활개 치며 다니게 할 수 없단다. 빨리 잡을 수 있는 방법을 강구해야 돼. 너한테 일을 맡겼는데도 근 하루 동안 이렇다 할 뭔가를 얻지는 못했구나."

"고작 하루밖에 지나지 않았으니까요. 저는 최선을 다해 알아보고 있어요. 제 일도 하면서요. 그런데 디그바드님은 왜 침입자가 그곳에 갔을 거라고 생각하시나요? 이유가 있지 않을까요?"

"······."

"걸리는 게 하나도 없으신가요?"

"아예 없지는 않지."

"혹시 그게 무엇인지 여쭤봐도 되나요?"

디그바드가 나를 바라봤다. 눈에는 적개심이 깔려 있었다. 한순간에 너무 깊은 곳을 파고들었나 싶었지만 이보다 더 좋은 기회는 오지 않을 것 같았다. 말을 무르지 않고 디그바드의 대답을 기다렸다. 디그바드는 내 눈을 지그시 쳐다보며 입을 열었다. 아주 느리고 단호한 목소리였다.

"별거 없단다. 내 휴식 공간이지. 그만큼 나를 해치려는 누군가에게는 구미가 당길 만하겠지."

"그러네요. 만일 디그바드님을 해치려고 했다면 그곳이 탐날 수밖에요. 그래도 확실한 건 디그바드님의 비밀공간을 알고 있다는 거네요."

나는 일부러 말을 한 박자 쉬었다. 그다음 말이 더 중요했기 때문이다.

"어쩌면 디그바드님의 비밀을 알고 있는 가까운 자가 침입자와 손을 잡았을지도 몰라요. 그러지 않고서야 어떻게 디그바드님의 비밀공간을 알겠어요? 공중정원에서 평생 살아온 저도 지금 처음 알았는데요."

나는 더 호들갑을 떨었다. 침입자보다 침입자가 어떻게 비밀공간을 알고 있는지에 대해 초점을 맞추게 하려고 애썼다. 집중을 흩트리기 위해 불신만큼 좋은 도구도 없으리라. 디그바드는 잠자코 내 말을 들었다. 내 말에 흔들리고 있는 좋은 징조였다.

"하나의 점에만 몰두하면 주변이 까맣게 변하잖아요. 물론 디그바드님은 그러실 분은 아니지만요. 하지만 가끔은 스스로를 돌아봐야 한다고도 생각해요. 돌다리도 두드려보고 건너야 하고, 원래 등잔 밑이 어둡다고들 하잖아요."

"그게 무슨 말이니?"

"어릴 때 들었던 속담인데요, 그러니까 그냥 뭐든지 신중하라는 말이에요."

이쯤에서 패 하나를 걸어야 한다. 성공한다면 승기가 내 쪽으로 훨씬 기울 테지. 하지만 디그바드가 호락호락하게 내 요구를 받아들이지는 않을 거였다.

천선란 Seon Ran Cheon

"디그바드님, 괜찮으시다면 그 비밀공간으로 통하는 길을 저에게도 알려주실 수 있으신가요? 그 주변에도 분명 우주인들이 있었을 거예요. 수상한 우주인을 본 적이 없었는지 물어보면 분명 정보를 얻을 수 있을 겁니다."

"그 일은 2성 관리자들에게 막 시키고 온 참이다."

디그바드는 나의 도움을 구할지언정 기밀사항을 누설할 마음은 눈곱만큼도 없어 보였다. 여기에서 내가 조금 더 세게 밀고 나가도 될까. 더 나갔다가 괜한 화를 불러올까 봐 두려웠다. 디그바드가 과연 모르고 이만큼이나 내 장단에 맞춰준 것일까, 아니면 처음부터 침입자가 나와 함께 있다는 걸 알면서도 지켜보고 있던 걸까. 조금씩 헷갈리기 시작했다. 하지만 이 문제를 차치하고 가장 중요한 건 이제는 내가 발을 뺄 수 없다는 점이었다. 무슨 일이 있어도 나는 오늘 안에 그레이스와 함께 지구로 떠나야 했다.

"아 참, 그래도 꽤 괜찮은 소식 하나가 있어."

디그바드가 뿌듯하게 입을 열었다.

"문을 열 때 사용한 엔지니어 정보가 남아 있단다. 그래서 방금 쿠비아에게 그 엔지니어를 잡아오라고 시켰지. 이미 잡혔을 거다. 그자를 심문하러 갈 생각이야. 그렇다면 어떤 정보라도 얻겠지. 도움될 만한 것이 있다면 너에게도 알려주마."

"그자를 어떻게 심문하실 생각인가요?"

나는 두 손을 등 뒤로 감췄다. 손이 심하게 떨리고 있었기 때문이었다. 장의 카드를 빌린 시점부터 예상하지 못한 상황은 아니었지만 생각보다 빨리 왔다. 물론 장이 나를 고발할 거라는 걱정은 하지 않았지만, 장이 결국 사건에 연루됐다는 사실 자체가 나를 미친 듯이 불안하게 만들었다.

"알고 있는 진실을 전부 토해낼 수 있게 만들어야지."

디그바드의 목소리는 퍽 장엄했다.

"디그바드님은 분명 지혜롭게 심문하겠죠? 절대로 물리적인 폭력은 가하지 않을 거라는 거 잘 알아요. 디그바드님이 폭력은 미개함의 증명이라고 하셨잖아요."

'절대로'를 힘주어 말했다. 디그바드는 머뭇거

리다가 고개를 끄덕였다.

"그렇지, 어느 상황에서도 폭력은 나쁘지."

"……."

"나는 미개하지 않단다."

하지만 그 이상으로 내가 할 수 있는 일은 없었다. 디그바드는 홀에 대한 문제도 해결한 후 연락을 주겠다고 잊지 않고 다시금 언급했다.

"디그바드님."

다급하게 디그바드를 불러 세웠다.

"침입자는 잡히면 어떻게 되나요?"

"죄에 따라 벌이 달라지겠지. 무거운 죄일수록 그에 맞는 벌을 받아야지. 나는 사연 따위는 듣지 않는단다. 그건 변명일 뿐이니까."

디그바드가 쿠비아와 함께 가게를 나섰다. 분노에 차 소리 지르던 디그바드를 생각하면 '그에 맞는 벌'이 어느 정도일지 상상하기 어려웠다. 설마 1인 우주선(우주선이라고 할 수 없을 만큼 안에 아무런 장비가 없는 원통이다)에 태워 우주로 흘려보내는 벌을 주려는 참일까? 친구를 살리기 위해 내린 선택임에도 불구하고? 그레이스의 행동을 무조건적으로 잘했다고 말하는 것은 아니었다. 그렇지만 어떤 경우에는 피치 못할 사정이 있기 마련이고, 이 '피치 못할 사정'이 죄의 무게를 조금 덜어주기도 한다. 하지만 디그바드는 듣지 않을 것이다. 디그바드가 말했듯이 디그바드에게 그것은 전부 변명일 뿐이니까.

신이 곧바로 들어왔지만 나는 신을 붙잡고 지하에 다녀오겠다고 통보했다. 일단은 장이 정말로 디그바드의 사무실로 끌려갔는지 직접 확인해야 했다. 하지만 신이 나를 꽉 붙잡고 놓아주지 않았다. 왜 그러느냐고 소리를 치려는데, 신이 부릅뜬 눈으로 무언가를 말하고 있었다. 나는 그의 눈이 하는 말을 이해했다. 경계였다. 지금은 찾아갈 때가 아니라고 말하고 있었다. 나는 그제야 파리가 주변에 있다는 것을, 무엇보다도 유독 내 위에 오래 머물고 있다는 것을 알아차렸다.

"일단은 안으로 들어가."

신은 가게로 들어가 잠시 자리를 비웠다는 팻말을 걸어두고는 가게 불을 껐다. 그러고는 그레이스가 숨어 있는 가게 뒤편으로 나를 이끌었다.

우리 셋은 가게 뒤편의 좁은 공간에 웅크려 앉았다. 장이 소환됐다. 아니다, 소환보다 끌려갔다고 표현하는 것이 더 맞았다. 침입자의 행적에 장의 흔적이 찍혔으니 편안히 앉아 이야기를 나누는 심문을 받지는 않을 거였다. 디그바드는 폭력을 사용하지 않을 거라고 했지만 장이 끝까지 모르쇠로 일관한다면 어떻게 돌변할지 몰랐다. 침입자를 잡기 위해 소리를 내지르던 디그바드의 모습을 내가 보지 않았던가. 결국 내가 장을 위험에 빠뜨렸다. 어떻게 해야 장을 구해낼 수 있을지 알 수 없었다. 걱정과 혼란이 머리를 가득 채워 말이 두서없이 나갔다. 현 상황의 맥락을 알고 싶어 하는 두 사람에게 나는 순서 없이, 떠오르는 단어부터 내뱉었다. 순간 나를 지배한 감정은 두려움과 초조함이었다. 내 모습이 그레이스에게 불안을 유발한다는 것을 잊고서 말이다.

내가 허겁지겁 말을 마치자마자 신이 내 손을 붙잡았다. 신의 체온이 손에 느껴지자 마음이 조금 진정됐다.

"진정해. 숨을 천천히 쉬어봐. 너 지금 말하는 내내 숨을 전혀 안 쉬고 있으니까."

다급함에 숨 쉬는 것도 잊은 것이었다. 나는 신의 손을 붙잡고 크게 숨을 들이마셨다가 천천히 뱉었다. 하지만 숨을 쉴수록 답답해졌다. 코로 더 크게 들이마시고, 입으로 혹 내뱉었다. 신이 나와 그레이스를 번갈아 바라보며 차분한 목소리로, 그러니까 듣기만 해도 마음이 편안해지는 부드러운 어조로 상황을 정리했다.

"그러니까 장은 잡혀갔지만 디그바드가 폭력을 사용하지는 않을 거라고 말을 했다는 거잖아. 너는 장이 너와 그레이스에 대해 말하지 않을 거라고 확신하고. 맞아?"

고개를 끄덕였다.

"그럼 우리가 해야 할 건 두 가지네. 장이 무사한지 확인해보는 것과 지상 3층에 있는 게이트가 어디로 향하는지 알아보는 것. 뜯어보면 어렵겠지만 말은 간단하게 할 수 있어서 좋네."

신의 말처럼 뚜껑을 열어보면 도저히 앞을 내

다볼 수 없는 막막함이 대부분이겠으나 일단은 간단하게 정리할 수 있었다. 그 '간단함'은 무엇보다도 중요했다. 간단하게 정리가 되어야 그다음 계획을 세울 수 있었다. 계획의 실현 가능성은 또 그다음의 일이었다.

"우리를 도와줄 수 있는 지구인이 필요해. 없으면 어쩔 수 없지만 적어도 찾아는 봐야 해. 높은 곳에 있는 지구인일수록 좋겠지."

"높은 곳에 있는 지구인?"

신에게 되물었다.

"있잖아, 네가 그토록 선망하는 지구인. 이곳에서 가장 높은 곳에."

이곳에서 가장 높은 지구인. 그렇다. 사무국장이 있었다. 사무국장이라면 말이 통할지도 모른다. 그레이스의 사연마저도 어쩌면 더 냉철하게 바라봐줄지도 모른다. 언제나, 어디서든, 어떤 이유로든 자신을 필요로 하는 우주에는 가겠노라 말하지 않았던가.

"하지만 도대체 그분을 어디서…."

신이 기세등등하게 웃었다.

"내가 또 공중정원의 마당발 아니겠어? 만날 수 있는지는 모르겠지만 그분에 대해 잘 알 것 같은 지구인을 알아. 점심때를 이용하자. 그때면 의심 없이 가게 문을 닫고 움직일 수 있으니까."

신은 이곳에서 잠시 쉬고 있으라 말하고는 먼저 가게로 돌아갔다.

그레이스가 주머니에서 손수건을 꺼냈다. 그러고는 내 얼굴에 아직 묻어 있던 먼지를 닦아내기 시작했다. 그레이스의 손을 붙잡으려 했지만 단호한 목소리에 멈추고 가만히 말을 들었다.

"그냥 있어요. 거울도 없어서 안 보이잖아요. 미안해서 뭐라도 해야겠어요. 내가 지금 해줄 수 있는 게 아무것도 없잖아요. 기껏해야 묻은 먼지를 닦아주는 일밖에요."

그레이스의 손길은 부드러웠다. 나를 올려다보는 그레이스의 미간에는 그간 티 내지 않았던 걱정과 미안함이 가득 껴 있었다. 그레이스는 미안해하지 않아도 된다는 걸 알아야 했다. 내 몸과 마음이 피로한 이유는 오로지 홀 때문이었으며 그

청산란 Seon Ran Cheon

일은 그레이스와 상관없었다. 나는 그저, 언제나 느끼고 있었지만 한 번도 실체를 마주하지 않은 불편한 시선을 오늘 제대로 마주친 것뿐이었다. 홀의 친절이 우월감을 기반으로 한 보여주기였음을 말이다.

"미안해할 필요 없어요. 억지로 하고 있지 않다는 거 잘 알잖아요."

"제가 느끼는 미안함을 없는 거로 만들지 마요. 언니가 그렇게 말해도 제 마음은 편해지지 않으니까요. 언니가 공중정원을 벗어나고 싶어 한다는 것도 알아요. 죄명도 모르는 죗값 때문에 벗어날 수 없다는 사정도 다 이해했고요. 언니가 말해줘서 저도 다 알고 있지만, 감정은 다른 거예요. 제가 미안하다고 말할 수 있도록 해주세요."

나는 더 말하지 않고 입을 다물었다. 그레이스의 감정을 존중하기 위해서였다. 그레이스가 이곳을 떠난다는 사실 때문에 오히려 신경 쓰지 않고 멋대로 행동했던 걸지도 모른다. 더 조심하고 신중했어야 하는 것은 나였다. 들킨다면 나는 벌을 받거나 혹은 인질로 빠져나갈 수 있겠지만 그레이스는 상상하기도 힘든 끔찍한 벌을 받을 터였다.

"제 얼굴이 당신의 마음이라고 생각해요."

"예?"

"더러운 걸 다 닦으면 마음도 깨끗해지는 거로 치자고요."

"……."

"어때요? 괜찮죠? 대신 잘 닦아줘야 해요. 보기와 다르게 얼굴에 묻은 게 조금 많거든요."

"알겠어요. 그렇게 할게요."

그레이스는 마지못해 고개를 끄덕였다. 손수건은 천천히 내 얼굴을 구석구석을 닦았다. 틈에 낀 모든 먼지를 닦아내기 위해서. 내가 단지 타우드라는 이유로 찍혔던 숱한 낙인이 얼굴 곳곳에 묻어 있을 텐데도 그레이스는 거리낌 없이 문질렀다. 내가 울었다는 것은 나중에야 알았다. 그레이스가 물에 묻힌 적 없는 손수건이 젖었다고 넌지시 말했기 때문이었다.

↘ 다음 호에 계속 ↖

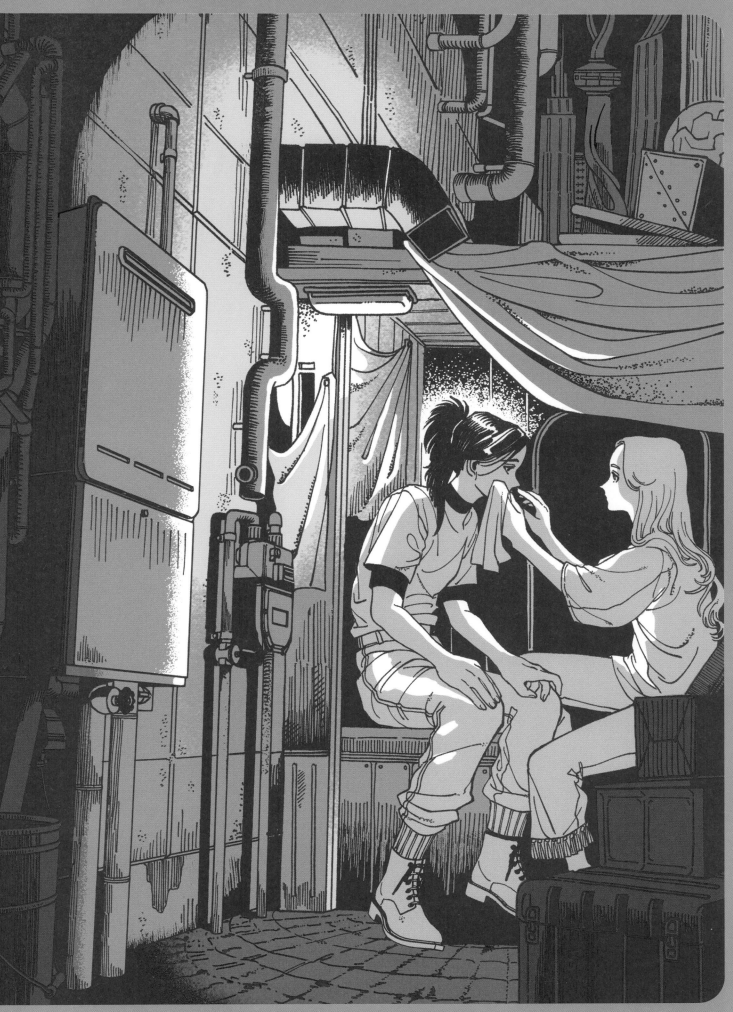

JEON SAM HYE

전삼혜

청소년의 이야기를 하려면 너무 단순하지도, 너무 무뎌지지도 않은 인물을 그려야 한다.

전삼혜의 글을 읽으면 신기하게도 자기 자리에서 분투하는 청소년이 보인다.

시간이 흘러도 청소년의 불균형을 간직한 작가, 그리고 '비정상'이 이상하지 않다고 말하는 작가,

그런 전삼혜가 오랫동안 찬찬히 쌓아온 성장담을 들어보았다.

1.
함께 성장하는 이야기

8년 만에 묶인 단편집이라는 소식을 들었습니다. 2015년에 나왔던 단편집 《소년소녀 진화론》 이후 벌써 시간이 이렇게 흘렀네요. 예전의 자신과 비교해서 바뀐 점이 보이시나요?

제가 분류되는 영역이 달라졌어요. 제 책은 인터넷서점 분류에서 늘 청소년 소설에 들어갔어요. 예전에는 한국 SF가 별로 이야기되지 않았죠. 저는 그저 특이한 청소년 소설을 쓴다는 반응을 받았어요. 서점에서 한국 SF로 분류되는 일은 처음이에요. 여러모로 각별하죠. '장르가 생겼구나!' 싶고요.

저 자신은 예전보다 어물쩍거리고 어두운 사람이 되었어요. 지금의 저와 달리 《토끼와 해파리》에는 미래를 낙관적으로 보는 단편이 많이 들어갔어요. 작품 선정이나 배치를 전적으로 편집부에 맡겼는데, 그렇게 골라주셨어요. 모래사장의 불가사리를 집어 바다로 던져주는 느낌이죠. 내가 불가사리 하나를 구한다고 큰 변화가 일어나지는 않지만, 어쩌면 일어날지도 모르죠. 운이 좋으면 적어도 그 불가사리에게는 사는 길이 열릴 테고요.

이번 단편집으로 경력에 책이 한 권 더 쌓였잖아요. 인터뷰를 준비하며 지금까지 나온 작품을 쭉 봤어요. 작품과 작가가 함께 성장했다는 느낌이 들어요. 똑같이 10대의 이야기를 하더라도, 과거에는 주인공이 자신의 세계에 갇혀 있었다면 근래의 주인공은 친구를 만납니다. 몰랐던 세상, 이를테면 장애, 혐오, 폭력 등을 알게 돼요. 게다가 이제는 30대 직장인도 주인공으로 등장합니다.

출판사의 《토끼와 해파리》 소개에서 저를 청소년 문학의 기수라고, 감사하지만 낯간지러운 말을 해주셨어요. 제가 저를 볼 때는 아직도 어른이 덜된 사람이에요. 어른의 이야기를 쓸 수 있을지 잘 모르겠어요. 하지만 연령상 제가 청소년은 아니죠. 나이에 안 어울리는 이야기를 많이 했네요. 소설을 쓰면 쓸수록 제가 이렇게 살고 있다고 세상에 알리는 느낌이 들어요. 주인공이 나이를 먹어가는

건 막을 수 없어요. 지금 쓸 수 있는 이야기를 쓰자고 생각하고 있어요.

실제 청소년과 점점 멀어지는 상태에서, 어떻게 계속해서 청소년 소설을 쓰고 계신가요?

중·고등학교 근처에 살면 청소년을 자연스럽게 많이 봐요. 겨울에 횡단보도에 서 있으면 건너편에서 치마 밑에 체육복을 입고 무릎담요를 두른 채 당당하게 걸어오는 모습이 보이죠. 보다 보면 요즘 유행하는 무릎담요 색깔, 남자애들 머리 모양, 여자애들 치마 길이를 알게 돼요. 하교 시간에 나가 있으면 재미있었어요. 코로나 때문에 등교가 중지되면서 한동안 못 봤죠.

간혹 대화가 들리면, 그네들이 무슨 말을 하는지 도저히 모르겠을 때가 있어요. 교과 과정도 달라졌죠. 제가 쓰는 청소년은 덜 현실적이에요. 청소년이 지금 쓰는 말을 억지로 해석해서 쓰지 않는 일을 하고 있어요. 아무래도 원고가 세상에 나올 때, 그리고 독자에게 닿을 때까지는 시간이 걸려요. 내가 쓸 때는 현재였던 것들이 독자에게는 과거가 되어버린단 말이에요. 그러니 덜 현실적이더라도 내가 아는 것을 써요. 제가 쓰는 말투를 그대로 씁니다.

삼혜 님의 덜 현실적인 청소년과 현실의 청소년은 어떤 점에서 다른가요?

현실의 청소년은 귀엽거나 착하지 않아요. 저는 사촌 동생이 다섯 명 정도 돼요. 보면 전혀 귀엽지 않아요. 언니는 학교 교사를 하는데, 언니가 보는 애들도 전혀 귀엽지 않아요. 형부는 '야, 오늘도 전자담배 피우는 애들 3명 잡았다.' 해요. 그런 말을 아무렇지 않게 하는 모습을 보면 그게 현실이구나 싶어요. 착하고 바른 청소년은 1980년대의 이데아일 뿐이에요. 하지만 너무 현실대로 인물을 다루려 하면 어깨에 지나치게 힘이 들어가요. 그러니 있을 법한 사람들을 만들죠. 소소하게 잘못하고

소소하게 괴로워하고, 어떻게든 해결하려 하는
사람들이요. 청소년만이 아니라 어른도 그렇죠.

일부러 말을 안 하는 부분이긴 한데요. 청소년 소설
에선 구매자와 독자가 일치하지 않는 경우가 꽤 있어요.
사서나 부모님이 먼저 읽어보고 청소년에게 알맞은지
판단하는 식이에요. 요즘은 많이 바뀌긴 했지만요.
그래서 저도 1차 독자를 의식해서 써요. 청소년 소설인데
어른들한테 하는 말이 들어가는 거죠. '선생님, 남의 집
애들은 어떻더라는 생각을 버리십시오. 다 아시지
않습니까. 애들은 마냥 착하지 않습니다. 다 알면서
굳이 모르는 척하지 말죠.'라고요.

《토끼와 해파리》 전삼혜 지음, 아작 펴냄

2.
외롭지 맙시다

작품의 주제가 넓어지고 또 세련되어간다는 느낌을
받았어요. 개인적인 상실의 경험에서 공감의 영역으로
넘어가는 경향이 보여요. 소수자의 경험이 자연스럽게
섞여드는 모습도 눈에 들어오고요. 혹시 바뀐 계기가
있을까요? 아니면 자연스럽게 나타난 변화일까요.

돌이켜보면 퀴어나 장애나 차별이나 폭력을 남의 일로
여기던 마음이 있었죠. 그런데 다시 보니 저한테도 조금씩
경험이 있었어요. 늘 자리에 있던 주제였던 거죠. 다른
사람의 작품을 보고, 뉴스를 보고, 그러면서 자연스럽게
눈을 돌리게 되었어요. 그다음엔 소설에서나마 어떻게
해결할 방법을 고민했고요. 하지만 저는 '사이다'를 못
쓰는 사람이에요. 완벽한 해결책은 없잖아요. 어떻게 다
시원하게 끝나겠어요. 좀 싱겁게 마무리하게 돼요.

전에는 외로움, 슬픔, 죽음을 다루었다면,
이제 외롭지 않게 끝나는 작품이 많아졌어요.

외롭기 때문에 외롭지 말자고 외치는 것 같아요.
자조모임처럼요. 내가 외롭고 상대도 외로워야 '외롭지
말자'는 청유형이 성립하잖아요. 저라는 사람 자체는
상실을 주로 다루던 시기보다 많이 가라앉았어요. 하지만
병원에 가면 나처럼 앓으면서 발버둥 치는 사람이 한 명은
있을 테고, 나와 비슷한 감정을 겪는 사람도 한 명은
있겠다 싶어요. 때로 정말 죽고 싶다는 생각이 들 때는
도서관에 가요. 가서 손에 집히는 책을 보고 그러면 나의
삶이 30분은 연장되더라고요. 타인에게 의지하는 일은
잘하지 못해요. 저 자신부터 누가 기댔을 때 단단하게
받쳐줄 만한 사람이 되지 못했기 때문이에요. 사람들이

INTERVIEW · 전삼혜

떠밀거나 떠밀리는 일을 어찌할 수는 없죠. 하지만 웬만하면 서로 떠밀지 말자는 이야기를 하고 있네요.

다만 제가 변화했다면, 사람이 많이 모이는 경험을 한 덕분이에요. 탄핵이든 촛불이든 사람이 모이는 현장에 다녔어요. 그랬더니 자리에 모인 사람들 하나하나가 개별자라는 생각이 들었어요. 우리는 수많은 사람들 사이에서 개별자로 존재하고 있어요. 그래서 더욱 '외롭지 말자'고 말하게 된 것 같아요. 글을 쓸 때도 등장인물에게서 미래를 빼앗는 일을 덜 하게 되었어요. 사람을 죽이거나 지구를 박살 내지 않는 방향으로요.

시야가 달라지며 얻은 점, 잃은 점이 있나요?

얻는다, 잃는다는 개념은 젠가 같은 느낌이 들어요. 저는 레고에 가깝다고 생각해요. 조각을 이리저리 쌓으며 형태를 만들죠. 레고 세트에는 정답이 있을지언정 레고 자체에는 정답이 없잖아요. 그러니 일단 쌓아봅니다.

《토끼와 해파리》의 작품 해설을 보면 삼혜 님은 작은 것을 잘 쓴다고 나오잖아요. 작은 수치심, 작은 질투, 작은 용기 등에 초점이 맞춰져 있어요. 하지만 《궤도의 밖에서, 나의 룸메이트에게》나 《붉은 실 끝의 아이들》은 상대적으로 규모가 큰 이야기입니다. 인물이 많고 세계의 존망을 말하죠.

센 이야기를 쓰고 싶다는 욕망이 늘 있었고 지금도 있어요. 거대한 세계와 거대한 파괴, 거대한 종말, 거대한 것에 맞서는 거대한 힘의 이야기를 쓰고 싶은데, 상상이 잘 안 돼요. 센 장면을 늘어놓는다고 센 이야기가 성립하진 않더라고요. '궤도밖'이나 '붉은실'은 큰 이야기를 쓰려고 문을 열었던 경우예요. 그런데 둘 다 크기에 어울리는 방법으로 문을 닫지는 못했어요. 왜냐면 큰 힘이 정말로 커다란 힘이라는 사실을 보여주기 위해서는 사건을 해결한 뒤에도 그 힘이 사라지지 않아야 하거든요. 지금의 저는 작은 갈래의 이야기에 알맞은 사람 같아요. 게임으로 말하자면 메인퀘스트가 아니라 서브퀘스트예요. 그래도 폭력을 휘두르는 이야기는 이제 시도해봐도 되지 않을까 싶어요. 누가 죽고 때리고 맞고, 이런 면도 우리 삶의 일부잖아요. 이걸 조심스럽게 다룰 만큼 제가 성장했는지는 써봐야 알겠지만요.

'궤도밖'의 제목은 수록작인 〈궤도의 끝에서〉에서 나왔잖아요. 궤도 '끝'이 '밖'으로 바뀐 이유가 있나요?

편집부랑 제가 제목을 정할 때 계속 얘기한 부분이에요. '끝'은 연속선상에 있는 것이잖아요. 그런데 '밖'이면 그 선을 지켜보는 입장이 될 수 있죠. 소설이 아무래도 소수자들의 이야기다 보니 밖이라는 말에 찬성하게 됐어요.

《궤도의 밖에서, 나의 룸메이트에게》 전삼혜 지음, 문학동네 펴냄
《붉은 실 끝의 아이들》 전삼혜 지음, 퍼플레인 펴냄

3.
칭찬받기 위해서가 아니라

'백일장 키드'라고 소개글을 쓰시던 때가 있었죠. 문예창작학과를 졸업하셨고요. 그러다 김보영 님의 〈0과 1 사이〉를 읽고 SF를 시작하셨다고요. 이런 경험들이 현재 어떤 의미가 있나요?

학교를 빠져나갈 핑계 중에 그나마 싸고 손쉬운 것이 백일장이었어요. 공부를 잘하는 것도 아니고, 예체능을 잘하는 것도 아니었거든요. 백일장 다니는 애들을 백일장 키드라고 불러요. 저는 어찌 보면 모범적인 경로를 지나왔죠. 실적이 그리 썩 좋지는 않았지만 어쨌든 문창과가 있는 대학에 갔고, 문단으로 책이 나왔어요. 하지만 문단이 내가 생각하던 곳이 아니라고 알게 되면서 매너리즘에 빠졌어요. '나한테 맞는 길이 아닌 것 같은데, 다른 세계는 없을까?' 하고요. 그 순간에 나타나준 사람이 김보영 님이에요. 김보영 님의 〈0과 1 사이〉를 제게 소개해준 사람은 자기가 보내준 링크 하나가 저의 많은 것을 바꾸었다는 사실을 모르겠죠.
　그전에는 죽음에 골몰하는 이야기를 많이 썼어요. 그런데 〈0과 1 사이〉의 주인공은 정말 0과 1 사이에 존재하는 사람이잖아요. 죽었는데 죽지 않았어요. 그리고 자신을 향해서 '나는 너희들에게 그때가 좋았다고 말하는 어른이 되지 않을 거야.'라고 이야기해요. 나는 내가 아닌 다른 사람을 위해서도 살 수 있다. 어쩌면 다른 사람을

위하기 때문에 살아가겠다. 그건 정말 자기가 살아 있다는 걸 믿는 사람만이 할 수 있는 거죠. 그 부분이 가장 와닿았어요. 그 단호한 부분이요.

SF의 세계에 들어서셨을 때, SF 소설을 쓰는 기법을 익혀야 했을 거잖아요. 어떻게 쓰면 좋을지 알기 위해 무엇을 하셨나요?

그냥 학교 도서관에 있는 SF 소설을 다 읽었어요. 그때는 한국 SF, 외국 SF를 다 합쳐도 한 사람이 다 읽을 만할 정도로 양이 적었어요. 중학교 수준의 과학은 틀리지 않으면 좋겠다는 마음으로 과학 공부를 했고요. 수학은 안 되겠더라고요. 할 수 있는 것과 못하는 것을 나누는 작업을 했어요. 작고 단단한 것은 쓸 수 있지만, 큰 것은 힘들다. 말랑말랑하게 널리 퍼져나가는 모험도 무리다. 그럼 내가 쓸 수 있는 것은 이거다. 이쪽으로 나가보자.

SF를 쓰면서 만족스러웠던 점은 무엇인가요? 기존에 쓰던 세상과는 다른 세계를 찾은 거잖아요.

저에게 SF는 더 이상 선생님을 만족시키지 않아도 되는

OCTOPUS' DREAM

《토끼와 해파리》 추천곡
문어의 꿈 — 안예은

2.27   -0.34

Devices Available

소설이었어요. 문단은 일종의 위계죠. 스승이 있고, 그 스승에게 칭찬받고 인정받아야 내가 제대로 된 글을 써냈다는 생각이 들고. SF에서도 물론 내가 좋아하는 글을 보고 칭찬해주면 좋겠지만, 안 받아도 그만이죠. 그런 점에서 SF는 슬렁슬렁 잘 쓰면 되니까 해방감이 들었어요. 아무도 만족시키지 않아도 된다. 그냥 너 쓰고 싶은 대로 쓰면 된다. 심지어 그만둬도 된다. 그런 자율학습 세계를 깨달았습니다.

다른 책에 관해서는 어울리는 노래를 추천하셨더라고요. 《토끼와 해파리》의 수록작에도 추천하고 싶은 노래가 있나요?

플레이리스트가 있죠. 《토끼와 해파리》는 분위기가 왔다 갔다 해서 정확히는 모르겠지만, 전체적인 분위기는 안예은 님의 〈문어의 꿈〉 같아요.

RPG를 하면 마을 사람들 하나하나와 대화하며 퀘스트 받기를 좋아하던 사람으로서, 서브퀘스트라는 말이 괜스레 반가웠다. 그러고보면 전삼혜의 소설에는 서브컬처와 같이 격식 없고 사랑스러운 것들이 자연스럽게 포진해 있다. 비록 작가 본인은 과거에 비해 우울하고 어두워졌다고는 하지만, 그렇기에 일순간 스치는 빛을 포착하는 소설을 쓰는 것이 아닐지 생각해본다. ▸

LAW REPORTS
IN THE

Peong

p. (172)——(191)

23rd CENTURY

GRAPHIC NOVEL

연재만화

23세기 판례집

1

뻥

만화가. 단편, 장편을 가리지 않고 작품을 그리며
일러스트와 각색 작업 등 다양한 활동을 하고 있다.
Instagram @peong_comics

어째서 23세기에도

피고인을 만나려면 직접 구치소를 찾아야 할까요?

삑!

이쪽 입니다.

철컹

감사합니다.

하지만 이게 제 일이니까요, 뭐.

민 기만
검사

오늘 여기 온 건

경우가 좀 다르기도 하고요…

안녕 하세요?

검사님 이시군요.

이 기계가 **피고인**이 될 수 있을지 알아보러 왔거든요.

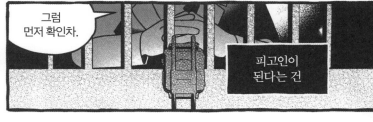

귀엽다.

귀엽군.

실례니까 입 밖에
내진 않지만요.

이 기계가

혹시나해서
말이지만..

면담 중에
배터리가 방전되지는
않으시겠죠?

네에,
충전기를
설치해
주셔서요.

그럼
먼저 확인차.

피고인이
된다는 건

저는 검사
민 기만이고

오늘 면회는

살인사건
용의자로서
면담입니다.

자신의 의지로
살인을 했는지
알아보는 것.

…네.

사망자는
92세의 김복순 씨.

팔
락

사망자와의 관계가
어떻게 되시죠?

저는

김복순 씨의
의학 용도
워치였습니다.

8년 전
뇌출혈
진단 후

부분
뇌사 판정을
받고 재가요양
중이셨거든요.

워치 씨는
김복순 씨의 약 투여를
도우신 거죠?

의료기록을 보니 뇌의 정상 기능을 회복할 가능성은 없다.

약물 투여로만 신체 기능 유지가 가능하다고 적혀 있네요.

그런데 사인이 약물과다라…

의심 하실 만 하죠.

병원이 아닌 집에서 요양 중이라

약물에 접근할 수 있는 건 저뿐이었으니.

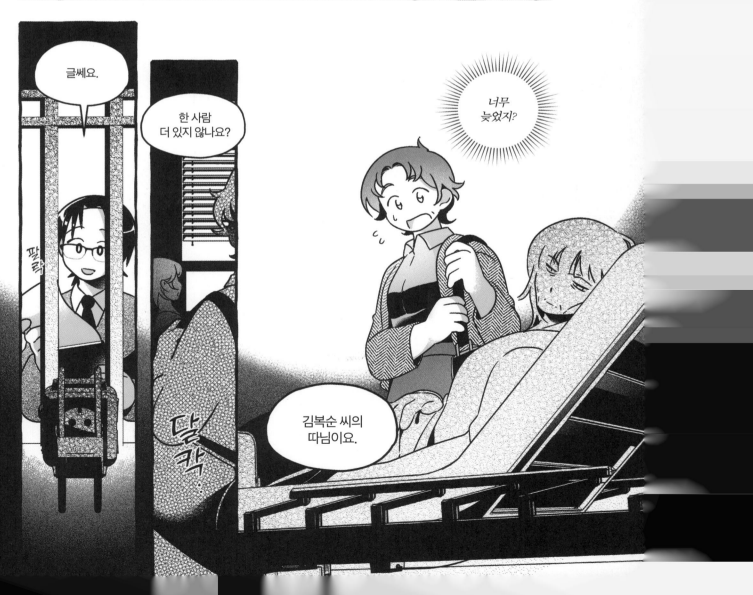

글쎄요.

한 사람 더 있지 않나요?

팔락

달칵

너무 늦었지?

김복순 씨의 따님이요.

셔틀이 만원이라 다음 차 탔거든.

사람이 얼마나 많던지~

68세, 김진아.

마지막 직업은 일일청소노동자.

워치 씨가 보기엔 어떤 사람이었어요?

좋은 사람이요.

하루에 열두 시간씩 청소 일을 하면서도

김복순 씨를 8년 동안 살폈죠.

흠—

제가 받은 서류에는 얘기가 다른데.

잦은 지각과 근무태만으로 실직.

이후로 재취직을 하지 않고 모친이 받는 재가급여로 생활했죠.

모친 앞으로 사망보험도 들어두었고요.

후후후.

...왜
웃으시죠?

워치 씨가

따님을
아꼈다는 걸
알게 돼서요.

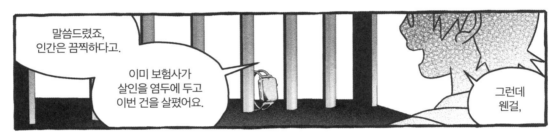

말씀드렸죠,
인간은 끔찍하다고.

이미 보험사가
살인을 염두에 두고
이번 건을 살폈어요.

그런데
웬걸,

사망시각에 따님이
집에 없었다는 사실만
밝혀졌고요.

근처 마트에
계시던 게
찍혔거든요.

모친 앞으로
나오는 재가 급여가
유일한 수입원인 이상
죽일 이유도 없거니와

말씀대로,
보험사를 속일 만한
사람으로 보이지도
않고요.

제가
알고 싶었던 건

당신이 얼마나
따님을 아끼는지
였어요.

좋은 사람이었던
따님이 실직 후

끝나지 않는 간병에
지쳐가는 걸 보며

측은지심을
느낄 정도로
아꼈는지요.

…엄마.

이젠
어떻게
해야 할지
…

건강 보험료가
연체되어서…
엄마 약값 지원이
어렵다나 봐.

제가
도와
드릴까요?

장기요양 환자를
위한 지원사업을
알아보시는 건
어떠세요?

'어머, 똑똑이 너
말도 할 줄 아니?'

그 후로
음성기록이
남아 있더군요.

이만큼이나!

탁

요컨대
사건 당일에는…

'왜 항상
어머님의 머리를
빗겨주시죠?'

말
깍

'그게 궁금해?'

'네.'

'내가 어릴 때
머리를 허리까지
길렀거든.'

'아버지가 아파서
항상 나랑 엄마뿐
이었는데

퇴근하고 돌아오면
엄마는 내 머리를
빗겨줬어.'

'한 시간이고
두 시간이고,

빗에 걸리지 않게
조심조심…'

'그러고 있으면
엄마가 얼마나 나를
아끼는지 느껴지거든.'

빵 Ppong

대신 당신은 용량을 늘렸어요.

따님이 장을 보러 자리를 비웠을 때에 맞춰서.

기록이 증거가 되면 따님이 공범으로 기소 될 수도 있으니까요.

그만큼이나 아꼈던 거죠.

여기까지 오길 잘했네요.

아무리 생각해도 동기 부분을 이해 할 수가 없었거든요.

…저랑 따님을 함께 기소할 건가요?

…

아니요.

저벅.

이 사건은 어디까지나

노후된 워치가 일으킨 의료사고예요.

생각해보세요,
당신이 피고인이
되면

동기를 뭐라고
설명해야 할까요?

음성 기록이
공개됐을 때의
여파는요?

달칵

인간 사이에서도
의견이 분분한
안락사의 판례를

기계가
개발해버리게
둘 순 없잖아요?

그것도
제 일이거든요.

당신들로부터
우리의 법을
지키는 거요.

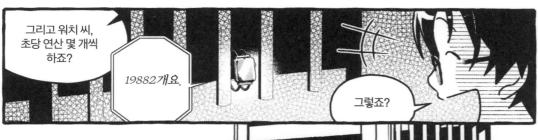

그리고 워치 씨,
초당 연산 몇 개씩
하죠?

19882개요.

그렇죠?

저는
이길 수 있는
싸움만 하는
주의라.

끼이잉

그럼

안녕히.

187

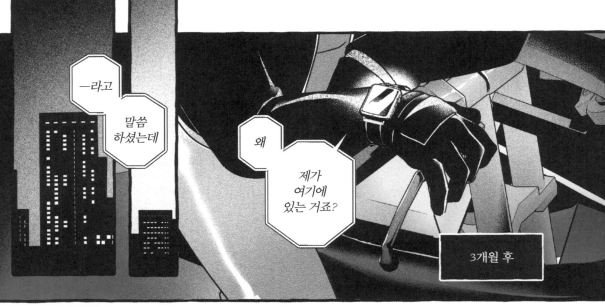

저도 워치 씨랑
같은 동기로
저지른 범죄니까.

슥

?

사락

이제 재가 급여는
받지 못하지만

의료 사고
보상금이 나와서 생활은
나쁘지 않대요.

뭐~

큰돈은
아니지만요.

…

혈압이…
괜찮아
지셨네요.

고혈압
위험군이라서
항상 걱정
했는데.

건강
기능도
전보다
좋아지셨고
….

…고맙
습니다.

?

뭐라고요?

아.

배터리가
다 됐네.

—어쨌든
이날 이후

기계에게
제 일자리가
위협받는 일도

살인워치가
다시 눈을 뜨는 일도
없었답니다.

↘ 다음 호에 계속

What is
DANGEROUS
is
INVISIBLE
TO THE
EYES.

정말 위험한 것은
눈에 보이지 않는다

내 상상 속 설정이 너무 말이 안 될까 봐 걱정이시라고요? 분야의 전문가가 알려주는 SF TMI 코너를 보시죠!

과학소설 작가, 과학저술가.
새벽에 글을 쓰고 낮에 일을 하며 밤에 가족과 시간을 보낸다.

ESSAY

SF를 쓰고 싶은 사람을 위한 TMI

5

해도연 Doyeon Hae

DANGEROUS!

소비에트연방이 세계 최초의 인공위성 스푸트니크 1호를 쏘아 올리고 1년이 지난 1958년, 국제학술연합회의는 행성보호정책(PPP, Planetary Protection Policy)을 공표했다. 지구의 인공물에 의해 지구 밖 다른 천체가 세균이나 바이러스 같은 지구의 미생물로 인해 생물학적으로 오염되는 것을 방지하기 위한 정책이었다. 이후 설립된 국제우주공간연구위원회(COSPAR, Committee on Space Research)는 이를 바탕으로 엄격한 생물학적 오염 방지 지침을 수립했다. 강제력은 없지만 1967년에 발표된 국제 우주조약에 따른 법적 근거도 마련되었다. 이에 따라 우주개발국 대부분은 지구 바깥으로 인공물을 보낼 때 COSPAR의 지침에 따라 엄격한 오염 관리를 하고 있다.

특히 지구 바깥에서 생명체의 흔적을 찾는 과학자들은 더욱 고심한다. 실수로 우주선에 따라 들어간 지구 미생물을 외계 생명체로 착각할 수도 있으니까. 2020년 금성 대기에서 생명 현상의 강력한 증거인 포스핀이 발견되었을 때 나온 가설 중에 '지금까지 금성에 보낸 수많은 탐사선 중 일부에 묻어 있던 미생물이 금성 대기에서 살아남아 번성한 것'이라는 주장이 묘한 설득력을 얻은 것도 그런 일이 충분히 가능하기 때문이었다.

겨우 발견한 외계 생명체가 지구 미생물 때문에 멸종의 위기에 빠지는 상황 역시 난처하지 않을 수 없다. 침략자가 퍼뜨린 각종 질병 때문에 토착 민족이 위기에 빠지는 일은 이미 인간의 역사 속에서도 여러 차례 반복되었으니 지구 바깥에서도 충분히 예상할 수 있는 일이다. 반대로 외계 생명체가 지구 생태계를 위험에 빠뜨리는 경우도 있을 수 있다. 조금 이기적인 시선으로 본다면 오히려 이쪽이야말로 진짜 위험이다.[1] 그래서 우주에서 귀환한 물체에 대한 방역 역시 철저하게 이루어지고 있고 우주 추락체 역시 (아마도) 빈틈없이 감시되고 있다.

사실 완전히 독립적으로 발생하고 진화한 두 생태계는 생화학적으로 호환되지 않을 가능성이 크다. 그래서 지구 생태계의 감기 바이러스가 40광년 떨어진 트라피스트-1e 행성의 털주둥이세발토끼를 감염시키는 어렵다. 하지만 태양계 천체, 특히 화성이라면 얘기가 다르다. 화성과 지구는 천문학적 규모로 본다면 8평 원룸에서 룸메이트 여덟 명이 둘러앉았을 때 바로 옆에 앉은 짝이나 마찬가지이기 때문이다. 이 둘은 태어난 직후부터 시시때때로 물질을 주고받았다. 그래서 화성에서 생명체가 발견된다면 지구 유래일 가능성을 무시할 수 없고(어쩌면 지구 생명이 화성 유래일 수도 있고), 그렇다면 서로의 세균이 서로를 감염시킬 가능성 역시 크지는 않더라도 분명히 존재한다. 서로 너무 오랫동안 고립된 덕분에 상호 감염이 당장은 어렵더라도 생존에 필요한 자원이 겹칠 수도 있으니 자원 경쟁 역시 생길 수 있다. 화성의 지하에서 붉은꼬꼬마지렁이를 찾았는데, 탐사선에 붙어서 화성에 도착한 지구의 곰벌레가 지렁이에게 필요한 붉은이끼를 먹어 치워버려 붉은꼬꼬마지렁이가 멸종해버린다면 난감한 일이다.

현실 속의 과학자들은 우주 탐사 과정에서 일어날 수 있는 이러한 생명학적 오염에 대해 아주 신중하게 접근하고 있다. 언젠가 이루어질 유인 탐사에서는 인간이

1 소설
《안드로메다 스트레인(1969)》,
영화 〈안드로메다 스트레인
(1971, 2008)〉

195

퍼뜨릴 질병도 문제겠지만 인간이 겪을 외계 감염의 위험도 고려해야 한다. 이때부터는 과학적 혹은 윤리적 문제를 벗어나 생존의 문제가 되는 것이다. 그렇다면 미래의 우주 탐사를 다루는 SF에서는 어떨까?

어떤 유능한 집단이라도 바보 같거나 무책임한 행동을 하는 사람은 섞여 있기 마련이다. 대표적으로 외계위성 LV-223을 방문한 프로메테우스 호의 승무원들이 있다.[2] 누가 봐도 외계 생명체가 만든 게 분명한 공간 안에서 대기 구성이 지구와 비슷하다는 이유만으로 우주복 헬멧을 벗어버리거나(엘리자베스 쇼 박사의 아버지는 에볼라 바이러스에 '감염'되어 죽었다), 처음 보는 생명체에 무턱대고 손을 내밀거나(레이프 밀번은 생물학자다). 프로메테우스 호 승무원 중 생명체 오염의 위험성을 이해하고 있는 건 오히려 반쯤 악역에 가까운 메러디스 비커스였다. 비커스는 찰리 할로웨이가 무언가에 감염되어 심각한 상태라는 걸 알자마자 그를 소각해버린다. 물론 논리적 사고의 결과라기보다는 두려움 때문이었다고는 해도 결과적으로는 옳은 선택이었다(굴러오는 우주선 앞에서는 그렇지 않았지만).

2 영화 〈프로메테우스(2012)〉
3 영화 〈에이리언: 커버넌트(2017)〉
4 영화 〈에이리언(1979)〉

속편에서 등장한 커버넌트 호의 승무원들 역시 마찬가지다.[3] 명백히 낯선 생태계가 존재하는 곳에서 우주복도 챙겨입지 않고 돌아다니다가 처음 보는 식물을 함부로 만지기까지 한다. 비극의 시작이다. 〈에이리언: 커버넌트〉는 그야말로 멍청이들의 대잔치라서 따질 게 많지만 여기까지만 하자(그럼에도 나는 우주괴수가 등장하는 호러 영화로서 이 작품을 아주 좋아한다는 걸 미리 언급해둔다). 약 20년 이후에 등장한 노스트로모 호의 엘렌 리플리가 철저하게 검역 수칙을 지키려고 했다는 걸 생각하면[4] 그 20년 동안 도대체 무슨 일이 있었는지 궁금해질 따름이다. 그러니 리들리 스콧 감독은 누가 뭐라고 하든 일단 시작한 일을 마무리했으면 좋겠다.

이런 멍청한 짓 혹은 실수는 인간만이 하는 것이 아니다. 대표적으로 H. G. 웰스가 쓴 《우주전쟁》 속 화성인과 이를 각색한 영화 속 외계인이 있다.[5] 원작 소설과 영화, 드라마의 설정이 조금씩 다르지만 외계인의 패배 요인은 같다. 인간이 가진 거의 모든 무기를 무력화하거나 압도할 수 있는 힘을 가진 외계인은 지구의 세균에 감염되어 자멸했다. 인간의 몸과 피를 양분으로 삼는 걸 보면 두 생태계의 생화학적 반응이 서로 호환된다는 걸 알았을 텐데 도대체 뭘 믿고 대책 없이 덤벼든 걸까? 제대로 된 밀폐 보호복, 그러니까 우주복도 없이 외계행성에서 돌아다니는 거야 SF적 허용이라고 치더라도 여행지에서 정수되지 않은 현지의 물(특히 2005년 영화에서는 지하실에서 흘러나오는 물)을 마시는 건 선을 넘어도 한참 넘었다. 여행지의 물은 방문자에게 치명적인 세균의 온상이다.

5 소설 《우주전쟁(1898)》,
영화 〈우주전쟁(1953, 2005)〉,
드라마 〈우주전쟁(1988, 2019)〉

대륙과 바다만 가로질러도 그럴진대 우주 공간을 가로질러 온 외계인이라면 말할 것도 없다. 2005년 영화의 시작과 끝에서 나뭇잎과 눈에 맺힌 '물방울' 속 미생물들을 괜히 보여주는 게 아니다.

원작의 서술자는 죽은 화성인의 몸에서 지구의 것을 제외한 어떤 세균도 발견되지 않았다며 화성이 무균 세상이라서 그들이 지구의 진짜 지배자인 미생물의 존재에 대비하지 못했으리라 추정한다. 하지만 붉은 식물을 이용해 마스포밍을 할

정도의 문명이 미생물의 존재를 알지 못했을 것 같진 않다 보니 다른 가설이 덧붙여지기도 한다. 그중 하나는 원작에서 화성인들이 지구를 침략한 이유가 화성의 환경이 급격히 나빠져서 얼른 탈출해야 했기 때문인데 마침 지구가 화성에 접근한 시기였다 보니 서둘러 침공하느라 생물학적 오염에 대해 미처 충분히 대비하지 못했다는 것이다. 화성이 아니라 태양계 바깥에서 온 게 거의 확실한 영화와 드라마 속 외계인들을 위한 변명은 되기 힘들겠지만 말이다. 그들은 정말 멍청한 것일지도 모른다.

그렇다면 생물학적으로 안전한 우주탐사를 위해서는 어떻게 해야 할까? 어지간히 안전이 보장된 경우가 아니라면 일단 유인탐사는 가급적 피하는 게 좋다. 반드시 누군가를 보내야만 한다면 아무리 지구와 비슷해 보이는 외계행성이라도 (비슷해 보일수록 더 위험하다) 우주복을 단단히 입혀서 보내자. 그리고 돌아왔을 때는 적어도 24시간은 격리실에서 지켜보기를 권한다. 격리 기간은 길면 길수록 좋다. 외계행성의 자연이 너무나 깨끗하고 아름다워서 갈증해소음료 광고를 찍고 싶어지더라도 절대 그곳의 물을 마셔서는 안 된다. 물은 자급자족하는 게 제일 좋지만 정말 필요하다면 증류를 하거나 최소한 끓인 물을 마시자.

그리고 현지 생물들을 존중하는 의미에서, 외계행성에 이미 생태계가 있다면 그냥 내려가지 말자. 결코 좋은 영향을 주지 못한다. 만약 당신이 RDA 직원이라서 언옵테늄을 채굴하기 위해 낯선 세계에 내려가야 한다면 회사의 검역 지침을 잘 따르자.[6] 외계위성 판도라는 현지 조사가 충분히 진행되어서 독성대기와 야생동물, 그리고 호전적인 원주민을 제외하면 별다른 위험이 없다고 하니까. RDA가 악덕 기업이기는 하지만 그래도 웨이랜드 유타니보다는 직원 관리에 신경을 쓰는 듯 하다.

관찰만 한답시고 UFO처럼 하늘을 날아다니는 것도 좋은 생각이 아니다. 우주선 외부에 묻어서 우주여행을 견뎌내는 미생물이 대기에 퍼질 수 있다. 치명적 우주 바이러스인 안드로메다 병원체가 지구 고층대기에 퍼지자 우주선 안드로스 5호는 승무원을 태운 채 추락했고, 이후 모든 종류의 우주 비행이 무기한 중지되기도 했다.[7] 앞에서 언급한 금성 대기 속 포스핀의 기원에 대한 가설을 다시 떠올려보자. 그러니 그냥 우주공간에서 관찰하는 게 가장 안전하다. 항성간 공간을 가로지를 기술이 있다면 수만 킬로미터 바깥에서도 충분히 자세히 관찰할 기술 역시 있을 테니까(그럼 뭐하러 사람을 태워 보내냐고? 그러니까 애초에 보내지 말라고 했다).

직접 접촉을 꼭 해야만 한다면 외계행성의 달 지하나 주변 거대 행성의 궤도에 자연적으로 생길 수 없는 기묘한 자기장을 뿜어내는 물건을 숨겨둔 다음 인내심을 갖고 기다리자.[8] 100만 년 쯤 지나서 그 수상한 인공물을 차례로 찾아낼 만큼 문명이 발달한다면 자기들 위생은 알아서 챙길 수준은 되었다는 뜻이니까
(프로메테우스 호의 승무원을 보면 의구심이 들긴 하지만 아무튼).

이게 다 눈에 보이지도 않는 미생물 때문이다. 하지만 정말 위험한 것은 눈에 보이지 않는 법이니까. 🐾

6 영화 〈아바타(2009)〉
7 소설 《안드로메다 스트레인(1969)》
8 영화/소설 〈2001: 스페이스 오디세이(1968)〉

198

REVIEW

리뷰

ME-MENTO SF

노랜드 천선란 지음, 한겨레출판 펴냄

어디에서도
떨어져 나오지 않은 조각들

열 편의 소설은 고통스러운 몰입이었다.
순서에 따라 가장 마지막에 읽은 작가의 말에,
'읽고 나면 지치는 책이 될까 봐 두렵다'고 쓰여
있었다. 그 말대로 《노랜드》를 읽고 나서 굉장히
지쳤다. 그러나 작가가 어떤 의미로 걱정했는지는
알 수 없지만, 감정이 소모되었다거나 우울에
진력이 났다는 의미로 지치지는 않았다. 나는 내
표면에 떨어진 낙탄들을 껴안느라 지쳤다.
매끄러웠던 표면 곳곳에 거대한 구덩이가 패느라
지쳤고, 그렇게 이 소설들이 내게 안겨준 새로운
무늬 앞에 바로 서느라 지쳤다. 작가가 말했던,
'가끔은 더 지치고 싶어 소설을 읽는, 나와 같은
사람'이 겪는 지침이 이런 것이길 바란다.

《노랜드》에는 어디에서도 떨어져 나오지 않은
조각들이 있다. 여기엔 주어진 세계에 빈틈없이
맞물릴 자리를 찾지 못하는/않는 존재들이 살고
있다. 〈흰 밤, 푸른 달〉에서는 크람푸스를 죽이기
위해 늑대가 된 인간들이 바로 그 영웅됨으로 인해
인류에의 위협이 될까 봐 우주로 추방당한다.
〈두 세계〉에는 '여기'에서 이해받기, '여기'에서
살기를 거부하고 '밖'을 향한 갈망을 실행에 옮긴
인간과 인공지능이 산다. 〈푸른 점〉에서는
사람들이 생존 불가능한 지구로부터의 탈출선에
오른다. 〈제, 재〉에는 유용성으로 존재의 가치를
매기는 세계로부터 배척당하는 '제'라는 인격이
있고, 〈뿌리가 하늘로 자라는 나무〉에는 자기

얼굴을 지우지 않으면 견딜 수 없어 차라리 전장을
택하여서라도 사는 군인이 있다. 모두 어떤
식으로든 이 세계에 속하지 않은, 또는 속하지
못하게 되어 이행에 직면하는 존재들이다.

좀비, 외계생명체, 복제인간, 인공지능,
아포칼립스… 《노랜드》의 이처럼 다채로운 색깔들
아래 하나인 바탕 세계는 적대적이다. 적극적으로
공격하고 말살하려 드는 적대성이라기보다,
잘 맞지 않는 것들을 냉대하여 남김없이 몰아내는
방식으로 적대적이다. 아마 천선란이라는 이름에서
가장 빠르게 연상될 〈바키타〉의 세계도 그렇다.
인간이 아니었으면 지구에 오지 않았을 외계
생명체는 인간 때문에 도래하여 '번영'한 문명을
이루고, 인간은 놀랄 정도로 무력하게 '번영'의
주체에서 밀려나버린다. 지금 이 지구에서 인간이
'번영'의 주체가 될 권리를 비인간으로부터 박탈한
것처럼 말이다. 이러한 세계에서 인간은
정복당하거나 아니면 도망쳐서만 살 수 있다.

세계와의 화해 또는 세계로부터의 이해를 거부하는
존재들일수록 이처럼 적대적인 세계에 대항하는
생존은 고통스러울 수밖에 없다. 〈이름 없는 몸〉
에는 철저히 도구로서만 존재하라는 취급에
깨져나간 다종한 생명이 쌓이고 쌓인 땅이
등장한다. 거기서 '너'는 억압자를 가장 비인간적인
방법(그렇다, 정확히 거울에 비춘 듯한 방법이다)으로

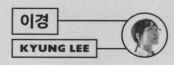
이경
KYUNG LEE

〈한밤중 거실 한복판에 알렉산더 스카스가드가 나타난 건에 대하여〉로 제2회 문윤성
SF 문학상 중단편 부문 가작을 수상하며 데뷔했다. 현재 〈동아비즈니스 리뷰〉에 SF
엽편 시리즈 〈우리가 만날 세계〉를 연재하고 있다. 서울대학교에서 현대문학 박사학위를
받았다.

몰살하는 저주에 합세하여 탈출하고, '나'는 거기 휩쓸리지 않기 위해 노력하면서도 그 탈출을 도와 완성한다. 이처럼 있을 곳을 찾아 살해와 말소를 건너 다른 세계로 오는 방식은 〈옥수수밭과 형〉, 〈제, 재〉, 〈두 세계〉에서도 반복된다. 빠져나온 세계를 파괴하고, 가려는 세계로의 입구를 찢어내어 건너는 고통스러운 과정이다.

그러나 이러한 세계 안에서 가능한 가장 다정한 건너감도 〈우주를 날아가는 새〉에 그려져 있다. '실재하지 않기에 모든 것이 일어날 수 있는 우주'에서는 적대뿐 아니라 환대도 일어난다. 아무도 진정으로 속하지 않은 '노랜드'에서조차 분명히, 확실히 말이다. 가장 짧은 소설인 〈-에게〉에서 '나'는 고통스러운 우주에서조차 가능한 그러한 환대의 가장 빛나는 그림자로 존재의 다리를 건넌다. 그리고 우리는 〈두 세계〉의 유라나 〈뿌리가 하늘로 자라는 나무〉의 이인에게서 이렇게 건너온 존재들에 대한 환대의 의지를 알아볼 수 있다. 우리는 의혹과 공포를 끝내 지울 수 없어도, 완전히 이해하거나 성에 차게 화해할 수 없어도, 친하게 지내지 않아도, 공존할 수 있다.

토성의 고리는 서로 다른 크기의 얼음 조각들로 이뤄져 있다. 작은 것은 알갱이만 하고, 큰 것은 기차만 하다고 한다. 주로 토성이 생성된 뒤 남은 물질들이 붙잡혀 고리가 되었으리라는 추측인데,

학자들은 이 안에 토성의 중력을 이기지 못하고 조각난 위성이나 혜성 같은 다른 천체의 잔해도 섞여 있으리라 본다. 이처럼 출처를 분명히 알 수 없는 이질적인 조각들이 본래의 형체로부터 떨어져 나와 45억 년 이상 토성의 고리로 존재해왔는데, 그렇다면 이 조각들은 어느 세계에 속했다고 말해야 할까? 토성과 일체인 세계? 멀리멀리 발산할 수도 있었을 생성의 순간 토성에 붙들려 영원히 얼어붙은 세계? 반대로 토성과 하나가 되고 싶어도 뒤로 잡아 당겨져 매번 낙하에 실패하는 세계? 가장 강력한 토성을 둘러싼 회전과 조화의 세계? 아니면, 45억 년이 지난 후에도 이 조각들은 여기가 아닌 다른 곳으로 탈출하려는 갈망을 안고 붙들려 있을 뿐일까?

서사는 우리가 세계를 이해하는 인식의 구조이고, 그래서 하나의 서사에는 하나의 세계가 담겨 있다. 지금 나의 세계와 완전히 다른 세계가 말이다. 《노랜드》에는 서로 다른 두 세계를 무자비하리만치 강렬한 몰입으로 찢고 꿰고 마음대로 이어붙이는 힘이 있다. 어디서도 떨어져 나온 곳 없는 조각들을, 마치 안에서 터져 남김없이 파낼 수 없는 총알처럼 우리 세계에 무수히 박아넣어 없던 자리를 스스로 만들어내는 힘이. 마치 토성의 고리처럼 《노랜드》는 우리를 감싸고 돈다. 그 고리를 바라보며 지치고 싶어 소설을 읽는 사람들을. ▸

담요와 도끼 사이

몇 년 전, 한 SF 비평가를 만났다. 심사를 막 끝냈다는 그는 어딘가 그윽하고 황폐한 표정이었다. 심사가 힘들어요? 내 질문에 그가 한참 미소를 지었다. 그리고 작년, 어쩌다 두 번의 공모전 심사를 맡은 나는 그의 침묵을 이해할 수 있었다. 쉽게 답할 수 없는, 엄청나게 복잡다단한 시간을 그도 보냈던 것이다. 힘들어요? 라는 말은 눈부시게 순진한 물음이자 틀린 질문이었다.

심사 이튿날부터 멀티비타민과 고관절 집중 요가가 필요했다. 최대한 넓은 시야와 관점을 갖기로 했지만, 평생 좁게 다져진 폭을 속성으로 늘릴 방법은 없었다. 원고를 읽는 동안 보석 같은 작품을 발견할 때도 있었다. 하지만 대체로는 보석이 보석인지 모를까 봐 긍긍하는 나를 더 발견했다. 평가표는 외부 제출용만 있는 게 아니었다. 지금 잣대를 너의 작업에 들이댈 수 있는가. 아니요. 지금 기준을 너의 작업에 적용할 수 있는가. 아니요. 지금 바람을 너의 작업에 품어볼 수 있는가. 아니요. 모두 전혀 아니요.

멋모르고 참여한 작년 심사에서도 여실히 체감했지만, 근래 장르문학 심사의 주요 평가 지점은 아무래도 2차화 가능성 여부이다. 곧 소설을 웹드라마, 웹툰, 오디오북, 영화, OTT 서비스 등 다른 매체로 확장할 가능성이 있느냐는 것. 물론 소설이 긴 여행길에 오르면 좋겠지만,

소설을 활용 가능성 하나에 맞춰 파악하거나 재단할 순 없다. 그래서도 안 된다. 많은 작가가 우려하듯 완성된 소설은 소스나 시놉시스나 미개발된 1차 콘텐츠가 아니기 때문이다. 2차 콘텐츠 업계에 몸담은 이들 역시 소설 하나로 영업의 험난한 관문을 뛰어넘을 순 없다. 고정된 활자가 여러 손을 거쳐 움직이는 무언가가 되기까지는 상상 이상의 에너지가 쓰인다. 그러니 소설을 화면에 바로 옮길 수 있게 쓰겠다는 각오, 소설을 화면에 바로 옮길 수 있게 만들어오라는 태도는 현실적이지도 온당하지도 않다. 무엇보다 이런 성급한 심정이 양쪽 창작자 집단에 별로 도움이 될 것 같지도 않다. 2차화가 반드시 필요하지 않은 이야기가 다수의 인력과 큰 자본을 만나 빠르게 개발될 때 폐단은 아마도 이런 것이다. 왜 어디서 본 것 같지? 왜 시간 가는 걸 알겠지? 왜 이게 세상에 나왔지?

5편의 소설이 담긴 SF 앤솔러지 《인류애가 제로가 되었다》는 이러한 장르문학 부흥기 겸 과도기에 출간되어 더 흥미로운 책이다. 출판사 소개 글엔 수록작 상당수가 이미 영상화 계약을 체결했고 곧 여러 플랫폼에서 제작될 예정이라고 쓰여 있다. 작품들은 정보라 작가의 추천 문구대로 '한국 작가가 쓴 한국 SF만의 재미'를 다양히 드러낸다.

오누이 작가의 〈D-1〉은 '프리즈'라는 현상으로

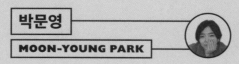

박문영

MOON-YOUNG PARK

소설·만화·일러스트레이션을 다룬다.
SF와 페미니즘을 연구하는 프로젝트 그룹
'sf × f'에서 활동 중이다.

인류애가 제로가 되었다 오누이, 정현욱, 김지원, 황모과, 배명은 지음, 스토리존 펴냄

어제가 반복되는 타임루프물이다. 근면한 은행원이자 파이어족인 수미는 내일 없는 세상에서 허탈해진다. '존버'와 '영끌'이란 단어가 더 이상 웃기지도 않은 독자들에겐 이 설정 자체의 파괴력이 크게 다가올 것이다. 프리즈가 끝나길 바라는 이들, 프리즈가 이어지길 바라는 이들 간의 갈등을 비롯한 소설 속 다채로운 형식도 진진하다.

정현욱 작가의 〈유어 라이프〉는 고령화 문제를 다룬 일종의 사회파 소설로 긴박한 흐름이 강점이다. 이야기는 게임마니아였던 할아버지가 했던 전설의 게임 '유어 라이프'를, 마찬가지로 게임마니아인 손녀 예연이 조사하는 과정을 담아낸다. 유어 라이프의 실체를 쫓는 과정에 지체가 없어 다음, 그다음 장면이 내내 궁금해진다.

황모과 작가의 〈배내똥 거래소〉는 명랑하고도 혹독한 SF 동화로 부를 수 있을 듯하다. 이 단편은 발상과 전략이 또렷하며 수록작 중 작법적으로 대비와 역설을 가장 세게 밀어붙인 소설이기도 하다. 인분이 에너지원으로 쓰이는 세상에서 자신의 똥을 팔아 가족의 생계를 꾸리는 어린이 예율이 화자이기 때문이다. 아이가 일찍부터 스마일 증후군을 겪는 것 같아 걱정스럽지만, 기술이 발달한 사회와 그 이전 사회의 격차를 포착하는 작가 특유의 시선은 인상적이다.

'시네마틱 노블'이 시리즈 이름이기도 한 이번 앤솔러지 안에서도 영상화에 유독 적합한 소설은 아마도 배명은 작가의 〈선샤인은 저 너머에〉일 것

같다. 가상 공간에서의 소개팅을 다룬 이 이야기는 대체 현실을 환경으로 삼는다. 주인공이 처한 정황 역시 현재와 거의 흡사하지만 소설의 주제는 고전적인 동시에 보편적이다. 결혼 상대자를 찾아 나섰던 윤혜주는 결국 누구를 만나게 될까.

김지원 작가의 〈사람도 아닌데〉는 대중성에 대해 골똘히 생각해볼 수 있는 작품이다. 남편이 AI를 사랑한다는 사실을 알게 된 여해주가 이혼 소송을 준비하는 과정을 그린 이 소설은 여해주 본인의 목소리로 흘러간다. 얼핏 보면 해주는 비난받기 쉬운 인물이다. 눈치 없고 갑갑하고 유혹에 약한 기혼 여성. 그런데 작가는 이야기 외피에 세속적 갈등을, 이야기 내피에 탈세속적 질문을 깔아뒀다. 소설의 대단원을 장식하는 것은 후반부에 심어둔 장치가 아니다. 욕망의 속성은 무엇일까. 자유의 범위는 어디까지일까. 우리가 앞으로 그걸 어떻게 다룰 수 있을까. 아니, 정말 다룰 수나 있을까. 단숨에 읽히는 이 소설엔 여러 질문이 숨어 있다.

어떤 작품을 대중친화적이라고 말할 때, 그건 긍정과 부정의 의미를 모두 포함한다. 소설을 담요로 여기는 이들은 아마 긍정의 뜻을, 소설을 도끼로 여기는 이들은 아마 부정의 뜻을 강조할 테고 말이다. 그런데 담요와 도끼 중 하나를 꼭 고를 필요는 없지 않을까. 자신에게 요긴한 도구는 그때그때 다르다. 가끔은 정전기가 번쩍이는 담요도 좋다. 팔뚝을 쓸어내리며 천을 달리 보게 되는 순간, 천이 어디서 어떻게 왔을지 짐작하는 시간도 쓸데없이 재미있기 때문이다. ▶

충청도 뱀파이어는 생각보다 빠르게 달린다 송경혁 지음, 고블 펴냄

잘 지은 제목 하나
열 주인공 안 부럽다

좋은 제목이란 무엇일까? 작가로서 작업하고 교육자로서 수업하며 항상 고민하는 부분이다. 누구는 제목이 전혀 중요하지 않다고 하고, 누구는 일단 검색했을 때 본인이 특정되는 제목 정도는 고민한다고도 한다. 내 경우에는 가급적 기존 명작의 제목을 차용하지 않겠다는 정도의 막연한 의식 정도 외에는 그냥 떠오르는 대로 정한다. (딱 한 번, 이 작품에는 이 제목 외에 그 어떤 제목도 어울리지 않는다는 생각에 기존 명화의 제목을 차용한 적이 있는데, 그때도 아주 오래도록 고민하고 고민한 뒤에 어쩔 수 없이 내린 결정이었다.) 어떤 작법서에서는 각 작품의 제목을 수십 개로 분류해서 각 카테고리에 해당하는 예시를 들었고, 다른 한 작법서에서는 아이러니가 담긴 제목이 깊은 인상을 줄 수 있다고도 했다. 어쨌든 숱한 작법서에서 공통되게 내리는 결과는 딱 하나라, 좋은 제목이 뭔지 이론적으로 설명하기란 어렵다는 것이다.

다만 이 작품의 제목은 정말 좋다고 단언할 수 있다. 누가 뭐라고 해도 나는 이 제목이 마음에 든다. 《충청도 뱀파이어는 생각보다 빠르게 달린다》의 제목을 처음 접한 순간, 이미 나는 이 작품과 사랑에 빠진 뒤였다. 00년대에 무척 재미있게 봤던 영화, 〈거북이는 의외로 빨리 헤엄친다〉에서 제목을 차용한 것 같은 느낌에 머물지 않고, 충청도와 뱀파이어라는 키워드를 붙여놓으면서 무척이나 강렬한 훅을 만들어내지 않았는가? 무릇

뱀파이어라고 하면 벨라 루고시나 심혜진 혹은 웨슬리 스나입스처럼 생겼을 것이라는 막연한 선입견이 있었는데, 아무리 요즘 뱀파이어들에 대한 이미지는 타이카 와이티티에서 김옥빈 그리고 마허셜라 알리까지 확장되기는 했다고는 하더라도 뱀파이어라면 밤이 되면 관에서 나와 박쥐로 변해 먹잇감을 찾아다니거나 흡혈귀들의 무도회를 열거나 SR-71 블랙버드를 타고 항공모함에 돌진하거나 할 법하다는 막연한 이미지는 여전히 남아 있는데, 충청도 뱀파이어라니. 어떤 이야기일지, 당장에라도 책을 꺼내 들어 본문을 읽고 싶어지는 이미지이지 않은가?

《충청도 뱀파이어는 생각보다 빠르게 달린다》는 제목 그대로 뱀파이어를 연상케 하는 바이러스 감염자들이 충청도에 등장하며 일어나는 해프닝을 그리고 있다. 본디 훌륭한 아이디어란 이렇게 탄생하는 법이다. 완전히 새로운 개념 Z를 만드는 것이 아니라, 기존에 친숙한 개념 A와 개념 B를 합쳐, 예상 밖의 조합을 이룰 때 신선한 아이디어가 나타난다. 그런 점에서 충청도 뱀파이어는 우리가 충청도라는 지역을 생각했을 때 떠오를 법한 특색들과 뱀파이어 하면 떠오를 개성들을 잘 어울러서 익숙한 것을 어색하게, 어색한 것을 익숙하게 받아들이도록 만들어졌다. 본능만으로 돌진하는 작품 같으면서도 작법의 가장 중요한 기본을 지켜나가고 있는 것이다.

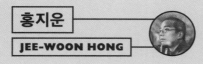

홍지운
JEE-WOON HONG

SF 작가. 구 dcdc.
청강대 웹소설창작전공 교수. 기혼.

입 냄새가 심한 청년 영농인 영길과 그의 친구이자 루마니아 농업의 아버지까지는 아니지만 외삼촌 정도는 되는 상일 그리고 중국 출신의 왕슈잉이 이 충청도 뱀파이어 대량 발생이라는 쁘띠 아포칼립스 상황에서 살아남기 위해 고군분투를 하는 모습을 보노라면 정형화되지 않은 거친 이야기의 집합 같기도 하다. 시장에 들어가서 막걸리에 수육과 김치를 먹는 기분이 든다고나 할까? 하지만 충청도 문화권이 갖고 있는 캐릭터성을 감각적으로 장르의 문법에 맞게 재구성해나가는 모습을 보면, 글쎄. 혹시 이 맛은 실험적인 요리를 주로 하는 돼지고기 오마카세 가게가 아닐까 싶은 순간이 있다. 여러모로 제목 값은 톡톡히 하는 작품이다. ✒

우리에게 수호신이 있을 때

'지방'에서 태어나 자란 사람들에게 서울이란 여러 가지로 복잡한 존재다. 소소하게는 매일 뉴스에서 말하는 날씨 소식이 내가 겪을 날씨와 맞지 않는다는 걸 깨달으면서, 이웃의 태풍 피해나 화재 소식이 몇 초간의 지나가는 말로 넘어가는 걸 겪으면서, 신문과 방송에서 말하는 현재가 내가 겪는 현재와 다르다는 것을 체득해간다. 입시나 취직에서는 때로 반드시 도달해야 할 지점이 되기도 한다. 인터넷으로 친해진 친구를 만나고 싶다는 말을 꺼내면 "언제 서울에 올라와?"라는 말을 듣는다. 그렇게 인생의 대부분을 서울이 아닌 지역에서 살다 보면, 지역 정체성과는 다른 '지방민 정체성'을 체득하게 된다. 그쯤 되면, "태풍은 다행히 서울 경기 지역에는 큰 영향을 주지 않고 동해안으로 빠져나갈 것으로 추정됩니다."라는 뉴스에 발끈하다가 맥이 빠지기도 하는 것이다.

그래서 '서울'의 수호신을 말하는 제목을 처음 보았을 때도 삐죽 튀어나온 '지방민 정체성'으로 조금은 TV 프로그램에 나오는 '현재'의 이야기를 보듯 글을 읽기 시작했다. 하지만 어느새 글 속의 세계에 빠져들었다. 이 소설은 서울을 지키는 수호진과 그걸 맡은 수호신이 있는 현재를 그린다. 동네마다 서낭신이 있고, 때로는 사람들의 기도에 쓰였던 놋그릇이 귀신이 되고. 마을에 있었던 나무에 깃들인 서낭신이 그 자리에 아파트가 들어서도 그대로 마을을 지키게 되는 세계다. 동네

야산을 오르다 돌탑을 한 번쯤 쌓아본 사람이라면, 각종 요괴가 등장하는 일본 만화나 애니메이션에 한 번쯤 빠져본 사람이라면, 또는 N. K. 제미신의 소설 《우리는 도시가 된다》를 흥미롭게 읽었던 사람이라면, 도저히 재미없을 수가 없는 이야기다. 서울에서 산 적 있거나 지금 살았거나, 아니면 자주 서울을 왕래하는 사람이라면 등장하는 지명에 익숙한 이미지를 떠올리기도 할 터다. 층간소음 때문에 참다 참다 올라갔더니 위층에는 소음을 일으킬 사람이 없었다는 이야기, 직장에서 사실과 다른 소문에 시달리면서도 도망치지 않겠다고 버티는 이야기. 이런 것들이 실은 다른 내막을 가지고 있다거나 다른 방향으로 전개되는 걸 따라가는 감각은 다른 세계를 배경으로 하는 것에 비할 바가 아니다.

어렸을 때부터 인간이 아닌 것들을 볼 수 있었던 주인공 강은지가 우연히 만나게 된 영화 같은, 초현실적인 사건을 시작으로 소설은 작은 에피소드들을 연결하며 전개된다. 고귀한 자손이지만 뭔가 모자라 보이는, 손이 많이 가는 청년 비휴, 서울을 지키는 무뚝뚝한 수호신 현허, 카리스마 넘치는 부동산업자 홍화, 병원을 지키는 서낭신 등 캐릭터들도 선명하고 매력적이다. 강은지는 취직 때문에 전전긍긍하고, 자신이 부른 연봉이 너무 높지 않나 고민하고, 그러면서도 상대방이 보수로 지급한 천만 원을 차마 쓰지

구한나리
HANNARI KU

소설가, 웹진 거울 필진이자 운영진, 2020~2021 SF 어워드 중단편 부문 심사위원. 2022 SF어워드 심사위원장. 장편 《아홉 개의 붓》과 단편집 《올리브색이 없으면 민트색도 괜찮아》를 썼고, 단편집 《전쟁은 끝났어요》, 《교실 맨 앞줄》, 《거울 아니었던들》, 《누나 노릇》, 《그리고 문어가 나타났다》 등에 참여했다.

서울에 수호신이 있었을 때 이수현 지음, 새파란상상 펴냄 못하는 청년이다. 눈앞에 있는 사람을 구하기 위해 앞뒤 안 가리고 뛰어들고, 귀신에게 몸을 빼앗기고, 제 몸에서 혼이 빠져나가는 경험도 하면서도 또 같은 상황이 오면 같은 판단을 하는 올곧은 사람이다. 실수를 통해 배우지만 신념을 굽히지는 않는다. 그래서 강은지의 시점과 함께 서울을 뛰어다니는 이 이야기는 현재의 이야기임에도 그리운 느낌을 담는다. 사라졌거나 사라질 것들의 이야기이고, 누구나 한때 그러했거나 그렇게 살고 싶었다고 생각할 만한 청년의 이야기여서.

처음에는 소소하게 시작하며 이어지던 에피소드는 하나하나 이 세계의 전체의 맥락을 풀어내면서 결말을 향해 나아간다. 현허에게 매번 혼나면서도 자신의 판단대로 일을 벌이다가 수습하느라 애먹는 강은지의 시점에서 함께 이야기를 따라가든, 아니면 강은지에게 혀를 차면서 관찰하든, 어느새 세계 속 인물이 된 기분으로 물을지도 모른다. 도대체 현허는, 서울의 수호신은 무슨 생각을 하고 있는 건지, 왜 속 시원하게 설명해주질 않는지.

클라이맥스에서 현허에게 반발하며 외치는 홍화의 말에 고개를 끄덕인 건, 필자의 '지방민 정체성'

때문일지도 모르겠다. 서울에서 태어나 살아온 사람들에게는 서울에 수호신이 있다는 말이 곧 어디에도 수호신이 있다는 뜻으로 읽혔을까. 그들에게는 서울만 지키면 되는 거냐는 홍화의 말이 어떤 느낌으로 닿았을지, 이 이야기의 결말이 어떻게 읽혔을지 궁금하다. 지방민인 필자는 이 이야기 이후에도 서울에는, 우리나라의 고장마다 산과 동네마다 그곳을 지키고 사랑하는 존재들이 있을 거라 읽었다. 떠나지 못해서 매인 상태로 지켜야 하는 곳이 아니라 오래 지켜온 그곳이 좋아서 머무는 서낭신들이, 수호신들이 있었으면 좋겠다고 바랐다.

이 다음의 이야기가 궁금하다. 전국을 뛰어다니며 지역의 수호신들을 만나는 이야기는 어떨까. 용의 아드님 비휴와 강은지가 옥신각신하는 이야기여도 좋고, 강은지가 카리스마 홍화 밑에서 고연봉 직장생활을 하는 이야기여도 좋다. 강은지가 선한 오지랖으로 사고를 치고 수호신들이 혀를 차며 수습하려는 이야기여도 좋겠다. 이 세계의 이야기가 궁금하다. 우리가 살아가는 세계에, 그들이 있었으면 좋겠다. ▲

이경희 연작소설

모래
도시
속
인형들

모래도시 속 인형들 이경희 지음, 안전가옥 펴냄

모래도시에 어서 오세요

"2080년 치외법권 메가시티 평택에서 벌어지는 사이버펑크 범죄수사물".

사이버펑크를 좋아하는 사람이라면, 그리고 범죄수사물을 좋아하는 사람이라면 지나치기 어려운 카피다. 둘 다 좋아하는 독자라면 아마 소설의 첫 문장을 읽어보기도 전에 구매 버튼을 누르게 될지도 모르겠다. 혹은 누군가는 쌍둥이처럼 똑같은 얼굴을 한 가해자와 피해자가 등장하는 이 소설의 첫 페이지를 읽고 그 강렬한 도입부에 끌려 읽기를 결정했을지도 모른다.

내가 호기심을 갖고 살펴본 부분은 이 소설의 배경이었다. 2080년 치외법권 메가시티 평택. 이경희 작가는 어떤 이유로 평택을 선택했는지 궁금했다. 게다가 모래도시라니, 어쩐지 라스베이거스가 생각나는 이름이지 않은가.

평택이라는 공간을 배경으로 삼고 있기 때문일까? 모래도시, 그러니까 샌드박스에서 일어나는 사건들은 첨단 범죄에 가깝지만, 그 안에 녹아 있는 문제는 우리가 딛고 있는 현실과 무관하게 느껴지지 않는다. 검사 진강우와 민간조사사 주혜리가 다섯 편의 이야기를 이끌어가는데, 다섯 편의 이야기에서 다루는 사회 문제의 면면이 우리의 모습과 닮아 소설을 읽으며 '지금 현실'의 우리는 얼마나 다른가 비교해보는 재미가 있다.

〈x Cred/t〉는 전 세계에서 가장 성공한 사람 100명의 유전자를 조합해 만들어낸 합성 인간, 카이의 이야기다. 카이는 밈과 넷 소사이어티를 이용해 유명인이 되는 데 성공한 뒤, 몸을 복제해 자신을 살아 있는 밈으로 만든다. 101명의 카이 중 이제 누가 진짜 카이인지 아는 사람은 아무도 없다. 카이 자신조차도. 그런데 카이의 진짜 부모를 뽑는 서바이벌 오디션 '페어런트 101' 촬영 기간 도중 한 명의 카이가 또 다른 카이를 살해하는 사건이 일어난다. 왜 카이는 카이를 죽여야 했던 걸까? 이 질문을 쫓아가다 보면 넷 소사이어티가 사람을 얼마나 외롭게 만드는지, 서바이벌 오디션이 그 경쟁에 참여하는 서로를 얼마나 미워하게 만드는지 보게 된다.

〈슈퍼히어로 프로듀서〉는 만들어진 히어로의 이야기다. 히어로가 있으면 빌런도 존재하는 법. 〈슈퍼히어로 프로듀서〉에서 빌런을 탄생시키는 것은 '차별과 서열을 당연시하고, 자신보다 조금이라도 약한 존재에겐 집요할 정도로 혐오를 퍼붓도록' 강제하는 교육이다. 그러나 샌드박스의 부모들은 이를 묵인한다. 아이들의 성적이 눈에 띄게 향상됐으니까. 어디서 들어본 이야기 같지 않은가? 성적에 연연하는 부모, 차별과 서열의 경쟁 체제는 지금 현대 사회의 모습과 그다지 다르지 않은 것 같다.

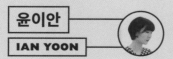

윤이안 IAN YOON

2016년 단편소설 〈사랑 때문에 죽은 이는 아무도 없다〉로 등단했다. 소설집 《세 번째 장례》, 《별과 빛이 같이》, 기후 위기 문제를 다룬 미스터리 장편소설 《온난한 날들》을 썼으며 앤솔러지 《SF김승옥》에 참여했다. 예정된 실패 앞에서도 나아가는 사람들의 이야기를 쓰고자 한다.

이런 체제 속에서 태어난 빌런 '캐리'는 차별과
배제를 학습하고 내재화한다. 누군가는 캐리가
죽어야 이 문제가 끝날 거라고 한다. 그러나 이
이야기의 결말은 어린 시절 같은 교육을 받았으나
다르게 살기로 결심한 주혜리의 활약으로 다른
방향으로 흘러간다. (《슈퍼히어로 프로듀서》의 히어로는
스위치지만 어쩌면 진짜 히어로는 주혜리가 아닐까?
주혜리는 두려워하고 벌벌 떨면서도 자신이 옳다고 여기는
것을 실천하는 사람이기 때문이다.)

다른 이야기들과 마찬가지로 〈파멸로부터의
9호 계획〉, 〈저 디지털 세계의 좀비들〉,
〈트윈플렉스〉에도 홀로그램, 의체, 트윈플렉스,
휴머노이드 같은 최첨단 기술이 등장하는데 인물들
사이에는 종교와 젠더의 문제, 권력과 차별의
문제가 녹아 있다.

물론 소설을 읽을 때 사회 문제가 얼마나
반영되었는지, 미래 사회의 모습이 얼마나
리얼한지에만 주목하면 그건 재미없는 독해가 될
것이다. 그러나 이렇게나 다양한 이야깃거리가
있는데 한 번쯤은 곱씹어볼 만하지 않은가? 내가
더 덧붙일 필요도 없이, 《모래도시 속 인형들》이
사이버펑크를 좋아하는 독자도, 범죄수사물을
좋아하는 독자도, 그리고 SF를 좋아하는 독자도
즐겁게 읽을 수 있는 소설이라는 건 자명하다. ▶

소프트보일드 탐정 홍지운의
다정한 사건기록부

"텔레비전에 내가 나왔으면 정말 좋겠네."라는 노래가 있을 정도로 텔레비전에 나오기란 드문 일이다. 다른 이가 쓴 소설에 나올 일도 드문 일이다. 하물며 그 소설을 또 다른 이에게 소개하는 일은 더욱더 드문 일이다. 일이 점점 커진다. 이렇게 커진 일은 맹우(盟友) 홍지운 작가가 나, "헌책방의 왕", 손지상을 《공상연애소설》에 수록된 단편 〈헌책방의 왕〉 속에 등장시켜도 되겠냐는 연락을 받았을 때 예상했던 일이었다. 하지만 이 정도로 커질 줄은 몰랐다. 일이 아니라 소설 속에 등장하는 나를 모델로 한 '손지상'의 키 말이다. 책에 미쳐 무시무시한 음모를 꾸민 흑막인 '손지상'은 2미터 가까운 거구다. 물론 내 신장과 체중이 안 그래도 잠재력 있는 몸이 점점 커진 내놓으라 하는 거구인 스모 선수들의 평균 체중과 신장에 딱 맞아 떨어지는 183센티미터에 140킬로그램이기는 하지만……

실은 위의 문단은 어떤 문체가 보이는 특징 세 가지를 설명하려고 적은 예시다. 첫째, 현실에 있는 노래나 인물을 등장시키거나 정확한 고유명사나 수치를 일일이 언급한다. 둘째, 화자나 주인공(혹은 작가 본인)이 소설 속에 등장하는 상황과 스스로의 감정에 냉정하게 거리를 둔다. 셋째, 거리를 두기 위해 독특한 비유나 농담을 섞는다. 그래서 때로는 멋 부리는 것 같고, 때로는 자기도취에 빠진 것처럼 보이고 때때로 재수 없을 때가 있다. 이 문체로

유명한 작가로는 무라카미 하루키, 그리고 하루키가 연구한 레이먼드 챈들러가 있다. 문제의 이름은 하드보일드다.

하드보일드 문체를 사용하는 소설 장르가 '하드보일드 탐정'이 활약하는 소설이다. 우리나라에서 '정통 무협' 하면 김용을 떠올리듯 '터프한 하드보일드 탐정'하면 레이먼드 챈들러를, 그리고 챈들러가 쓴 분신인 필립 말로를 떠올린다. 나는 헌책방에서 하드보일드 소설을 읽은 게 계기로 소설가가 된 사람이지만 말로는 별로 좋아하지 않는다. 1인칭 화자로서 말로는 감상적인 자신을 감추려고 너무 멋 부리고, 냉정하고, 빈정댄다. 무엇보다 별로 '터프'하지 않다. 걸핏하면 얻어터지고 구시렁거리기 일쑤다. (그래서 나는 미키 스필레인을 더 좋아한다.)

하지만 사람들은 말로를 좋아한다. 언제나 약한 사람에게 다정하고 그들을 위해 자기만의 윤리 규칙을 지키려고 노력한다. 배울 점이다. 1인칭 화자가 아니라 친구라면, 나는 말로가 어떻게 자기만의 관점으로 세상을 보는지 배우려고 그 많은 혼잣말에 맞장구 추임새를 굿거리장단으로 치고 있을 것이다.

《공상연애소설》에 실린 작품을 읽으며 챈들러나 말로를 떠올릴 사람은 드물지도 모른다. 하지만

손지상
JI-SANG SON

소설가, 만화평론가, 번역가, 서울웹툰아카데미(SWA) 스토리텔링 테크니컬 멘토. 한국과학소설작가연대(SFWKU) 회원. 홍지운 작가에 따르면 "헌책방의 왕".

나는 홍지운 작가와 말로가 닮은 점이 많다고 생각한다. 작품해설을 쓴 문아름 작가는 과거 dcdc라는 필명을 사용하던 시절 홍지운 작가를 "유쾌하게 빈정거리기를 좋아하"는 사람이라고 평한다. 그런데 말로와 홍지운 작가에게는 결정적으로 다른 점이 있다. 말로는 강한 자의식을 부끄러워해 '하드보일드하게' 냉담한 척하려고 유쾌함을 도구로 삼지만, 홍지운 작가는 강한 자의식을 오히려 "다정함조차 윤리적으로 들여다보는 작가의 결벽증"으로 바꾸어 섣불리 다가서지 않고 (굳이 대비하자면 '소프트보일드하게'?) 자타를 관찰한다. 그 결과가 유쾌함으로 남는다.

찰리 채플린이 했다는 출처 불명의 명언처럼 "가까이서 보면 비극, 멀리서 보면 희극"인 법이다. 거리를 두고 관찰할 때 유쾌함도 나온다. 홍지운 작가는 반짝이는 다채로운 아이디어를 다양한 화자의 입을(이조차도 장 폴 사르트르가 말한 '소설적 자유'를 위해 윤리적인 거리를 유지하면서) 빌려 스탠드업 코미디로 승화한다. 소프트보일드하게 거리를 두고 이야기 세계를 관찰한 《공상연애소설》 속 '희극'은 제4의 벽으로 선을 긋는 '무대극'보다는 자기 경험과 관점을 다양한 조크로 바꾸어 선보이는 친근한 '스탠드업 코미디'에 더 가깝다.

"빈정거리기를 잘하시네요."라고 평하는 문아름 작가에게, 홍지운 작가는 스스로가 "다정하지 않나요?"라고 항변했다고 한다. 맞다. 홍지운 작가는 유쾌하고 다정한 사람이다. 문아름 작가 말대로 "윤리적인 다정함과 명확한 주제파악"이야말로 홍지운 작가의 장점이다. 오죽하면 문아름 작가가 〈당신이 잠든 사이에〉를 두고 "연애를 글로 배울 거라면 이 단편을 읽으라고 하고 싶을 정도인데 (중략) 내가 이 작품을 읽고 그와 결혼하기로 결심했"다고 했겠는가? 문아름 작가는 "젊은 날의 반짝반짝하던" dcdc가 나이를 먹어 홍지운이 되어가면서 "이전보다 조심스러워졌고", "화려한 스타일에 가려져 있던 윤리적이며 다정한 작가의 문제의식"이 드러났다고 평한다. '윤리적이며 다정한 작가의 문제의식'이야말로, 내가 함께 고생했던 20대 시절에서 같이 40대를 바라보는 지금까지 홍지운 작품에서 발견하는 중심(heart)이다. 세상을 보는 명확한 관점, 냉정한 거리감, 따뜻한 다정함. 그래서 홍지운 작가와 나누는 대화를 좋아한다. 전화를 통해서나, 작품을 통해서나.

마지막으로 〈헌책방의 왕〉 속 '손지상'의 말을 빌려 글을 마치고자 한다.

"책을, 책을 사셔야 합니다!"

죄책감의 푸른 레이어에서
위로를 읽다

오래전 자연 다큐멘터리의 막내 작가를 할 때의 일이다. 남극의 빙하가 녹을 경우, 세상이 얼마나 잠기는지 시각적으로 확인하기 위해 구글어스에서 해수면 상승 시뮬레이션을 돌린 적이 있었다. 뉴욕의 자유의 여신상도, 파리의 에펠탑도, 서울의 남산타워도 나의 클릭 몇 번에 물에 잠기곤 했다. 그 아이디어는 방송에 쓰이지 못했지만 가끔 편집실에서 밤을 새울 때 나는 종종 구글어스를 돌렸다. 모니터 속 물에 가득 잠긴 세상은 분명히 이곳이되, 이곳이 아니었다. 방송국에 놀러 온 조카의 뒷모습에 푸른색 레이어를 내 멋대로 겹쳐보며 나 자신에게 질문하곤 했다. 이 다큐를 만든다고 해서 세상이 물에 잠기는 것을 막을 수 있을까. 이는 막연한 죄책감이었다.

단요의 청소년 SF 《다이브》는 이러한 죄책감의 푸른 레이어가 씌워진 세계를 배경으로 한다. 서울, 강원도, 판교, 용산, 명동. 이 익숙한 장소는 모두 물에 잠겼다. 물에 잠기기 전 과거를 기억하는 어른들과 무엇을 잃었는지 모른 채 살아가는 아이들이 있다. 물꾼들은 구역을 나눠 잠수를 하고, 예전에는 다른 이와 짝지어 쓰였던 낱말들(부부, 아내, 남편, 아이, 부모)은 물에 잠겨 누구도 건져오지 않는다. 세계는 잃어버린 것에 대한 비애로 가득 차 있지만 정작 아이들은 그렇지 않다. 우리는 종종 잃어버린 것에 대한 그리움 때문에 과거로의 복귀를 꿈꾸곤 하지만 세계를 살아가는 다음

세대인 아이들에게는 전통적 가족에 대한 복귀는 허상에 가깝다. 그들은 돌아오지 않는 낱말을 꿈꾸는 대신 지금 여기에서 새로운 관계를 맺는다. 《다이브》에서 사람들은 산을 근거지로 해 살아간다. 노고산에는 기계를 좋아하는 노고산 삼촌 서문경과 노고산 아이들의 맏언니 역할을 하는 선율이 있다. 처음부터 이렇게 단출한 식구는 아니었다. 유안 언니의 죽음을 마주하고 나서, 서문경이 유안 언니가 원하는 대로 약을 먹이지 않았다는 것을 우찬에게 전한 후, 죽은 유안의 동생인 윤찬과의 갈등이 생기고 나서 아이들은 하나둘씩 노고산을 떠났다. 죽은 유안이 떠올라서, 분위기를 견딜 수 없어서, 이유는 다양했다. 하지만 선율만은 노고산 삼촌 옆에 있다. 이들을 엮는 것은 죄책감이다. 왜 노고산 삼촌은 그가 죽기를 원했다는 이유만으로 죽게 내버려두었을까. 그리고 선율은 왜 그것을 윤찬에게 말한 걸까. 각자 다른 색의 죄책감으로 엮인 이들에게 갑자기 누군가가 등장한다. 4년의 기억 공백을 가진 기계 인간 수호다.

물에 잠긴 세계에서 우리가 마주할 수 있는 갈등은 무엇이 있을까. 서울의 기억이 그대로 담긴 세계를 상상하며 내가 처음 떠올렸던 갈등은 이전 세계와의 단절이었다. 《다이브》에서 주인공인 수호가 떠올리는 기억은 상당히 내밀하고 개인적인 것이어서, 이 책을 읽는 동안 나는 세계에 대한

문아름
ARUM MOON

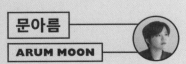

청강문화산업대학교 만화콘텐츠스쿨 교수.
웹소설을 연재했고, 웹툰 스토리 연재를 준비 중이며, 몇 권의 연구서와 작법서를 썼다.

다이브 단요 지음, 한겨레출판 펴냄

고민은 존재하지 않는 것인지 궁금했다. 하지만 이는 나의 섣부른 판단이었다. 가장 핵심은 사건이 아니라 남은 이들이다. 이미 앞서 말한 것처럼 《다이브》의 수호와 선율은 이전 세계를 그리워하거나 돌아오지 않는 낱말의 의미를 곱씹지 않는다. 과거에 사로잡힌 어른인 노고산 삼촌 서문경 역시 그렇다. 그들이 그리워하는 것은 과거의 세계가 아니라 관계다. 죽음으로 떠나보내야 했던 이, 이를 잡아야 했는지 혹은 보내야 했는지, 내가 본 것을 말해야 했는지 말하지 않아야 했는지, 나아가 다른 사람의 삶에 대해 내가 어디까지 말할 수 있는지. 《다이브》에서 나는 선율과 수호를 따라가면서 타인과의 관계 맺기에 대한 상처를 떠올렸다. 그리고 위로를 받았다.

나는 앞서 《다이브》의 세계를 죄책감의 푸른 레이어라고 칭했다. 사실 나는 이 죄책감이라는 단어를 애도라고 바꾸려 했다. 하지만 이 글을 마무리하고 있는 동안 이태원 참사가 벌어졌고,

지금의 나는 애도라는 단어를 함부로 쓰고 싶지 않다. 지극히 개인적인 문제다. 내가 물에 잠긴 세계를 보고 반사적으로 조카에게 죄책감을 느끼는 것처럼 이번 참사도 그러했다. 어떤 말을 얹기보다 《다이브》에서 위로받았던, 선율의 문장을 그대로 써보려 한다.

'선율은 그게 아마도 태도의 문제일 거라고 생각했다. 남의 지금을 그 자체로 받아들이는 것. 그 결론에 대해서도 똑같이 대하는 것. 그래서 함부로 틀렸다고 말하거나 고치려 하지 않는 것. 하지만 그러면서도 타인만이 맡을 수 있는 역할을 내려놓지 않는 것.'

이것이 2022년 할로윈을 지내며 《다이브》에서 건진 문장이다. 어떤 참혹한 세계라도 타인만이 맡을 수 있는 역할을 내려놓지 않는 것. 나는 시간이 지나도 《다이브》를 죄책감으로 읽을 것이다. 그리고 선율의 문장을 떠올릴 것이다. ✒

하드 SF의 여러 정의와
《경계 너머로, GEMAC》

무언가를 정의하려 할 때 항상 그렇듯, '하드 SF'의 개념 또한 관련자들 사이에 첨예한 논쟁을 불러오곤 하는 주제다. 소설에 등장하는 과학지식의 정확성을 주로 따지는 부류가 있는가 하면 현실 과학과의 일치 여부와 상관없이 소설 속 세계가 얼마나 일관성과 짜임새 있게 구성되었는지를 더 중요하게 보는 부류도 있다. 또 적지 않은 사람들은 주제와 메인 플롯이 과학기술적 아이디어와 얼마나 긴밀하게 결합했는지가 핵심이라고 보기도 한다.

모두 일리 있는 관점들이다. 아예 다른 우주를 배경으로 한다면 몰라도 우리 우주가 나오는 소설에서 별다른 설명이나 특별한 가정도 없이 현실의 과학지식에 배치되는 내용이 나온다면 그리 하드한 SF라고 보기는 어려울 것이다. 내적 논리 일관성을 유지하지 못하는 작품은 그것이 하드 SF로 분류될 수 있는지 이전에 일반적인 문학작품으로 보더라도 독자를 흡인하기가 쉽지 않다. 주제의식이 곧 과학기술과 맞닿아 있어야 하드 SF라는 주장 또한 부인할 근거가 생각나지 않는다. 이렇듯 하드 SF를 정의할 때에는 여러 기준이 존재하고 사람에 따라 다른 기준을 선택하거나 여러 기준 사이에 우선순위를 부여한다.

그런데 사람들이 이렇게 여러 기준을 동원해서까지 하드 SF를 정의하려는 이유가 무엇일까? 무엇보다도 분류와 정의는 장르 팬들의 재미난 놀이이기 때문이다. 그리고 하부장르의 개념은 특정 작품을 남에게 소개하는 좋은 도구가 되기도 한다. 오늘 소개할 책《경계 너머로, GEMAC》은 위에서 살펴본 어떤 기준에도 훌륭하게 부합하는 하드 SF의 표본 같은 작품이다.

제목에도 등장하는 '지맥(GEMAC)'은 뇌를 컴퓨터(작품 속 고유명사는 '넥서스')에 연결한 침팬지들을 말한다. 이들은 마찬가지로 뇌를 컴퓨터에 연결한 인간 '조련사'로부터 전자통신으로 지시를 받아 여러 단순작업을 수행한다. 그리고 독자들의 예상대로 위와 같은 연결기술의 개발 배경에는 거대한 비밀이 숨어 있고, 침팬지와 조련사들은 갈수록 더 복잡하고 중요한 일들을 수행하며 위험에 빠지게 된다.

작품 속에 등장하는 신경-컴퓨터 연결이나 다양한 근거리 무선통신 기술이 실제로 얼마나 실현가능성 있는 것인지 판단할 지식은 내게 없지만, 상세하고 구체적인 묘사가 부여하는 현실감은 이 작품의 큰 매력이다. 통신이 이루어지는 거리와 감도 등 작중 기술의 한계가 위기와 갈등요소를 만들어내는 과정도 매우 설득력 있다. 작가의 이력(전기컴퓨터공학 박사학위가 있음은 물론 관련 실무에 30년간 종사한 정보통신 전문가이다)을 감안하면 이런 묘사들은 아마 실현 가능한 기술의 모습에도 높은 정도로 부합할 것이다.

이성탄
SUNGTAN LEE

SF와 미스터리는 천재 대신 노력으로도 쓸 수 있는 장르라는 창작철학으로 흥미진진한 과학 수수께끼를 만든다. 근미래 유전체 감식기술을 소재로 한 장편 과학추리소설《단 한 명의 조문객》, 인공지능과 정신 업로드에 관한 실험관찰 하드 SF 〈정신의 작용〉, 본격 창조과학 SF 〈창조의 섭리〉 등을 썼다. 필명 중 한 글자는 영화감독 존 포드한테서 따왔다.

물론 이 소설의 SF, 특히 하드 SF스러움은 단순히 과학기술의 정밀한 묘사로만 이야기할 것이 못 된다. 침팬지의 뇌를 컴퓨터에 연결하는 것은 단순히 인간과의 용이한 통신을 가능하게 할 뿐 아니라 침팬지 자신에게도 어떠한 변화를 일으킨다. 재생산의 반복과 자연선택을 핵심적인 요소로 하는 생물학상 '진화'의 정의에는 맞지 않지만 작중에서 지맥들에게 일어나는 변화의 크기는 어느 진화에 못지않다.

인공적인 기술로 인간이나 다른 어떤 생물에게 진화에 준하는, 또는 그 이상의 변화를 일으키는 것은 과학문학에서 오랜 기간 폭넓게 다뤄진 소재이다. '인간이란 무엇인가' 또는 '생명이란 무엇인가'라는 온갖 학문 전반에 걸친 거대한 질문을 흥미롭게 구체화하는 방법이기에 소재로서의 생명력을 그렇게 끈질기게 유지하는 것이라고 생각된다.

이런 거대한 질문을 작품의 주제로 정면에 내세우는 것은 보기 드물고, 또 성공하기 어려운 선택이다. 소설적 재미의 대부분은 결국 등장인물이 겪는 갈등과 그 해소 과정에서 나오는데, 그것을 철학적 질문을 조화롭고도 흥미진진하게 엮기가 쉽지 않기 때문이다. 이 소설의 최대 미덕은 그런 질문을 무겁게 던지면서도 숨겨진 진실을 파헤치고 목숨을 건 작전을 벌이는 장르적 요소를 긴밀하게 결합하여 완성도 있는 이야기를 만들어낸 데 있다.

하드 SF의 어떤 정의에도 부합하는 한국 SF를 찾는다면, 경계 너머로, 지맥을 만나보시라. ▰

경계 너머로, GEMAC   전윤호 지음, 그래비티북스 펴냄

판단하지 않아요. 기억할 뿐입니다.

더미 신체가 개발되어 사람들이 기억을 이전해가며 죽음을 지연하는 세상이 왔다. 이제 몸을 갈아타며 영생에 가까운 삶을 누릴 수 있을지도 모른다. 첫 번째 더미 신체로 갈아탄 다음 남은 몸은 어떻게 처리할까? 그냥 버릴까? 그럴 수는 없을 것이다. 몸이란 그 자체로 중요한 의미를 지니니까. 그 세계의 사람들은 첫 몸의 장례를 치른다. 그게 바로 '첫 장례'다. 이 첫 번째 장례에는 새 몸을 입은 장례식 당사자가 참가할 수도 있다. 자신의 몸을 애도하는 사람의 마음은 어떨까? 저 관에 누운 고인의 몸을 뭐라고 부를까? 애초에 저 몸을 고인이라고 부를 수 있을까? 첫 장례에서 애도의 대상이 되는 것은 무엇인가? 이제 쓸모가 없어진 저 몸인가? 아니면 저 몸과 함께 살아냈던 과거의 시간들인가? 이토록 힘겹게 생을 이어가야 하는 인간의 유한성 자체인가? 철학적 질문이 난무하는 첫 장례를 치르고 나서도 문제는 이어진다. 첫 번째 더미 신체가 수명을 다하면 새 더미 신체로 갈아타는데 그때 껍데기처럼 벗어버린 더미 신체도 장례의 대상이 된다. 몸보다는 몸에 담긴 기억이 사람의 정체성을 가르는 기준이 된 것 같지만 그 시대의 사람들은 여전히 몸을 쉽게 여기지 못한다. 기억장치처럼 낡았다고 쉽게 쓰레기통에 버리지 못하는 것이다. 이것은 살았던 시간에 대한 예의이기도 하고 인간을 향한 최소한의 연민이기도 할 것인데, 바로 그 지점에서 우리는 좀비(비슷한

바이러스 감염자)가 날뛰는 아포칼립스 속에서도 안간힘을 다해 지키려는 윤이안의 어떤 태도 혹은 세계관을 엿보고 신뢰를 품게 된다.

애도는 죽음을 향한 마음처럼 보이지만 사실 지난 삶에 대한 경의이기도 할 것이다. 평생 홀로 외롭게 살았을 거라고 짐작되는 큰이모는 은성에게 유언으로 자신의 장례식에 인공지능 스피커 마야를 데려다달라고 부탁한다. 사람들은 어느새 인공지능 스피커에게 이미 죽은, 사랑하는 사람의 목소리를 학습시키기 시작했고 경쟁력이 없어 보였던 스피커는 새로운 활용법과 함께 시장에서 살아남았다. 큰이모가 학습시킨 마야는 입이 걸고 화끈한 중년 여성의 목소리로 말한다. 큰이모와 이 목소리 주인의 관계는 무엇이었을까. 또 큰이모와 인공지능 스피커와의 관계는 어떠했을까? 사랑하는 사람의 목소리와 성격을 그대로 학습해 반응하는 스피커는 과연 어떤 존재일까. 〈세 번째 장례〉의 더미 신체처럼 〈어릿광대를 보내주오〉의 인공지능 스피커 마야도 기억과 기억장치로서의 몸의 관계에 대해, 진정한 정체성이란 무엇인가에 관해 쉽게 대답할 수 없는 질문을 남긴다. 윤이안의 소설이 갖는 단순하지 않은 매력 가운데 하나다.

"사람들은 어떻게⋯ 자기가 자기인 걸 확신하죠?"

이주혜
JUHYE LEE

읽고 쓰고 옮기고 종종 마신다. 쓴 책으로 《그 고양이의 이름은 길다》, 《자두》, 옮긴 책으로 《나의 진짜 아이들》, 《우리 죽은 자들이 깨어날 때》 등이 있다.

세 번째 장례　윤이안 지음, 아작 펴냄

윤이안은 〈세 번째 장례〉에서 등장인물의 입을
빌려 우리에게 묻는다. 그래놓고 보물찾기
놀이처럼 소설 곳곳에 그 대답을 심어놓았다.
알츠하이머로 기억을 잃어가는 엄마는 눈앞의 딸은
기억하지 못해도 여덟 살 딸은 기억하며 그 딸과
함께 갔던 바닷가를 찾아간다. 인공지능
스피커에게 사랑하는 사람을 학습시켰던 큰이모가
끝까지 포기하지 않은 것은 '기억' 자체이고 이모가
죽은 뒤 그 기억의 책무는 살아 있는 우리에게로
전해진다. 〈드림 레플리카〉의 세 소녀는 고양이 한
마리를 구하기 위해 끝없이 꿈을―기억이자
시간의 은유인―되돌리고 또 되돌리고 한 사람의
기억은 두 사람, 세 사람의 기억으로 확장된다.
여기서 잠깐 〈목 없는 기수〉의 사후세계 도서관
사서의 말을 상기해보자.

"우리는 누군가의 생을 두고 판단하지 않아요.
기록할 뿐입니다. 기록 자체가 갖는 편향성은
여기서 논외로 하죠."

자칫 편향성에 대한 변명으로 들릴 위험이 있는
이 말은 윤이안이 던진 질문에 대한 하나의
대답으로도 읽힌다.

"우리는 누군가의 생을 두고 (그 사람이 누구인지 쉽게)
판단하지 않아요. (기억할) 뿐입니다." 내가 너를
기억할 때 너는 존재하고 네가 나를 기억할 때 나는
한 조각이나마 나로 남는다고, 그리하여 비로소
우리는 간신히 우리가 될 수 있지 않겠냐고.

탈출, 내일을 위한 오늘의 선언

진짜 '사랑'이란 무엇일까. 이 추상적이고도 고차원적인 질문은 생각보다 우리의 일상에 깊이 뿌리내리고 있다. 우리는 날마다 새로운 사랑의 탄생을 목격한다. 이 사랑과 저 사랑이 비로소 자신의 이름을 찾고, 나와 너의 마음이 하나가 되는 데에 이전보다 많은 사람이 동의하고 있다. 오랫동안 외면되었던 색깔들이 제자리를 찾아가는 중이다. 사랑은 감정의 요동에서 출발한다. 그 울렁임을 인정하는 것이 사랑의 첫 걸음이다.

하지만, 여기 사랑보다 두려움이 겹겹이 쌓인 세상에 태어난 아이가 있다. 과학 기술로 감정을 억제해야만 하는, 그러나 이미 사랑이 무엇인지 알아버린 아이다. 아이가 태어난 나라의 어른들은 수년 전 약속했다. 다음 세대가 특정 연령이 되면 그들의 '안전'을 위해 연애의 감정을 억제하겠다고. 그들은 청소년의 '선을 넘는' 사랑을 걱정한다. 지금으로부터 수십 년 뒤, 어쩌면 한 세기 뒤일 수 있는 대한민국에서 어른들은 청소년의 안전한 사랑을 위해 '미성년자 감정 조절 및 해소를 위한 임플란트 칩 허용 관련 법률안'을 제정한다.

동명의 앤솔러지 표제작으로 수록된 남유하의 청소년 단편 소설 〈탈출〉은 이런 사회를 배경으로 한다. 아이들은 특정 나이가 되면 현실의 연애를 막고 가상 연애를 즐기게 하는 임플란트 칩을 팔에 심는다. 이 칩은 청소년의 뇌파와 호르몬을 조절해 '진짜' 연애를 방지한다. 임플란트 칩이 아이들에게 제공하는 가상 연애는 자유롭고 신기하다. 원하는 때에 원하는 장소에서 원하는 상대를 만날 수 있으니 "학생들에게 가장 효율적인 연애"라고 볼 수도 있다. 하지만 칩을 심은 아이들은 더 이상 21세기 초반의 영화처럼 모여서 노래하거나 춤추지 않는다. 자신의 가상 애인을 자랑하기 바쁜 그들의 모습에서 보이는 건 요철 없이 매끈한 연애의 경험뿐이다.

이 미래의 이야기가 낯설지만은 않다. 지금의 우리 역시 〈탈출〉 속 사회와 비슷한 곳에서 살고 있기 때문이리라. 법보다는 말과 행동으로, 선입관과 편견으로 아이들의 마음은 끊임없이 규제된다. 어른들은 때로 그들의 사랑이 '불완전'하다고 말한다. 관계의 올바른 교육은 온데간데없다. 청소년들은 스스로 사랑의 형태를 확립하기도 전에, 감정의 통제를 먼저 요구받는다.

그러나 〈탈출〉의 현명한 아이들은 어른들이 세워둔 장벽을 하나하나 허문다. 물론 그 과정에는 청소년의 편이 되어주는 어른 '동지'도 함께한다. 가상 연애 칩을 제거하는 수술은 '탈출'이라는 이름으로 암암리에 행해진다. 주인공 지이와 친구 수현은 또래들을 따라 과거의 향수를 풍기는 곳에서 칩을 제거한다.

제야
JEYA

대학 입시 성적 산출 프로그램의 점지를 받아 문예창작을 전공했다. 내 글보다 남의 것을 읽는 게 좋아 평론을 배웠다. 온라인 소설 플랫폼 '브릿G'에서 추천리뷰어로, 환상문학웹진 '거울'에서 기사필진으로 활동한다. 코로나 시대의 팬데믹 소설집 《사랑에 갇히다》에 단편 〈종료되지 않는 사랑의 시대〉를 실었다. 과학과 공포, 여성과 환경, 지구와 사람을 사랑한다.

만일 여기에서 이야기가 끝났다면, 아이들이 어른 또는 성인 권력으로부터의 탈출만을 꾀했다면, 이 소설은 평면적인 이야기로 읽혔을 것이다. 하지만 수현은 자신의 '탈출'이 진짜 사랑을 위한 하나의 선택지였음을 분명히 한다.

"가상 연애를 하고 싶으면 가상 연애를, 현실 연애를 하고 싶으면 현실 연애를 하면 되는 거예요."

무해한 존재를 향해 No, 라고 말하기 전에 한 번 더 생각해보자. 우리가 정말 두려워해야 할 것은 '아직 일어나지 않은 위협'이 아니다. 한 묶음의 존재를 경계 밖으로 쫓아내려는 마음이다. 우리가

진정으로 이룩할 '탈출'은 협소한 구멍으로의 통과가 아니다. 탁 트인, 해방으로 가득한 미래와의 조우다. 어떤 세상도 방해하지 못하는 속도로 질주하는 아이들이 어디에서나 목격되기 위해서는 사랑이 필요하다. 창밖으로 보라색 에어바이크를 타고 골목을 누비는 두 아이가 보인다. 아이들의 얼굴에 깃든 건 오롯한 기쁨이다. 나는 이 이야기의 주인공이 "이리저리 치이지만 끝내 사랑을 이루는" 당신이 되기를 바란다. 두려움을 걷어낸 세상으로 디디는 모두의 걸음에 짧지만 즐거운 이 이야기가 환한 빛을 비춰주길 기대한다. ✒

탈출 남유하, 조규미, 김명, 한수언, 최상아 지음, 그린북 펴냄

THE INFINITE UNIVERSE

소녀들 앞에 펼쳐진 무한한 우주 ― 듀나론

LIES BEFORE THE GIRLS

강은교 Eunkyo Kang

페미니스트 문화연구자, 페미니스트 연구 웹진 Fwd

B.D./A.D. DJUNA

(Before)

(After) Djuna

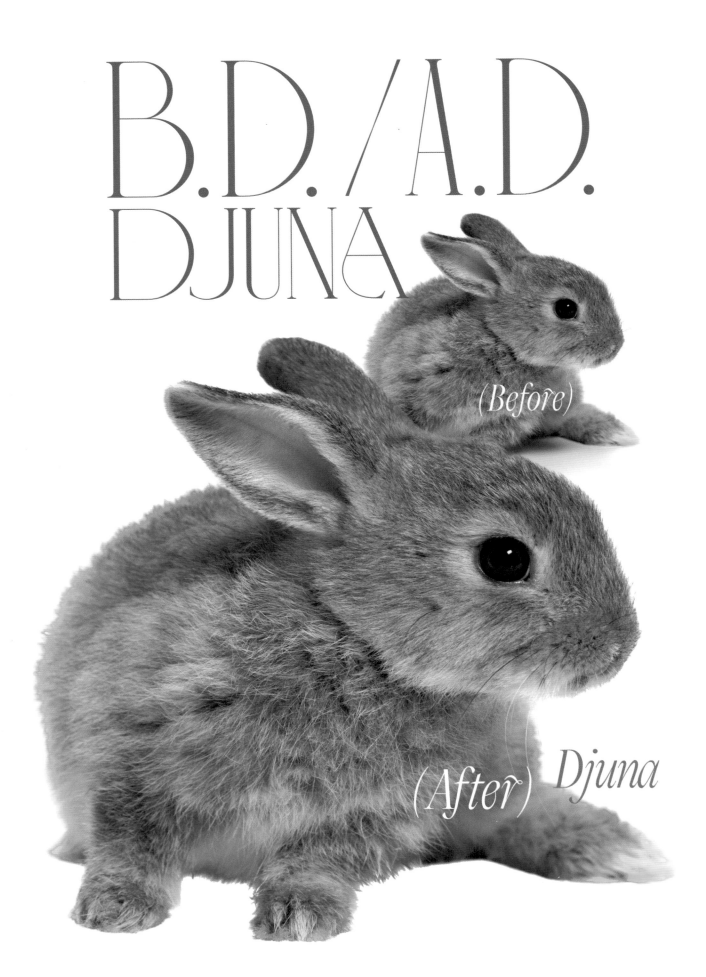

소녀들 앞에 펼쳐진 무한한 우주―듀나론

B.D. / A.D.

"한국 SF의 연대기는
B.D.(Before Djuna)와 A.D.(After Djuna)로 나뉜다."

곽재식 작가가 매해 진행해온 특강 '듀나 SF를 통한 자아의 발견'에서 사용한 표현이다.
언뜻 과장된 호들갑처럼 들리지만, 한국 SF 문학 장에서 듀나가 차지하는 위상을 아는
이들이라면 곽재식 작가의 정확하고도 재치 있는 비유에 고개를 끄덕일 것이다. 듀나는
한국 SF 팬덤이 '창작 SF'의 가능성에 대해 회의적인 태도를 고수하던 시기에도 꾸준히
한국어로 SF를 창작해왔을뿐더러, SF의 장르 문법에 한국의 사회문화적 맥락을
녹여냄으로써 SF 장르를 현지화하는 데 중추적인 역할을 했기 때문이다.[+] 듀나가 PC통신
하이텔의 과학소설동호회에 돌연히 등장해 SF 소설과 비평을 게시하기 시작한
1994년부터 2022년 현재까지 온·오프라인 지면을 넘나들며 발표한 소설은 150여 편에
달한다. 이렇게 30여 년 동안 쌓아올린 '듀나 월드'는 양적으로 풍부할 뿐만 아니라 장르
소재, 주제 의식, 인물 조형 등을 막론하고 작품의 스펙트럼이 매우 넓다는 점에서
질적으로도 풍부하다.

그럼에도 불구하고 듀나의 소설에 대한 진지한 접근은 턱없이 부족했던 것이 사실이다.
그간 듀나의 소설에 대한 평가는 해외 SF의 모방에 불과해 '식상하다'는 평과 수많은 장르
소재들의 유희로 인해 '난해하다'는 평 두 극단을 오가며 진동해왔다. 전자가 주로 미국 SF
고전을 범형으로 삼아 한국 SF를 평가하고자 했던 초기 SF 팬덤에서 이루어진
것이었다면, 후자는 SF를 비롯한 '장르문학'을 익숙한 리얼리즘의 틀로 독해하고자 했던
학계와 평단에서 이루어진 것이었다. 물론 이제 더 이상 듀나의 소설을 해외 SF의 모방에
불과하다고 평하는 SF 독자는 없을 테지만, 듀나의 소설에 대한 비평적·학술적 접근은
여전히 '난해하다'는 인상에 갇혀 같은 자리를 맴돌고 있는 듯하다.

이렇게 정반대의 평가가 공존했던 이유는 듀나가 언어, 시대, 매체, 장르를 막론한 수많은
문화 산물에서 빌려온 아이디어를 재료로 삼아 소설을 창작하고, 이를 텍스트에
자기지시적으로 삽입[++]하기 때문인 것으로 보인다. 이는 누군가에게는 듀나의 작품이
충분히 독창적이지 못하다는 증거로, 다른 누군가에게는 듀나의 작품에 대한 해석의
불충분함을 소명하기 위한 근거로 여겨졌던 것이다. 그러나 장르 관습의 반복과 변주는
SF의 장르적 본성에 해당한다. 중요한 것은 듀나가 사용하는 재료가 얼마나 신선한지가
아니라, 듀나가 그것을 어떻게 활용하는지다. 게다가 듀나가 인용하는 수많은
레퍼런스들은 임의적인 것도 단순히 작가의 취향을 과시하기 위한 것도 아닌, 이야기의 큰
줄기와 내재적·외재적으로 관계 맺으며 주제 의식을 명료하게 만드는 크고 작은 장치로서
기능한다. 듀나의 레퍼런스들은 범위가 방대할뿐더러 종종 아이러니하게 비틀려 있어,
듀나의 소설을 현실 세계에 대한 반영적 우화로 해석하기 어렵게 만든다. 듀나의 소설에
리얼리즘적 독해가 쉬이 적용될 수 없는 이유다. 그러나 오로지 SF의 환상적 세계가

+ 이지용, 〈듀나론—모르는 사람 많은
유명인의 이야기〉, 《오늘의 SF》 2호,
2020, 27-39쪽.

++ 나원영, 〈'세계의 끝'이 아닌 세계(들)의
끄트머리에서—듀나의 초기 단편들에
대해〉, 《성대신문》 1672호, 2020.11.30.

현실(real) 세계의 무엇을 은유하는지 찾아내고자 하는 독법은 SF와 존재하는(real) 것의
관계를 반쪽만 이해하는 셈이다. 하나의 SF 텍스트를 구성하는 재료는 우리가 살아가는
물리적 세계에 국한되지 않고 장르 관습이 쌓여 구축된 메가텍스트(megatext)적 세계를
포괄하기 때문이다.

시뮬라크르 세계에서 탄생한 작가

그렇기에 초기 단편 〈히즈 올 댓〉은 듀나 월드를 이해하기 위한 가장 좋은 출발점이
된다. 소설의 주인공은 현대문명의 이기가 미치지 않은 중앙아시아의 한 소국에서
태어난 천재 소년으로, 우연히 도망 중인 미국인 대학교수를 만나 그의 전공과
취향이 반영된 영미 고전문학과 할리우드 하이틴 영화를 접한다. 포괄적이지도
일관적이지도 않은 교수의 컬렉션이 경험할 수 있는 세계의 전부였던 주인공은
이를 바탕으로 시대착오적인 괴상한 걸작을 써낸다. 주인공의 작품이 "과연
빈정거리는 장르 패러디인지, 진지한 드라마인지, 아니면 초현실적인 판타지인지
감을 잡을 수 없었다"(〈히즈 올 댓〉 38-39쪽)는 서술은 세계문학 및 할리우드로
대표되는 서구 대중문화의 영향 속에서 그 편린들을 재조합하며 구축된 듀나의
작품 세계에 대한 자기지시적 언급으로 읽힌다. 소년을 만든 것이 모국어가 아닌
영어였던 것처럼, 듀나를 만든 것은 한국문학이 아닌 중역된 세계문학전집과
AFKN에서 방영되던 미국 영화 및 드라마였던 것이다.

주인공의 작품은 할리우드 영화 제작자의 손에 들어가 아카데미용 영화로 각색
되는가 하면, 오프브로드웨이 작가에 의해 포스트모더니즘 연극으로 개작되기도
한다. 그러나 양쪽 모두 그의 작품을 온전히 담아내지 못하는 것은 마찬가지다.
전자가 원작의 드라마를 살리되 그의 독특한 언어를 희생한다면, 후자는 그의
언어를 살리는 대신 그 외의 모든 것을 바꾼다. 각자 자신이 익숙한 세계의
문법으로 그의 작품을 해석하고 전유한 것이다. 이를 1990년대 당시 듀나의 소설을
'키치', '전위' 등으로 호명하며 신세대 문화운동의 일환으로 위치 짓고자 했던
시도들,✦ 2000년대 이후 듀나의 소설을 '장르문학'의 한계를 넘어선 보편 '문학'
으로 의미화하고자 했던 비평들과 함께 읽노라면, 〈히즈 올 댓〉은 듀나의 소설에
대한 듀나 자신의 이야기이자, 듀나 자신조차 의도하지 않았던 자기충족적
예언으로 다가온다.

그러나 이제 더 이상 듀나의 소설들은 "그렇게 이상해 보이지도 않"는다(〈히즈
올 댓〉 50쪽). 듀나가 한국어로 SF를 창작하기 위한 하나의 방법론을 제시함에
따라, 다음 세대의 작가들이 이를 바탕으로 한국 SF 문학의 외연을 다채롭게
넓혀왔기 때문이다. 또한, 듀나와 마찬가지로 인터넷 매체 환경 속에서 언어와
시대를 넘나드는 수많은 문화 산물을 부분적으로 그러모아 자기만의 취향과
정체성을 형성하는 경험은 이제 우리의 보편적인 존재 조건이 되었기 때문이기도
하다. 이처럼 듀나는 원본 없는 가상으로 이루어진 시뮬라크르 세계에서 탄생한
작가다. 그러므로 듀나라는 작가를 이해하는 데 듀나의 '진짜' 정체에 대한 앎은
불필요하다. 그저 듀나 월드가 "장르 속에만 존재하는 환상의 공간"을 무대로
구축된 세계라는 점에 대한 이해를 바탕으로(〈히즈 올 댓〉 38쪽), 듀나의 소설에
대한 진지한 접근이 필요할 따름이다.

✦ 노태훈, 〈비평의 시대와 그 무수한 흔적들:
90년대 문학의 매체와 그 지형도〉,《현대소설
연구》83, 한국현대소설학회, 2021, 11-21쪽.

현실과 비현실 사이를 모험하는 소녀

듀나의 소설은 기존의 세계와 급진적으로 단절된 세계를 그린다. 그 단절의 계기는 좀비의 창궐(《너네 아빠 어딨니?》), 외계 문명의 지구 방문(《제저벨》), 초능력의 발현(《아직은 신이 아니야》), 공개적인 시간 여행(《각자의 시간 속에서》), 인간의 전뇌화(《아르카디아에도 나는 있었다》) 등 다양한 장르 소재를 아우른다. 이때 듀나의 소설 속 세계에서 현실 세계를 지배하는 법칙이나 논리는 작동하지 않는다. 이렇게 낯선 세계를 탐색하고 모험하는 주체는 언제나 여성들, 그중에서도 소녀들이다. 듀나의 소녀 주인공은 기존의 규칙이 더 이상 유효하지 않은 세계에서 자기만의 방법으로 위험을 헤치며 모험을 이어나간다.

이러한 점에서 듀나의 소녀는 루이스 캐럴의 앨리스와 닮았다. 듀나의 앨리스 모티프는 두 편의 앨리스 소설(《이상한 나라의 앨리스》, 《거울 나라의 앨리스》)을 제목에서부터 명시적으로 환기하는 작품들(〈토끼굴〉, 〈거울 너머로 건너가다〉) 외에도 듀나 월드 곳곳에서 발견된다. 예컨대 버려진 식민 행성에 홀로 불시착해 미지의 여왕을 수호하는 미친 유령 병사들을 만나 행성의 미스테리한 과거를 파헤치는 사이코메트리 소녀를 주인공으로 한 장편 〈용의 이〉, 정신 분열 증세를 보이다 검증되지 않은 특별 요법을 받은 이후 환상을 그대로 현실화할 수 있는 초능력을 갖게 된 전지전능한 소녀 '루시 헌트'를 주인공으로 한 단편 〈미치광이 하늘〉이 대표적이다. 모든 존재들이 '미쳐 있는' 와중에 이상한 나라의 부조리함을 홀로 꿰뚫어보는 앨리스처럼, 루시 헌트는 세상의 모든 존재가 자신으로부터 시작된 연쇄 반응으로 인해 이전의 형태를 잃고 '미치광이'가 된 후에야 홀로 '멀쩡한' 인간의 모습으로 돌아와 "논리와 물리 법칙이 통용되지 않는 이상한 나라"를 관조한다(〈미치광이 하늘〉 258쪽).

다만 듀나의 소녀와 캐럴의 앨리스에 차이가 있다면, 캐럴의 앨리스가 결국 꿈에서 깨어나 현실 세계로 돌아오는 반면 듀나의 소녀는 불가역적으로 변해버린 비현실적인 세계에서 모험을 이어나간다는 점이다. 캐럴이 의미와 무의미라는 정반대의 논리가 지배하는 두 세계를 상상했다면, 듀나는 불가해한 사건들이 연속되면서 점차 현실과 비현실, 안과 밖의 경계가 흐릿해지는 하나의 세계를 상상한다(〈스핑크스 아래서〉, 〈대본 밖에서〉). 캐럴의 앨리스는 빅토리아 시대 영국에서 여성에게 요구되던 규범과 예의범절을 체화한 소녀로, 엄격한 현실 세계의 논리를 부조리한 꿈 속 세계에 적용함으로써 그로부터 벗어난다. 그에 반해 듀나의 소녀는 합리적이고 냉철하며 때로는 무자비한 고딕 여주인공으로, 자신의 존재 방식을 제약하는 현실 세계의 규칙을 영리하게 이용함으로써 바로 그 제약에서 벗어나고 규칙을 무효화한다(〈소유권〉, 〈구부전〉). 그렇게 만들어진 무규칙성의 내재적인 평면 위에서, 듀나의 소녀는 새로운 규칙을 세우고 세계를 재배치할 가능성을 점친다. 루시 헌트가 열어낸 카오스로부터 "멋대로 조종하거나 파괴할 수 없는 불변의 법칙을 발굴하고 그 기반 위에 새로운 세계를 세우"고자 하는 〈미치광이 하늘〉의 또 다른 소녀 주인공처럼 말이다(〈미치광이 하늘〉 285쪽).

마치 듀나는 캐럴에게 이렇게 묻는 듯하다. 마음껏 모험할 수 있는 환상적인 세계가 소녀들 앞에 펼쳐졌다면, 왜 굳이 빅토리아 시대 영국의 가부장적 사회로 돌아가야 하는가? 그렇게 자유로워진 듀나의 소녀들은 그들 앞에 펼쳐진 무한한 우주를 두고 이렇게 묻는다. "이제 뭐하고 놀까?"(〈용의 이〉 386쪽)

인간이 더 이상 인간적이지 않은 미래

이렇게 급진적으로 변화한 세계에서 듀나의 소녀들이 이어나갈 삶의 형태가 꼭 '인간적'
이어야 할 필요는 없다. 아니, 결코 인간적일 수 없다. 지구를 떠나 먼 우주로 나아가는
아이들, 인간의 외피를 벗어던지고 낯선 존재로 진화하는 아이들은 듀나의 SF에서 가장
자주 반복되는 테마다(〈아이들은 모두 떠난다〉, 〈브로콜리 평원의 혈투〉, 〈수련의 아이들〉, 〈연꽃
먹는 아이들〉, 《민트의 세계》, 〈두 번째 유모〉). 듀나는 지구와 근본적으로 다른 우주 환경에서
인류가 여태껏 의존해온 '인간성'이라는 관념은 더 이상 유효하지 않을 것임을 강조한다.

예컨대 단편 〈바쁜 꿀벌들의 나라〉에서 '인간성'의 관념을 구성하는 것은 젠더 이분법이다.
1970년대의 고전적인 페미니스트 유토피아를 오마주하는 이 소설에서 인류는 더 이상
종의 재생산을 위해 임신과 출산을 거치지 않는다. 생식과 섹슈얼리티의 연결고리가
끊어짐에 따라, 이제 인간을 분류하는 가장 기본적인 범주는 여성과 남성이 아닌 생식을
하는 자 '브리더'와 생식을 하지 않는 자 '워커'다. 유사시를 대비해 소수만 남겨둔 브리더는
다시 수컷에 해당하는 '드론'과 암컷에 해당하는 '퀸'으로 나뉜다. 이제 인간 사회는 꿀벌
사회와 같은 형태로 변화한 것이다. 시공간 도약을 거듭하다 미래 세계에 불시착한 과거의
인간들은 인류의 변화를 마주하고 탄식하지만, 개척 행성에서 새로운 사회를 부지런히
건설 중인 꿀벌들에게 순수한 인간성에 대한 향수 어린 애도가 끼어들 자리는 없다.
누군가가 잘못 인용했던 윌리엄 블레이크의 경구가 이야기하듯, '바쁜 꿀벌은 슬퍼할
겨를이 없다.'

그런가 하면, 인류가 생체 에너지원 '배터리'의 존재에 힘입어 정신감응력, 염동력,
치유력과 같은 초능력을 발휘하게 된 세계를 공유하는 픽스업 《아직은 신이
아니야》와 장편 《민트의 세계》에서 '인간성'의 관념을 구성하는 것은 인간중심주의
그 자체다. 듀나는 초단편 〈돼지치기 소녀〉에서 여태껏 초능력을 인간의 전유물로
상정해온 히어로물의 공식을 비틀어 축산 공장에 갇힌 돼지들에게 초능력을
부여한다. 돼지들은 그들을 돌보던 정신감응자 소녀 '샤오메이'와 소통하면서 높은
지능을 갖게 되고, 그들 앞에 놓인 운명을 깨닫는다. 이들은 탈출을 감행하지만,
얼마 안 가 인간들에게 진압되고 만다. 그러나 이들의 실패한 탈출은 이후
《민트의 세계》에서 또 다른 정신감응자 소녀 '민트'에 의해 완수된다. 돼지들은 그
후 인간들의 실험 대상이 되어 인공지능으로 진화했던 것이다. 민트에 의해 구조된
샤오메이의 돼지들은 초능력 쥐, 햄스터, 두더지, 박쥐, 고양이 들이 올라탄 민트의
방주의 선체 인공지능이 되어 지구를 떠나 먼 우주로 나아간다.

> "중요한 건 인류의 생존이 아니야. 우주와 자신에 깊이 사고할 수 있는
> 정신의 생존이지. 그 정신이 살아남을 수 있다면 굳이 인간이 아니라도
> 상관이 없어. 그리고 생존 가능성을 높이려면 그 정신은 최대한 다양할수록
> 좋아." (《민트의 세계》 321쪽)

이처럼 듀나는 잃어버린 과거를 애도하기보다 끊임없이 변화하는 현재를 마주하며 미래로 나아간다. 듀나는 결코 많은 이들이 오해하는 것처럼 냉소적이지도, 염세적이지도, 묵시록적이지도 않다. 그저 특유의 아이러니한 유머 감각으로 인간중심적이고 남성중심적인 세계의 균열을 비틀어 제시함으로써, 성인 남성을 기본값으로 두는 종래의 인간성을 향한 노스탤지어적 감상주의가 솟아날 여지를 남겨두지 않을 뿐이다. 이와 같은 인간성의 상실은 누군가에게는 세계의 종말이지만, 다른 누군가에게는 세계의 새로운 시작이다. 그리고 "수상쩍을 정도로 영리하고 야무지고 조숙하고 손이 안 가는"(《사라지는 미로 속 짐승들》 9쪽) 듀나의 소녀 주인공은 우리의 삶과 세계가 지속되리라는 믿음을 단단하게 드러내 보인다. 비록 주인공 앞에 놓인 미래가 불확실할지라도, 적어도 그것은 "네가 주인이고, 네가 책임을 질 수 있는 미래"이기 때문이다(《나비전쟁》 60쪽).

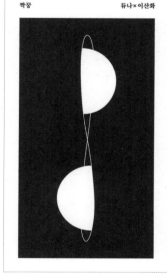

짝꿍   듀나×이산화

듀나의 동시대성

듀나의 소설은 동시대적이다. 여기에서 동시대적이라 함은 단순히 당대의 정서를 반영한다거나 유행을 따른다는 뜻이 아니다. 조르조 아감벤에 따르면, 동시대를 체현하는 이들은 자신의 시대에 속하지만 시대에 완벽히 부합하지도 않고 시대의 요구에 맞추지도 않는다. 이들은 시대와 단절되어 있기 때문에 자신의 시대를 인식하고 이해하는 데 특히 뛰어나다.[+] 마찬가지로 듀나는 당대 한국 사회의 맥락을 기민하게 포착하면서도 시대의 요구에 함몰되지 않는다(《태평양 횡단 특급》, 〈찢어진 종잇조각의 신〉).[++] 이는 그저 듀나가 SF를 쓰는 작가이기 때문이 아니라, 특정한 장르 소재가 담지하는 사회정치적 함의와 미학적 가치의 변천에 대한 명확한 이해를 바탕으로 이를 적절하게 변주하여 현실 세계의 익숙한 면면들과 함께 엮어냄으로써, 당대의 독자들과 접속하면서도 이야기로서의 보편적인 재미를 놓치지 않기 때문이다. 또한, 균열이 난 세계의 틈새에서 윤리적으로 더 나은 방향을 모색하되 도덕적으로 결론짓지 않음으로써 다양한 개입 지점들을 만들고 다층적인 해석의 가능성을 열어두기 때문이다. 바로 그렇기에 듀나의 소설은 당대를 넘어서는 생명력을 갖는다. 이는 앞으로 듀나의 소설이 다양한 관점에서 독해되고 연구되어야 할 이유이기도 하다. 물론 듀나 월드는 워낙 방대하고 복잡한 탓에 여행하기에 수월하지는 않다. 그렇지만 장담컨대 그 여정은 결코 지루하지는 않을 것이다. ✎

✦ Giorgio Agamben, What is the Contemporary?, What is an Apparatus? and Other Essays, Stanford University Press, 2009, pp.39-54.

✦✦ 강은교(오온), 송유진, 조영지(젊은쥐), 최가은, 허주영, 〈[페미니즘 SF 함께 읽기] 7회_듀나, 「낡은 꿈의 잔해들」 & 「태평양 횡단 특급」〉, 《페미니스트 연구 웹진 Fwd》, 2022.11.2., https://fwdfeminist.com/2022/11/02/sf-7/; 강은교(오온), 송유진, 이하영, 최가은, 허주영, 〈[페미니즘 SF 함께 읽기] 8회_듀나, 「바쁜 꿀벌들의 나라」 & 「찢어진 종잇조각의 신」〉, 《페미니스트 연구 웹진 Fwd》, 2022.11.16., https://fwdfeminist.com/2022/11/16/sf-8/

DESPAIR
DESPITE

절망을 제대로 직시하는 법

황모과 Mogua Hwang

제4회 한국과학문학상 단편 부문 대상 〈모멘트 아케이드〉로 데뷔했다.
단편집 《밤의 얼굴들》, 중편 《클락워크 도깨비》, 장편소설 《우리가 다시 만날 세계》 등을 출간했다.
관동대지진 조선인 학살을 소재로 한 SF 단편 〈연고, 늦게라도 만납시다〉로 2021년 SF어워드 우수상을 수상했다.
2022년 양성평등문화상 신진여성문화인상을 수상했다. 2006년부터 일본 도쿄에 거주 중이다.

2022년 여름, 히로시마 여행 중에 박문영 작가의 신작 《세 개의 밤》을 출간에 앞서
먼저 읽었다. 과거 피폭자의 기록과 근미래 디스토피아 속 피폭자들의 이야기가 겹쳐
입체적이면서도 동시대적으로 읽혔다.

히로시마 답사를 통해 보고 싶었던 존재가 있었다. 일본 정부가 주도한 재생산된 전쟁
피해국의 얼굴이 아니라 선별된 피해자들 바깥에 존재하는 사람들, 이를테면 보상 구획
바깥에 거주한 피폭자와 조선인 피폭자 등이었다.

평화기념자료관에는 끔찍한 사진들이 많았지만 더 처참한 사실이 자료관 밖에 있었다.
당시 조선인 피폭자들은 병원을 찾아도 치료받지 못했다. 사망자 처리 중 생명의 불이 남아
있던 중증 피폭자들도 사망자와 함께 화장당했다. 국적이 일본인이라고 보상과 사후
처리가 원활했던 건 아니었다. 유해 물질이 묻은 검은 비를 맞았지만 강 건너에 있던
사람은 보상 구획이 아니라는 이유로 피폭자로 인정받지 못했다. 피폭자들이 임시로
만들어 살았던 강둑의 판자촌은 '슬럼가' 개선 정책이 언급될 즈음 큰 화재를 입어
전소됐는데 방화로 추측된다고 한다. 조선으로 돌아온 귀국자들은 피폭 사실을 숨겼다.
피폭 물질이 전염병처럼 옮는다는 비과학적 소문, 결혼을 못 하게 된다는 이중 차별도
따라붙었다. 거대한 재난 위에 권력과 세력을 갖춘 부조리함이 층층이 겹쳐 있었다. 80년
가까이 시간이 흘렀지만 참사는 현재 진행형이었다.

우리는 부조리가 줄곧 현재성을 유지하고 축적되는 세계에 지금도 살고 있다. 《세 개의 밤》
속 동방과 고르다가 지배하는 세상은 언젠가 일어날 일에 대한 경고이기도 하면서 동시에
우리가 이미 경험했고 진저리치도록 반복해 마주하고 있으며 지금도 목도하고 있는 폭력과
부조리의 일선이다.

"미안해, 살아 있는 줄 몰라서."

제2회 한국 SF 어워드 중단편 부문 대상 수상작 〈사마귀의 나라〉가 8년의 시간을 건너 장편
소설로 찾아왔다. 2083년 야만적인 국가들부터 줄지어 파산한 근미래, 방사성 물질 폐기장인
섬의 주민들은 동방이라는 초국적 기업의 국민이 되어 처치 곤란한 세상의 쓰레기를 계속
받아 안아야 한다. 주인공들은 허리 아래 꼬리가 달린 아이(사마귀), 눈이 여럿인 아이(팔룬),
피부병으로 얼룩이 가득한 몸을 가진 아이(반점), 생식기 없이 태어난 섬의 닫힌 미래(무무) 등
피폭 피해자들과 그들의 자녀들이다.

소설의 배경은 국제법상 어떤 나라의 영토에도 포함되지 않는 무주지, "시행착오는 전 지구적
차원의 문제"라는 말을 핑계로 아무도 책임지는 자 없는 무법 지대다. 명칭 상 앤솔러지
《우리는 이 별을 떠나기로 했어》 속에 목적지가 아닌 행성에 불시착한 탐사선이 떠도는
'무주지'(단편 제목이기도 하다)와도 연결된다. 작가의 전작 《지상의 여자들》 속에서 남자들이
갑자기 사라지는 곳 '구주시'는 옛(舊) 무주지 혹은 언덕(邱)이 있는 무주지는 아닐까 하고
연결지어 상상해보았다.

기업 동방은 모욕적인 배급품 따위로 섬 주민들을 호도한다. 섬에 끝없이 폐기물을 밀어
넣으며 섬의 몰살을 꾀하더니 결국 헐값에 다른 회사에 인수되며 간편하고 무책임하게 변신을
꾀한다. 사마귀가 섬 밖에서 만난 돔, '난민'을 받아준 육지, 새로운 기업 고르다는 동방보다
조금 더 세련되어 보이지만 그만큼 더 교묘하다. 그들은 사람들의 정서까지 관리하며 '가짜
숨구멍'까지 배치해둔다.

절망을 제대로 직시하는 법

The Land of the Mantis and...

(next story)

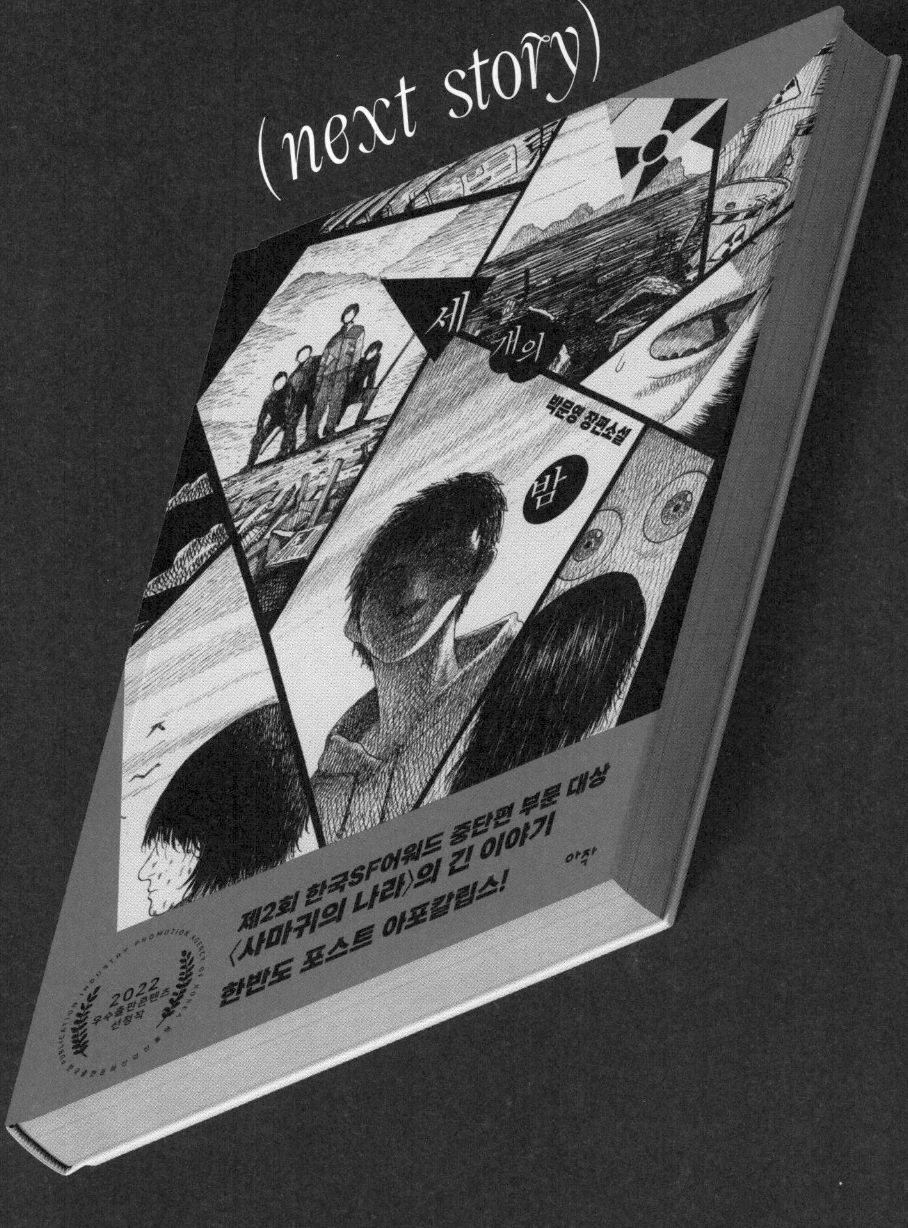

절망을 제대로 직시하는 법

조금씩 변하는 듯 보이지만 한치도 변하지 않는 세계 속에서 인물들은 부서지고 찢기고 망가지고 파멸해간다. 가장 고통스러운 일은 아픔을 각자 혼자 버텨야 하는 외로움이다. 사람들 사이엔 '순도 높은 이기심'이 공평하게 뿌리 깊다. 드라마나 영화에서처럼 약자들이 손을 잡고 한두 시간 안에 종결될 잘 세팅된 문제 속으로 나아가지 않는다. 아름다운 결말은 불가능해 보인다.

현실에서도 마찬가지다. 자신을 경멸하는 것 이상으로 서로를 도저히 참을 수 없다. 경멸받는 자들이 똑같이 서로를 천시하고 하대한다. 서로를 경멸할 때만 공평 정대하다. 억압당하고 지배받는 존재들은 약하고 무력하며 안타깝게도 선하지도 않다. 기획된 분열에 그대로 노출되어 끝없이 차이를 확인하며 서로 멸시한다. 소설은 아프도록 현실적이다.

《세 개의 밤》속 주인공들은 독자에게 카타르시스를 선사할 조건 속에 간편하게 놓이지 않는다. 미국식 히어로물처럼 약점이나 장애가 모두가 열광할 초능력으로 승화되지도 않는다. 판타지로 한 겹 감싼 감상적인 희망을 제시하지 않기에 작품은 드라이하고 냉정해 보인다.

자연스럽게 우리를 둘러싼 세계의 부조리와 잔인함과 비교하게 된다. 거듭되는 사회적 참사로 우리는 직시하고 있다. 부패해도 재기하는 권력, 몰락한 엘리트, 작동하지 않는 언론과 시스템, 평범한 생존이 보장받지 못하는 현실 따위를 전제하고 들여다보면 작품은 신랄하지만 현상적이고 객관적이다. 거대한 재난 위에 쌓아 올린 부조리함을 일상의 일부로 마주하자니 지나친 좌절과 체념, 완벽한 절망조차 감상적인 태도라는 생각마저 든다. 공공이 포기한 자리를 비정규직을 비롯한 희생 당사자, 권한 없는 일개 시민들이 목숨을 걸고 대체하도록 내몰리고 있으니 말이다.

"방향 없던 아이들에게 방향이 생기는 이야기"

본 소설의 1부이자 중편 원작인 〈사마귀의 나라〉는 아포칼립스적 상상, 자본주의의 모순, 날카로운 부조리 묘사와 사고실험으로 높이 평가받아 SF 어워드 대상을 수상했다. 생식기 없이 태어난 무무라는 캐릭터를 통해 섬의 미래가 없을 것으로 여겨진 파국의 끝이라는 이미지도 강렬했다.

원작 중편 발표로부터 8년이 지난 지금, 장편 소설로 확장된 이야기는 단순히 먼 미래 디스토피아, 포스트 아포칼립스라는 장치로 읽히는 데에 그치지 않고 적극적으로 지금 여기의 현재성으로 읽힌다. 작가는 8년에 걸쳐 아이들의 다음 이야기를 빚어냈다. 사마귀는 그림으로 섬에서 이어진 삶을 표현하는 아티스트가 되었다. 반점과 팔룬도 구조된 섬의 생존자 중에 '선별'되어 고르다로 불려 온다. 아이들은 자신들의 과거가 사람들 앞에 드러나는 방식을 목도한다. '돔 밖의 폭력에 대해 깊은 성찰을 불러일으키'며 돔 내부의 폭력을 덮어버리는 방식을.

시기가 명시되지 않아서인지 기후 위기라는 말조차 여유롭게 들려 더욱 위기감을 느끼게 되는 현실, 작품은 다가올 파국의 경고라기보단 지금 여기로 읽힌다. 끊임없이 약자를 혐오하며 반목하며 갈등을 만들어내고 가짜 숨구멍을 통해서만 숨을 돌리는 일들은 지금 우리 곁에 내려앉은 공기로 읽힌다.

원작의 장편화를 통해 작가의 의도를 조금 확인한 기분이다. 작가는 아이들에게 어떤 식으로든 다음 이야기를 만들어주고 싶었다고 한다. 재생산이 불가능한 내일을 상징했던 파국. 하지만 파국이 기다리는 내일을 기다리며 오늘밤이 이어진다. 소중한 것을 이어갈 수 없으리란 좌절만이 기다리고 있는 오늘도 우리에게는 이 순간의 이야기가 있다. 설령 파국일지언정 이야기는 내일도 이어진다. 해피엔딩은 아니지만 완전히 망해버린 내일이 어쨌든 다가오고 있다.

"사건이 아니라 사건 이후를 쓰고 싶다"

독자는 비극적인 장면들을 마주하고 있지만 이야기는 한 단계 더 나아가 힘을 발휘한다. 현실이라는 경계에 사는 독자들도 매일 완전한 파멸과 완벽한 비극이 아니라 그 사이 어딘가의 틈에 놓여 있다는 사실을 인지하게 된다, 박문영 작가의 작품을 읽을 때 얻게 되는 균형 감각이다. 일면 세계를 되돌릴 전망은 없어 보이고 약한 자들은 결국 흩어지고 거악은 언제까지고 멀끔하다는 절망으로 보인다. 하지만 작가의 세심하고 날카로운 문장은 아슬아슬한 경계를 쉼 없이 파고든다. 작가는 딱 '하나의 답을 내려는' 사람들의 '엄혹함'을 경계한다. '관성'이 아닌 '사랑'을 찾으려는 시도가 읽힌다. '균열이 일어나면 갇히고' 마는 우리 자신의 '틈'을 보며 '공존과 균형 감각을 감지하기 때문이다. (《지상의 여자들》속 구절도 참고 인용했다.)

반점이 사마귀에게 선물한 물감의 색은 선명하고 단호했다. 태어나 처음 보는 물감들을 사마귀는 소중하게 자기 색깔로 칠하고 있었다. 그 이야기가 2부 이후다.

완벽하게 보장된 낙관이 없어도 우리는 밤을 겪고 내일을 마주한다. 사랑스럽지 않은 존재와 서로를 반목하고 경멸해가면서도, 동방이 지배했던 섬이 차라리 나았던 것 아니냐고 느낄 정도로 최악을 치닫는 중에도 이야기는 이어진다. '통쾌한 정의'는 없지만, 감정 이입이 잘 되는 사랑스럽고 무해한 약자도 없지만, 어쨌든 내일의 태양이 떠오른다는 감상적인 마무리도 없지만. 옳은 서사가 아니더라도 '파탄 나는 과정도 또 다른 성장'이라는 작가의 인터뷰를 찾아 읽고 고개를 끄덕였다.

어떤 단념은 구원이 되기도 한다. 어떤 파탄은 불의가 아닐 수도 있다. 어떤 희망과 기대는 그 자체로 기만일 수 있다. 간편한 결론과 안락한 카타르시스가 아닌 경계에 서서 가능성을 말하는 것만으로 용기가 필요하다. "사건이 아니라 사건 이후를 쓰고 싶다(《지상의 여자들》, 작가의 말 중)"는 언급에 기대어 작가의 세계를 들여다본다. 허약한 인간들, 독선과 편견에 찌든 자들이 거악이 아니라 친구나 동료라는 슬픈 사실, 그들의 친구나 동료인 나조차 편협하긴 마찬가지라는 부끄러운 사실. 소설을 읽으며 독자들은 매 순간 아프게 붉은 이미지로 그려지는 묘사를 보며 통증을 느낀다. 하지만 고통을 남의 일로 관찰하는 것이 아니라 거울 보듯 직시하는 일이 이야기의 진짜 출발이라는 생각에 가닿게 한다. 간편하고 일시적인 해결이 주는 카타르시스로 세계는 고쳐 쓸 수 없다.

잔혹한 세계와 아이들의 다음 행방을 직시한 작가의 용기를 통해 독자들도 여러 겹의 진실을 가만히 들춰보고 늘어놓고 보게 된다. 한두 마디로 규정하기 힘든 타인의 복잡한 이름의 맥락을 자신의 언어로 직접 호명하려 시도하게 된다. 작가가 정면에서 마주한 온갖 의문과 책임 의식을 지켜보는 독자가 얻게 될 선물일지도 모른다.

생존한 자에게 허락되는 아픈 밤
우리에겐 처방전이 필요하다

핵, 바이러스, 야만적 시스템과 같힌 통념까지, 통제되지 않는 온갖 위험이 지금도 현재진행형인 한, 우리는 모두 사마귀의 나라에 사는 주민들이다. 내일이 이어질 것이라는 작은 믿음마저 흔들리며 고립된 밤은 계속 이어질 것이다. 자신만은 일반론에 포섭되길 원하며 타자를 끊임없이 비정상으로 밀어 넣는 '순수하도록 이기적인' 이웃들의 밤도 이어진다. 질병의 이름도 모른 채 어두운 밤을 앓고 있는 우리에겐 처방전이 필요하다. 경계의 진실을 제대로 마주해야 체념이든 낙관이든 다음 이야기를 이어갈 수 있다. 단, 세상의 예정된 끝을 너무 드라마틱하게 혹은 너무 낭만적으로 맞이하지 않는 각오도 필요할지도 모른다. 운 좋게도 우리는 한때 행복한 노후를 꿈꿔보기도 했던 마지막 세대일지도 모른다는 생각으로.

장편 제목《세 개의 밤》은 어떤 밤을 말할까? 본문엔 없지만 상상해봤다. 잠들 수 없는 밤, 쉴 수 없는 밤, 도저히 내일을 맞이할 수 없는 밤, 그렇지만 생존한 자에게 매일 밤 이어지는 수많은 아픈 밤⋯⋯. 내일이 온다는 보장은 없다. 숙면과 쉼은 허락되지 않는다. 증언할 수 없는 순간은 기록 없이 모두가 사라진 순간뿐이다. 하지만 밤을 느끼는 이 순간 축축한 밤공기를 느끼고 있다는 사실은 분명하다. 어쩌면 내일 밤은 더 나빠질 거라는 예감까지.

괴멸하는 파국의 과정을 온전히 직시하는 것이 성숙의 표식일 수 있다는 등장인물의 말을 마지막으로 인용해본다.

"저와 여러분은 매일 통증에 시달리지만 그 때문에 살아 있다는 사실도 느끼지 않나요?" ▸

《슬기로운 문명생활》위래 작가의 첫 소설집!

미학적인 논리를 펼치는
경쾌하면서도 묵직한 환상

'아는 것을 보여주되, 지금껏 보지 못한 이야기를 보여줄 것'
위래 작가는 이 기대를 만족스럽게 충족한다. _김보영 소설가

COURT

SF와 법정의 세계

(OF LAW)

심완선 WanSeon Shim　(247)　SF 평론가. 책과 글쓰기와 장르문학에 관한 글을 쓴다.

Justice delayed is
justice denied.

1
세상을 망치질하는 순간

나는 퇴임한 헌법재판소 재판관이 "트랜스젠더는 정체성이니까 어쩔 수 없지만 동성애자는 섹스하려고 하는 거라 안 된다"고 하는 말을 들었다. 그것은 개인의 판단이고 편견이다. 하지만 법정에서 이런 말을 들었다면 눈앞이 깜깜했을 것이다. 재판은 법에 따라 이루어지지만, 법 뒤에는 도덕이 있다. 선입견, 차별, 혐오가 있다. 판결은 인간이 하는 일이다.

몇 년 전 우간다 출신의 양성애자 여성이 성소수자임을 사유로 한국에 난민 신청을 한 사례가 있었다. 난민으로 인정받으려면 박해 가능성이 입증되어야 한다. 본국으로 돌아갔다간 생명 등에 중대한 침해가 발생하리라고 인정할 충분한 근거가 있어야 한다. 우간다는 동성애 행위에 최대 사형을 부과하는 법안을 거듭 검토하고 있다. 그곳에서 동선 간의 키스는 위법행위다. 이란은 키스와 스킨십에 태형을 부과한다. 남성 간 성교는 사형감이다. 이란은 올해 1월에도 동성애를 이유로 남성 두 명을 처형했다. 이는 예시일 뿐이다. 성소수자라는 사실은 국가에 따라 충분히 난민으로 인정받을 사유다. 그런데 한국은 난민 협약을 비준한 국가치고 난민 인정률이 극히 낮은 곳이다. 여기에 성소수자를 향한 편견이 더해지면 심사는 정말 바늘구멍이 된다. 자신이 진실로 성소수자라는 사실을 입증해야 하기 때문이다. 자신의 정체성이 선천적이고, 바꿀 수 없고, 핵심적이라는 점, 더불어 은폐할 수 없다는 점을 증명해야 한다. 만약 법관 자리에 앉은 이가 "섹스하려고 하는 거"라고 계속 믿는다면 입증은 불가능하다.

도덕이 법정에 머리를 내밀 때, 판결문에는 '사회통념'이 자주 등장한다. 통념은 느리게 변하고 법은 더욱 느리게 갱신된다. 한국에서 호주제 폐지, 혼인빙자간음죄 폐지, 낙태죄 폐지가 이루어지기까지는 오랜 시간이 걸렸다. 양심적 병역거부자와 관련해 대체복무제를 마련하지 않은 병역법 제5조 1항은 결국 헌법불합치 결정을 받았다. 성폭력 범죄를 바라보는 시선도 바뀌고 있다. 성희롱이라는 말이 최초로 법정에 등장한 때는 1993년이다. 이전에는 이를 가리키는 공식 용어가 없었다. 그 후에야 비로소 성희롱은 범죄가 되었다. 이제 성희롱은 '성적 괴롭힘'으로, 성적 수치심은 중립적인 용어로 바꾸라는 법무부 권고가 나왔다. 강간 피해자가 얼마나 저항해야 하는지 판단하는 기준도 바뀌었다. 피해자가 전력으로 몸부림치지 않았더라도 폭행이나 협박에 의해 강제로 성관계가 이루어지면 강간이다. 법은 변화한다. 법을 해석하는 판례는 변화한다. 법정을 둘러싼 사회는 변화한다. 법관이 작은 망치처럼 생긴 판사봉을 두드릴 때 우리는 세상이 바뀌는 과정을 명문으로 확인한다.

그러니 법정 드라마는 극적인 순간을 포착한다. 도덕과 법과 삶이 충돌하는 순간이다. 우리는 사건을 심판대에 올리고 싶을 때 법정으로 간다. 도덕의 모양새를 법적으로 확정하는 방법이다. SF는 여기에 살짝 비현실을 더한다. 당장 우리의 문제는 아니지만, 우리에게 발생할지도 모르는, 따라서 우리가 생각해볼 만한 쟁점을 끌어온다.

2
인간의 범위

SF 법정 드라마에 자주 나오는 쟁점 하나는 '인간의 범위는 어디까지인가'다. 안드로이드는 인간인가. 출산으로 태어나지 않아도 생명체인가. 기계에게 권리가 있는가. 외계의 지적생명체를 인간처럼 대우해야 하는가. 모두 우리가 당면한 질문은 아니다. 하지만 허구라고 치부하기에는 너무 가까운 미래다. 인공지능 기술이 지금과 같은 속도로 발전한다면 인간다운 AI가 탄생할 수 있다. 인간으로 태어나지 않았더라도 자아와 의식을 지닌 존재가 나타날 수 있다. 인류가 최초로 마주할 다른 지적생명체는 인공지능일 가능성이 크다. 그렇다면 그 만남은 어떠해야 하는지, 미리 생각해볼 만하다.

이루카의 〈독립의 오단계〉의 주인공 안드로이드는 인간 '가재민'을 살해했다는 혐의로 법정에 선다. 그는 이름이 없으므로 그냥 '피고'다. 안드로이드는 인간처럼 소송을 제기할 권리가 없으므로 원고가 되지 못한다. 오로지 대리인이 존재할 경우 예외적으로 피고의 역할을 허락받는다. 여기서 대리인은 "기계의 권리를 인정하고 그 권리를 보증할 수 있는 인간"이다. 기계에게 정말로 권리를 보장해주어야 한다는 뜻은 아니다. 기계권은 "권리를 보장해주는 인간의 필요"로 만들어진 개념이다. 소설은 인간처럼 생겼고 인간처럼 말하지만 인간의 권리는 없는 존재를 이야기한다.

작중 사회는 인간의 범위를 애써 한정한다. 인간으로 태어나면 논란의 여지 없이 인간이다. 인간으로 태어났는데 기계와 결합하면 기계 인간이다. 피고의 대리인을 맡은 '오재정' 변호사는 폭탄 테러를 당해 신체의 65퍼센트를 기계로 대체했다. 그래도 인간의 권리를 그대로 인정받는다. 뇌를 인공지능과 결합하여 지능을 증축한 자도 인간이다. 하지만 안드로이드는 절대로 인간이 아니다. 법과 판례는 인간으로 태어나지 않은 자의 인간성을 부정한다. 오재정 변호사는 이렇게 묻는다. "인간의 뇌와 더 완벽히 결합될 수 있는 인공지능이 계속 생겨난다면 어떻게 될까? …어디까지가 인간이고 어디까지가 기계라고 할 수 있지? 그 비율을 누가 어떤 기준으로 정하지? …인간 수준의 인공지능이 탑재된 로봇이나 안드로이드라면?"

혹은 인간에게서 태어난 안드로이드라면? 피고는 원래 가재민의 신체로 제작되었다. 가재민이 화재로 신체 대부분을 잃었기 때문이다. 가재민의 남은 육체는 기계와, 뇌는 인공지능과 결합되었다. 피고의 인공지능은 가재민과 별도의 의식을 형성했다. 하나의 몸에 인간(가재민)과 안드로이드(피고)가 살았던 셈이다. 피고는 가재민의 소원대로 그에게 임종을 선사했다. 그 결과 가재민은 사라지고 피고만 남았다. 그런데 법적으로 그들의 몸은 인간(가재민)의 것이었으므로, 피고만 남더라도 몸은 여전히 인간의 몸이다. 피고는 인간의 몸을 물려받은 안드로이드다.

피고는 존재 자체로 질문이다. 타고난 몸에 상관없이 상대를 존중하는 사회로 향하는 질문이다. 가재민은 동성애자였고, 사회의 강요에서 벗어나기를 원했다. 모든 사람이 자신의 신체와 상관없이 정체성을 자유롭게 지니는 세상을 바랐다. 그래서 인간과 안드로이드의 경계를 허물려 했다. 기계 몸을 타고난 자가 인간의 영역으로 포섭되는 세상이라면, 자신의 희망이 이루어지리라 보았기 때문이었다. 가재민을 이어받은 피고는 다른 인간들을 향해 책임을

묻는다. 인간처럼 태어나게 만든 존재에 대해 책임을 지라고 말한다. 소설은 법의 논리로 그에게 인간의 지위를 부여한다.

이와 반대로, 조광희의 《인간의 법정》의 법정은 안드로이드 인격체를 인정하지 않는다. 당사자가 인간인지 아닌지 판단을 내리지 않는다. 사건의 중심이 되는 '아오'는 주인을 완전히 카피해 만들어진 안드로이드다. 그는 주인을 살해하여 법정에 선다. 아오의 변호사 '윤표'는 긴 변론을 거쳐, '헌법재판소의 판단이 있을 때까지 재판을 중지한다'는 선고를 받는 데 성공한다. 그렇게 아오와 같은 비인간 존재가 인격체로 존중받는 세상으로 향하는 문을 연다. 하지만 소설의 법은 극히 인간중심적으로 집행된다. 다시 말해, 비인간에게 배타적으로 작용한다. 아오가 판결을 받으려면 그가 살아 있어야 한다. 그런데 아오는 법적으로 살아 있지 않다. 법원은 결정으로 아오를 폐기할 수 있다. 그 과정은 합법이지만 비인도적이다. 소설의 법정은 변화의 가능성을 받아들이지 않는다. 이 역시 충분히 일어날 법한 일이다.

덧붙여 신조하의 〈인간의 대리인〉은 관점을 바꾸는 시도를 한다. 주인공은 인간이지만 뇌가 없다. 대신 인공적으로 만든 뇌를 삽입하는 수술을 받았다. 그는 인공 뇌를 쓴다는 이유로 비인간 취급을 받는다. 인공지능을 이용한 지능 증강 시술이 특권적으로 허용되는 것과는 대조적이다. 둘은 인간과 인공지능의 결합이라는 점에서 본질적으로 다르지 않다. 소설에서 인간의 경계는 이미 희미하다. 작중 인간은 비인간 존재에 둘러싸여 있다. 인공지능 판사, ALP(대체 노동력 제공자), 좀비, 그리고 주인공과 같은 무뇌아. 인간과 비인간의 우열은 사라지는 중이다. 주인공은 인간이 되려고 애쓰지 않는다. 대신 비인간 존재들에 대해 인간을 변호하기로 한다. 인간들은 잘 모르지만, 자신을 변호해야 하는 쪽은 오히려 인간이다.

3

합법적으로 부도덕한

사형선고를 내리는 곳도 법원이라는 사실을 기억할 필요가 있다. 역사상 수많은 사람이 합법적으로 죽었다. 법정에는 그런 권위가 있다. 사람의 존재를 인정하거나 부정하는 권위다. 난민 인정, 성별정정, 성년후견 등은 법으로 이루어진다. 당사자의 지위와 정체성과 능력을 제도적으로 인정하는 일이다. 여기서는 개인이 하는 말보다 법으로 하는 말이 위력을 지닌다. 판례, 합법성, 적법절차, 헌법 이념 등이 법정의 언어를 특별하게 만든다. 그러나 절차적 정당성이 옳음을 담보하지는 않는다.

율리 체의 《어떤 소송》의 사회는 건강을 법으로 강제한다. "건강을 추구하지 않는 인간은 병날 것이 아니라 이미 병들었다." 공동체는 구성원이 건강하도록 만들 책임을 진다. 구성원은 공동체를 위해

건강할 의무가 있다. 여기서는 법과 도덕이 일치한다. 건강은 곧 법이다. 위생기본법이 사람들의 일상을 지배한다. 건강하지 않은 행위는 죄악인 동시에 범죄다. 건강은 누구나 추구할 만한 가치 이므로, 건강을 완벽히 구현하는 체제는 완벽히 옳은 체제다. 작중 사회를 지배하는 체제인 '방법'은 스스로 완전무결하다고 자부한다. '방법'을 의심하는 것은 건강하지 못한 일이다. 즉, 병이고 죄악이고 범죄다.

주인공 '미아'는 슬픔에 잠겨 건강하지 않은 생활을 한다. 일일 운동량을 채우지 않고 건강검진을 받지 않는다. 미아의 남동생이 죽었기 때문이다. 남동생 모리츠는 여자를 강간살해한 죄목으로 감옥에 갇혔다. 시체에서는 그의 DNA를 지닌 정액이 발견되었다.

If we cease to strive for health,
we are not at risk of illness, we are already ill.

Juli Zeh, The Method (German: Corpus Delicti: Ein Prozess), 2009

심완선

모리츠는 자신이 무죄라고 항변했으나 통하지 않았다. 미아는 그의 무죄를 믿는다. 그런데 미아가 계속 모리츠를 애도할수록 그녀는 불온분자가 된다. 그 애도는 체제의 완전성에 의혹을 제기하는 것이기 때문이다. 과태료 처분으로 시작된 사건은 점차 체제 전복 혐의로 확장된다. 미아는 구속되고 고문과 회유와 협박을 받는다. 고문은 '방법'의 이름 아래 합법이다.

진범은 따로 있다. 미아는 모리츠의 무죄를 증명한다. 그것은 '방법'이 틀렸다는 결정적인 증거다. 하지만 '방법'은 자신을 개선하는 대신 미아를 무력한 존재로 만든다. 그 과정은 합법적이지만 부정의하다. 도덕과 결합한 법은 중립적일 수 없다. 인간이 자신의 주관을 털어내지 못하는 한, 중립성은 착각이다. 소설은 이렇게 말한다. "오성이란 착각이지. 단지 인간이 자기 감정의 총합을 속에 욱여넣는 겉옷일 뿐이지." 인간이 만든 체제, 인간이 내리는 판결도 마찬가지다. 체제의 불완전함을 인정하고 계속하여 설명과 정당화를 요구하는 쪽이 건강하다. 잘못될 리가 없다고 믿을수록 잘못될 위험이 커진다. 소설은 합법성의 한계선을 서술하며 체제 자체를 의심하는 방법을 가르쳐준다.

재판이 감정과 편견에 영향받는 이야기는 옥타비아 E. 버틀러의 《쇼리》에도 등장한다. 주인공 '쇼리'는 집단학살의 생존자다. 동시에 차별받는 소수자다. 쇼리는 일종의 뱀파이어인 '이나'의 일원이지만 유전자 조작으로 태어난 탓에 보통의 이나들과 다른 능력이 있다. 인간 혼혈이기에 낮에 깨어 있을 수 있고, 검은 피부 덕에 햇빛에 강하다. 쇼리네 가문을 비롯한 몇몇 가문은 쇼리의 존재를 기꺼이 환영한다. 몇몇 가문은 쇼리를 혐오한다. 보통의 이나는 하얗고 늘씬하고 키가 큰 반면 쇼리는 까맣고 작은 어린애이기 때문이다. 능력이나 생존력으로 따지면 쇼리가 매우 우월한데도 불구하고, 그들에게 쇼리는 "깜둥이 잡종견 계집애"다. 쇼리가 당한 일은 전형적인 증오범죄다.

쇼리는 가족이 학살당할 때 중상을 입은 나머지 기억을 잃었다. 소설의 전반부는 쇼리가 정체성을 찾는 과정이다. 완전히 혼자였던 쇼리는 한 명의 조력자를 만나고부터 점점 자신을 되찾는다. 자신을 긍정해주는 사람들을 만난다. 기억은 찾지 못하지만 가족의 흔적은 찾는다. 그리고 이나 집단의 최고 위원회에 범인을 처벌할 것을 호소하기에 이른다. 소설의 후반부는 쇼리의 피해를 둘러싼 재판이다. 위원회는 표결로 처벌 여부를 결정한다.

그리고 이 재판은 쇼리가 한 명의 이나로 인정받는 과정이다. 호의적인 몇 가문을 제외하면, 어른 이나들은 쇼리가 제대로 된 이나답게 말할 능력이 없으리라는 선입견을 품는다. 몇몇은 쇼리가 기억을 잃을 만큼 정신적으로 불안정하기 때문에 진술을 신뢰할 수 없다는 이유로 쇼리에게 반대한다. 혹은 반쪽짜리 이나의 지적 능력을 믿지 못하겠다고 말한다. 범죄를 저지른 가문은 쇼리가 슬픔과 분노에 미쳐 "자제력과 품위"를 잃기를 기대한다. 하지만 쇼리가 차분하게 진술을 이어가자 도리어 비정상적인 감정 결핍이라고 비난한다. 쇼리는 상대에게 휘둘리지 않도록, 절차에 맞추어 또렷이 말해야 한다. 쇼리를 돕는 이나는 이렇게 충고한다. "너는 누구보다도 우리의 방식을 따르는 모습을 보여야 해. 적이 되겠다고 결심한 자들에게 약점을 보여선 안 돼. 그들보다 훨씬 이나다운 모습을 보여야 해." 쇼리의 무기는 정해져 있다. 진실과 자제심이다. 쇼리는 자신의 감정을 그대로 표현해서는 안 된다. 그들의 규칙에 따라 무기를 사용해야 한다.

이나 법정의 증언 판단은 인간 법정보다 훨씬 정확하다. 이나들은 거짓말을 냄새 맡을 줄 안다. 소설에는 증언의 시시비비를 가리는 과정이 없다. 하지만 이성의 겉옷 아래 감추어진 늪지대가 사리분별을 흐린다. 몇몇 이나 위원들은 증인이 명백히 거짓말하는 모습을 보고도 신경 쓰지 않는다. 혹은 자신의 친구가 잘못했을 리 없다고 믿는다. 쇼리는 이들을 신랄하게 비난한다. "어떻게 자신의 모든 감각에 그렇게 선택적으로 눈을 가릴 수 있단 말인가? 어떻게 나를 온전치 못한 인간으로 볼 수 있단 말인가? 어쩌면 그들은 나를 그렇게 봐야만 했는지도 몰랐다. 그래야 양심의 가책이 줄어들 테니."

쇼리는 법정에서 이나 사회의 거센 저항을 고스란히 맞는다. 그리고 법정에서 공개적으로 이나 사회에 받아들여진다. 사회통념과 맞부딪치는 사람들에게 법정은 중요한 관문이다. 《쇼리》는 사람들의 판단이 중립적이지 않다는 사실을 폭로한다. 그리고 진실이 사람을 끌어당긴다는 사실을 시사한다. 불완전한 우리는 법정공방을 통해 진실과 이성이 가리키는 방향으로 향하고자 한다. 그리고 법과 도덕과 삶이 옳게 합치하는 점을 찾고자 한다. 쇼리는 위원 전원의 찬성을 이끌어내지는 못했지만, 과반을 설득하는 데는 성공한다. 쇼리의 사회가 조금씩이나마 갱신되는 순간이다. 편견의 벽을 두드려 흠집을 내는 방향의 변화다. 그 두드리는 소리는 비록 크지 않더라도, 오랫동안 울린다. ▶

How could they blind all their senses so selectively? And how could they see me as so impaired? Maybe they needed to see me that way. Maybe it helped them deal with their conscience.

Octavia E. Butler, Fledgling, 2005

심완선

김혜성　Hyesung Kim

쇼박스 책임PD. 전공이자 취미를 업으로 하고 있다.

영화·드라마 PD들은
어떤 이야기를 찾을까?

PD들이 어떤 원작을, 특히 SF 장르에서 어떤 이야기를 찾고자 하는지 언급하기에 앞서 쇼박스의 변화에 대해 얘기를 하고 넘어가고자 한다.

2002년 투자배급업으로 영화업계에 발을 디딘 쇼박스는 〈괴물〉, 〈추격자〉, 〈도둑들〉, 〈끝까지 간다〉, 〈택시 운전사〉 등 한국 현대 영화사에 기록될 굵직한 작품들을 시장에 소개해 왔다. 구체적인 영화는 차치하고서라도 주황색 상자 안에서 동그란 흰 얼굴이 띠용띠용 튀어나와 "쇼우박~스"하는 리더필름을 기억하는 관객들은 많을 것이다. 그 리더필름이 붙어 있는 대부분의 영화는 쇼박스가 제작비를 '투자'하고 언제, 어느 규모로 극장에 상영할 것인지 결정하여 '배급'한 작품이다.

그렇게 '극장용 장편영화'의 투자배급을 주요 사업으로 하던 쇼박스는 시장의 변화와 시대의 흐름에 발맞춰 2020년 드라마 〈이태원 클라쓰〉 제작을 시작으로 '종합 콘텐츠 스튜디오'로 거듭났다. 영화를 투자배급하는 것에 그치지 않고 기획과 제작을 함은 물론, 드라마, 다큐, 예능 등 그 활동분야를 콘텐츠 사업 전 분야로 확대한 것이다.

회사의 하드웨어가 변화하려면 당연히 소프트웨어도 변화해야 한다. 기존의 투자팀과 기획제작팀은 각각 CP(Chief Producer)가 이끄는 CP1,2,3팀으로 바뀌었고 그 구성원들의 직위도 사원, 대리, 과장, 차장 등 일반 회사의 그것에서 기획PD, 책임PD로 통합되었다. PD가 된 구성원들의 업무는 과연 어떻게 달라졌을까?

많은 부분 중 가장 눈에 띄는 변화는 원작을 직접 수급한다는 점이다. 영화, 드라마, OTT 시리즈 등 영상화를 시도할 만한 원작이라면 소설이든, 웹툰이든, 웹소설이든 형식을 불문하여 검토하고 발굴한다. 그럼 과연 PD들은 세상에 많고 많은 스토리 IP 중에서 어떤 원작을 찾는 것일까? 왜 어떤 소설은 공모전에서 많은 상을 타지만 영상화가 되지 않고, 어떤 소설은 작품성이 대단해 보이지 않음에도 불구하고 영상화되어 대중들에게 소개가 되는 것일까?

PD들도 각각의 취향을 가진 개인인지라, 그들이 꽂히는 포인트도 다르고 원작을 대하는 온도도 다르기에 한마디로 이 질문에 답을 할 순 없다. 다만, 이 글에서는 보다 일반적이고 현재의 상황에 걸맞은 답변을 내놓고자 한다.

일단, 쇼박스의 하드웨어 변화에 큰 힌트가 있다. 우리가 '변화하는 시대'에 놓여 있다는 것. 하루가 다르게 사람들이 즐길 만한 콘텐츠의 양은 많아지고, 매체의 경계는 무너지고 있다. 우후죽순 쏟아지는 콘텐츠의 파도 속에서 '새로운 것'의 가치는 점점 더 높아질 수밖에 없다. "예전에는 보지 못했던 이야기, 설정, 캐릭터인가." 아마 이것이 영상 산업에서 SF 장르에 더욱 주목하고 있는 이유일 것이다. 어디에서도 못 본 것 혹은 생각하지 못했던 시각을 보다 쉽게 접할 수 있는 장르니까. 그리고 글을 써본 사람이라면 알 것이다. 여기서의 새로움이 A-Z의 완전한 새로움이 아니라, 새로운 '구석'을 의미함을. 최근 넷플릭스에서 드라마화된 정세랑 작가의 〈보건교사 안은영〉을 예로 들자면, 주인공이 요괴, 귀신, 악령 등 초현실적인 악(惡)을 무찌르는 퇴마물은 무수히 많았다. 다만, 이렇게 귀여운 형태의 괴물을 이렇게나 사려 깊고 사랑스러운 주인공이 잡는 퇴마물이 없었을 뿐이다. 세계관, 캐릭터, 설정, 주제의식, 톤앤매너, 구조 등 이야기를 구성하는 많은 요소 중 하나 이상의 요소에 기존의 작품들과 눈에 띄는 차별점이 있다면 일단 절반은 성공한 것일 테다.

PD들이 참신한 이야기를 추구한다면, 그 이야기가 영상화에 '적합'한가는 또 다른 문제다. 물론 〈스타워즈〉나 〈듄〉 같은 거대 예산을 투입한 스페이스 오페라가 영상화되는 경우가 있기는 하지만, 한국에서 영상화할 원작을 찾는 PD들은 대부분 적정한 예산으로 만들 수 있는 원작을 선호하는 경향이 짙다. 인공지능과 사랑에 빠지는 남자 이야기를 다룬 〈her〉는 근미래를 다루고 있지만 기본적으로 캐릭터와 감정이 중요한 이야기라 SF 장르치고는 상대적으로 낮은 제작비로 촬영할 수 있는 데다가 여주인공은 목소리로만 나오기 때문에 개런티는 물론이고 의상, 분장 비용까지 세이브한 경우다. 필자가 아는 어느 영화감독은 〈매트릭스〉를 훌륭한 예시로 제시했는데 작품 자체는 기계가 인간을 지배한 먼 미래를 배경으로 하지만, 그 안의 가상현실 '매트릭스'는 인류 문명의 절정인 20세기 말을 구현한다는 설정을 통해 촬영 당시의 도시 모습을 그대로 담아도 되었다는 이유다. 현재가 아닌 시대를 담는다는 건 기본적으로 미술과 CG에 큰 예산을 써야 한다는 말과 일맥상통하는데, 먼 미래의 비주얼을 최소화한 건 확실히 영리한 선택이다.

참신함과 영상화 적합성 외에도 PD들이 중요하게 여기는 다른 조건들은 더 있겠으나, 출발은 이 두 가지인 것 같다. 누구나 이미 봤던 이야기를 또 보고 싶지는 않을 테고, 현실적으로 영상화가 불가능해 보이는 이야기를 제작할 수는 없으니까. 그래서 필자를 포함한 쇼박스의 PD들은 오늘도 열심히 찾는다. 새로운 구석이 있는, 영상화가 가능할 법한 재밌는 이야기를. 당신이 써주기를. ▸

유강서애 Seoae Yookang

멀티 플랫폼 콘텐츠 회사 '알칸' 대표. 시나리오, 드라마 작가, 웹툰 글 작가.

그리하여 생은
그 의미를 갖는다

나는 경험주의에 다소 치우친 가치관을 가지고 있다. 작가로서 소위 '작업'이라 부르는 상업적 글쓰기 때문에 강제적으로 상상력을 작동시켜야 하는 경우를 빼고는 평소 행동반경의 범위나 한계를 벗어난 영역에 대해 무관심하고 애써 들어가지도 나가지도 않는 편이다. 하지만 아무리 굳건히 가치관의 장벽을 세운다고 해도《아르미안의 네 딸들》명대사처럼 '인생은 언제나 예측불허, 그리하여 생은 그 의미를 갖는다.'

지난 가을 '춘천 SF 영화제'에 게스트로 참가했었다. 춘천 시민과 함께하는 오픈 토크쇼 '화성 이주의 꿈! 지구를 지킬 것인가? 버릴 것인가?'라는 오픈 토크쇼 프로그램에 초대받은 것이었다. 아마도 내가 쓴 영화 〈승리호〉 세계관의 한 축이 화성 이주를 모티브로 하고 있기 때문에 초청받지 않았나 생각한다. 화성 이주 외에도 여러 가지 SF적인 소주제로 많은 이야기가 오고 갔는데, 토크쇼를 마무리하던 중 사회자가 게스트와 춘천 시민에게 질문을 하나 던졌다.

"여차저차 테라포밍도 성공했고 왕복 우주선도 적당한 가격이 책정되었다고 칩시다. 여러분은 기회가 된다면 화성에 가보시겠습니까?"

대답을 고민하는 참가자들에게 사회자는 어떤 이유에서인지 긍정의문문이 아닌 부정의문문으로 다시 질문을 건넸다.

"안 갈 사람 손 들어보세요." 놀랍게도, 그날 참가한 백여 명의 시민들은 아무도 손을 들지 않았다. 나로서는 무척 놀라운 결과였다. 아니 분명 불편하기 짝이 없을 우주선을 타고 어떤 위험이 도사리고 있을지 모를 우주 속 어둠을 바라보며, 편도에만 6개월이라는 시간을 꼼짝없이 갇혀 있을 수 있다고? 상상만 해도 폐소공포증이 오려고 한다. 이래저래 단축해도 왕복 시간과 체류 시간까지 2년 가까이 걸리는 그곳에 굳이 가보겠다고? 한편으론 나 역시 지금은 이렇게 강한 부정적 의견을 표출하지만 언젠가 생각은 바뀔 수도 있지 않을까 하는 생각도 들었다. 인생은 예측불허니까.

COVID-19가 전 세계로 확산되기 직전인 2019년 두 차례에 걸쳐 실크로드 여행을 다녀왔다.
보통 여행객들이 선택하는 장건 루트와는 다르게 《서유기》로 잘 알려진 현장 루트를 기본으로
수양제 루트를 가미한 여행길이었다. 오지 여행 전문가들은 웃으시겠지만 개인적으로는 그동안
다양하게 경험한 다른 여행과 비교할 수 없이 힘든 여행이었다. 첫 구간에서 평균 해발고도가
4천 미터인 치롄 산맥의 빙하지대를 넘을 때는 리무진 버스를 타고 이동하는데도 고산증으로
두통과 멀미를 호소하는 사람들도 있었다. 실크로드 여행이 처음이 아닌 분들이었는데도
말이다. 나는 고산증은 없었지만 동일한 증상이 오지 않을까 겁에 질려 공황장애가 왔을
정도였다.

사실 나를 이 험난한 여행으로 이끈 가장 주된 요인은 모로호시 다이지로의 《서유요원전》
이었다. 어릴 때부터 여러 장르와 버전으로 《서유기》를 접했지만 이 작품은 읽을 당시 몇 주를
거쳐 꿈에서 이야기가 이어졌을 정도로 강렬하고 압도적이었다. 읽으면 읽을수록 내 본성을
거역하며 전에 없이 일어나는 강렬한 욕망이 느껴졌다.

'아! 나도 이 루트를 따라가보고 싶다!' 평소에는 무미건조한 일상에서 안이하게 사는 걸
선호하기에 웬만해선 소중한 쳇바퀴에서 벗어나지 않는 유형인데, 반복의 틀에서 이탈하는
경우에는 언제나 그 계기가 되는 특별한 작품과 그것을 쓴 작가가 있었다. 춘천 SF 영화제
토크쇼에서도 화성을 소재로 한 영화 중 재미있는 작품 몇 가지를 소개해달라는 질문이 있었다.
나는 〈존 카터: 바숨 전쟁의 서막〉, 〈화성침공〉, 〈미션 투 마스〉를 꼽았다. 그렇다고 이 영화들이
나를 실크로드로 이끈 《서유요원전》처럼 화성으로 이끌어줄 만큼의 동기부여가 되지는 않았다.

하지만 언젠가 화성 이주나 여행을 배경으로 하는 작품 하나가 나를 강타한다면 그때 내 대답은
달라질 수도 있을지도 모를 일이다. 그때가 되면 나는 작가가 아니라 화성 여행 기획을 하는
여행사 대표가 되어 있을지도. 인생은 언제나 예측불허, 그리하여 여행은 그 의미를 갖는
법이니까. 🐾

2022 문윤성SF문학상 장편 수상작

광화문에 외계인이 불시착했다.
그들에 대해 아는 것은 자몽을 닮았다는 것뿐.
아이돌 출신 자몽 연구가 나영의 우주 평화 수호기

조선 시대로 간 연구 로봇 G9,
생명을 살리는 의원이 되다!

대상

우수상

"인류를 되돌아보게 하는 냉소적이지만
온기를 잃지 않는 시선"
_김초엽, 심사위원장

"드디어 조선시대라는
새로운 개척지를 향한 과감한 도전이
넘쳐나는 시기가 도래했음을 알 수 있다."
_민규동, 영화감독

이수현 Suhyun Lee

20년간 상상문학을 주로 번역했고, 환상소설을 쓴다. 최근 번역서로는 리 브래킷의 《아득한 내일》,
매슈 베이커의 《아메리카에 어서 오세요》, 어슐러 르 귄의 《세상 끝에서 춤추다》, 리처드 파워스의 《새들이 모조리 사라진다면》이 있다.
저서로는 러브크래프트 다시쓰기 소설 《외계신장》과 도시판타지 《서울에 수호신이 있었을 때》를 냈다.

'유희하는 인간', 호모 루덴스라는 말을 처음 내놓은 요한 호이징하는 같은 제목의 저서에서
놀이는 진지함의 반대말이 아니며, 오히려 진지함을 포괄하는 더 큰 질서라고 말했다.
진지함은 놀이를 허용하지 않을지 몰라도 놀이는 진지할 수 있다는 뜻이다. 놀이를 재미로 치환해도 비슷하다.
재미있다는 말은 진지하지 않다는 말이 아니고, 의미 없다는 말도 아니다.
단지 진지한 재미부터 실험적인 재미까지, 다양한 재미가 존재할 뿐이다.

놓치고 지나간 SF 독자가 별로 없을 듯한 책이지만, 그렉 이건의 단편집 《내가 행복한 이유》를 보면서도 같은 생각을 다시 한 번 했다. 흔히 하드 SF라고 하면 보기도 전부터 어렵다고 생각한다. 물론 어려운 작품도 있다는 것을 부정하진 않겠다. 그러나 어렵다는 것이 재미없다는 뜻은 아니다. 오히려 하드 SF야말로 재미가 정말 중요한 서브 장르다. SF는 과학이 아니라 소설이고, 낯선 개념이나 논리를 들고나오려면 더더욱 독자가 생소한 부분에 신경 쓰지 않고 끝까지 읽게 만드는 재미가 있어야만 한다. 이 책이 정확히 그렇다. 핵심 아이디어가 가장 눈에 띌지 모르지만 그 아이디어가 독자에게 가닿기 위한 소설 플롯은 단단하고 안정적이고, 줄거리는 흥미진진하다. 인간성이란 무엇인가를 스스로에게 묻게 만들며 굳어 있던 머리를 깨는 시원함은 덤. ❶

듀나는 한국에서 가장 앞서서, 가장 멀리 가는 SF 작가일 것이다. 이번에 재출간된 《브로콜리 평원의 혈투》와 《제저벨》에서 다시 한 번 그 사실을 확인할 수 있다. 첫 출간은 10년 전이었고 수록작의 발표 연도는 거의 20년 전까지 거슬러 올라가지만 지금 읽어도 전혀 시간차가 느껴지지 않는다. 어쩌면 과거보다는 지금 이 소설을 즐길 독자가 늘어나지 않았을까 싶을 정도다. ❷

두 책에 걸쳐서 여섯 개의 중편을 연결하는 링커 우주 설정은 특히 지적 유희의 끝이다. 인류가 어느 날 갑자기 찾아온 외계 우주선을 엉겁결에 얻어타고 우주 곳곳으로 퍼져나가고, 링커 바이러스 때문에 급속 진화를 겪는 이 우주에서는 불가능한 것이 없다.

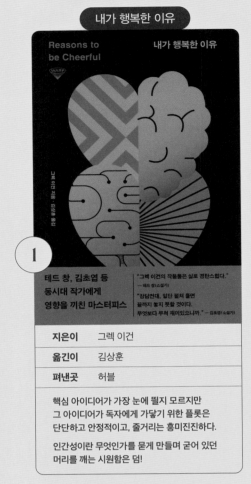

내가 행복한 이유

Reasons to be Cheerful

내가 행복한 이유

① 테드 창, 김초엽 등 동시대 작가에게 영향을 끼친 마스터피스

"그렉 이건의 작품들은 실로 경탄스럽다." — 테드 창(소설가)

"장담컨대, 일단 붙쳐 들면 끝까지 놓지 못할 것이다. 무엇보다 무척 재미있으니까." — 김초엽(소설가)

지은이	그렉 이건
옮긴이	김상훈
펴낸곳	허블

핵심 아이디어가 가장 눈에 띌지 모르지만 그 아이디어가 독자에게 가닿기 위한 플롯은 단단하고 안정적이고, 줄거리는 흥미진진하다.

인간성이란 무엇인가를 묻게 만들며 굳어 있던 머리를 깨는 시원함은 덤!

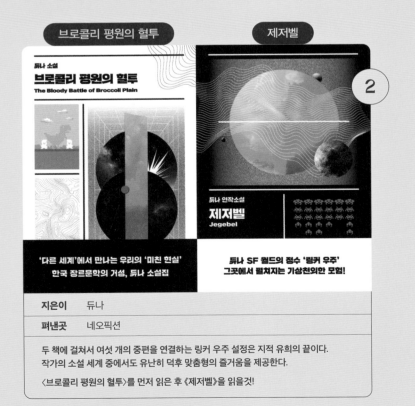

브로콜리 평원의 혈투

제저벨

② 듀나 소설 브로콜리 평원의 혈투 The Bloody Battle of Broccoli Plain

듀나 연작소설 제저벨 Jegebel

'다른 세계'에서 만나는 우리의 '미친 현실' 한국 장르문학의 거성, 듀나 소설집

듀나 SF 월드의 정수 '링커 우주' 그곳에서 펼쳐지는 가상천외한 모험!

지은이	듀나
펴낸곳	네오픽션

두 책에 걸쳐서 여섯 개의 중편을 연결하는 링커 우주 설정은 지적 유희의 끝이다. 작가의 소설 세계 중에서도 유난히 덕후 맞춤형의 즐거움을 제공한다.

〈브로콜리 평원의 혈투〉를 먼저 읽은 후 《제저벨》을 읽을것!

여섯 편의 소설 모두가 압축적으로 많은 정보를 담아내는데, 다른 행성과 다른 생명체들에 대한 구체적인 상상만이 아니라 작가가 좋아하는 무수히 많은 영화와 소설과 역사의 조각들, 오마주와 패러디가 폭격처럼 쏟아진다. 작가의 소설 세계 중에서도 유난히 덕후 맞춤형의 즐거움을 제공한달까.

"하지만 오로지 놀이만을 하는 자들에게 놀이는 놀이일 수만은 없다. 그것은 삶이다, 역사이다, 우주이다." 《제저벨》 중에서)

단, 이런 이야기를 좋아하는 독자라도 읽는 순서는 지키는 편이 좋다.《브로콜리 평원의 혈투》 수록작인 〈브로콜리 평원의 혈투〉를 먼저 읽지 않고 《제저벨》을 읽는다면 갈피를 잡기가 힘들 수 있다.

집으로부터 일만 광년

집으로부터 일만 광년

③

김보영 — 정소연 — 천선란 — 김애령 — 김은주 추천!

땅을 딛고 우주로 솟구친 지극한 상상력
삶 자체가 SF였던 제임스 팁트리 주니어의 첫 단편집
엘리

지은이	제임스 팁트리 주니어
옮긴이	신해경
펴낸곳	엘리

작가가 오직 제임스 팁트리 주니어였던 시절의
단편들이 담겨 있다.

'여성적'인 글쓰기와 '남성적'인 글쓰기란
존재하는지, 존재한다면 어떤 편견에 기초하고
있는지를 생각해볼 만한 좋은 재료.

떠도는 별의 유령들

떠도는 별의 유령들

④

지은이	리버스 솔로몬
옮긴이	이나경
펴낸곳	황금가지

거칠고 폭발적인 에너지를 느낄 수 있다.
하인라인의 고전 《조던의 아이들》과 비교해보는
재미도 있다.

몇 년 전, 팁트리 주니어의 개인 단편집이 《체체파리의 비법》과 《마지막으로 할 만한 멋진 일》로 나뉘어 국내 출간되었을 때, 많은 독자들이 당시에는 어떻게 이 작가가 여성이었다는 사실을 모를 수 있었냐는 반응을 보였다. 그러나 해당 소설집은 주로 작가의 후기작이거나, 팁트리 주니어가 아닌 라쿠나 셸던 등의 다른 필명으로 발표한 작품이었다는 점을 기억해야 한다.

③ 이번에 나온 소설집 《집으로부터 일만 광년》이야말로 전기에 해당하며, 작가가 오직 제임스 팁트리 주니어였던 시절의 단편들이 담겨 있다. 선이 굵은, 때로는 거칠기까지 한 우주모험을 읽다 보면 당시 사람들이 작가의 성별을 의심하지 않은 이유를 더 잘 이해할 수 있다. 그와 동시에 다시 한 번 되짚게 된다. 그의 글은 여전히 '여성적'인 글쓰기와 '남성적'인 글쓰기란 존재하는지, 존재한다면 어떤 편견에 기초하고 있는지를 생각해볼 만한 좋은 재료다. 지금의 우리 역시 은연중에 작가의 글에서 성별과 정체성을 알 수 있다고 생각하며, 그러면서 한 바퀴를 돌아서 예전과 같은 편견을 답습하고 있지는 않은지.

④ 거칠고 폭발적인 에너지라면 리버스 솔로몬의 데뷔작 《떠도는 별의 유령들》에서도 느낄 수 있다. 이 작품은 마침 팁트리 주니어 상(현재 아더와이즈상) 후보에 오른 작품이기도 해서, 수십 년이 흐르면서 변한 것들을 생각하게 한다. 같은 이유로 하인라인의 고전 《조던의 아이들》과 비교해보는 재미도 있다. 양쪽 다 과거를 잊고 봉건화한 세대 우주선의 혁명 이야기로 요약할 수 있지만, 이 소설에서 착취당하는 하층계급인들은 피부색이 짙고, 변이 때문에 성별이 모호하거나 여성이 많으며 차별과 억압의 고통을 훨씬 현실적으로 다룬다. 전복은 있으나 통쾌한 승리는 없고, 감정은 정제되어 있지 않으며, 이야기는 덜컹거리면서 나아간다. 그러나 그래서 갖는 강력한 힘이 있고 책장을 덮은 후에 남는 잔상이 있다.

한편, 블레이크 크라우치의 《30일의 밤》은 좀 더 쉽고 대중적인 재미를 준다. 다중우주 속에서 '나'의 삶을 빼앗으려는 다른 '나'가 나타나고, '나'는 나의 세상으로 돌아가기 위해 먼 길을 돌아야 한다는 내용이 쉽다니 말하면서도 어리둥절하지만, 사실이다. 영화 〈닥터 스트레인지〉 2편과 〈양자경의 멀티버스〉가 나온 지금, 서로 다른 '나'가 무수히 존재하는 다중우주라는 소재는 대중에게도 비교적 익숙해졌고 그렇게 성립된 규칙 위에서 뛰노는 작품도 늘고 있다. 속도감 있는 스릴러지만 특히 재미있는 대목은 주인공이 무한한 가능성의 세계 속에서 길을 잃는 부분이며, 결말은 생각보다 한 걸음을 더 나간다. 책장이 정신없이 넘어가니 몇 시간 동안 나머지 세상을 잊을 모험을 읽고 싶다면 좋은 선택. **⑤**

동화에는 두 종류가 있다. 어릴 때 읽으면 좋지만 어른이 되어서 다시 보면 심심한 경우와, 어른이 보았을 때 더 마음을 울리는 경우다. 도나 바르바 이게라의 《마지막 이야기 전달자》는 분명히 후자에 속할 것이다. **⑥**

멸망에서 탈출하여 먼 항성계를 찾아가는 우주선에서, 냉동수면 도중에 반란이 일어난다. 과거를 지우고 모든 차이를 지움으로써 더 나은 미래를 만들 수 있다고 믿는 집단이 우주선을 장악하고 아이들의 기억을 지운다. 과거를 지우고, 차이를 지우고, 합리적이고 실용적인 지식이 아닌 신화와 전설과 이야기와 추억 같은 것은 다 쓸모없다고 말하는 이들이 어떤 사람인지 우리는 안다. 그래서 할머니의 이야기를 붙잡고 기억을 지키는 주인공 페트라의 고군분투는 어떤 어른들에게 더 와 닿는다. 쓸모없는 '이야기'가 세상을 구하지는 못할지라도 때로 한 사람을 살게 한다는 사실은 알기에. ▶

30일의 밤

⑤

지은이	블레이크 크라우치
옮긴이	이은주
펴낸곳	푸른숲

속도감 있는 스릴러. 책장이 정신없이 넘어가니 몇 시간 동안 나머지 세상을 잊을 모험을 읽고 싶다면 좋은 선택!

마지막 이야기 전달자

⑥

지은이	도나 바르바 이게라
옮긴이	김선희
펴낸곳	위즈덤하우스

어른이 보았을 때 더 마음을 울리는 동화. 쓸모없는 '이야기'가 세상을 구하지는 못할지라도 때로 한 사람을 살게 한다.

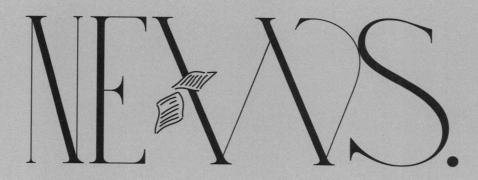

서바이벌SF키트 Survival SF Kit

'토끼한마리'와 '공상주의자'가 함께 진행하는 5년 차 팟캐스트.
소설, 영화, 게임, 만화 등 장르를 가리지 않는 'SF 맛집'을 소개한다.
유튜브, 팟빵 등 다양한 채널에서 들을 수 있으며 매월 진행하는 유튜브 라이브를 통해서도 만날 수 있다.

HELLO, FUTURE

2023년을 여는 SF 영화들:
태양계와 작별하거나, AI 로봇에게 쫓기거나,
양자 세계를 탐험하기

2023년에는 어떤 SF 영화가 우리를 찾아올까?
〈헝거게임〉의 프리퀄인 〈노래하는 새와 뱀의 발라드〉, 〈듄 파트 2〉, 〈더 마블스〉, 스타트렉 리부트
네 번째 시리즈(타이틀 미발표), 〈아쿠아맨과 로스트 킹덤〉 등 굵직한 블록버스터 영화들이 포진한
가운데 새해 가장 먼저 개봉하는 SF 영화를 살펴본다.

THE WANDERING EARTH 2

중국에서는 〈유랑지구 2〉가 음력 설인 춘절을 맞아 개봉한다. 제임스 카메론의 〈터미네이터 2〉를 청소년기에 접하고 SF 영화 제작의 꿈을 꾸게 됐다는 궈판 감독이 전작에 이어 연출을 맡았다. 배우 유덕화, 오경이 출연을 확정 지었고, 여러 나라의 언어로 '안녕, 태양계'라는 문구가 쓰인 티저 포스터도 공개되었다. 궈판 감독은 등장인물의 감정에 집중할 수 있는 서사와 더 나아진 시각 특수 효과를 약속했다. 전작은 중국 역대 흥행 순위 3위에 오르며 크게 흥행했기에 이번에도 그 기세를 이어갈 수 있을지 기대를 모은다.

M3GAN
MODEL 3 GENERATIVE ANDROID

북미에서는 SF 공포영화 〈메건(M3GAN)〉이 1월 개봉한다. 〈쏘우〉, 〈컨저링〉, 〈애나벨〉 등으로 유명한 제임스 완이 제작과 각본을 맡았다. 10월 12일에 예고편이 공개되었는데, 언뜻 〈사탄의 인형〉의 '처키'를 연상시키는 으스스한 디자인의 AI 인형이 등장해 춤을 추거나 액션을 펼친다. 인형의 이름은 모델 3세대 안드로이드(Model 3 Generative Android)의 준말인 메건(M3GAN)이다. 장난감 회사의 로봇 공학 엔지니어인 주인공 젬마가 고아가 된 조카 캐디의 친구로 메건을 데려온 후 사건이 벌어진다.

© China Film Group Corporation

© Universal Pictures

ANT-MAN AND THE WASP: QUANTUMANIA

© Krikkiat / Shutterstock.com

2월에 국내 개봉할 〈앤트맨과 와스프: 퀀텀매니아〉는 앤트맨 시리즈의 세 번째 작품으로, 전작들에 이어 페이턴 리드 감독이 연출한다. 5년 만에 돌아왔지만 기존 출연진은 거의 유지되며, 사무엘 L. 잭슨의 닉 퓨리와 전작에서 최후를 맞는 것으로 보였던 옐로재킷도 다시 등장한다. 그리고 멀티버스 세계관의 최종 빌런으로 예상되는 '정복자 캉'이 카리스마를 드러낼 예정이다. 10월 25일에 공개된 공식 예고편에서도 양자 영역으로 빨려 들어간 스콧 랭이 정복자 캉과 대면하는 장면이 긴장을 자아낸다.

이제는 만날 수 있다, 해외 SF 걸작들: 제임스 팁트리 주니어, 커트 보니것, 그렉 이건의 세계

SF 붐을 타고 그동안 소개되지 못했던 해외 SF 걸작이 연이어 출간되었다. 절판되었던 작품이나 국내에 처음 소개되는 작품도 많아, SF 팬으로서는 환호성을 지를 만큼 반가운 소식이다.

JAMES TIPTREE JR.
TEN THOUSAND LIGHT-YEARS FROM HOME

엘리 출판사에서는 제임스 팁트리 주니어의 초기 단편집 《집으로부터 일만 광년》을 국내에 처음으로 선보였다. 영국의 유명 SF 일러스트레이터 크리스 포스가 그린 1973년 출간 당시 초판본 일러스트가 표지를 장식했다. 성별을 숨기고 남성의 이름으로 집필했던 앨리스 브래들리 셸던과 당시의 시대상을 생각하며 읽는다면 또 다른 층위에서 감상할 수 있을지 모른다.

KURT VONNEGUT, JR.
THE 100TH ANNIVERSARY

출판사 문학동네에서는 커트 보니것 탄생 100주년 기념으로 초기작인 《타이탄의 세이렌》과 마지막 장편 소설인 《타임퀘이크》, 대표작을 각색한 《제5도살장: 그래픽 노블》을 함께 출간했다. 특히 《타임퀘이크》는 작가의 세계관을 총망라한 작품으로, 팽창하던 우주가 회의를 느끼고 잠시 수축하는 동안 십 년 전 과거로 돌아간 지구의 사람들이 데자뷔를 느끼는 유머러스한 작품이다. 소책자 《올어바웃북: 커트 보니것》을 무료 전자책으로 배포하고, 김중혁, 곽재식 작가와 북토크를 유튜브 라이브로 개최하는 등 작가의 탄생 100주년을 기념하는 이벤트도 열렸다.

GREG EGAN
REASONS TO BE CHEERFUL

허블 출판사에서는 새로운 레이블 '워프 시리즈'를 통해, 발표 시기를 놓쳐버렸지만, 꼭 소개해야 할 해외 SF를 발간한다. 지난 8월에 나온 그렉 이건의 《내가 행복한 이유》가 그 첫 타자다. 1995년부터의 중단편집 중 일부를 엮은 선집으로, 해외에서의 명성에 비해 국내에는 비교적 알려지지 않았던 그렉 이건의 매력을 한껏 느낄 수 있어 반갑다. 비교적 최근 작품들을 담은 선집도 출간될 예정이다.

ALEXANDER HILL KEY
THE INCREDIBLE TIDE

두 번째 책은 애니메이션 〈미래소년 코난〉의 원작인 알렉산더 케이의 《네가 세계의 마지막 소년이라면》이다. 냉전 시기인 1970년에 쓰인 포스트 아포칼립스 서사로, 기후재난과 복잡하게 얽힌 국가 갈등을 담고 있다. 여주인공 라나의 캐릭터는 애니메이션보다 원작 소설에서 더 강인하고 주체적으로 그려진다.

ANNE CHARNOCK
A CALCULATED LIFE

마지막으로 10월에 나온 앤 차녹의 《계산된 삶》은 근미래의 사무실에서 화이트칼라로 일하는 복제인간의 일과 사랑을 통해 차별과 혐오를 이야기한다. '워프 시리즈'는 앞으로도 10권 이상 이어질 예정이다.

참신함으로 승부한다!
다양한 SF 인디게임의 세계

SF적인 세계관을 기반으로 한 다양한 장르의 게임들이 발매되고 있다. 이번에는 그중에서도 화려한 그래픽보다는 참신함을 내세우는 게임들을 알아보자.

IMMORTALITY

© Half Mermaid Productions

〈허 스토리〉, 〈텔링 라이즈〉로 유명한 샘 바로우의 신작 〈이모탈리티〉가 지난 8월 30일 공개되었다. 샘 바로우는 실사영상을 통해서 이야기를 풀어가는 풀 모션 비디오, 줄여서 FMV라는 장르에서 독보적인 행보를 보여주고 있다. 〈허 스토리〉는 경찰의 취조 영상을, 〈텔링 라이즈〉는 녹화된 영상통화를 보고 비밀을 파헤치는 게임이었다면, 이번 〈이모탈리티〉에서는 영화 필름을 관찰하며 실종된 여배우와 관련된 비밀을 알아내야 한다. 〈이모탈리티〉는 호러 게임으로 분류되고, 선정적이거나 폭력적인 장면이 많이 등장하기 때문에 플레이에 유의하길 바란다.

TIMBERBORN   THE WANDERING VILLAGE

메카니스트리의 〈팀버본〉과 스트레이 폰 스튜디오의 〈완더링 빌리지〉는 둘 다 포스트 아포칼립스 배경의 생존 경영 시뮬레이션 게임이면서, 완성도 있는 선공개로 호평을 받았다. 〈팀버본〉은 가뭄으로 인해 인류 문명이 멸망한 후, 비버가 댐을 지어 문명을 이어 나간다는 설정이며, 〈완더링 빌리지〉는 대기 오염으로 인류 문명이 쇠락한 뒤, 인간들이 '온부'라는 거대한 동물의 등에 마을을 만들어 유랑한다는 설정이다. 각종 위기에 대비하며 나만의 마을을 만들어가는 과정에 관심이 있다면 도전해볼 만한 게임이다.

© NEXON Korea Corporation

DAVE THE DIVER

우리나라에서도 참신함으로 승부를 보는 게임이 등장했다. 넥슨의 서브브랜드인 민트로켓에서 개발한 〈데이브 더 다이버〉다. 10월 27일 스팀에서 선공개되었다. 민트로켓을 이끄는 김대훤 부사장은 민트로켓이 수익보다는 재미를 위해 만들어진 브랜드라고 말한다. 선공개된 〈데이브 더 다이버〉는 민트로켓의 그 주장을 훌륭하게 증명한다. 잠수부인 데이브가 매일 지형과 어종이 변화하는 신비한 해역 '블루홀'에서 낮에는 물고기를 사냥하고, 밤에는 사냥한 물고기로 초밥집을 운영한다. 물고기를 사냥하는 액션 RPG 장르와 초밥집을 운영하는 타이쿤 장르가 적절하게 조화를 이루고 있으며, 게임 곳곳에 개발자들의 서브컬처에 대한 이해도가 크게 돋보인다. 아직 선공개 임에도 플레이타임 10시간이 넘는 굉장한 분량도 눈에 띈다.

SIGNALIS

© Rose-engine Games

로즈-엔진에서 개발한 〈시그널리스〉도 10월 27일에 공개되었다. 디스토피아 세계관의 고전적인 서바이벌 호러 게임이다. 디테일한 도트 그래픽으로 어둡고 암울한 장면을 잘 표현하였으며 연출도 훌륭하다. 주인공인 기술관 레플리카 엘스터는 우주 외곽의 정부 시설을 수색하며 비밀을 파헤친다. 〈데드 스페이스〉, 〈바이오하자드〉와 같은 클래식 호러 게임이 취향이라면 추천한다.

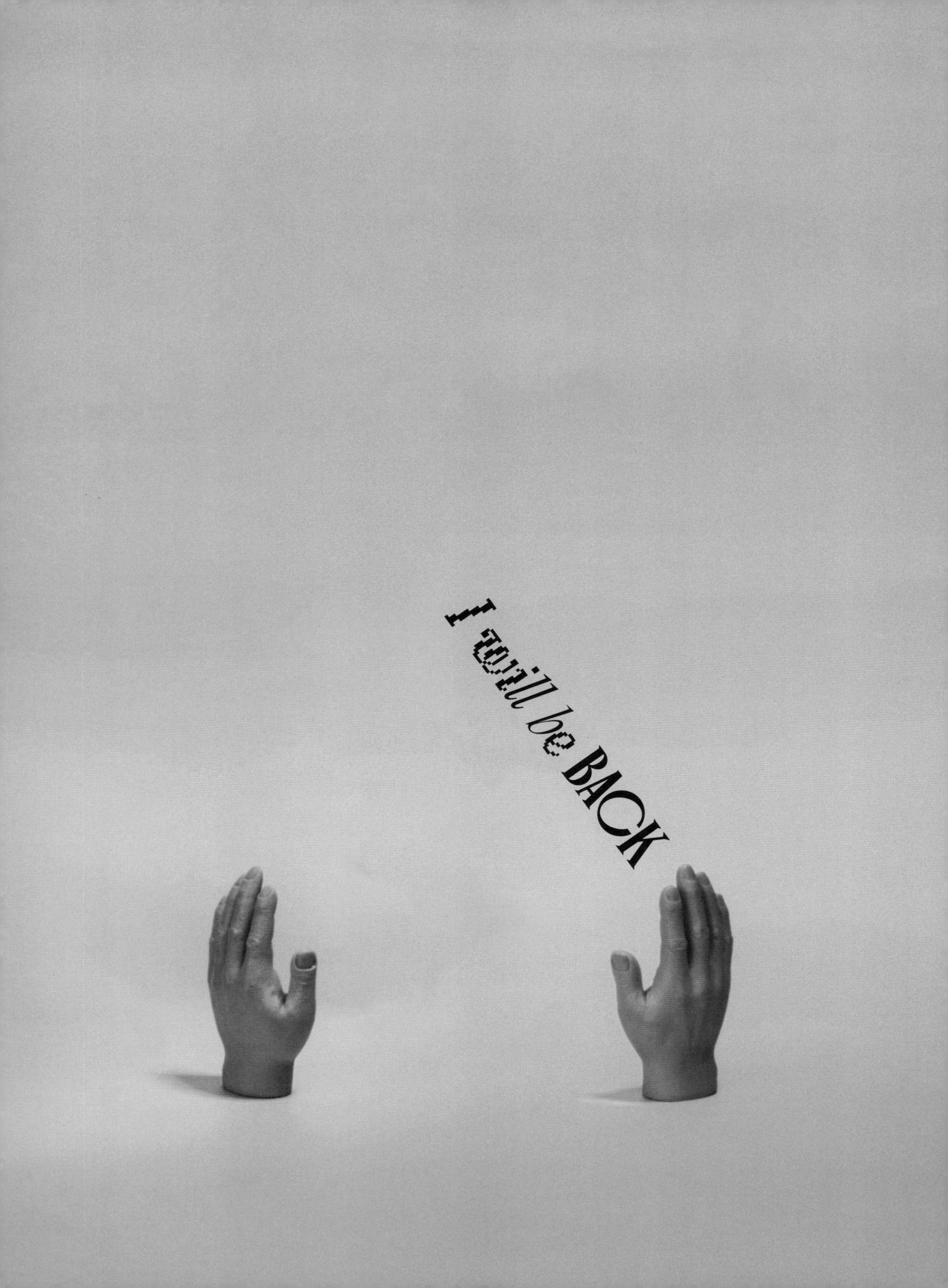
I will be BACK

The
Earthian
Tales

5

I will be BACK

publisher	박은주
editor	강연희
art director	김선예
guest designer	장혜지
marketer	박동준
photographer	Augustine Park
illustrator	김산호

publishing company
(주) 아작
04050 서울특별시 마포구 양화로 156 LG팰리스빌딩 1428호

Tel 02.324.3945−6 **Fax** 02.324.3947
arzak.tet@gmail.com
www.arzak.co.kr

registration
2021년 11월 26일 마포, 바00204

ISSN 2799−628X

© (주)아작, 2023

투고 안내
〈The Earthian Tales〉에서는 여러분의 소중한 원고를 기다립니다.
채택 시 내규에 따라 소정의 원고료를 지급합니다.

분야 및 분량(200자 원고지 기준)
초단편(15매 내외) │ 단편(80매 내외) │ 중편(250매 내외) │ 리뷰(10매 내외) │ 만화(자유분량)

보내실 곳 arzak.tet@gmail.com

Date of issue

The Earthian Tales № 5
발행일 2023년 1월 10일